ИРОНИЧЕСКИЙ
ДЕТЕКТИВ

Дарья Донцова

Черт Из табакерки

Москва

ЭКСМО-ПРЕСС

2 0 0 1

ИРОНИЧЕСКИЙ ДЕТЕКТИВ

УДК 882
ББК 84(2Рос-Рус)6-4
Д 67

Разработка серийного оформления
художника *В. Щербакова*

Донцова Д.
Д 67   Черт из табакерки: Роман.— М.: Изд-во ЭКСМО-
Пресс, 2001. — 416 с. (Серия «Иронический детектив»).

ISBN 5-04-008406-4

Ну и имечком наградили меня родители! Представляете сочета-
ние — Виола Тараканова. Но родные и близкие называют меня просто
Вилкой. Тяжело мне живется с таким именем, хронически не везет.
Вернее, не везло до того дня, когда я встретила на улице потерявшую
память девушку. С этого момента вся моя жизнь изменилась. Решив
отыскать родственников Веры, я обнаружила, что нашла свое настоящее
призвание. Раньше я любила читать детективы, а теперь поняла, что нет
ничего интереснее, чем самой быть детективом. Только я потянула за
первую ниточку этого дела, как наткнулась сразу на три трупа. Да, круто
начинается мое первое расследование...

УДК 882
ББК 84(2Рос-Рус)6-4

ISBN 5-04-008406-4

Черт
Из табакерки

_____

_____ роман

_____

ИРОНИЧЕСКИЙ ДЕТЕКТИВ

ГЛАВА 1

Где много женщин, там почти всегда скандал. В особенности, если милые дамы выясняют, кто из них красивее. Как правило, хорошим это не кончается. Да что говорить о смертных, если даже богини перессорились между собой из-за обладания золотым яблоком с надписью: «Прекраснейшей». Зевс отказался решить их спор и послал их к Парису, сыну царя Трои, а тот возьми и присуди яблоко Афродите, пообещавшей ему в жены прекраснейшую из смертных. А кончилось все это Троянской войной. Так что я в споры красавиц не вмешиваюсь и делаю свое дело.

Мысли крутились в голове, а руки машинально выполняли работу — собирали с кресел разбросанные колготы, белье и прочие дамские штучки. Я работаю сейчас в Доме моделей, а «вешалки» страшно неаккуратны. Снимут с себя чулочки и швырнут посередине комнаты. Кроме того, они глупы, ничего, как правило, кроме газеты «Мегаполис», не читают, и все разговоры в раздевалках крутятся в основном вокруг денег и мужиков. Пока мне не пришлось устроиться на работу в Дом моделей Германа Губенко, мир моды виделся издалека чем-то сказочным, роскошным... Прекрасные женщины, шикарные платья, изумительные духи... На поверку все оказалось совсем не так. Девушки, пока над ними не поработает визажист, выглядят не слишком привлекательно. Многие модельки прикладываются к бутылке, кое-кто не брезгует и героином. На «языке»-то они все небесные создания, а «за кулисами» творят удивительные вещи. Ради выгодного кастинга[1] девчонки готовы на все. Бритвенные лезвия, подложенные сопернице в туфли, — далеко не самая жестокая выдумка. Так что я бы на месте многих матерей подумала, стоит ли толкать дочерей на этот путь. К высотам пробиваются единицы, и не всегда успех зависит от красоты. Клаудиа Шиффер, например, в обыденной жизни просто высоченная немка с крупноватыми ступнями и капризно надутыми губами.

Я сгребла с диванов кучу бумажных салфеток, вытряхнула в большой пластиковый мешок мусор и принялась собирать разбросанные повсюду бутылки из-под минеральной воды. «Вешалки» озабочены своей внешностью донельзя и постоянно опрыскивают лицо минералкой. Причем не каким-нибудь «Святым источником», а французской водой «Эвиан» по шестьдесят рублей за триста миллилитров.

Да, нужно признаться, что, хотя моя должность и называется весьма значительно — менеджер по офису, — на самом деле я являюсь самой обыкновенной уборщицей, стою на нижней ступени социальной лестницы, и подняться по ней мне уже, очевидно, не удастся. В 35 лет поздно начинать жизнь сначала. Впрочем, если разобраться, не везло мне с самого младенчества.

Маменьки своей я не знаю. Естественно, существовала биологическая единица, родившая меня на свет. Но вскоре после выхода из родильного дома матушка поняла, что ребенок — это сплошная докука. Плачет по ночам, просит есть, да еще

---

[1] Здесь отбор манекенщиц для показа моделей.

к тому же нужно стирать пеленки и покупать ползунки. Мамуля почувствовала, что не готова к подобным испытаниям, и в один жаркий летний день просто-напросто сбежала от моего отца. Так я ее никогда больше и не видела, не осталось даже фотографий: папа в порыве злости изорвал все до единой.

Впрочем, его можно было понять. Тяжело мужчине с младенцем, даже если он работает дворником и может выкатывать коляску во двор и приглядывать за ребенком, размахивая метлой. Вскоре у меня появилась мачеха Раиса — большая, толстая, неаккуратная баба, жарившая восхитительные блинчики. Про нее нельзя сказать, что она была злая — падчерицу, то есть меня, Рая колотила, только когда напивалась пьяной. Но запои случались у нее не часто, примерно раз в месяц. Я же, достигнув шестилетнего возраста, уже хорошо знала, что, если тетя Рая появляется на пороге комнаты с лихорадочным блеском в глазах, следует моментально ужом проскальзывать в дверь и нестись куда глаза глядят, но подальше от родимого очага. Чаще всего глаза глядели в сторону булочной. Тамошние продавщицы любили меня, угощали калорийными булочками с изюмом и карамельками «Чебурашка». Выждав часа два-три, я возвращалась домой и находила тетю Раю на кровати. Из груди женщины вырывался молодецкий храп, звук которого наполнял мою душу невероятным блаженством — раз храпит, значит, не станет драться. Утром Рая, совершенно не помнившая того, что было вчера, охая и держась за голову, вытаскивала из плиты черную чугунную сковородку и принималась жарить блинчики.

— Ешь, несчастье, — говорила она, шлепая на тарелку поджаренный кусок теста, — жри от пуза да зла на меня не держи. Видишь, люблю тебя, блины завела. Ну а если вчера по зубам насовала, так в семье чего только не бывает. Бью — значит, за свою держу. А ты тоже будь похитрей, видишь, тетка отдыхать собралась, не лезь под руку, забейся в уголок да пережди. Усекла?

Я молча кивала и проворно жевала ароматное угощение. Никогда больше, ни в одном другом доме я не ела таких блинов.

Наверное, Рая каким-то образом оформила надо мной опеку, потому что папенька слинял в неизвестном направлении в тот год, когда я пошла в первый класс. Вообще говоря, Раиса могла сдать меня в детдом и жить себе припеваючи. Работала она уборщицей, трудилась одновременно на четырех ставках, драила лестницы в подъездах, а еще бегала по людям, хватаясь за любую работу. Мыла окна, убирала квартиры, прогуливала собак, притаскивала картошку с рынка.

Надо заметить, что, когда исчез мой отец, мы стали жить намного лучше, можно сказать, вздохнули полной грудью. Отпала необходимость содержать алкоголика, покупать ему каждый день бутылку и пачку сигарет. Получалось, что только на винно-водочные изделия уходило около шести рублей в день, а за месяц набегало почти двести целковых — зарплата инженера или учительницы... Так что после его пропажи нам стало только лучше.

Рая сделала в «хрущобе» ремонт, постепенно в комнатах появились люстра производства ГДР, польский палас, болгарская мебель и замечательный кухонный гарнитур: шкафчики, покрытые серым пластиком в розовых цветочках. Мне они нравились невероятно. Все у нас стало как у людей, и в школу я пошла в коричневом платьице, белом фартучке и ажурных гольфах. Рядом со мной возвышалась толстая Раиса с огромным букетом гладиолусов. Ради праздника тетка нацепила бордовый костюм из джерси и мучилась в непривычной одежде.

Первые три класса пролетели мгновенно. Странное дело, но господь наградил меня хорошей головой. Объяснения учительницы я ловила на лету и никаких трудностей в учебе не испытывала. Все казалось легким — русский, чтение, математика и даже немецкий. Другие дети рыдали над домашними заданиями, а родители писали за них сочинения. Рая даже не заглядывала ко мне в тетради и дневник. Собственно говоря, делать это было незачем. Никаких оценок, кроме пятерок, там не было.

В пятом классе к нам пришла новенькая — тихая, застенчивая Томочка Попова, и нас посадили за одну парту. Через два дня выяснилось, что одноклассница не знает ничего. Читала она еле-еле, в математике абсолютно не смыслила, а по-русски писала с чудовищными ошибками. Но наши учителя не ругали девочку. Томочкин папа занимал высокий пост в Министерстве иностранных дел, частенько катался за границу, и милые преподавательницы щеголяли в обновках, подаренных щедрым Виктором Михайловичем. Поэтому Тамару и подсадили ко мне. Классная руководительница знала, что я пожалею одноклассницу и разрешу ей списывать контрольные. Так и вышло. Томка принялась сдувать у меня домашние задания, а на самостоятельных работах я успевала решить два варианта.

Как-то под Новый год Тамара позвала меня к себе в гости. Никогда раньше мне не приходилось бывать в таких квартирах. Бесконечные коридоры и большие комнаты, даже ванная у них была величиной с нашу кухню, а в «пищеблоке» мог бы совершить посадку вертолет «Ми-8». Виктор Михайлович и Анна Леонидовна оказались людьми не чванливыми, кем работают мои родители, не спросили, а просто накормили одноклассницу дочери разными вкусностями.

Я стала гостить у них в доме, вернее, приходить туда каждый день после школы и уходить, когда заканчивалась программа «Время». Скоро Поповы превратились для меня в дядю Витю и тетю Аню, а Томуську я стала считать кем-то вроде двоюродной сестры. Впрочем, и сами Поповы держали меня за родственницу: покупали мне одежду, кормили и постоянно ставили Томке в пример. Та и правда отвратительно училась, но не из-за лени, а от отсутствия способностей. Вот и верь после этого в генетику! Мне, ребенку алкоголиков, досталась светлая голова, а Тамара, дочь более чем благополучных родителей, получила от господа железные мозги, проворачивавшиеся с огромным скрипом.

Все хорошо было у Поповых, но более всего меня привлекали в их квартире книги. Дядя Витя собрал великолепную библиотеку. В бесчисленных шкафах тома стояли так тесно, что, для того, чтобы вытащить нужную книгу, приходилось попыхтеть. Дюма, Майн Рид, Джек Лондон, О'Генри — все это я прочла залпом. Потом добралась до Вальтера Скотта, Золя, Бальзака, Виктора Гюго и Проспера Мериме... За ними последовали Мельников-Печерский, Куприн и Чехов... Но самое большое удовольствие, как ни странно, я получила от классиков детективного жанра — Агаты Кристи, Эллери Куина и Рекса Стаута. В начале 70—80-х годов мало кто из москвичей имел возможность читать произведения этих авторов, но дядя Витя, сам страстный поклонник криминального чтива, привозил из загранкомандировок небольшие томики в мягких ярких обложках, правда, на немецком.

Попов свободно владел языком Гете и Шиллера, я же ходила в так называемую немецкую спецшколу, и в нас всячески всовывали перфекты и презенсы по два урока в день. Но, честно говоря, выучила я язык только благодаря детективам.

После окончания школы Тамару пристроили в МГИМО, элитарный институт, где учились дети высокопоставленных чиновников, а меня отправили в архивный. Дядя Витя, решивший за нас все проблемы, категорично заявил:

— Значит, так, детка. Вижу у тебя острый ум и чудесную память. Получишь диплом, пойдешь в аспирантуру, напишешь кандидатскую, ну а тогда уж подумаем об отличном месте работы. А Томуська, будем надеяться, выйдет замуж за дипломата, и все устроится наилучшим образом.

Но вышло не так, как рассчитывал дядя Витя. Чудесным июньским утром они с тетей Аней, оставив нас готовиться к очередной сессии, отправились на дачу, но до поселка со славным названием «Собачаевка» не добрались: в их новенькую голубую «Волгу» со всего размаху влетел «КамАЗ», груженный бетонными блоками. Оба, слава богу, погибли сразу, не успев понять, что умирают. Мы с Тамаркой остались сиротами. Тетя Рая давным-давно лежала на кладбище, а других родственников у нас вроде бы не было.

Началась полоса несчастий. Огромная квартира Поповых, в которой мы весело провели детство, оказалась служебной, и никто не собирался оставлять ее Тамаре. В качестве жилплощади ей предложили крохотную однокомнатную квартиренку в Медведкове. Решив, что лучше иметь хоть какую-нибудь площадь, Тамара согласилась. Затем не весть откуда появился пронырливый мужичонка, назвавшийся сотрудником Управления делами МИДа. Он взялся продавать мебель и всяческий скарб погибших дядя Вити и тети Ани. Мы все равно не могли разместить все эти вещи в моей крошечной двушке, а доставшаяся Тамаре площадь оказалась настолько мала, что в нее не влезал даже обеденный стол.

Мужичок принялся за работу, увез все и... исчез в неизвестном направлении. Мы кинулись в МИД и выяснили, что он не имеет к ним никакого отношения. Кстати, дачу тоже отобрали, так как и она оказалась казенной. После всех событий у Тамары случился нервный срыв, и она не смогла учиться дальше. Мне же пришлось по своей воле бросить институт: кто-то должен был зарабатывать на хлеб и котлеты. Правда, мясо мы едим редко, потому что Тамара регулярно болеет и приходится тратиться на лекарства.

Где я только не работала! Нянечкой в детском саду, санитаркой в больнице, уборщицей в продмаге... При коммунистах, будь ты хоть семи пядей во лбу, устроиться без диплома на приличную работу было нереально. После перестройки появились иные возможности. Сначала торговала «Гербалайфом», потом трясла на рынке турецкими тряпками, затем пристроилась в риелторскую контору агентом... Но нигде не получала ни морального удовлетворения, ни достойной зарплаты. Потом в конце тоннеля забрезжил слабый свет. Мы живем с Тамарой в моей двушке, а ее жилплощадь всегда хотели сдавать, но охотников на апартаменты с трехметровой кухней-нишей не находилось.

И вдруг объявилась съемщица — смешливая Леночка, студентка театрального вуза. Больше пятидесяти долларов она не могла нам платить, но мы были просто счастливы. Говорят, что радости, как и беды, ходят парами. Не успели мы прийти в экстаз от изумительно красивой зеленой купюры, как позвонила наша соседка Наташа Климова.

— Слышь, Вилка, — сказал она.

Простите, забыла представиться. Мои родители невесть почему дали мне имя Виола. Если учесть, что фамилия папеньки Тараканов, станет понятна реакция людей, с которыми я знакомилась официально. Виола Тараканова! Каково звучит?! В школе я страшно переживала и ужасно стеснялась своей фамилии, но потом учительница истории рассказала про князей Таракановых, и я слегка утешилась. В конце концов, даже в Третьяковской галерее, куда нас повели всем классом, висела картина «Смерть княжны Таракановой». Да что там, у нас в школе учился мальчик по фамилии Жопочкин. Итак, бог с ней, с фамилией, но вот имя! В 1975 году на прилавках магазинов появился плавленый сыр «Виола», и все друзья принялись звать меня Сырная помазка. Так что Вилка — это еще не худший вариант.

— Слышь, Вилка, — завела Наташка, — ты ведь у нас немецкий знаешь?..

— Немного, — осторожно ответила я, не понимая, куда она клонит.

— Подтяни моего оболтуса, двойку в четверти получил, — попросила соседка.

— Что ты, — замахала я руками. — Какая из меня учительница, найми репетитора.

— Да, — протянула Ната, — никто дешевле десяти долларов за урок не берет. Мне, сама понимаешь, такое не по карману, но сто рублей могу. Два раза в неделю!

— Нет, — подавила я искушение, — не умею обращаться с детьми, поскольку своих не нарожала.

— Вилочка, — взмолилась Наталья, — а ты попробуй!

Так я стала «буксиром» для восьмилетнего Темы, толстенького мальчика, больше всего на свете любящего поесть. Неожиданно дело пошло. Тема начал получать четверки. Мы с Тамарой приподняли головы и даже переклеили обои. Одна беда: Тамара все время болеет, аллергия буквально на все, плохая печень, боли в желудке, мерцательная аритмия, артрит, остеохондроз, мигрень. Легче перечислить, каких болячек у нее нет.

В Дом моделей я попала случайно. Соблазнилась дополнительным заработком. Платили две тысячи в месяц, а начинать трудиться нужно было с восьми вечера, когда «вешалки» уже разбегаются кто куда. Ученик мой в это время спит, а лишние денежки не помешают. Я надеялась набрать небольшую сумму и махнуть с Тамарой в августе на Азовское море. Говорят, там дешевые фрукты, вкусная рыба и чудесный климат.

Закончив уборку, я выпрямилась и глубоко вздохнула. Ну вот, спина просто разламывается, пора домой, стрелки часов подобрались к полуночи, а Тамара ни за что не ляжет спать, если меня нет. Закрыв двери и отдав ключ охраннику, я выпала на улицу и тихонько поползла в сторону метро. Внезапно от угла дома отделилась тоненькая фигурка.

— Простите, — пролепетала девушка, заглядывая мне в лицо, — не могли бы вы сказать, где я нахожусь?

Я внимательно посмотрела на нее. Небось пьяная или наркоманка. Но от женщины ничем таким не пахло, а худенькие руки, высовывавшиеся из коротких рукавов слишком легкого платья, не были покрыты синяками.

— Пожалуйста, — шептала девушка, — подскажите...

У нее было удивительно располагающее лицо. Карие, слегка раскосые глаза делали молодую женщину похожей на козочку. Тонкий, аккуратный нос, маленький, но красивый рот. Легкие пряди светло-каштанового цвета прикрывали уши, а нежная белая шея свидетельствовала о том, что ей лет двадцать пять, не больше. Впрочем, было в ней что-то странное, непонятное, какая-то изломанность, нервозность, возможно даже, истеричность. И одета она была как-то не по сезону. Май в этом году жаркий, но все же не до такой степени, чтобы натянуть на себя нечто, больше всего похожее на ночную рубашку. Приглядевшись повнимательней, я поняла, что на ней была именно ночнушка.

ГЛАВА 2

Все сразу стало на свои места. Бедняжка больна, скорей всего психически.

— Вы в Москве, — тихо сказала я, — на Сонинской улице, тут недалеко метро... Вам куда?

— Не знаю, — пробормотала женщина, — не знаю, впрочем, спасибо.

Я кивнула и пошла вперед, но потом меня словно что-то толкнуло в спину, и я обернулась. Девушка потерянно стояла у стены, зябко поеживаясь. Черт возьми, ее нельзя оставлять одну в таком состоянии. Не дай бог еще изнасилуют или убьют, хотя взять у бедняжки нечего. Ни цепочки, ни колечек, ни сумочки... Я развернулась и подошла к несчастной.

— Где ты живешь?

— Не знаю, — улыбнулась она, — наверное, дома.

— Адрес знаешь?

— Нет.

— Как ты сюда попала?

Девушка пожала плечами:

— Не помню.

— Где же ты живешь? Ну неужели ничего в голову не приходит? — повторила я вопрос.

Бедняжка напряглась:

— Нет.

Я с жалостью поглядела на нее. Такая молодая, и вот, пожалуйста. Нет, мы еще хорошо живем с Тамарой, ну подумаешь, не слишком обеспечены и не можем себе позволить вкусную еду и хорошую одежду, но психически-то здоровы! А здесь ужас, да и только. Ну и что теперь делать? Оставить несчастную одну на улице? О таком и помыслить невозможно — она погибнет. Вести в милицию? Да я потрачу кучу времени, и Тамара заработает сердечный приступ, сидя у входной двери. Остается одно.

— Пойдем, — велела я и взяла девушку за безвольную тонкую руку.

Несчастная покорилась и, чуть прихрамывая, двинулась со мной. Я поглядела на ее ноги и увидела, что они обуты в простые резиновые шлепки, многие носят их вместо домашней обуви. Скорей всего она живет где-то неподалеку. Но Сонинская улица длинная, густо заставленная многоэтажными зданиями. Ладно, сейчас пойдем к нам, спокойно переночуем, а утром сообщу в правоохранительные органы.

Томочка открыла дверь моментально.

— Опять нервничала в прихожей? — рассердилась я. — Ну сколько можно говорить, что ничего со мной не случится! Легла бы спать спокойно.

— Ну не злись, — улыбнулась Тамара, — просто шла в туалет, а тут звонок.

Я хмыкнула и втащила свою сумасшедшую внутрь. Девушка стояла безучастно. Тамара с удивлением посмотрела на нее, но ничего не сказала. Моя подруга невероятно деликатна и ни за что не воскликнет при види незнакомого человека: «Это кто?» или: «Зачем ты ее приволокла?»

Раз я привела посреди ночи незнакомую женщину, значит, так надо. Тамара никогда со мной не спорит, она на редкость интеллигентна и патологически неконфликтна.

— Пойди помой руки, — велела я, открывая дверь в ванную, — потом выпьем чайку. Ты есть хочешь?

Девушка кивнула.

— Замечательно, — обрадовалась Тамара, — у нас потрясающие картофельные котлеты, «Докторская» колбаска и тортик «Причуда». Вы любите вафли?

Незнакомка провела рукой по волосам и пробормотала:

— Не знаю, наверное.

— Вот и хорошо, — как ни в чем не бывало продолжала Тамара. — Умывайтесь и идите на кухню.

Женщина послушно принялась мыть руки. Пока она приводила себя в порядок, я быстро сообщила Тамаре, как было дело.

— Очень правильно сделала, — похвалила подруга. — Ее могли убить. Представляешь, как сейчас родственники волнуются?!

Я вздохнула. Вполне вероятно, если только они сами не выгнали ее из дому. Иногда родные бывают безжалостны к таким больным. Но Тамара святой человек, и никакие гадости никогда не приходят ей в голову, я же не слишком человеколюбива.

Минут через пятнадцать мы съели вкусные биточки и принялись лакомиться тортом.

— Ой, — внезапно сказала девушка, указывая пальцем в сторону холодильника, — кто это?

— Не бойтесь, — успокоила Тамара. — Мыши, просто две хорошенькие и крайне замечательные мышки.

Примерно полгода тому назад мы обнаружили на кухне мышь. Я сначала хотела опрыскать все углы отравой, но Томочка воспротивилась:

— Не надо их убивать, давай лучше прикормим!

Вообще говоря, я бы с удовольствием завела кошку, но у Тамары аллергия на шерсть. Иногда роскошный перс соседки Наташи приходит к нам в гости, и Тамара тут же обвешивается соплями и принимается отчаянно чихать и кашлять. Поэтому кота у себя мы поселить не можем.

Первое время мыши пугались и выходили только ночью, в темноте. Мы оставляли им в блюдечке молоко и клали в розетку кашу. Затем зверушки осмелели и начали выбираться из укрытия днем. Мы назвали их Билли и Милли. Честно говоря, половая принадлежность мышей осталась для нас загадкой, но Тамара предложила считать их семейной парой. Теперь Билли и Милли частенько сидят у мойки, когда мы ужинаем. Ведут себя мыши вполне пристойно, в квартире не гадят, едят только предложенное им угощение и не грызут мебель. Честно говоря, я их нежно люблю. Милли охотно дает себя погладить, а Билли не идет в руки. Зато он уморительно чистит усы, сразу обеими передними лапами. Если у нас в этот момент сидят гости, тут же начинается смех. Но Билли не пугается, по-моему, он обладает актерскими задатками. Во всяком случае, в присутствии публики он совершает туалет особенно тщательно.

Но наша неожиданная гостья не засмеялась, она даже не улыбнулась, а просто протянула:

— А, мыши...

— Как вас зовут? — спросила Тамара.

Девушка отставила чашку и пробормотала:

— Не помню, ничего не помню.

Ее глаза лихорадочно забегали из стороны в сторону, лицо покраснело, над красиво изогнутой верхней губкой появились капельки пота. Мне не понравилось ее волнение, и я невольно взяла в руки кухонное полотенце. Вдруг она буйная? Схватит сейчас нож и кинется на нас!

Но Томуся ласково опустила хрупкую руку на плечо безумной.

— Такое случается. Вот я пошла вчера в магазин и встала у прилавка. Зачем, думаю, явилась? То ли за молоком, то ли за сахаром?

Вдруг девушка печально улыбнулась:

— Но как-то ведь меня зовут?

— Давайте называть имена, — обрадовалась Томочка, — вдруг какое-нибудь знакомым покажется?

— Ладно, — покладисто ответила гостья.

Я отложила полотенце и расслабилась. Кажется, она не злобная.

— Лена, Наташа, Оля, Маша, — начала перечислять подруга, всматриваясь в лицо бедолаги. — Галя, Соня, Марина, Оксана...

Но гостья никак не реагировала.

— Даша, Женя, Валя, — включилась я в игру, — Римма, Таня, Таисия...

— У нас же есть словарь имен! — подскочила Томочка.

Сказано — сделано. Мы принялись листать странички. Удача пришла на букве В.

— Вера, — прочитала я.

Девушка неожиданно сказала:

— Вот это мне нравится.

— Чудное имя! — с энтузиазмом воскликнула Томуся. — Давайте на нем и остановимся. Вера, Веруша, Верочка.

— Верочка, — эхом отозвалась незнакомка и неожиданно зевнула.

— Пошли спать, — предложила я.

Мы начали устраиваться. Квартирка у нас маленькая. Одна комната семнадцать метров, она исполняет роль гостиной. Тут стоит телевизор, диван и два кресла. Другое помещение поменьше, оно превращено в спальню. Тамара спит в дальнем углу, а я около окна — меня не берут никакие сквозняки.

В нашей крохотной «хрущобе» есть еще пятиметровая кухня, ванная размером с ракетку для настольного тенниса и прихожая, где еле-еле уместилась вешалка; если считать на квадратные метры, то их наберется, по-моему, около тридцати, а может, и меньше.

У нас с Тамарой множество знакомых, мы обзаводимся ими моментально. Томочка может разговориться с женщиной в метро и подружиться с ней на всю жизнь. Так было с Леной Волковой. Томуся ехала в поликлинику, а рядом в автобусе стояла симпатичная толстушка. Сначала обменялись ничего не значащими фразами, потом вышли на одной остановке... И теперь вот уже десять лет как лучшие подруги. Костя Рощин приехал к нам на «Скорой». Это был тот редкий случай, когда медицинская помощь понадобилась мне. Развешивала белье в ванной, поскользнулась и упала, приложившись лбом о раковину. На мой взгляд, ничего особенного не произошло. Моей черепушке, бывало, и похуже попадало. Пару раз тетя Рая довольно ощутимо долбала меня скалкой. Голова потом кружилась и сильно тошнило. На этот раз я просто ойкнула, скорей от неожиданности, чем от боли, но Томуся перепугалась и набрала «03». Явился Костя, и теперь его карма лечит нас постоянно. На кладбище, приводя в порядок могилу дяди Вити и тети Ани, я свела знакомство с Олей Потаповой, недавно похоронившей мать... А еще ведь есть бывшие одноклассники, коллеги по работе, соседи... Словом, наша записная книжка по толщине напоминает географический атлас, и все проблемы мы, как правило, решаем по телефону. Друзья знают об этом и частенько обращаются с просьбами. «Бюро неотложных добрых дел» — так называет Костя Разин Тамару, потому что она с невероятной готовностью кидается всем на помощь. Посидеть с ребенком Сони Леоновой, которой захотелось пойти в театр? Пожалуйста. Взять на месяц кошку Наташи, потому что соседка едет отдыхать? Нет вопросов. Отчаянно чихая, Томуся начнет вычесывать перса. Отдать последние деньги в долг Сене Малышеву, разорившемуся в результате дефолта? С огромным удовольствием, если накопленные нами две тысячи его спасут...

В нашей крохотной квартирке частенько остаются гости. Вы не поверите, но мы можем одновременно устроить на ночлег четверых. Все очень просто. Два кресла в гостиной трансформируются в кровать, а диван раскладывается. Правда, ложа получаются слегка узковатыми, но переночевать вполне можно. Впрочем, в крайнем случае с балкона вытаскивается раскладушка; только тому, кто на ней устроится, придется не слишком комфортно — ноги в прихожей, а голова на кухне.

Но сегодня предстояло позаботиться всего лишь

об одной Вере, и мы мигом соорудили кровать. Девушка, одетая в Томусину пижамку, рухнула на диван и заснула, едва успев донести голову до подушки. Томуся поправила одеяло и задумчиво пробормотала:

— Вот странно.

— Что?

— Имени не помнит, фамилии, конечно, тоже. Где живет, не знает, а основных навыков не потеряла...

— Ты о чем?

— Ну смотри, — рассуждала Томуся, — руки мыла с мылом, ела нормально, правда, только вилкой, но ведь не все ножом пользуются. В туалет сходила и спустила за собой воду...

— Подумаешь, — пожала я плечами.

— Всегда считала, — продолжала Томуся, — что ненормальный патологичен во всем. Ну, например, ест мыло и пытается мыть руки в цветочном горшке.

— А Леня Рюмин? — спросила я. — Никто и не скажет, что он шизофреник, если Ленька не в больнице. И потом, Ван Гог явно был психически болен, ухо себе отрезал, а вспомни его гениальные картины... Между прочим, Достоевский болел эпилепсией!

Томуся поморщилась:

— Ван Гога не люблю, его полотна патологичны, сразу понятно, что у живописца были проблемы с головой. Нарушенные пропорции, какие-то завихрения.

— Ну это ты хватила, — возразила я, укладываясь в кровать, — а Эль Греко? Вот уж у кого беда с пропорциями. Лица вытянуты, руки длиннее ног кажутся...

— У Эль Греко, возможно, был дефект зрения, — зевнула Томуся, — он, должно быть, писал как видел, а видел искаженно. Ван Гог же воспринимал действительность болезненно.

— Ага, — пробормотала я, чувствуя, как сон закрывает глаза, — согласна.

— Эпилепсия болезнь не души, а тела, — донеслось из угла. — Достоевский был нормален!

Но я уже не смогла ничего ответить и погрузилась в сладкие объятия Морфея.

ГЛАВА 3

Звонок прозвучал в абсолютной тишине. Я распахнула глаза и поглядела на будильник — 6.40. Кто бы мог прийти в такую рань? Нашарив ногой тапки, я слезла с кровати. Звонок затрезвонил вновь, настойчиво и долго. Чья-то рука без тени сомнений жала на пупочку, человек, стоявший за дверью, явно хотел всех поскорей разбудить.

— Что случилось? — пробормотала Томуся.

— Спи, пойду погляжу, — ответила я и вышла в гостиную.

Верочка не подняла головы, очевидно, резкий звук не потревожил девушку. Я подошла к двери и без лишних расспросов распахнула ее. У нас нет «глазка», и, честно говоря, мы никого не боимся. Красть тут нечего, а для сексуально озабоченного мужика найдутся кадры помоложе.

На пороге возникла полная женская фигура, замотанная, несмотря на теплый май, в чудовищную темно-синюю кофту с капюшоном.

— Здрасьте, — пробормотала тетка. — Никишина тут проживает?

— Нет, — хотела было ответить я, но вдруг припомнила, что это фамилия тетя Раи, и ахнула.

— Вам Раису Николаевну?

— Слава богу, — вздохнула нежданная гостья, —

добрались! А я-то грешным делом боялась, вдруг чего не так... Квартиру поменяла... Входи, Криська, доехали. — Она втащила в прихожую огромную клетчатую сумку. За ней тихо, словно тень, двигалась девочка, тоненькая, какая-то бестелесная.

— Здравствуйте, — прошелестел ребенок и встал у зеркала.

И от девочки, и от женщины крепко пахло грязной головой и немытым телом.

— Ну, — заявила тетка, — и где Райка?

От неожиданности я выпалила:

— Она умерла, давно, шестнадцать лет почти прошло.

— Да что ты говоришь! — всплеснула руками пришедшая и, рухнув на табуретку у входа, завыла в голос: — Ой, горе-горькое, ужас приключился, несчастье черное, ох беда, беда, сестричка дорогая, единственная душа родная на всем белом свете...

Я не люблю кликуш и истеричек. Из всей выплеснутой информации до меня дошло только одно: нежданная гостья — сестра тети Раи. Странное дело, мачеха никогда не говорила, что у нее есть родственники.

— Ой, ой, ой, — причитала баба, раскачиваясь из стороны в сторону, — горе-горюшко.

Такая скорбь показалась мне немного странной. Не видеть сестру целую вечность, не знать о ее смерти и теперь вдруг так убиваться... Девочка безучастно стояла рядом с сумкой, грызя ногти. Потом она тихо спросила:

— Ну и куда мы теперь, тетя Зоя? Опять на вокзал?

Женщина неожиданно прекратила истерику и сказала:

— Все, Криська, дальше ехать некуда, добрались! Нам на улицу идти, а тут чужие люди живут? Вы Раисе ведь никто?

В моей голове разом возникла картина: стонущая тетя Рая шлепает на мою тарелку блинчики.

— Ешь, Виолка, тебе испекла, знаю, ты их любишь!

А вот она встречает меня из школы и, разглядывая дневник с отметками, вздыхает:

— Точно, академиком станешь, большим человеком. Иди-ка в комнату да глянь на кровать.

Я бегу в спальню и нахожу на подушке уродливого косорыленького мишку, которого Раиса купила в «Детском мире», не пожалев ни пяти рублей, ни времени на поездку в магазин. Правда, тут же роились и другие воспоминания.

Вот она лупит меня почем зря кухонной тряпкой, а потом храпит прямо на полу в гостиной...

— Я ее дочь, — неожиданно произнес мой язык.

— Вот радость! — взвизгнула тетка. — Племянница дорогая!

Растопырив руки, она ринулась ко мне и моментально заключила в вонючие объятия.

— Раздевайся, Криська, — велела тетка. — Добрались-таки, чай не выгонят на улицу. Или как?

Она заискивающе заглянула мне в лицо.

— Сумку отнесите в гостиную, да помойтесь с дороги, — велела я.

Через полчаса мы сидели за столом, и неожиданно свалившаяся на наши головы «родственница» рассказала нехитрую историю.

С Раей они не виделись много лет. По молодым годам Зойка выскочила замуж за симпатичного паренька — строителя и уехала из Москвы. Они с мужем ездили первое время по разным городам, а потом осели в Грозном. Хорошее место, великолепный климат, жили в собственном доме на окраине города да радовались. В саду цвели алыча, персики и сливы, по двору бегали цесарки, куры и индюшки. Зоя научилась у соседок местной стряпне и теперь щедро посыпала блюда кинзой и тертыми грецкими орехами. С Раисой они не встречались. Правда, 14 апреля, на день рождения сестры, Зойка отправила давным-давно открытку. Ответ пришел аж через два года. Раиса сообщала, что по старому адресу более не живет, вышла замуж и писать следует в другое место, телефон она не указала. Зоя отправила небольшое послание, но Рая отчего-то не пожелала вступать в переписку. Зоя не слишком горевала — большое хозяйство отнимало кучу времени, к тому же она работала парикмахером, слыла отличным мастером, и к ней вечно вереницей шли клиентки.

Потом начался ужас — первая чеченская война. Но Зое необычайно повезло. Российские танки наступали с другой окраины Грозного, и их с мужем дом остался цел. Пережив этот кошмар, она успокоилась. Слава богу, все цело, жизнь продолжается. Но стало совсем плохо, перестали платить зарплату, и Зоя начала стричь постоянных клиентов бесплатно. «Ладно, — успокаивала она себя, — ладно, все живы, дом цел, огород есть, прокормимся».

Но затем случился еще больший ужас — вторая чеченская война. Ивана, супруга Зои, убили боевики, признав в мужике русского. Ее саму спрятали соседки-чеченки; дом сожгли, а нехитрое имущество частично разворовали, а что не понравилось, уничтожили. Зоя осталась буквально на улице, хорошо хоть успела вытащить коробочку с документами. Начались хождения по мукам. Как она добиралась до Москвы, Зоя не могла вспоминать без слез. Путь растянулся почти на полгода. Они голодали, просили милостыню, питались на помойке. Да к тому же в голове постоянно билась простая мысль: «Что, если Раиса сменила адрес?»

— Значит, вам некуда идти? — уточнила я.

— Нет, — покачала головой Зоя и разрыдалась. Девочка, которую, очевидно, звали Кристина, безостановочно ела куски хлеба с маслом.

— Тебя стошнит от жирного, — тихо сказала Тамара.

— Не-а, — пробормотала девчонка, запихивая в рот толстенные кусищи, — вкусно очень.

— А ну прекрати людей объедать, — неожиданно выкрикнула Зоя и с размаху отвесила Кристине оплеуху.

Девочка поперхнулась, закашлялась, но не заплакала, очевидно, побои были для нее привычным делом. А может, просто не обращала внимания на колотушки, я же в детстве сносила молча затрещины тети Раи.

— Вы не волнуйтесь, — залепетала Зоя, — она мало ест, сейчас чегой-то прорвало, а так... Ну супчику полтарелочки или каши какой, без мяса! Один раз в день!

— Нас не пугают дети с хорошим аппетитом, — медленно проговорила Тамара, — не бейте ее.

— Работать пойду, — неслась дальше Зоя, — профессия в руках нужная, парикмахер, деньги рекой потекут. Нам бы только где голову преклонить. Криська может что-нибудь по хозяйству; убрать, стирать, готовить. Уж не гоните нас!

Я поглядела на Веру, абсолютно безучастно евшую геркулесовую кашу. Славная, однако, компания подбирается! Ненормальная девица и безработная беженка с девочкой. Ну зачем я назвалась Раисиной дочерью? Надо немедленно внести ясность и... Что? Выставить их на улицу? Усталую, измученную женщину и оголодавшую до последнего предела девочку?

— Никто вас не гонит, — твердо сообщила Тамара, — ешьте, отдыхайте, а там решим. Сейчас позвоню Ольге Подкопаевой, у них в больнице санитарок берут, дают общежитие, а кушать можно в столовой, от больных много остается.

— У нас прописки нет, — напомнила Зоя.

— Ничего, — легкомысленно отмахнулась Томуся, — у нас приятель Юрка в милиции работает, поможет.

— Счастье-то, счастье! — закричала Зоя и бросилась на пол. — Давай, Криська, становись на колени, кланяйся моей племяннице золотой, дай, дай поцелую...

И она, вытянув вперед руки, поползла ко мне на коленях. Я в ужасе отпрянула и налетела на Веру, которая по-прежнему без лишних эмоций глотала овсянку.

Томочка побледнела и кинулась поднимать Зою, но та как-то странно выпучила глаза, потом приложила левую руку к груди, тихо сказала:

— Печет очень, прям огнем горит, — и упала на бок, неловко подогнув правую ногу.

Тамара понеслась к холодильнику за валокордином, но влить в Зою лекарство мы не смогли. Она не желала ничего глотать, пахучая жидкость текла по подбородку, глаза, странно открытые, не мигали.

Приехавшая «Скорая» тут же вызвала милицию: Зоя умерла. Началась томительная процедура. Сначала прибыли два парня, которые изъяснялись как индейцы, или глухонемые, в основном знаками с небольшой долей междометий.

— А-а-а, — пробормотал один, — ты, это, того, в общем.

— Да, — отреагировал другой, — оно, конечно, надо бы.

— Ну давай, — велел первый.

— А-а-а, — протянул второй, — надо, да?

— Да! — припечатал первый.

Следом появился мужик постарше, владевший все же словарным запасом людоедки Эллочки. Он быстро навел порядок. Записал наши с Тамарой паспортные данные, повертел в руках документы, найденные в сумочке у Зои, и раздраженно протянул:

— Ну ни фига себе, головная боль, прописка в городе Грозный и регистрации нет.

— Она наша дальняя родственница, — быстро сообщила Томуся, — только что прибыла.

— Сердце небось больное, — то ли спросил, то ли определил милиционер и сел писать какие-то бесконечные бумаги.

Кристина и Вера как испарились. Я же решила уточнить ситуацию и поинтересовалась:

— Вот предположим, нашла на улице человека без памяти, что делать?

— Как это нашла, — буркнул мужик, — валялся в канаве?

— Нет, женщина в ночной рубашке стояла возле дома. Ничего не помнит — ни как зовут, ни фамилию...

— И где она? — заинтересовался мент.

Но мне отчего-то не захотелось говорить правду, и я быстренько ответила:

— Ну это так, для общего образования.

— А раз так, — гавкнул мужлан, — то нечего мешать людям работать, итак из-за вас столько времени зря потерял!

Я уставилась на него во все глаза. Интересное дело, можно подумать, что он играет в симфоническом оркестре, а тут его заставили ехать «на труп». Да ведь это и есть его работа! Ну погоди, грубиян, привык небось бабулек с укропом от метро гонять.

Сделав самое сладкое лицо, я защебетала:

— Понимаете, пишу детективные романы, придумала интересный поворот: главная героиня находит на улице женщину, потерявшую память. Как ей следует поступить?

— На такой случай, — принялся словоохотливо пояснять только что крайне нелюбезный сотрудник правоохранительных органов, — существуют приемники-распределители, доставят туда.

— А дальше? — не успокаивалась я.

— Ну, — милиционер почесал голову шариковой ручкой, — там обученный персонал, разберутся.

— Как?

— В больницу свезут психиатрическую, лечить станут, она все и вспомнит.

Я тяжело вздохнула. Знаю, знаю, какие порядки в этих милых учреждениях. Целый месяц, польстившись на приличную зарплату, мыла полы в сумасшедшем доме. Выдержала только тридцать дней и с позором бежала. Ей-богу, не знаю, кто там страшнее — несчастные больные или средний медицинский персонал. Невероятные вещи проделывали они с теми, кто пытался спорить с медиками. Пеленали мокрыми простынями, привязывали на сутки к кровати. Я уже не говорю об уколах аминазина. Никто не станет лечить несчастную Верочку, подержат несколько месяцев — и сдадут в приют, поселят возле никому не нужных стариков и олигофренов. Я невольно вздрогнула:

— И это все?

— А чего надо? — удивился мужик. — Государство заботится о таких людях.

Еще хуже. Спаси нас, господи, от необходимости просить у нашего государства помощи.

— Только имейте в виду, — подытожил мент, — субсидию на похороны вам не дадут.

— Почему? — поинтересовалась Томуся.

— По месту жительства положена.

— Но она из Грозного!

— Там и получите, — преспокойненько заявил «дядя Степа» и захлопнул планшет.

Я поглядела на Томочку.

— А от чего скончалась Зоя?

— Вскрытие покажет, — равнодушно бросил милиционер и ушел.

Не успел он скрыться за дверью, как опять раздался звонок. Мы так и подпрыгнули. Наверное, скоро при звуках его веселой трели у меня будет приключаться медвежья болезнь. Что еще на нашу голову?

Но за дверью, робко переминаясь с ноги на ногу, стоял мой ученик Тема.

— Тетя Веля, — пробормотал он, — вы забыли, да?

Точно, совершенно вылетело из головы.

— Идем, детка, — сказала я и пошла в соседнюю квартиру.

Темочка — замечательный двоечник. Больше всего на свете он любит покушать, причем особых пристрастий в еде не имеет. Ест все подряд, ему нравится сам процесс. Результат налицо, вернее на теле. Весит Темка значительно больше меня, впрочем, это неудивительно. Учение дается ему с трудом: ну не лезет наука в детскую голову. В дневнике ровными рядами стоят двойки, но в четверти, да и в году волшебным образом выходят вожделенные тройки, и Темочка переползает в следующий класс. Впрочем, любым чудесам находятся вполне реальные объяснения. Во-первых, Темка милый и абсолютно неконфликтный ребенок. Учителя частенько используют его в качестве тягловой силы: просят донести до дома неподъемную сумку с тетрадями или переставить парты. Артем никогда не отказывает, его любят, и учительская рука сама собой выводит «удовлетворительно». А во-вторых, Наташа, его мать, постоянно таскает в школу всевозможные презенты. Сколько раз я говорила ей:

— Забери парня из этой школы. Не тянет он. Немецкий пять раз в неделю по два часа! Ну куда ему! Отдай после девятого класса учиться на повара или на парикмахера!

Но нет предела родительскому тщеславию. Наташа категорично заявляет:

— Никогда. Я всю жизнь копейки считаю, пусть хоть мой ребенок в люди выйдет, высшее образование получит. Ты его тресни, если лениться начнет, но немецкий он обязан знать.

Вот мы и продираемся сквозь дремучие заросли чужого языка, как кабан через терновник, оставляя повсюду капли крови, в основном моей, потому что Теме, честно говоря, все по фигу, и он только ждет вожделенного мига, когда за «репетиторшей» захлопнется дверь. Пару раз он хитрил и переводил стрелки будильника вперед, но теперь я умная и приношу часы с собой.

Глубоко вздохнув, словно пловец перед многокилометровым заплывом, я как можно более ласково произнесла:

— Ну, котеночек, давай, начнем с глаголов.

Наверное, в каждом языке есть свои грамматические примочки. Посудите сами. Например, глагол «класть». Я кладу, ты кладешь, он кладет...

Вроде просто, но почему тогда сотни и сотни россиян произносят: «Я покладу»? А близкий ему по смыслу «положить»? Я положу... Ан нет. Во многих устах он звучит по-другому: я ложу. Ложу, и точка! Парадоксальным образом иностранцы, хорошо знающие русский язык, никогда не совершают подобных ошибок. Им вдолбили в голову, что это неправильно. Впрочем, и у немцев полно своих «грамотеев», не знающих правил собственного языка. Трудности чаще всего возникают с глаголами сильного и неправильного спряжения. Три основные формы этих глаголов следует заучить наизусть, как молитву, иначе никогда не скажешь правильно фразу в прошедшем времени.

— Ну, Темочка, давай глагол «читать» — lesen...

— Lus, gelusen, — выпалил мальчик.

— Не попал! Еще разок — lesen...

— Laste, gelasen, — пробормотал «Ломоносов».

— Нет, ну, котеночек, соберись, — lesen...

— Lis, gelisen, — снова попал пальцем в небо Тема.

Я тяжело вздохнула и, чтобы не дать ему затрещину, крепко сцепила под столом руки. А еще говорят, что ангельское терпение можно приобрести только в результате медитаций и молитв! А вот и нет, стоит месячишко позаниматься с Темой, и вашему умению владеть собой позавидуют буддистские монахи. Если, конечно, вы не убьете Артемку в первые же дни...

— Котеночек, ты не знаешь.

— Я учил, — заныл Тема, косясь на будильник, — честное благородное, все делал, как велели, перед сном десять раз прочел.

— Понимаешь, — принялась я проникновенно объяснять ленивому мальчишке суть, — могу помочь написать сочинение или растолковать правило, но открыть тебе голову и ложкой положить туда знания мне слабо. Надо и самому чуть-чуть поработать. Ну, котик, lesen...

Я закрыла глаза.

— Las, gelesen.

Из суеверия я не стала открывать глаз.

— Отлично, gehen...

— Ging, gegangen, — опять совершенно верно.

Я открыла глаза и строго велела:

— Отдавай шпаргалку!

— Это не я, — опять заныл Темка и ткнул пальцем в сторону двери, — это она!

Там стояла Кристина. Увидав мой удивленный взор, девочка засмущалась:

— Простите, случайно вышло, меня прислала Тамара, сказать...

— Погоди, — перебила я ее, — ты знаешь немецкий?

— Немного, — ответила Крися, — в колледже пятерки ставили.

Мы поболтали чуть-чуть, и я с восхищением признала, что девочка великолепно владеет языком, а произношение у нее безукоризненное.

Хорошие, однако, школы были в Грозном, если там давали такие знания.

— Летом папа обычно отправлял меня в Германию на три месяца, — как ни в чем не бывало продолжала Кристя.

Ничего себе! Наверное, Зоя с мужем отлично зарабатывали! Что же она тогда плела про парикмахерскую и отсутствие денег?

— Папа говорил: «Учись дочка, дело тебе передам».

— И что у него за дело?

Кристина замялась:

— Всего точно не знаю, вроде магазины и еще что-то...

Учебник немецкого языка выпал у меня из рук.

— Они что, с мамой в разводе были?

— Моя мама умерла, — тихо напомнила Кристина.

— Извини, просто очень удивилась. Раз твой отец столь состоятельный, как же он бросил вас в Грозном? — Произнеся эту фразу, я тут же осеклась. Надо же быть такой дурой! Зоя-то говорила, что Ивана убили! Сейчас Кристина разрыдается...

Но девочка стойко выдержала удар. Секунду она, не мигая, глядела в сторону, потом ответила:

— Зоя мне не мать.

Я почувствовала легкое головокружение.

— А кто?

— Никто.

— Как же ты с ней познакомилась, где?

— Она меня на дороге подобрала, возле села Мартан.

— Артем, — строго приказала я, — садись и учи глаголы, через час вернусь и проверю.

Дома мы усадили Кристину на кухне и велели рассказать все по порядку.

Девочка начала перечислять события своей короткой, но бурной жизни.

ГЛАВА 4

Родом она из Екатеринбурга. Папа — Зотов Анатолий Иванович, бизнесмен, предприниматель, богатый человек. Кристину в колледж возил шофер, а дома за ней ухаживала няня. Мама девочки скончалась.

Жизнь Кристины текла размеренно и счастливо в окружении подруг, игрушек и прочих радостей. Однажды шофер отвез ее к Лене Родиной в гости, а часов в семь вернулся и сказал, что папа велит срочно ехать домой. Он довел Кристину до машины, девочка села в салон и увидела там приятного черноволосого мужчину.

— Это близкий друг Анатолия Ивановича, — объяснил шофер, заводя мотор.

Не подозревая ничего плохого, наивная девочка села рядом с незнакомцем. Вскоре она почувствовала легкий укол в ногу, и наступило беспамятство.

Очнулась Кристя в каком-то доме, в довольно большой комнате с плотно закрытыми окнами. Девочка начала стучать в запертую дверь, она открылась, и появилась стройная женщина, замотанная платком.

С сильным акцентом она объяснила Кристе, что шуметь на надо, что ее похитили и отпустят, когда папа заплатит большой выкуп. Бить и морить голодом ее не станут. Вместо туалета ей предложили стоявшее в углу ведро. Свои обещания баба сдержала. Раз в день в комнату всовывали железную миску, доверху набитую кашей, в ней утопали толстые ломти хлеба. Рядом ставили бидон с водой. Никто и пальцем не тронул девочку, но из комнаты ее никуда не выпускали. Первые дни Кристя рыдала как безумная, потом успокоилась, узнала у «тюремщицы» число и с 18 сентября принялась делать на стене зарубки. Самыми мучительными были невозможность помыться, сменить белье и скука. Делать было абсолютно нечего. Кристя попробовала спать сутками, но здоровый детский организм отказывался подчиняться такому графику. Тогда она стала просить у бабы что-нибудь почитать. Тетка не ответила ни «да» ни «нет», но вечером бросила в «камеру» истрепанные томики. Кристя радостно кинулась смотреть, что ей дали. Коран на русском языке и «Похождения Ходжи Насреддина». Оба произведения Кристя выучила почти наизусть, и если бы мусульмане разрешили, могла бы запросто работать муллой. Во всяком случае, суры Корана она распевала не хуже выпускников медресе.

В декабре в комнату неожиданно вошел незнакомый мужик — худощавый, гибкий, с пышной черной бородой. Он глянул на Кристю хищными звериными глазами и исчез. Тут же за стеной началась перебранка.

Кристя давно поняла, что ее держат в жилом доме. Со двора часто раздавались детские крики — языка она не понимала, — а из глубин дома доносилась неразборчивая речь. Случались и скандалы, но такой приключился впервые. Хозяева орали так, что сносило крышу. Визгливые женские дисканты перекрывали глухие мужские басы, неожиданно раздался выстрел, визг, плач... Успокоились не скоро. Уже ночью, когда Кристя спала, тихо вошла «тюремщица». Она потрясла девочку за плечо и, приложив палец к губам, прошептала:

— Кристя, иди за мной, только тихо.

Кристя вышла во двор и чуть не упала, вдохнув свежий морозный воздух. Но баба, не обращая внимания на ее слабость, проволокла пленницу до сарая, впихнула внутрь и сказала:

— Слушай меня!

Кристя напряглась. Тетка ухватилась за конец платка, и девочка наконец впервые увидела ее лицо. Перед ней стояла молоденькая девушка лет пятнадцати, не больше. Торопясь, она вываливала Кристине информацию.

Семья, удерживающая Кристю, зарабатывает на жизнь похищением людей. От отца Кристины ожидали большой куш, но вчера пришло сообщение, что Анатолий Иванович Зотов погиб — его взорвали в собственной автомашине. Следовательно, денег не будет, и Кристю хотят убить. Собственно говоря, это собирались сделать еще вчера, но, на Кристино счастье, начали разбираться с одной из невесток, заподозренных в неверности, вот и отложили казнь Кристи на утро.

— Иди по дороге через поле, — напутствовала бывшая тюремщица, протягивая девочке цветастую юбку, зеленую шерстяную кофту, куртку и большой черный платок, — там ваши стоят.

— Кто? — не поняла Кристина.

— Так война у нас, — пояснила девушка, — русские с чеченцами дерутся, топай вперед, и наткнешься на своих. Да, вот еще, держи.

Кристя повертела в руках бумажку с непонятными значками.

— Это зачем?

— Тут написано, что ты немая, — пояснила спасительница, — вдруг на чеченцев наткнешься, — покажешь. Мы убогих почитаем, никто и пальцем не тронет, только платка не разматывай, это не принято, прикрывайся и глаза опускай, поняла?

Кристя кивнула.

— Ну иди, — велела добрая самаритянка.

— Тебе попадет, — прошептала Кристина.

— А, — махнула рукой девчонка, — я ихнюю семью ненавижу, живу в женах у старшего сына, никто мне ничего не сделает, твою комнату свекровь запирает, вот ей точно секир-башка будет, давай двигай.

— Возьми браслетик на память, правда, там мое имя, а как тебя зовут? — спросила Кристя.

— Хафиза, — ответила девушка и вытолкала ее из сарая.

Стоял страшный холод. Кристина побрела по дороге, ноги, ослабевшие за несколько месяцев плена, плохо слушались, к тому же добрая Хафиза, дав одежду, забыла про обувь, и Кристина шла в тоненьких туфельках. Наконец на тропинке попался стог. Девочка, как сумела, обернула ноги сеном. Стало теплее. Тропинка петляла туда-сюда, потом впереди показалась большая дорога. Кристина, боявшаяся теперь всех, легла в глубокую придорожную канаву и принялась разглядывать тех, кто брел по бетонке. Никаких людей в военной форме она не заметила. Сначала протащилась довольно плотная группа горланящих чеченок, потом проехала машина, следом появилось несколько женщин с клетчатыми сумками. Одна, задыхаясь, села на обочину, как раз возле того места, где пряталась Кристина. Женщина была явно русская, с простым славянским лицом, усталым, но добрым. Так она встретила Зою. Выслушав Кристю, женщина вытащила из сумки старые, но целые кроссовки, теплые шерстяные носки и полбуханки хлеба. Они пошли вместе в сторону границы.

— Не надо тебе к военным, — поучала Зоя, — раз отец погиб, а родственников нет, значит, сдадут тебя в детский дом. Держись за меня, вместе до Москвы доберемся.

Зоя собственноручно вписала в свой паспорт Кристину в графу «Дети».

— Скажем, что твое свидетельство о рождении потерялось, — объяснила она, — а мой паспорт цел, к тому же подтвержу, что ты — моя дочь, все и поверят.

Она оказалась права. Ни у кого женщина с девочкой не вызвали ненужных подозрений.

— Нам бы только до Москвы добраться, —

твердила Зоя, — там Раиса поможет, родная кровь, сестра.

— Надо же, — тихо произнесла Тамара, — какая Зоя добрая женщина... была.

Кристя улыбнулась:

— Она хорошая, только очень вспыльчивая, если чего не так сделаешь, запросто может по шее надавать, но потом быстро отходит и даже извиняется.

Я вздохнула. Наверное, у них с Раисой это было семейное, хорошо хоть Зоя не пила.

— Она меня спасла, — прошептала Кристина, — называла дочкой...

Голос девочки прервался, и она молча уставилась в окно.

У меня защемило сердце. Это сколько же должен пережить ребенок, чтобы разучиться плакать!

— И куда мне теперь? — пересилила себя Кристя. — В детдом?

Томуся хлопнула ладонью по столу:

— Никаких приютов. Если Зоя звала тебя дочерью, то мы тебе тетки. Тетя Виола и тетя Тамара. Впрочем, можешь звать нас просто по именам, все-таки родственники.

Кристя заморгала:

— Вы не поняли. Я не настоящая дочь Зои. У нее, правда, когда-то была девочка, но умерла в пять лет, она рассказывала, что всегда мечтала о дочери, но бог ребеночка отнял, а я вроде как на замену.

— Тебе сколько лет? — спросила я.

— Двенадцать, нет, тринадцать, — поправилась Кристя.

— Ладно, — велела Томуся, — теперь следует решить разные формальности. Надо по-человечески проводить Зою, когда отдадут тело. Далее следует выправить Кристине хоть какие-нибудь документы, устроить ее в школу, прописать... Голова идет кругом.

Значит, так, — резюмировала Томуся, — мы сейчас поедем на «Речной вокзал», в наш любимый магазин, и купим Кристе все самое необходимое.

Только не подумайте, что там расположен бутик Версаче. Нет, на улице Смольной открыт отличный магазин секонд-хэнд, торгующий практически новыми, но вышедшими у них, на Западе, из моды вещами. Там можно найти все, причем приличного качества. Ну какая нам, в конце концов, разница — узкие джинсы или широкие... Вот только обуви нет, за ботиночками приходится ездить на рынок «Динамо», что пробивает гигантскую брешь в бюджете.

Внезапно из гостиной раздалось покашливание.

— Ой, — пробормотала Томуся, — совсем забыла про Веру, с ней тоже проблемы...

Да, и немаленькие. Но Тамару не так легко сбить с толку.

— Хорошо, поступим так, — заявила подруга, — я занимаюсь Кристиной, а ты Верой, разделим заботы пополам. Сначала едем в секонд, а потом ко мне на службу.

Томочка работает в расположенной у нас во дворе школе воспитательницей группы продленного дня. Очень подходящее для нее занятие, ничего, кроме доброты к младшеклассникам, там не требуется. Служба начинается в три часа дня и заканчивается, как правило, около шести вечера, когда за детишками прибегают взмыленные мамы.

— Давай, Кристя, — поторопила Томуся, — едем за обновками.

Они мигом собрались и убежали.

Я в задумчивости села у телефона. С чего начать?

Пальцы сами быстро набрали номер телефона Гены Новикова. Он журналист, ведет в крупной газете криминальную хронику...

— Новиков, готов записать ваше сообщение, — пробубнил Генка.

— Генасик, ты хвастался, что имеешь кучу связей в МВД.

— Ага, — радостно подтвердил друг, — в Главное управление исполнения наказаний дверь ногой открываю. Выкладывай сразу проблему. Кого-нибудь осудили, и надо, чтобы попал в Крюковскую колонию, в Зеленоград?

— Нет, Геночка, слава богу, пока все на свободе. Можешь ты узнать по своим каналам, не объявлен ли по Москве розыск молодой психически больной женщины, потерявшей память. Она ушла вчера из дому в одной ночной рубашке и тапочках...

— Легко, — весело ответил Генка. — А тебе зачем?

— Надо.

— Раз надо — значит, надо, — согласился покладистый приятель, — сейчас перезвоню.

Через пятнадцать минут он сообщил, что никакую больную девушку никто не ищет.

— Может, в каком-нибудь в другом отделении милиции, — вздохнула я.

Генка захихикал:

— Молчи уж лучше, если не знаешь. Вся информация о пропавших скапливается централизованно, в компьютере. Вчера, например, исчезли два подростка и мужик, позавчера — три старухи, днем раньше — пожилой военный... Никаких молоденьких с кривыми мозгами не наблюдалось.

Ну, покедова. Да, имей в виду, если надо кого в Крюковскую колонию запихнуть, я с дорогой душой, только свистни!

— Никого никуда сажать не надо, — отрезала я и повесила трубку.

Странно, что родственники не побеспокоились. Кажется, начинают сбываться мои худшие предположения. Они просто были рады избавиться от больной, а, может, сами выгнали ее на улицу? И как поступить? Сдать ее в милицию?

Я аккуратно приоткрыла дверь в спальню. Верочка сидела у письменного стола с карандашом в руке.

— Что ты делаешь?

— Рисую, — тихо ответила девушка.

Я глянула на листок и восхищенно зацокала языком. Точными, уверенными штрихами Вера изобразила прыгающую через барьер лошадь. Она была нарисована изумительно и выглядела как живая.

— Да ты художница!

— Не знаю, — улыбнулась Вера. — Наверное. Руки сами карандаш схватили. Знаешь, как здорово рисовать, смотри, это ты.

Моментальными движениями она провела несколько линий, и я уставилась на свой шарж. Здорово. Кое-какие черты лица утрированы, но не зло, как иногда делают карикатуристы. И это явно я.

— Ну надо же! Попробуй вспомнить, кто тебя научил?

Вера задумалась, потом покачала головой:

— Ничего, совсем ничего не помню, только лестницу...

— Лестницу?

— Ну да, иду по ступенькам, выхожу на улицу, холодно... Все иду и иду, а людей нет. Тут ты.

Так, значит, она живет на Сонинской улице, и круг поисков значительно сужается. Сколько там домов? Я вытащила из стенки подробную карту Москвы и принялась ее изучать. Сей топографический шедевр преподнесла мне невесть зачем на день рождения Наташка. Скорей всего, его ей кто-то подарил, а она решила избавиться от ненужной вещи, отташив мне. Но вот сейчас карта пригодилась. Я нашла Сонинскую улицу и присвистнула. Сорок два дома, и еще на нее выходит с десяток мелких улочек. Да, бегать по квартирам можно полжизни. Нужно искать другой путь, но какой?

— Можно выпить чаю? — вдруг спросила Вера.

— Конечно, сейчас заварю.

Но девушка опередила меня, первой вошла в кухню, налила в электрочайник воду и щелкнула рычажком. Я глядела на нее во все глаза.

— Кажется, у меня дома есть подобный чайник, — пробормотала Вера, — но кухня у нас больше и холодильник не такой!

— Какой?

— Серый, с двумя дверцами, — протянула Вера.

Я вздохнула. Серый, с двумя дверцами! Похоже на «Филипс». Позавчера забрела в «М-Видео» и полюбовалась на товары. Огромный рефрижератор невольно привлек внимание. Цена — фантастическая. Восемьдесят пять тысяч! Размер — гигантский. Я еще подумала, какая же кухня должна быть у людей, чтобы вместить такого монстра. И вот оказывается, что дома у Веры стоит нечто подобное.

— Да, — продолжала девушка более уверенно, — серый. Справа такие лоточки для яиц, тридцать штук влезает, сверху места для банок и бутылок, а слева контейнеры прозрачные и стеклянные полочки...

Чайник вскипел, Верочка налила в чашку кипяток и принялась полоскать в нем пакетик чая. Я глядела в окно. В голове никаких идей, просто какая-то торричеллиева пустота. Внезапно мой взгляд упал на лежавшую на табуретке ночную сорочку. Вчера мы дали Вере пижаму, а ночнушку забыли на кухне. А с утра косяком пошли разнообразные события, и про ситцевую рубашечку мы позабыли. Я взяла в руки сей невесомый предмет, решив замочить ночнушку, а вечером выстирать. Мы никак не наберем денег на стиральную машину. А рубашка-то отличного качества, и не ситец это вовсе, а самый настоящий батист. К боковому шву прикреплен ярлычок «Живанши»[1]. Дорогая, должно быть, вещь и такая приятная на ощупь. И тут на изнанке подола мелькнула метка. Я пригляделась «Королева Алла. 1-й отряд», рядом был пришит кусочек белой ткани с буквой и цифрами «Л-361854». Так. Насколько помню, раньше всем детям, выезжавшим в пионерские лагеря, велели пришивать на вещи подобные метки. У меня до сих пор есть ситцевый халатик, где, между прочим, на подоле значится: «Виола Тараканова». А вторая бирка — это для прачечной. Нет, как здорово все складывается, дело за малым — найти приемный пункт и порасспрашивать сотрудников. Может, кто знает эту Королеву Аллу. На всякий случай я поинтересовалась:

— Верочка, а твоя фамилия не Королева?

Девушка отложила ложку и без тени сомнения ответила:

— Думаю, нет.

---

[1] «Живанши» — дом моделей экстра-класса.

— Почему?

— Она мне не нравится.

Ну надо же, какой сильный аргумент! Мне, между прочим, тоже не нравится фамилия Тараканова, но ведь живу же с ней всю жизнь!

Тут в дверь затрезвонили. В нашем доме определенно невозможно ни на минуту обрести покой. Что еще там случилось?

— Вилка! — завопила с порога Анечка Артюшина, наша соседка со второго этажа. — Вилочка, она умирает!

Анечка два года назад вышла замуж и вскоре родила девочку Машеньку. Дочка оказалась шаловливой, бедная Анюта лишилась сна и покоя. Но еще хуже стало, когда Машка, покачиваясь на толстеньких ножках, начала осваивать родную квартиру. У Анюты такая же «двушка», как у нас, но для крохотной Машуни это огромное пространство, неизведанная целина, полная увлекательных вещей. Опасности подстерегают ребенка на каждом шагу. Недавно Машка освоила новый трюк. Она взбирается на стул, потом на стол, идет по нему и... падает вниз, как перезревшая слива. Теперь, если мы приходим в гости, то, чтобы выпить чаю, надо сначала снять со стола... стулья. Аня ставит их туда вверх ножками, а обиженная Машка ходит вокруг и бормочет.

— Няка Мака, няка!

— Правильно, — одобряет ее мать, — нельзя. Молодец Машка.

Но в Машкиной голове добрые материнские наставления не задерживаются, и каждый день активная девица совершает новые подвиги, и каждый день Анечка прибегает с воплем:

— Спасите, умирает!

Почему она несется к нам — непонятно. Ни у

меня, ни у Тамары нет детей. Логичней было бы обратиться к Кузнецовым из тридцать восьмой квартиры. Марья Петровна вырастила четырех дочерей и теперь пасет несметное количество внуков. Но Аню упорно тянет к нам, бездетным и незамужним. Интересно, что на этот раз? Помнится, в среду Маня проглотила пару пуговиц и была абсолютно весела и счастлива. Бедная Аня, мысленно похоронившая дочь, чуть не заработала инфаркт, поджидая «Скорую». Приехавшие медики посмеялись, велели накормить девочку вязкой кашей и уехали. В четверг около восьми утра Анюта влетела с радостным воплем и продемонстрировала злополучные пуговицы, благополучно нашедшие выход из Машкиного организма. И вот сегодня очередная трагедия.

— Замолчи немедленно, — сердито велела я, — и говори внятно.

Аню не смутила моя слегка нелогичная фраза. Размахивая руками, она принялась причитать:

— Ужас! Посадила ее на горшок, а оттуда пена, пена, пена...

— Откуда? Из горшка?

— Ну да!

— А как она туда попала?

— Так из Машки же лезет! Жуть! Наверное, холера!

— Типун тебе на язык, — обозлилась я. — Пошли.

Мы спустились вниз. Виновница переполоха спокойненько сидела на «троне». Увидав меня, она заулыбалась и сообщила:

— Няка Мака, няка.

— Мака бяка, — ответила я и приподняла над горшком ее розовенькую, похожую на мячик попку. В горшке и впрямь плавала обильная пена из крупных пузырей. Пахло от ночной вазы приятно. Чем-то сладким, вроде жвачки или карамелек. Без колебаний я засунула туда руку. Непонятная розоватая жидкость оказалась мылкой, скользкой. Аня, клацая зубами от ужаса, бормотала:

— Надо «Скорую» вызывать...

— Не надо, — успокоила ее я и повернулась к Машке: — Ну, немедленно расскажи Вилке, что ты пила? Что выпила Мака, а? Мака буль-буль?

— Ав-ав, — сообщила Машка, страшно довольная собой, — ав-ав ням-ням. Мака мыка ав-ав.

Самое интересное, что Аня не понимает Машку, я же совершенно великолепно разбираюсь в ее «сленге». Все ясно. Очевидно, в ванной стоит нечто, связанное с собакой, чем Машка мылась. И точно. На стиральной машине пустовала пластиковая бутылочка из-под детского шампуня, выполненная в виде пуделя. Я принесла ее в комнату и грозно поинтересовалась:

— Мака буль-буль ав-ав?

— Буль-буль, — обрадовалась Машка.

— Мака кака. Мака бяка. Мака не няка бум-бум.

Машка сморщилась. «Бум-бум» на ее языке — это конфеты. Я погрозила пальцем. Хитрая Машка не заревела. Она знает, что меня не тронет капризный вой, а перспектива не получить в ближайшее время конфет заставила ее присмиреть.

— Ну, Мака, — вздохнула я, — ты дурака!

— Что, что произошло? — нервничала так ничего и не понявшая Аня.

— Твоя дщерь полакомилась детским шампунем. Правда, будь я в ее возрасте, наверное, тоже бы не удержалась, пахнет замечательно.

— Ой, — взвизгнула Аня, — как теперь поступить?

Я пожала плечами:

— Думаю, ничего страшного. Видишь, на бутылочке написано: не содержит ядовитых веществ. Ну посидит часок-другой на горшке. Эка невидаль!

Аня уставилась на пластмассовую емкость, над которой шапкой стояла пена.

— А с этим что делать?

Я хмыкнула:

— Слей назад в собачку и смело мой голову. По-моему, шампунь не слишком растерял свои качества, пройдя через Машку.

ГЛАВА 5

Дома стояла тишина. Верочка опять рисовала, на этот раз кошку. Я покормила ее, выпила чаю и стала собираться на работу в Дом моделей. Выйду пораньше и зайду по дороге в нашу прачечную, может, узнаю чего про метку.

Когда живешь всю жизнь, буквально с самого рождения, в одной и той же квартире, тебя окружают знакомые люди. В приемном пункте между горшком с полузасохшим фикусом и не работающей радиоточкой тосковала баба Клава. Я ее помню с младенчества. И уже тогда баба Клава казалась мне старой. Ее морщинистое лицо украшали густые черные усы. Словно искупая пышную растительность над губой, природа почти не оставила Клавдии Ивановне волос на голове. Старушка старательно раскладывала на макушке жиденькие прядки, сквозь которые просвечивало розовое беззащитное темечко.

— Волька! — обрадовалась она. — Никак разбогатела и тянешь белье в стирку? Давай, давай...

— Что, совсем клиентов нет?

— Пустыня, — вздохнула старушка, — могила, египетская пирамида, ну никогошеньки. Скоро этот приемный пункт, как и другие, закроют, и тогда живи баба Клава на одну пенсию. Вон Зинку и Ленку уже погнали, одна я теперь здесь приемщица. Так и сижу цельными днями с восьми до восьми. Раньше-то и вздохнуть не успевала: очередь из коридора орала, вертись бабка колесом, а теперь...

— Стираете, наверное, плохо, — предположила я.

— Ты на цену погляди, — разозлилась старушка. — Кто чуть побогаче, давно стиральные машины купил, автоматические. А бедным теперича прачечная не по карману. Вот раньше килограмм прямого белья, да с крахмалом, да с отдушкой всего за тридцать семь копеек сдавали! А сейчас...

— Слышь, баба Клава, — прервала я поток старушкиных жалоб. — Ты же вроде в прачечной давно сидишь?

— Тебе столько лет нет, сколько я тут работаю, — с достоинством произнесла бабуля. — Ветеран труда, фотография на Доске почета, вот раньше мне завсегда за ударный труд путевку давали на лечение, а сейчас...

— Тогда скажи, — велела я, — что значит данная метка?

— «Королева Алла», — прочитала Клавдия Ивановна, — это детей так в пионерлагерь отправляли раньше и именные бирочки заказывали по рупь двадцать за сто штук. Дешево и сердито. Только сейчас уже давно никто ничего подобного не просит. Лагеря-то накрылись медным тазом, путевка бешеные тысячи стоит! Вот новый президент велеть должон...

— Оставь правительство в покое, — буркнула

я, — и посмотри дальше. «Л-361854». Это что значит?

— Где же ты такое взяла? — изумилась баба Клава. — Да таких меток сто лет уже нет.

— Помнишь, что она обозначала?

— У меня склероза нет, потому как на вредную пищу денег не хватает, — парировала баба Клава. — Яйца, мясо и масло — это не для нас, вот каша геркулесовая...

— Слушай, — обозлилась я, — говори быстрей, на работу опоздаю.

— Ой, молодежь, все бегом, прыжком, потому и больные с детства, — резюмировала болтливая, одуревшая от скуки старушка. — Л — название района. Помнишь, раньше в Москве были не округа, а Свердловский, Дзержинский, Фрунзенский районы? Тридцать два всего. А уж порядок стоял! Жуть, как все боялись, что на них в райком партии пожалуются...

— Л какой?

— Ленинградский. Потом первые три цифры — 361 — номер приемного пункта, а последние — 854 — это уж клиент.

— А где данный приемный пункт расположен, знаешь?

Баба Клава со вздохом вытащила толстую, растрепанную тетрадь и принялась водить корявым пальцем по строчкам.

— Ага, — бормотала она, — вот он. 361, Вагоноремонтная улица, семь.

— Телефон есть?

— А как же.

— Давай сюда, — подпрыгивая от нетерпения, велела я, — у тебя аппарат работает?

— Чего ему сделается, — ухмыльнулась баба Клава.

Она нагнулась и вытащила из-под стола рари-
тетную вещь, музейный экземпляр — огромный,
словно высеченный из цельного куска черного
камня, телефонный аппарат с круглым наборным
диском. Трубка монстра весила килограмма три,
не меньше, и в мембране раздавался постоянный
шорох. Перекрывая треск, я заорала:

— Алло, это прачечная?

— Да, — завопил в ответ женский голос.
Наверное, там стоит такой же телефон.

— Вы открыты?

— Приходите, без обеда.

Провожаемая безостановочным ворчанием бабы Клавы, я понеслась к выходу, но на пороге
притормозила.

— Знаешь, где Вагоноремонтная улица?

— У меня там сноха жила. В 1972 году им квартиру дали, — тут же снова пустилась в воспоминания старуха.

— Метро какое?

— «Войковская».

Я побежала по улице. В запасе есть еще пара
свободных часов. Улица с поэтическим названием
«Вагоноремонтная» тянулась за Коптевским рын-
ком. Дом семь отчего-то оказался первым. Куда
делись шесть предыдущих, было непонятно. Приемный пункт походил на наш, как брат-близнец.
За столом около умирающего алоэ мирно вязала
носок местная баба Клава.

— Бельишко сдать? — с надеждой поинтересовалась она.

Я помотала головой:

— Скажите, метка «Л-361854» — ваша?

— Это когда было, — засмеялась бабулька, —
лет десять прошло. А чего случилось?

— Получила чистое белье, — вдохновенно соврала я, — а там чужая сорочка, вот ищу хозяина.

— Отдай в приемный пункт. Это ихняя работа разбираться, — справедливо заметила бабка.

— Да сама живу неподалеку, — вывернулась я.

— Дай поглядеть.

Я протянула ночнушку. Бабуся помяла материал в руках.

— Качественная вещь.

— Знаете, чья метка?

Бабка покачала головой:

— Нет.

Я приуныла.

Внезапно старушка добавила:

— Погодь-ка. Королева Алла — моя соседка. Я ей и метки делала, и бельишко она по прежним годам стирать отдавала, сейчас уж не носит...

От радости у меня бешено забилось сердце. Вон как просто.

— Адрес знаете?

— Так в одной квартире живем, идите. Карина, Алкина мать, дома, инвалидность у ней, давление высокое, головой мучается. А то оставь, я передам.

— Адрес скажите.

— Говорю же, в одной квартире со мной живет. Беда с этими старухами.

— Я-то у вас в гостях никогда не бывала.

— И верно, — засмеялась бабка. — Совсем мозги не гнутся, заржавели. Ремонтная улица, семь.

— В этом доме, что ли?

— Нет. Это Вагоноремонтная улица, а тебе надо на Ремонтную. Иди налево, а потом все прямо, аккурат в хибару нашу и уткнешься.

Я пошла в указанном направлении. Интересно, кто придумывает названия для московских магистралей? Неужели нельзя подыскать что-нибудь получше? Представляю, как ругаются работники «Скорой помощи» и пожарные. Но Вагоноремонтная и Ремонтная еще полбеды. Есть в нашем городе улица и площадь, носящие одно имя славной летчицы Марины Расковой. Все бы ничего, только расположены они на значительном расстоянии друг от друга, и я частенько вижу на площади обалдевших людей, которым на самом деле нужна одноименная улица.

Бурча по-стариковски, я доплелась до нужного здания и с тоской оглядела пятиэтажку из бетонных блоков, скрепленных черными швами. Что-то мало похоже на жилище женщины, носящей дорогое белье и имеющей на кухне гигантский «Филипс». Насколько знаю, в этих домах пятиметровые кухоньки, куда с трудом влезает крохотный «Смоленск».

Дверь квартиры открылась не сразу. В деревянной створке не было «глазка», небось, как и у нас с Томочкой, красть нечего.

— Иду, — донеслось из квартиры.

На пороге возникла чудовищной толщины женщина лет пятидесяти.

— Вы ко мне?

— Да.

— Проходите.

Перешагнув через крошечную прихожую, я оказалась в кухне, до отказа забитой вещами. Над головой висело выстиранное белье, на плите исходила паром огромная кастрюля. Хозяйка, очевидно, решила подкрепиться. На столе красовалась внушительных размеров тарелка. Я принюхалась — гороховый суп. На клеенке лежали толстые ломти хлеба, обильно намазанные маслом, рядом красовались кусищи жирного бекона. Да уж, ничего удивительного, что дама к пятидесяти годам заработала инвалидность. Ей бы сесть на диету, месячишко-другой поесть отварные овощи и попить чайку без сахара, глядишь, и здоровье поправится.

— Вы из поликлиники? — спросила тетка, откусывая разом половину чудовищного бутерброда.

— Нет, — ответила я и сунула ей под нос рубашку. — Ваша?

Бабища уставилась на кусок батиста.

— Не-а, мы такое не носим, да и размер мелкий, у меня пятьдесят четвертый.

Однако, она кокетка. Пятьдесят четвертый у нее был в глубоком детстве, сейчас объем ее бедер приближается к трем метрам.

— Королева Алла вам кто?

— Дочь, а чего?

— Вот видите, меточка...

— А-а-а, — пробормотала баба, — вспомнила.

— Ну, — поторопила я. — Значит, ваша?

Хозяйка методично прожевала кусок, затем с вожделением поглядела на остаток сандвича и принялась объяснять ситуацию.

У нее есть сестра Роза. Та работала в богатом доме прислугой. Хозяйка иногда давала ей носильные вещи — брюки, кофты, халаты... Роза — женщина тучная, шмотки элегантной дамы ей и на нос не налезут, вот она и раздавала их по родственникам. Один раз принесла данную рубашечку. Карина и решила ее Алке в пионерлагерь дать, но девочка отказалась.

— Вырез видите какой, — объясняла Карина, — прямо до пупа, вот девка и застеснялась, пару разов надела, и все. Из лагеря приехала и зашвырнула.

— Ну и куда вы дели рубашку?

— Так Розке обратно отдала!

— Адрес говорите.

— Чей, мой?

О боже! Да ей срочно следует добровольно объявить голодовку, а то жир уже подобрался к мозгам.

— Нет, Розы.

— Радиаторная улица, десять, квартира восемнадцать

— Телефон есть?

— У кого?

Нет, все-таки хорошо, что я занимаюсь с Темой немецким. Кто другой на моем месте давным-давно надел бы Карине на непричесанную голову тарелку с наваристым супчиком, но Тема воспитал во мне редкостное терпение.

— У Розы.

— Конечно.

— Позвоните и спросите, дома ли она.

— И звонить не надо, — пояснила Карина, — ясное дело, у себя сидит, куда ж ей деваться?

Я молча окинула взглядом эту гору сала. Вообще говоря, вечером можно пойти в театр, в гости или просто на прогулку.

— Все же узнайте.

Пухлым, похожим на переваренную сардельку пальцем Карина принялась тыкать в кнопки. Пару раз она сбилась, но наконец сложная процедура набора номера все же завершилась.

— Алло! — заорала Карина. — Алло, это кто?! Ты, Роза? Чего делаешь-то? Сериал глядишь? Ну-ну, гляди, привет тебе.

Она положила трубку и сердито пробормотала:

— Сразу же сказала — дома. Только зря человека побеспокоили.

— Где эта Радиаторная улица?

— От рынка направо и через дворы, — пояснила Карина, закрывая за мной дверь.

Я вышла на улицу и рассмеялась. Чудовищная

тетка. Она даже не поинтересовалась, зачем к ней ввалилась посторонняя женщина. Интересно, как бы я поступила на ее месте?

Роза оказалась слепком с Карины. Сначала мне даже показалось, что милые дамы — близнецы. Та же тучность, абсолютное наплевательство на меня и даже такой же гороховый суп. Только с потолка не свисало чистое белье. Оно громоздилось неаккуратной кучей на стуле. Роза поглядела на ночнушку.

— Это мне Анастасия Федоровна дала.

— Кто?

— Хозяйка бывшая, Лазарева Анастасия Федоровна. Я у них убиралась. Мне такая сорочка ни к чему.

Это верно, она тебе и на нос не налезет.

— Отнесла ее Каринке, для Алки, — бубнила Роза, — а той не понравилось. Говорит, все сиськи наружу вываливаются. Пару раз надела, и все! Какие такие у ней в тринадцать лет сиськи! Смех один. Нет, забраковала: купите другую. Пришлось разоряться.

— А рубашку куда дели?

Роза поскребла в затылке и зевнула.

— Известно куда, на антресоль, к вещам ненужным. Пусть полежит, авось пригодится. Постирали в прачечной — и в чемодан.

— Как же она с антресоли спустилась? Не сама же слезала?

Роза распахнула огромные коровьи глаза и принялась тупо твердить:

— Ща, ща, ща...

Я терпеливо поджидала, когда завершится мучительный мыслительный процесс.

— Вспомнила! — возвестила Роза. — Дней десять тому назад прибежала Светка из сорок седьмой квартиры и ну стонать! Денег нет, пособие на бирже кончилось, жрать купить не на что, а тут дочку одевать надо. Девке двадцать лет стукнуло, ходит оборванкой, парни стороной обходят, а подруги смеются. Тут мне в голову и вступило! Сняла с антресоли чемодан и весь ей отдала, там и рубашка была. Вона как, лет десять провалялась и пригодилась.

Я выбралась на лестничную клетку и пару раз энергично вздохнула, чтобы избавиться от «аромата» переваренного горохового супа. Соседнюю дверь украшала цифра «сорок семь», приклеенная криво и слишком низко. И вновь никто не стал ни о чем спрашивать, вход в квартиру был обеспечен без лишних церемоний. В глубине маячил пьяный мужик в грязной майке и чудовищных трусах до колен.

— Это кто? — икнул он, обдав меня жутким запахом спиртного, прошедшего через организм.

Судя по аромату, сия личность употребляет внутрь средство для полировки мебели. Коктейль «Вкусная мастика».

— Это я.

— Надоть чего?

— Вашу жену.

— Которую?

Тоже мне, падишах с гаремом.

— Единственную.

— Светку?

— Ее.

— А нетуть!

— И где она?

— К матери поехала, к стерве, — пояснил мужик.

— Дочь ваша дома?

— Галка?

— У вас их несколько?

Алкоголик зачем-то посмотрел на свои руки, пошевелил пальцами и сообщил:

— Вроде только Галка.

— Позовите ее.

— А нетуть.

К сожалению, на моем жизненном пути раньше часто встречались крепко пьющие люди, и я знала, что добиться толку от алконавта тяжело. Но можно, если проявить максимум настойчивости.

— Где Галя?

— Хрен ее знает.

— Постарайтесь вспомнить.

— Пошла ты на... — сообщил добрый папаша и хотел захлопнуть дверь.

Но я быстро всунула в щель ногу и спросила:

— Пива хочешь?

— Что я дурак, чтобы отказываться?

— Тогда вспоминай, дам десятку.

— «Старый мельник» четырнадцать стоит, — предпринял попытку поторговаться собеседник.

— А «Миллер» и вовсе тридцатку, — парировала я. — «Соколом» обойдешься, за червонец. Сначала говори, где дочь?

— Ну е-мое, — всплеснул руками мужик.

— Ладно, — сказала я и пошла по лестнице вниз.

— Эй, эй, — заволновался алкоголик, — а чирик?

— Нет информации, нет и денег.

— Погодь, слышь, погодь.

Я притормозила. Бедный пьянчуга, боящийся потерять десятку, сделал над собой неимоверное усилие, собрал мозги в кулак и сообщил:

— Ступай в шестьдесят третью квартиру, она там.

— Точно знаешь? — строго спросила я, вытаскивая кошелек.

— Ага, — протянул хозяин, зачарованно глядя на милую сердцу бумажку, — там ее подруга проживает, Валька.

— Ну смотри, — строго проговорила я, отдавая мзду, — если обманул...

— То что? — ухмыльнулся мужик, выхватывая из моих пальцев «гонорар». — Чего сделаешь-то?

— Вернусь назад, переверну вниз головой и вылью пиво, — пообещала я, спускаясь по лестнице.

ГЛАВА 6

После встречи с Кариной, Розой и мужем Светы, я не ожидала от своего визита в шестьдесят третью квартиру ничего хорошего. Но дверь оказалась железной, а хозяйка — вполне симпатичной дамой слегка за сорок.

— Вы ко мне? — вежливо поинтересовалась она. — Сердце болит?

— Нет, — улыбнулась я. — Ищу Валю.

— Зачем? — насторожилась дама.

— Собственно говоря, мне нужна ее подруга Галина из сорок седьмой квартиры. Но там мужчина, кстати, совсем пьяный, сказал, будто дочь у вас.

— Зачем вам Галя? — осторожничала женщина.

— Она записалась на курсы кройки и шитья, но не ходит, вот и хочу узнать, будет ли посещать занятия или можно другого человека на ее место взять.

— Входите, пожалуйста, — подобрела хозяйка.

Квартира оказалась точь-в-точь как у Розы, но предельно вымытая и ухоженная, а кухня радовала глаз приятными шкафчиками из сосны и белейшими занавесками. В углу, в ящике из-под бананов, на цветастой подстилке лежала крупная рыжая кошка. Увидав меня, она угрожающе зашипела.

— Успокойся, Сима, — улыбнулась хозяйка, — можно подумать, твои котята кому-то нужны.

— Так Галя у вас?

— Они с Валечкой сегодня уехали на день рождения к бывшему однокласснику, Вите Репину, — пояснила дама, — около одиннадцати отправились. Сначала хотели за подарком заехать. Я дала им сто рублей на видеокассету.

— Сегодня, — приуныла я, — вот жалость.

Лопнула слабая надежда на то, что Вера — это Галя. Если бы она впрямь была дочерью алкоголиков, тогда было бы понятно, почему родители не забеспокоились. Они могли просто не заметить отсутствия дочери. Но, оказывается, сегодня, когда Вера уже сидела у нас дома, неизвестная Галя отправилась приобретать презент на чьи-то именины.

— Где живет Витя Репин?

— Метро «Киевская». На Дорогомиловке.

— Надо же, — изумилась я, — далеко как, а говорите — одноклассник.

— Школу-то они давно закончили, — опять улыбнулась женщина. — Витюша начал заниматься торговлей, разбогател и из нашего сарая съехал. Между прочим, очень правильно сделал, тут одни пьяницы в округе, люмпены, отвратительное место. Но у меня, к сожалению, на другую жилплощадь денег нет.

— А позвонить Вите можно?

— Конечно.

Минут десять мать Вали пыталась соединиться с Репиным, потом вздохнула:

— Небось музыку включили на полную мощность и пляшут. Я иногда с дежурства звоню, звоню, потом плюну и соседку прошу сходить поглядеть, что у меня в квартире делается. А Валюша соберет подруг и ну магнитофон гонять. — Я взглянула на часы. Если потороплюсь, то запросто успею к имениннику и сегодня же узнаю, куда Галя дела ночную рубашку.

На Дорогомиловку я добралась, уже буквально свесив язык на плечо. По дороге купила на Киевском рынке отвратительный хот-дог и смолотила его в секунду. Наверное, не стоит называть сосиски в булке на американский лад «горячей собакой». У нас это уже не смешно, потому что розовенькая колбаска, щедро облитая кетчупом, по вкусу напоминала что угодно, кроме говядины и свинины.

Судя по всему, Витя Репин отлично зарабатывал, потому что его новое жилье располагалось на пятом этаже импозантного дома сталинской постройки. Дверь, естественно железная, оказалась приоткрыта, и, вопреки ожиданиям, из апартаментов не доносились звуки тяжелого рока. В квартире стояла полнейшая тишина. Насколько понимаю, молодые люди поели, выпили, наплясались и отправились по разным углам заниматься плотскими утехами. Не хочется им мешать, но время поджимает, неаккуратные манекенщицы небось опять устроили из раздевалки свинарник.

Я всунула голову в холл и крикнула:

— Эй, есть кто живой?

В ответ полнейшее молчание. Ладно, сами виноваты, если плюхаетесь в койку, то надо закрывать покрепче дверь. Громко топая и отчаянно кашляя, я пошла по длиннющему коридору, заглядывая во все двери. Никого. Ни на кухне, ни в просторной ванной. Непроверенным осталось только одно помещение, в которое вела большая двустворчатая дверь. Небось голубки в гостиной устроились! Я толкнула безукоризненно белую филенку и, чтобы не заорать, зажала себе рот рукой.

Огромное, почти тридцатиметровое пространство, пол которого был затянут нежно-бежевым ковролином, напоминало кадр из фильма о Фредди Крюгере. Неподалеку от двери лежала ничком девушка в крохотной мини-юбочке. Из-под задравшейся замшевой одежки торчали голубенькие трусики с кокетливыми кружавчиками. На желтой кофточке ярко выделялось небольшое темное отверстие чуть-чуть пониже левой лопатки. Ковролин под несчастной пропитался кровью. Лица убитой я не увидела, поскольку ее голова оказалась закрыта свисавшей почти до пола скатертью. На столе красовались нетронутые закуски — икра, севрюга, миски с салатом и бутылки с шампанским.

Внезапно я почувствовала, как недавно съеденная сосиска рванулась ракетой из желудка. Надеюсь, хозяин не будет на меня в обиде за испачканное ковровое покрытие, поскольку его все равно придется выбрасывать. Впрочем, скорей всего, хозяин не расстроится, потому что ему уже все равно. В левом углу, возле распахнутой балконной двери полусидел парень. Пуля убийцы настигла его в тот момент, когда несчастный открывал дверь, может, хотел позвать на помощь, а может... На цыпочках я добралась до балкона и выглянула в приоткрытую дверь. На кафельном полу там лежал светловолосый юноша. Вся троица была мертва. Мальчикам сделали по контрольному выстрелу в голову, а девчонке, похоже, попали прямо в сердце.

Борясь с тошнотой, я стала отступать и чуть не наступила девушке на руку. Тонкое запястье охватывал браслет — цепочка и пластинка. Преодолевая ужас, я присела и прочитала выгравированное на белом металле имя — «Валентина». Значит, это

Валя. Вряд ли девушка надела браслет с чужим именем. А где же Галя?

Пришла в себя я только в Доме моделей. «Вешалки» сегодня оттянулись по полной программе. Небось у кого-то был день рождения. Повсюду стояли одноразовые тарелочки с остатками торта и валялось несметное количество пустых бутылок.

Плюхнувшись на обитый кожей диван, я принялась размышлять. Ну и как мне теперь поступить? Для начала следует заявить в милицию, только мне не хочется это делать. Человек я простой, не слишком обеспеченный, самая подходящая кандидатура на роль стрелочника. И хотя трудно предположить, что у такой дамы, как я, имеется оружие, все-таки осторожность не помешает.

Кое-как наведя порядок, я выскочила на улицу, добежала до метро и набрала в автомате номер «02».

— Милиция, восемьдесят пятый, слушаю, — ворвался в ухо равнодушно-официальный женский голос.

— На Большой Дорогомиловской улице, в квартире лежат три трупа.

— Сообщите свои данные, — потребовала дежурная.

Но я быстренько положила трубку. Теперь совесть чиста, гражданский долг выполнен, а попадать в свидетели мне ни к чему. С гудящей, плохо соображающей головой я вернулась домой, где на меня немедленно налетела Тамара с охапкой новостей. У нее тоже был весьма бурный день.

Сначала они отправились в секонд и, потратив там триста рублей, одели Кристину с головы до ног. Вернее, ноги как раз остались без обновки, и Кристе отдали мои кроссовки. Затем Томуся поволокла Кристю к себе в школу. Директорствует в данном учреждении милейшая Татьяна Андреевна. Томочка терпеть не может врать, но сегодня, наступив себе на горло, принялась вдохновенно выдумывать. История выглядела логично, а главное, что очень важно для Тамары, почти правдиво. К нам, приехала моя родная тетя, беженка из Чечни, вместе со своей дочерью Кристиной. Несчастная женщина неожиданно скончалась, бедной девочке некуда идти, мы взяли ее к себе. Будем оформлять опеку. Нельзя ли принять Кристю в школу? А документы мы принесем в сентябре, сейчас уже май, учебный год заканчивается... Впрочем, никакого личного дела представить не сможем, все бумаги погибли в Грозном. Но Кристя может сдать экзамены...

Татьяна Андреевна, услыхав о злоключениях Кристи, чуть не разрыдалась.

— Завтра же приходи, детка, на уроки, — велела она Кристине, — учебники дадим. Садись пока в шестой класс и вспоминай. Сколько ты пропустила?

— Весь год, — ответила Кристя.

На том и порешили. Обрадованная Томуся потащила Кристину в писчебумажный магазин, где они купили тетради, ручки, ластик и пенал. А у метро им попался ларек, торговавший сумками.

Теперь нужно выправить Кристе документы.

— Хорошо, — пробормотала я, — подумаем.

— И думать нечего, — улыбалась Томочка, — я все уже уладила.

— Как?

— А у нас Юрасик спит в гостиной, его опять Леля из дома выгнала.

Юрасик, а официально Юрий Николаевич Петров, ответственный сотрудник МВД. Недавно получил майорские погоны. На службе Юрасика ценят, с коллегами у него полное взаимопонимание, а дома просто беда. Леля, любимая и обожаемая супруга, совершенно не желает мириться с образом жизни мужа. Она хочет, чтобы он вел себя, как все — уходил к девяти на работу и возвращался в семь. По выходным им следует ездить вместе к Лелиной маме, а в праздничные дни сидеть всей семьей за столом и распевать «Калина красная».

Но в реальности все обстоит совсем иначе. Теща не видела любимого зятя почти год, а Пасху, Рождество и годовщину собственной свадьбы Леля отмечает в гордом одиночестве. Ситуацию обостряет ее патологическая ревность. Стоит несчастному Юрке переступить порог квартиры, как женщина принимается подозрительно осматривать и обнюхивать его одежду. Обнаружив сомнительный волосок, она издает боевой клич и приступает к военным действиям. Несмотря на то, что Юрка весит почти сто двадцать килограммов, а Леля едва набрала пятьдесят, победа всегда остается на стороне слабой половины. В голову Юрасика летит посуда, кухонная утварь и табуретки. Заканчивается скандал всегда одинаково: Леля хватает немногочисленные вещички супруга, запихивает их в сумку и вышвыривает на лестницу. Юрка подбирает свой скарб и спускается к нам на третий этаж.

Такие разборки происходят у них примерно раз в месяц и стали совершенно привычным делом. Юрка не спорит с Лелей, поскольку переорать ее невозможно, просто ждет, когда буря утихнет. Разводиться со скандалисткой он не собирается. Во-первых, Юра нежно любит свою ревнивую половину, а во-вторых, не хочет, чтобы два его сына-близнеца стали безотцовщиной.

— И что ты ему сказала? — поинтересовалась я.

— А то же, что и Татьяне Андреевне, — улыбнулась Томуся. — Обещал помочь, у него полно знакомых.

Что верно, то верно — не имей сто рублей, а имей сто друзей...

— Что у тебя? — спросила Томуся.

Я на секунду задумалась. У подруги больное сердце, мерцательная аритмия, приступ может спровоцировать любое волнение, даже радостное. Ей явно не стоит рассказывать про трупы на Большой Дорогомиловской улице.

— Пока ничего, — пробормотала я, — нашла людей, которым принадлежала сорочка. Теперь следует выяснить, кем им приходится Вера.

— Может, лучше все же обратиться в милицию, — протянула Томуся.

Я покачала головой:

— Нет. Скажи, как бы ты поступила, убеги у тебя из дома психически ненормальная сестра или дочь? Ночью, почти голая.

Томуся распахнула свои огромные голубые глаза и с жаром возвестила:

— Ну сначала следует звонить дежурному по городу, потом по знакомым, пусть все ищут; объявление на телевидение, в газетах...

— Погоди, — остановила я ее пыл, — думается, многие поступили бы так же, но не все. Веру не ищут, и это наводит на нехорошие подозрения.

— Какие?

— Вдруг ее просто выставили вон? Избавились от лишнего рта, работать-то она не может! Значит, милиция сдаст ее в психушку, и девушка просто сгинет.

— И что ты предлагаешь? — спросила Томуся.

— Давай поищем ее семью и разузнаем потихоньку, что к чему. Если не получится найти родителей, обратимся в органы.

— Ладно, — тут же согласилась Томочка, — мне жаль Верочку.

Юрка проснулся в полседьмого и тихонько начал складывать кресло. Я услышала скрип и выползла в гостиную. Юрасик расстелил накидку и шепнул:

— Кофе дашь?

— Только растворимый, — тоже шепотом отозвалась я.

Мы прошли на кухню, где приятель получил не только чашку «Нескафе», но и два яйца с куском колбасы.

— Кто это у вас еще поселился? — поинтересовался Юрка, поспешно глотая завтрак.

— Ты вчера не понял? Кристина, моя племянница.

— Нет, я про другую. На диване кто спит?

— Вера, тоже родственница.

— Ясно, — буркнул Юрка и начал искать сигареты.

Я подождала, пока он закурит, и спросила:

— Юрасик, можешь сделать доброе дело?

— Смотря какое, — осторожно ответил майор. — Если опять гроб выносить, то ни за что!

Недавно в четвертом подъезде умерла девяностопятилетняя Анна Семеновна. Родственников у старушки кот наплакал, и всем им далеко за восемьдесят. Этакий цветник из божьих одуванчиков. Мы с Томочкой взялись помочь при организации похорон — испекли блины, сварили кутью, накрошили «Оливье». Оказалось, что выносить домовину некому, собрались на похороны только крайне пожилые люди. Честно говоря, я надеялась, что фирма «Ритуал» пришлет кого-то в помощь, кстати, мы оплатили их услуги, но автобус прибыл лишь с шофером, правда, молодым и крепким парнем.

— Вы только найдите еще одного такого, как я, — шепнул он мне, — и дело в шляпе. Бабуся худенькая, стащим вниз без проблем.

Во дворе мы обнаружили Юрасика. Он, как и я, живет в нашем доме с детства. Анна Семеновна работала в районной библиотеке и частенько давала нам книги на дом из читального зала...

Вначале все шло замечательно. Мужчины подхватили гроб и понесли, как положено, вперед ногами. Но лестница в нашей «хрущобе» крутая и невероятно узкая, в какой-то момент шофер, державший изголовье, слишком высоко поднял свой край и... Анна Семеновна выпала на Юрку.

Майор чуть сам не отдал богу душу от страха.

— Прикинь, — жаловался он мне. — Жуть какая!

— Думала, ты не боишься трупов, — удивилась я.

— Чужих нет, — вздохнул Юра, — а от своих шарахаюсь.

— Никаких гробов, — успокоила я его. — Проверь одну информацию. В Екатеринбурге жил некий Зотов Анатолий Иванович, вроде богатый бизнесмен. Его убили осенью прошлого года — взорвали в машине.

— Ну и что?

— Узнай, умер или нет и куда подевались его родственники.

— Зачем?

— Меня попросила одна подруга, очень дальняя родня Зотова, волнуется, может, ей чего из наследства перепадет.

— Без проблем, — пообещал Юрка и унесся.

Следом за ним проснулись, позавтракали и ушли в школу Тамара и Кристя.

— Пригляжу за ней первые дни, — объяснила Томочка, — а после трех она ко мне в группу придет.

Подруга стала открывать дверь и ойкнула:

— Совсем забыла. На холодильнике бумажка, позвони, к тебе просится новая ученица.

Я радостно пошла на кухню. Просто великолепно. Ребенок должен заниматься не реже двух раз в неделю. Если родители платят по сто рублей за урок, то в месяц выходит восемьсот, а иногда и тысяча.

— Алло, — ответил высокий женский голос.

— Это Виола Тараканова...

— Прекрасно, — отрезала тетка, — приходите в одиннадцать утра, Барыкинская улица...

— Но лучше после трех, когда ребенок дома...

— Настя изображает болезнь, — сообщила баба.

— Тогда подождем, пока выздоровеет.

— Дорогая, — высокопарно заявила нанимательница, — вы не дослушали. Анастасия — симулянтка, а мать ей совершенно зря верит. Приходите, она сидит у компьютера, развлекается и ничего другого не желает делать!

— Значит, вы не мама?

— Бабушка, Элеонора Михайловна, — представилась собеседница. — Жду в одиннадцать.

Я с удивлением посмотрела на трубку. Вот ведь как странно — обычно бабули балуют внучек до безобразия, но здесь, похоже, иной вариант.

Усадив Веру пить чай, я опять приступила к допросу:

— Фамилию не вспомнила?

— Нет.

— Адрес.

— Нет, — покачала головой Верочка и улыбнулась. — Ой, мышки вышли.

Билли и Милли сидели у раковины в ожидании завтрака. Я взяла со стола тарелочку с геркулесовой кашей, положила себе на ладонь пару ложек и протянула Милли. Та принялась преспокойно лакомиться. Я погладила ее другой рукой по шерстке.

— Можно мне тоже потрогать? — попросила Вера.

— Конечно, Милли не боится.

— Ой, какая лапочка, шубка бархатная, нежная-нежная, — радовалась Верочка и внезапно сказала: — А вот у моей собаки шерсть жесткая.

— У тебя собака? Какая?

Вера призадумалась:

— Большая... Не помню...

Я сбегала к Наташе и попросила «Энциклопедию домашних любимцев». Страшно забавная книжка с фотографиями кошек, всевозможных псов, хомячков и морских свинок. Пудели, мопсы, таксы и овчарки оставили Веру равнодушной. Но, перевернув одну из страниц, она захлопала в ладоши:

— Вот, жутко похоже, эта мне нравится.

Я вгляделась в картинку. Мне изображенное на ней животное не показалось милым. Высокая собака с неаккуратной, какой-то клочкастой шерстью. «Дратхаар» — гласила подпись. Надо же, первый раз узнала, что есть такая порода. Вообще говоря, по-немецки Draht — это проволочка, а Haar — волос. У собаки, которая называется «проволочный волос», шерсть и впрямь должна быть жесткой.

ГЛАВА 7

К Элеоноре Михайловне я вошла ровно в одиннадцать. Отлично отремонтированная квартира, роскошная мебель и великолепные ковры. Семья явно не нуждалась. Бабушка оказалась вполне моложавой женщиной со спортивной фигурой и умело подкрашенным лицом. В ушах у нее ослепительно сверкали серьги, скорей всего, с бриллиантами. Я не слишком разбираюсь в камнях, у меня никогда их не было, а из драгоценностей владею только двумя золотыми колечками с ужасающими рубинами. Они достались мне в наследство от тети Раи.

Элеонора Михайловна царственным жестом указала на кожаный диван и завела долгий монолог:

— Вас порекомендовала мать Кирилла Когтева. Она вами очень довольна. Кирилл подтянул немецкий, вышел на твердую пятерку.

— Он хороший мальчик, старательный.

— Анастасия — лентяйка, — отрезала бабка, — вся в своего отца. Слава богу, он больше не живет с моей дочерью. Отвратительный человек.

Изобразив на лице самую сладкую улыбку, я качала головой. Нам с Тамарой нужны деньги, и я не капризничаю, учу всех, кто готов платить. Репетиторский хлеб тяжелый, приходится искать контакт не только с ребенком, но и с его родственниками, а это порой крайне непросто. Элеонора Михайловна не вызвала у меня хороших эмоций, именно поэтому я старательно растягивала губы в разные стороны.

— Абсолютно неуправляема, груба, эгоистична, — не унималась бабушка, — уроки никогда не делает, носит сплошные тройки и замечания. При малейшей возможности плюхается у телевизора и тупо пялится в экран. Вылитый отец! Тот тоже день-деньской футбол смотрел. Ваша задача вывести Анастасию на четверку. Можете приступать, ее комната по коридору налево.

— Но она ведь больна...

— Симуляция, сунула градусник в чай и демонстрирует, а все, чтобы не работать. Ее отец тоже, — она внезапно остановилась.

Я, стараясь не рассмеяться, мысленно докончила фразу: «...засовывал градусник в кипяток и показывал начальству».

— Начинайте, — скомандовала Элеонора Михайловна.

Я пошла по коридору, чувствуя между лопаток ее злобный взгляд. Комната девочки была обставлена скудно, если не сказать бедно. В тесном маленьком помещении стояли только весьма потертый диван и замусоленный письменный стол, на стене висело несколько книжных полок. Удивляло полное отсутствие игрушек и каких-либо ненужных мелочей — стеклянных фигурок, фенечек, пластмассовых стаканчиков и дисков, которые обожают девочки. Впрочем, ни телевизора, ни магнитофона, ни плеера тоже не наблюдалось. Больше всего этот унылый пейзаж напоминал тюремную камеру: ничего лишнего, только самое необходимое. Настя, тоненькая девочка с роскошной рыжей косой, встала при моем появлении и шмыгнула носом. Красные глаза без слов говорили — у ребенка простуда.

— Садись, Настя, — приветливо обратилась я к девочке. — Имей в виду, я никогда не работала учительницей, просто хорошо знаю язык. Давай попробуем подружиться.

— Ладно, — шепнул ребенок.

— Какой у тебя учебник? «Дойчмобил»?

Я протянула руку к стопке книг на краю стола и увидела на занавеске записку. Ярким красным фломастером на иссиня-белой бумаге был написан потрясающий текст:

«Настя — ленивая врунья. Она обязана: а) делать уроки; б) убирать комнату; в) вежливо разговаривать; г) есть три раза в день, а не каждый час; д) помнить, что ее отец — это дурной пример».

— Кто написал сей меморандум? — изумилась я.

— Бабушка, — шепнула Настя. — Она хочет, чтобы из меня вышел хороший человек.

Секунду поколебавшись, я сказала:

— Знаешь, мы сейчас это снимем и выбросим.

— Бабушка ругаться станет, — испугалась девочка.

— Не беда, — успокоила я ребенка и содрала «указаловку».

Через час мне стало понятно: Настя предельно запугана. Ее двойки — результат неуверенности, а не лени.

— Почему здесь нет игрушек? — поинтересовалась я, когда время, отведенное на занятия, истекло.

— Бабушка говорит: плохие дети не имеют права на игрушки, а я плохая, я — двоечница, — заученно повторила Настя.

Жаркая волна злобы поднялась со дна моей души.

— Мама твоя где?

— Деньги зарабатывает, у нее бизнес, — вздохнула ученица, — редко приезжает, я с бабушкой живу.

— Ну-ка, дай чистый листок!

— Зачем?

— Давай, давай!

Трясущимися от злости руками я принялась выводить крупными буквами свой текст:

«Элеонора Михайловна — злая бабушка. Она обязана: а) быть добрей; б) купить Насте игрушки; в) перестать ее ругать; г) помнить, что растущий ребенок постоянно хочет есть; д) знать, что во внучке кровь не только отца, но и матери, а, следовательно, и бабушки».

— Ну-ка погляди потихоньку, что Элеонора Михайловна делает?

Настя выскользнула в коридор и через секунду сообщила:

— В магазин вышла.

— Откуда знаешь?

— Кухня заперта и ее комната. Она всегда все закрывает, если уходит.

Мы взяли «письмо» и прикололи его на занавеску в ванной.

— А ты, Настёна, — велела я, — помни, что являешься отличной, умной, красивой девочкой.

— Я нескладная...

— Ерунда, просто фигура еще не оформилась, и потом, смотри, какие у тебя роскошные волосы, очень редкого цвета...

— Вы еще придете? — прошептала Настя, беря меня за руку.

— Обязательно, — пообещала я.

Гнев остыл только в метро. Ну кто решил, что пожилые люди умны, тактичны и добры? По-моему, к старости характер только портится. Появляется обидчивость, слезливость и неуемное желание всех поучать! Продолжая злиться, я прибыла домой и налетела на Веру:

— Больше ничего не вспомнила?

— Нет, — мотнула та головой, опуская кисточку в воду.

— Откуда у тебя краски и бумага?

— Тамара купила, — радостно пояснила Верочка, — попросила картину написать, пейзаж для гостиной!

Она с восторгом принялась водить по листу мокрой кистью. Из моей груди вырвался тяжелый вздох. Все-таки она нездоровый человек. Ну кому придет в голову опускать кисть в воду, а потом размазывать ее по ватману? Надо же краску зачерпнуть. Но Верочка самозабвенно мочила бумагу. Наконец я не выдержала:

— Возьми краски.

— Нет, — улыбнулась Вера, — это акварель, а перед тем как начать работать красками, нужно пропитать лист водой.

— Зачем?

Вера пожала плечами:

— Так нужно.

— Откуда знаешь?

— Знаю, и все тут, — ответила Верочка и уставилась в окно.

Оставив ее творить, я прошла в спальню и позвонила Ленке Малаховой. Ленусик — психолог и всегда готова дать добрый совет.

— Скажи, — спросила я, услыхав звонкое «алло». — Все ли сумасшедшие теряют память?

— Ну, в психиатрии я разбираюсь плохо, — завела Ленка.

— Разве психолог и психиатр не одно и то же?

— Нет, конечно, — засмеялась Ленка. — Но, насколько я понимаю, амнезия не характерна для измененных состояний. Конечно, частенько наблюдается аутизм, но его не следует путать с амнезией.

— А если попроще, по-человечески объяснить?

Ленка захихикала:

— Шершавым языком журнала «Здоровье»? Обитатели сумасшедших домов часто не любят вступать в контакт, разговаривать. Ты ему: «Как зовут?» А в ответ — тишина. Но не потому, что память потерял, а потому что беседовать не желает. Усекла?

— Амнезия отчего бывает?

Ленка присвистнула:

— Практически неизученная вещь. От удара, стресса, насилия, словом, когда организм защищается...

— Это как понять?

— Ну, допустим, напал на девушку насильник, сделал свое дело и бросил несчастную. А у той потеря памяти, провал. Ее мозг понял, что воспоминания о насилии опасны для хозяйки, и «стер» информацию.

— И она забыла, как ее зовут?

— Ну это уж слишком. Просто не может понять, отчего платье разорвано... Наш мозг может творить чудеса, он вытесняет неприятные сведения. Вот я, например, не могу запомнить телефон свекрови. А почему? Да просто мои глупенькие мозги считают, что лучше мне с этой дамой не начинать беседу, и, надо отметить, они правы.

— Значит, потерявшие память не психи?

— Только в редких случаях.

— Почему же все так странно: имя человек забыл, фамилию, адрес, а воду в чайник наливает и в сеть включает и зубы чистит?

— Я же сразу сказала: амнезия — темное, плохо изученное дело, — терпеливо пояснила Ленка, — бытовые навыки, пристрастия, как правило, остаются. Если до болезни любил шоколад, то, заработав амнезию, не начнет есть соленые огурцы. Да зачем тебе все это?

— Сценарий хочу написать, «мыльную оперу».

— Молодец, — одобрила Ленка, — выгодное дело.

Я положила трубку и принялась задумчиво глядеть в зеркало. Значит, Вера не сумасшедшая. Честно говоря, она не слишком смахивает на завсегдатая специализированных лечебниц...

Резкая трель звонка заставила меня вздрогнуть.

Наша квартира похожа на проходной двор. Как у кого что случится, сразу сюда!

— Помогите, — завопила Аня, — умирает!

— Что на этот раз?

— Жуткая болезнь! Наверное, чума!

— Не пори чушь, — обозлилась я. — Чума осталась только в пробирках.

— Нет, — рыдала Анюта, — нет. Машка страшно заболела. Вилка, пойди взгляни.

Если о чем я понятия не имею, так это о детских инфекциях. Сама ничем не болела. Кажется, такое явление врачи называют «эффектом цыганского ребенка». Крохотный человечек бегает почти босиком по ледяным лужам, ест все подряд, спит под дерюжкой и... не болеет. Тетя Рая не слишком за мной приглядывала. Я вбегала в дом в мокрых ботинках, хватала холодную отварную картошку без масла, запивала водой из-под крана и снова неслась на улицу. Но все болячки обошли меня стороной, а вот Томуся, которую оберегали, как драгоценную хрустальную вазу, и в июне не выпускали на прогулку без шерстяных носков и шапочки, поимела весь букет — свинка, ветрянка, корь, скарлатина, коклюш...

— Вот, — трагически возвестила Аня, подталкивая меня к Машкиной кроватке, — вот.

Я уставилась во все глаза на пухленькую девочку, весело потрошившую плюшевого мишку. Зрелище было не для слабонервных. Все хорошенькое личико Машки покрывали ровные пятна. Цвет их колебался от нежно-голубых до интенсивно синих. Несколько пятнышек виднелось на тыльной стороне пухленьких ручек.

— Ну-ка, сними с нее пижаму, — велела я.

Анюта, всхлипывая, стащила с дочери розовый комбинезончик с вышитыми на нем зайчиками.

Обнажилось толстенькое нежное тельце, очаровательное, в складочках и ямочках. Пятен на нем не было. Странная зараза поразила только личико, кисти рук и стопы.

— Надо звонить доктору, — вздохнула я и стала набирать телефон Кости.

По счастливой случайности, тот оказался дома.

— Синие пятна? — удивился Костик. — На лице?

— Немного есть на руках и ногах.

— Синяки?

— Нет, — пробормотала я, — на кровоподтеки не похоже.

— Сейчас приду, — пообещал приятель.

Аня, безостановочно рыдая, твердила:

— Господи, только бы не скончалась!

Но Машка, судя по всему, умирать не собиралась. Она весело лопотала и безостановочно требовала:

— Бум-бум, Мака, бум-бум.

Я дала ей карамельку, и Маша принялась аккуратно разворачивать бумажку.

Наконец прибыл Костя.

— Интересно, интересно, — бормотал он, изучая пациентку. — Первый раз с подобным сталкиваюсь. И давно это с ней?

— Нет, — всхлипнула Анюта, — только началось.

— Изложи детально, — потребовал Костя.

Аня принялась перечислять события сегодняшнего дня. Утром гуляли, потом обедали, затем она уложила Маню спать. Поскольку дорогие памперсы ей не по карману, то Машка тут же намочила постель, и пришлось менять белье. Анечка постелила новый, купленный вчера возле магазина «Детский мир» комплект — простынка, наволочка и пододеяльник, белые в синий горошек. Дочка спокойно заснула, а потом началась эта жуткая, страшная, смертельная, неизлечимая, неизвестная науке и лучшим врачам болезнь.

— Ой, погоди, не тарахти, — поморщился Костя, — говоришь, белье в первый раз постелила?

— Да, — подтвердила Аня.

Костя послюнил палец и потер подушку.

— Вот, — торжественно произнес приятель, — гляди!

Мы уставились на его темно-синюю фалангу.

— Это что? — осевшим голосом прошептала Аня. — Так заразно? Через белье передается?

— Нет, — хмыкнул Костя, — краска такая некачественная. Дочка твоя во сне вспотела, и все горошки на ней и отпечатались.

— Значит, она не умрет?

— Скончается когда-нибудь лет в сто от старости, — хихикнул Костя, — только имей в виду, линючая наволочка не будет иметь к этому никакого отношения.

Анюта облила нас всех слезами и принялась угощать чаем. Я отказалась, а Костя с удовольствием принялся за домашний пирог с вареньем.

Дома я залезла в спальне на диван, вытащила толстую серую тетрадку, ручку и призадумалась. Когда я записываю свои мысли, это мне всегда помогает. Итак, что мне известно. Имя — предположительно Вера, хотя не точно. Скорей всего не сумасшедшая, а просто потерявшая в результате стресса память девушка. И почему ее не ищут родственники? Как на ней оказалась рубашка, отданная Гале? И где сама Галя? Наверное, дома.

Я отложила ручку и принялась выщипывать нитки из покрывала. Интересно, что приключилось на Дорогомиловке? Кто убил девушку Валю и двух парней? Нет, как ни крути, а придется вновь ехать на Ремонтную улицу и попытаться отыскать Галину. Ну должна же она помнить, кому отдала ночную сорочку?

Посидев еще минут десять, бессмысленно ковыряя накидку, я приняла решение. Еду к Гале. Надеюсь, сегодня ее папаша окажется вменяемым.

Но дверь мне открыла заплаканная женщина с изможденным, каким-то «стертым» лицом. Жидкие пряди волос мышиного цвета уныло свисали, обрамляя худенькую треугольную мордочку. У наших Билли и Милли мех сверкает и переливается, несмотря на серый оттенок. У женщины же волосы напоминали старые штопальные нитки. Блеклые голубые глаза, выцветшие брови и бескровные губы.

— Вы к кому? — тихо спросила она.

— Галю можно?

— Нет ее, — прошептала женщина. — Второй день уже домой не приходит.

— Вы Света?

Она кивнула и тихо заплакала. В отличие от моей соседки Ани, рыдающей бурно, напоказ, с трагическими завываниями и заламыванием рук, Света просто скулила, как побитая собака. Вид она имела жалкий и беспомощный. Я вообще не люблю плачущих людей. Ну какой смысл распускать сопли? Всегда лучше попытаться справиться с ситуацией.

— Пошли, — велела я и двинулась в квартиру.

Хозяйка покорно поплелась за мной.

— Муж дома? — поинтересовалась я, оглядывая крохотную кухоньку.

— Так на работе, — пояснила Света.

— И где же он у тебя трудится? — изумилась я.

— Грузчиком на складе сейчас.

— А раньше?

— И не припомнить всего, — вздохнула Света. — Гонят отовсюду, несчастье горькое, всю жизнь на горбу тяну...

— Разведись.

— А квартира?

— Разменяй.

— Только комнаты в коммуналках выходят.

Я пожала плечами. По мне, так лучше с приличными соседями, чем в отдельной квартире с алкоголиком. Но, в конце концов, каждый сам выбирает свою судьбу, и воспитывать Свету я не стану.

— Где можно найти Галю?

Света вновь залилась слезами:

— Не пришла ночевать.

— Такое впервые?

Женщина кивнула:

— Если только у Валентины оставалась, у подруги. А сегодня...

— Что?

Света продолжала тихо плакать.

— Послушай, возьми себя в руки и расскажи по порядку!

Внезапно Света замолчала, утерла лицо кухонным полотенцем и вполне внятно принялась излагать события.

Галочка хорошая девочка, послушная и домашняя. Вполне нормально окончила школу, а потом поступила учиться на медсестру, да не на простую, а операционную. Четыре года нужно ходить в училище, тогда как простой средний медицинский персонал выпускают за две зимы. Но Галине хотелось стоять у хирургического стола, а в душе она лелеяла мечту продолжить образование в институте. На фоне местных девочек, куривших с двенадцати лет, пивших водку с третьего класса и таскающихся по подвалам с парнями, Галочка явно выделялась. Никто не видел ее с сигаретой, а тем более с бутылкой. И мальчик у нее был постоянный — Коля Федоров, бывший одноклассник. С девушками Галочка не слишком дружила, из подруг у нее была только Валя. Они сидели за одной партой, и, глядя на Евгению Николаевну, Валину мать, Галочка решила стать врачом.

Вчера утром, где-то около одиннадцати, Галя и Валя отправились на день рождения к Вите Репину. В районе полудня они предполагали встретиться с Колей Федоровым и поехать за подарком...

Около двух Галочка позвонила маме и радостно защебетала:

— Так повезло! В метро купили у вьетнамки шарф, шерстяной, жутко красивый, всего за семьдесят рублей. Витьке понравился. Так что сейчас начнем веселиться.

— Тебе завтра на занятия, — напомнила мать.

— Мусечка, — прочирикала Галя, — ложись спать, не жди, нас ребята до дому довезут!

Света превосходно знает и Витю, и Колю. Мальчики они положительные. Один успешно занимается бизнесом, другой учится в МГУ. Роман с подругами длится у них со школы, а с женитьбой пока не торопятся, хотят покрепче встать на ноги. Света разрешает Коле оставаться ночевать в Галиной комнате. Словом, бедная мать не ожидала вчера ничего плохого и спокойно легла спать.

Утро принесло страшную весть. Валю убили. Евгению Николаевну отвезли в больницу с инфарктом, а Света мечется по квартире в ужасе. От Гали до сих пор ни слуху, ни духу.

— У вас есть фотографии Вити и Коли? — поинтересовалась я.

— На выпускном вечере делали, — вздохнула Света и вытащила большой снимок. Человек двадцать ребят на крыльце школы. Девочки впереди, мальчики сзади.

— Вот, — ткнула Света пальцем в весело смеющегося паренька. — Витя. Я подавила тяжелый вздох. Репин мало изменился с той поры, его можно сразу узнать. Именно он лежал на балконе.

— Это Коля, — сообщила Света, передвигая ноготь с облупившимся лаком вниз. Значит, в углу сидел Николай.

— Вали тут нет, — пояснила Света, — она болела, а Галочка справа, рядом с учительницей.

Круглощекая девочка с крупным носом серьезно смотрела в объектив. О таких говорят — положительная.

— Не предполагаете, куда она могла пойти? Света покачала головой.

— Может, к подружкам по училищу?

— Нет, она их не любит, — пояснила мать, — дружит только с Валей, Колей и Витей.

Повисло молчание. Затем Света робко осведомилась:

— Вы ведь из милиции, да? Как думаете, с ней ничего дурного не произошло?

— Всегда следует надеяться на лучшее, — осторожно ответила я и спросила:

— Нет ли у вас более четкого фото Гали?

Света порылась в обувной коробке, служащей в этом доме фотоальбомом, и вытащила довольно большой снимок.

Галя, вновь без всякой улыбки, стоит возле колонны. На ней джинсы и темный пуловер.

— Можно взять?

Света кивнула.

— Если Галя вдруг вернется, — попросила я, — пусть позвонит по этому телефону и спросит Виолу.

— Ладно, — пробормотала Света и опять заплакала.

Я вытащила рубашку и показала ей.

— Ваша?

Светлана поглядела на кусок тонкого батиста.

— Нет, хотя...

— Что?

— Соседка моя работала в богатом доме, ей там вещей надавали, она и подарила Галочке целую сумку. Небось рубашка оттуда.

— А остальные шмотки где?

— В шкафу.

Мы прошли в маленькую комнатку, и я нашла на вешалках две пары брюк отличного качества, несколько свитеров, блузку и платье. Вещи резко отличались от остальных и были приятных светло-бежевых тонов.

— Не знаете, кому Галя могла подарить сорочку?

Света всхлипнула:

— Может, Вале?

Так ничего и не узнав, я пошла к двери, на пороге обернулась и увидела, что хозяйка уткнулась лбом в какую-то куртку, висевшую на вешалке. Ее острые плечи вздрагивали, но из груди не доносилось ни звука. Мне стало жаль бедняжку. Я вернулась и, обняв ее за талию, сказала:

— Не надо. Вы знаете, что Витя и Коля убиты?

Света кивнула и затряслась еще сильней.

— Они погибли втроем, — продолжала я, — мальчики и Валя. Кто-то вошел, когда ребята только-только садились за стол, еда осталась практически нетронутой!

— Зачем вы мне такой ужас рассказываете? — пролепетала Света.

— А ты подумай! Безжалостный киллер убил всех, но Гали не нашел. Скорей всего ее там не было.

— Куда же она делась?

— Знаешь, как случается, — бодро продолжала я, — собрались покушать, а про хлеб забыли. Вот и послали Галочку в булочную. Пока она бегала, появился убийца и уничтожил ребят. Наверное, Галя вернулась, увидела побоище и в страхе убежала, а теперь прячется где-нибудь, боится показаться на люди. Она обязательно даст о себе знать!

— Вы считаете? — повеселела Света.

— Конечно, абсолютно уверена, — покривила я душой и ушла.

На улице я еще раз внимательно поглядела на снимок Гали. Да, скорей всего, киллер увел с собой девушку. Интересно, почему он не пристрелил ее, как остальных? Ни в какую булочную Галю, естественно, не посылали. Я хорошо помню, что на сервировочном столике стояла тарелка с нарезанным хлебом. И сигареты валялись рядом. Впрочем, наверное, мальчики отправились бы за едой и куревом сами. И что теперь делать? Единственная ниточка, ведущая к Вере, — это ночная сорочка. А единственная свидетельница — Галя. Значит, надо ее отыскать. Приняв решение, я поехала вновь на Большую Дорогомиловскую улицу.

Май в нынешнем году выдался чудесным. Нет пронизывающего холода и удушливой жары. Ласковая погода так и манит на улицу. Небось перед домом на Дорогомиловке сидят на лавочках старушки и гуляют с младенцами молодые мамы. И тем и другим скучно, любой человек, выходящий из подъезда, подвергается обсуждению, во всяком случае, в нашем дворе все происходит именно так.

ГЛАВА 8

Но на Дорогомиловке оказалось по-другому. Двор радовал глаз редкой ухоженностью, но никаких скамеечек там не стояло. Старушки небось сидели у телевизоров, а мамаши варили кашу своим младенцам. Приуныв, я толкнула дверь подъезда Вити и услышала грозный окрик:

— Вы к кому?

Надо же, оказывается, тут дежурит лифтерша, причем довольно молодая. Но, помнится, вчера здесь никто не сидел.

— Вы к кому? — повторила консьержка.

Я вытащила из кармана фото Гали.

— Не встречали здесь такую девушку?

Дежурная поглядела на снимок, потом на меня и поинтересовалась:

— Вы из милиции? Предъявите документы.

Надо же, какая бдительная. Но работа наемной учительницей научила меня управляться с любыми людьми.

Опустив уголки рта вниз и сделав умоляющее лицо, я простонала:

— Нет, тетка я ей, Гале. Девка домой не пришла, а утром сообщили про убийство. Мать замертво свалилась, а милиция и не чешется. Говорят, раз вашу не пристрелили, ждите, авось вернется, но искать не собираются. Вот и пришла сама народ порасспрашивать...

Неприступная лифтерша отмякла.

— Наши менты только бабулек горазды от метро гонять, — вздохнула она. — Кого посерьезней боятся или деньги берут, сволочи, одним словом. А девочку вашу хорошо знаю. У нее подружка есть, Валечка. Они часто к Вите Репину приходят. Вот ведь ужас! Такие хорошие дети, несовременные. Витенька компьютерами торговал, но не загордился. Телевизор мне купил, чтобы не было скучно сидеть в подъезде.

— Вы и вчера работали?

— Нет. У нас смены. Сутки тут, трое дома. Вчера вообще никто не дежурил.

— Почему?

— Софья Андреевна уволилась, никого пока не наняли. Зарплата — чистые слезы, вот и не идет народ.

— Досадно как, — вздохнула я. — Думала разузнать хоть что-нибудь...

— Знаете, — посоветовала лифтерша, — ступайте в первую квартиру, сразу за лифтом.

— Зачем?

— Там Володя Пискунов проживает, инвалид. Ноги у него не ходят. Родители на работе, а паренек в окно глядит, лучше дежурных все знает.

Я позвонила в дверь. Раздался щелчок, и замок отворился, но в прихожей никого не было.

— Идите в комнату, — раздался издалека детский голос.

Я пошла на зов. В большой просторной комнате на широкой кровати возле незанавешанного окна полулежал худенький, бледный мальчик.

— Здравствуйте, — вежливо сказал он, — вы ко мне? Извините, но встать не могу, болею.

— Как же дверь открыл? — изумилась я.

— Папа дистанционное управление сделал, — пояснил Володя.

Судя по всему, родители постарались, как могли, скрасить жизнь несчастного калеки. В спальне стояли телевизор, видеомагнитофон и плеер, а возле кровати на специальной подставке высился монитор от компьютера, клавиатура лежала на одеяле рядом с трубкой радиотелефона.

— Скажи, Володенька, не видел ли ты во дворе эту девушку?

Мальчик взял фото и чрезвычайно оживился.

— Видел, и не раз, а вы из милиции, да? Дело об убийстве расследуете?

— Откуда тебе все это известно?

Володя фыркнул:

— Что я, дурак? Тут машины стояли, трупы выносили в мешках. Ольга Петровна из двенадцатой квартиры в обморок упала. Такое не каждый день случается.

— И часто в окно смотришь?

— Глаза от компьютера устают, — вздохнул по-взрослому Володя. — Этаж у нас первый, некоторые люди так дверью в подъезде хлопают, что стекла звенят, автомобили парковывают, волей-неволей заинтересуешься. А девушку эту Галей зовут. Форточки у меня всегда нараспашку, чтобы духоту прогнать, ну и слышал, как ее Витя Репин звал: «Галочка, Галочка». Она сюда часто ходила.

— У них роман был?

— Не-а. У Вити другая. Валя. Они иногда из машины выйдут и целуются, думают, что их никто не видит.

— Вчера тоже в окно поглядывал? Можешь что-нибудь интересное рассказать?

Володя прищурился:

— А то! Записывайте!

На секунду я растерялась. И то верно: во всех кинофильмах сотрудник милиции достает планшет и быстро-быстро начинает оформлять свидетельские показания.

— Вот что, дружочек, давай считать, что мы просто беседуем, а протокол оформим потом.

— Понимаю, — кивнул головой Володя, — вы

не имеете права допрашивать несовершеннолетнего без присутствия взрослых. А так — просто разговор!

Я с уважением покосилась на парня.

— Откуда так здорово разбираешься в законах?

— Телик гляжу, — улыбнулся Володя, — всякие детективы, страсть как люблю криминальные истории.

— Ну и что можешь рассказать?

Володя возбужденно затараторил. Вчера он с утра довольно долго играл в Интернете и устал, он вообще быстро утомляется, наверное, из-за болезни. Где-то около часа увидел, как в подъезд входят оживленные Галя, Валя и высокий, стройный парень. Как зовут юношу, подросток не знает, но частенько видит его вместе с Витей. А Репина Володя любил. Богатый сосед дарил ему компьютерные игрушки и интересные книги, а иногда забегал просто так, поболтать с инвалидом. У них дом ведомственный, все друг друга знают, и появление «нового русского» вызвало шквал негативных эмоций. Вот Репин и старался заработать хорошую репутацию среди жильцов.

— У Вити был день рождения, — излагал Володя. — Галя с Валей, пока шли к подъезду, громко так обсуждали, как станут его за уши вверх тянуть. Потом в подъезд мужчины вошли. Высокие, худые. Я еще подумал: «К кому они?» Знаете, когда в окно часто глядишь, всех знаешь, и про все тайны тоже.

— Так уж и про все!

Володя серьезно ответил:

— Про все. То, что я у окна лежу, мало кому известно. Разве что Вите, да Людмиле Сергеевне, лифтерше, она к нам убирать ходит. А насчет секретов... У Анны Львовны из шестьдесят второй любовник есть. Только Семен Михайлович на работу, а заместитель — сюда. Малахова из пятьдесят девятой, когда мама в командировку уезжает, сразу Аньку Карелину ночевать зовет, они лесбиянки!

— Ты лучше про Репина, про вчерашние события расскажи!

— Ну зашли мужики, а потом вместе с Галей выходят. Я еще удивился. Она так странно шла, навалилась на них и ногами тюк, тюк, словно коленки плохо гнутся. Дальше все — сели в машину и уехали.

— Автомобиль запомнил?

— Белая «пятерка», левое крыло побито, у ветрового стекла бумажная елочка болтается, номер 867КЕ, — отрапортовал на одном дыхании мальчишка.

— Ну ты даешь! — пришла я в восторг. — И как все запомнил?! А главное, зачем?

— Странным показалось.

— Что?

— А все. Мужики пришли буквально через пятнадцать минут после Гали и Вали. Ну зачем бы девушке с ними уезжать, ведь веселиться собралась. Шла она странно, один из них все время оглядывался и в машину ее толкнул грубо очень. Я еще подумал, чего там у них стряслось?!

— Ну и? — напряглась я.

Если паренек весь день глядел в окно, а зрение у него, судя по всему, стопроцентное, то сейчас он припомнит, как в подъезд вошла я, поймет, что к милиции не имею никакого отношения, и закричит.

Но Володя горестно вздохнул:

— Видели на углу вывеску «Товары для всех»?

— Нет, а что?

— Склад у них тут, в подвале, машины приезжают большие, грузовые. Стоило парням уехать, как громадная фура подкатила и как раз около моего окна запарковалась, весь обзор закрыла. И главное, долго стояла, весь вечер почти, ее потом милиция прогнала, когда подъехала, ну и началось! Соседи все во двор выскочили, затем трупы потащили!

Распрощавшись с наблюдательным Володей, я пошла по направлению к метро. Так, отлично, в руках появилась тоненькая ниточка, вернее, паутинка. Насколько знаю, все машины регистрируют в ГАИ, и Юрасик в два счета узнает паспортные данные владельца.

От радости я решила побаловать себя и заскочила в кафе-мороженое. Милая девушка в голубом халатике ласково спросила:

— Какое желаете? Фисташковое, шоколадное, ванильное?

Я принялась изучать содержимое большого холодильника. В кафе не было ни одного человека, и продавщица явно скучала.

— С орешками или шоколадом?

Я проглотила слюну. Обожаю мороженое и готова есть его килограммами.

— Давайте ананасовое с шоколадом!

Девушка радостно улыбнулась:

— С каким?

— Он бывает разный?

— Да, один, налитый на шарик, застынет, другой останется жидким.

Бывшему советскому человеку нельзя давать выбор. Нас воспитывали по-другому: бери, что дают. Поэтому я теперь всегда теряюсь в магазинах — например, как решить, какую колбасу лучше взять: с паприкой, чесноком или грибами?

— Давайте с жидким.

Продавщица надавила какой-то рычаг и выставила на прилавок вазочку.

— С вас сто пятьдесят рублей.

— Сколько? — потрясенно спросила я, думая, что ослышалась. — Пятнадцать?

— Сто пятьдесят, — спокойно повторила девушка.

Я отдала требуемую сумму, села у окна и принялась разглядывать лакомство.

Интересно, из чего должно быть сделано мороженое, чтобы столько стоить? Из нектара и амброзии? Но на вкус белый шарик оказался точь-в-точь таким же, как отечественный брикетик за шесть рублей. В полном разочаровании я поехала в Дом моделей.

Сегодня комнаты выглядели более или менее прилично, и в туалете никого не стошнило. Я быстренько потыкала пылесосом по углам, протерла тряпкой коридор и толкнула дверь в небольшое помещение, так называемый зимний сад. Отчего эта комнатенка так называется, совершенно непонятно. Никаких растений, кроме буйно зеленеющей пальмы, тут нет. Возле кадки стоит диван и два кресла. «Вешалки» засовывают в землю окурки и выливают остатки водки с шампанским. Для меня остается загадкой, отчего несчастное растение до сих пор не погибло, а, наоборот, чувствует себя с каждым днем все лучше и лучше. Я очень люблю цветы и, придя в первый день на работу в Дом моделей, пожалела несчастную пальму. Выгребла окурки, пробки от бутылок, вытащила кадку в коридор, установила ее возле окна и протерла листья влажной тряпкой. Неделю я изо всех сил ухаживала за несчастным растением, пока охранник не сказал мне со вздохом:

— Слышь, Виолка, не мучай пальму! Верни бедолагу на место.

— Да в нее сигареты втыкают и спиртное льют.

— Точно, — заржал парень, — эта пальма — алкоголичка, а ты у нее дозу отняла, и теперь она медленно загибается в мучениях.

— Не пори чушь, — рассердилась я, — зеленое насаждение не может пить водку!

— Тут ты ошиблась, — со знанием дела заметил секьюрити, — ханку не жрет только сова.

— Почему? — растерялась я.

— Потому что днем спит, а ночью открыты лишь очень дорогие магазины, — веселился охранник.

Я пожала плечами и удвоила усилия. Но ни специальная подкормка, ни особые удобрения, ни отстоянная вода не помогли. Бедная пальма желтела и хирела на глазах. Однажды вечером я взяла одну из недопитых рюмок и выплеснула в кадку. Наутро пальма радовала глаз зеленой листвой. Пришлось признать, что мужик прав, несчастное растение превратилось в хронического алкоголика. Я втащила кадку на прежнее место, и теперь пальма абсолютно счастлива.

Домой влетела запыхавшись, с тяжелой сумкой наперевес. В связи со всеми произошедшими событиями забыла сходить за продуктами, и в холодильнике у нас — пустыня. Пришлось забежать в «круглосуточный» магазин возле метро и отовариться там. Подбегая к подъезду, я задрала голову вверх и увидела, что во всех окнах нашей квартиры весело горит свет. Никто и не собирался ложиться спать.

Томуся вышла в прихожую сразу.

— Как дела?

— Замечательно, — бодро ответила я, выбираясь из туфель, — день-другой — и найду Верочки-ных родственников.

— У нас тоже порядок, — заулыбалась Тамара. — Кристя, оказывается, ничего не забыла...

Слушая, как Томуся нахваливает девочку, я вошла в гостиную и застала мирную картину: Вера и Кристина играют в шашки.

— Смотри, — толкнула меня Томуся, — нравится?

На стене висел пейзаж. Небольшое круглое озеро с голубой, необыкновенно прозрачной водой. По берегам стоят молоденькие березки и высокий кустарник, а на водной глади покачивается белая лодка... От пейзажа веяло покоем и каким-то умиротворением.

— Здорово, а? — спросила Тамара. — Надо рамочку купить.

Верочка оторвалась от партии и пробормотала:

— Завтра еще напишу, натюрморт для кухни. Фрукты или овощи...

Кристя громко зевнула:

— А я рисовать не умею, совсем.

— Могу научить, — оживилась Вера и потянулась к бумаге.

— Завтра, — остановила ее Тамара. — Кристе рано в школу вставать.

— Хотите кулебяку с мясом? — спросила я. — Только что купила, говорят, вкусная.

Мы мирно испили чай, старательно обходя «больную» тему — войну в Чечне. Вчера вечером Тамара включила телевизор — она любит посмотреть в двадцать два часа «Новости» по НТВ. Сначала все шло хорошо, но потом на экране показалась колонна плачущих женщин, шел репортаж из Чечни. Кристина, окаменев, уставилась на экран. Тамара, быстро щелкнув пультом, переключилась на шестой канал. Там, по счастью, показывали исторический фильм про галантный восемнадцатый век. Сегодня Томочка ни разу не слушала «Новости», решив на всякий случай не нервировать девочку. Наверное, следует показать ребенка доктору, сделать анализы... Хотя Томуся небось уже договорилась в поликлинике.

Я встала и принялась убирать со стола, открыла дверку мойки и обнаружила, что помойное ведро переполнено. Мне не нравится, когда мусор остается на ночь — заведутся тараканы, а я, честно говоря, боюсь их до паники. Как-то раз к нам с Томочкой забрел рыжий и усатый гость, и мы никак не могли стукнуть его газетой, было очень противно, пришлось ждать, пока он сам исчезнет в вентиляционном отверстии.

Я вытащила ведро.

— Тетя Вилка, — подскочила Кристя, — давайте я вынесу.

Я с сомнением поглядела в окно. В нашей «хрущобе» мусоропровод не предусмотрен, надо идти к бачкам во двор, в самый дальний угол. На улице стемнело, а у бачков очень тяжелая крышка.

— Не надо, Крися, уже поздно, сама сбегаю.

— Ерунда, — засмеялась Кристина, выхватила ведро и затопала вниз по лестнице.

Я начала мыть посуду, Тамара ушла в спальню, Верочка раскладывала кресла... Минут через десять на душе стало беспокойно. Почему Кристи до сих пор нет? Наконец на лестнице послышался бодрый топот. Слава богу, а то в голову лезут глупые мысли.

Страшно возбужденная, Кристя влетела в прихожую. В руках девочка сжимала какой-то странный мохнатый клубок.

— Тетя Вилка, глянь, — заорала она, опуская ком на пол.

Я вгляделась и ахнула. Восемь разноцветных лапок, две головы. На коврике пытались сесть маленькая собачка и крохотная кошка.

— Нет, вы только гляньте, — тыкала в них пальцем Кристя, — ну какие негодяи!

Прибежавшая на шум Томуся удивилась:

— Отчего ты их ругаешь?

— Я не о животных, — повысила голос Кристя. — Взгляните на их хвосты!

Мы внимательно оглядели неожиданных гостей, и Томуся вскрикнула:

— Ну не сволочи ли!

Хвосты несчастных зверушек были крепко связаны между собой проволокой.

— И как только собака не разорвала кошку? — удивилась Вера.

— «Скованные одной цепью», — пробормотала Томуся.

— Что? — не поняла Кристя.

— Был такой фильм, — внезапно пояснила Вера, — там двоих преступников соединили цепью. Но один был негр, а другой белый, да к тому же член общества ку-клукс-клан, расист. И вот они сбежали и шли к свободе вместе, сначала ненавидя друг друга, а потом как добрые друзья.

Тома уставилась во все глаза на Веру. Я села на корточки и принялась разматывать узлы. Собачка сидела спокойно. Она была мелкой, рыженькой, с острой мордочкой, страшно похожая на лисичку, но очень грязная. И пахло от найденыша отвратительно. Кошка выглядела не лучше. Светлая шерсть свалялась комками, на спине несколько ссадин.

— Надо бы их покормить, — пробормотала Тамара.

— Нет, — остановила ее я, — сначала вымыть. Они воняют, как головки пикантного сыра. Где ты их нашла, Кристя?

— В бачке, — пояснила девочка, — подняла крышку, а они там плачут. Нет, каким же надо быть подонком, чтобы так поступить с беззащитными животными! Но в нашем дворе подобных людей нет, да и собачку такую никогда не встречала.

— Неудивительно, что они воняют, — пробормотала я, — сейчас выкупаем и покормим.

Внезапно собачка напрягла треугольные ушки.

— Мне кажется, она нас понимает, — протянула Томуся и повторила: — Купаться пойдем?

Кошка безучастно легла на коврик, а ее подруга тихонько тявкнула.

— Слышишь? — обрадовалась Кристя. — Она говорит: «Да».

ГЛАВА 9

Спать мы легли глубоко за полночь. Сначала осуществили банно-прачечные процедуры. Собачка, очевидно, привыкла к мытью, а кошка оказалась слишком слабой, чтобы сопротивляться.

Потом мы дали им по миске геркулесовой каши, и голодные животные смолотили еду за секунду.

— Завтра повесим объявление, — сказала я. — Может, хозяева отыщутся.

— Нет, тетя Вилка, — ответила Кристя, — их выкинули, они беженцы.

— И что с ними теперь делать?

— Себе оставим, — подала голос Томуся. — Давно мечтала о кошке!

— У тебя же аллергия!!!

— Подумаешь, — возразила Тамара и чихнула.

Словно понимая, что речь идет о ней, кошка тихо подошла к моим ногам, села и подняла маленькую изможденную мордочку. Я почувствовала острый укол жалости. Ведь и впрямь погибнет на улице!

— Ладно, а собака?

— Такая крохотная, — всплеснула руками Тамара. — Ест небось как птичка, ну чем она помешает, ведь не кавказская овчарка или алабай какой-нибудь.

Я усмехнулась. Рита Виноградова из семнадцатой квартиры так же, как и мы, озабочена поиском работы. Но если нам в голову приходят простые решения проблемы, то Ритуля не ищет легких путей и подходит к вопросу творчески, с выдумкой. То разводит в ванной грибы вешенки, то выкармливает мышей на корм для любителей змей, то выращивает на подоконниках женьшень. Но вешенки сгнили, не достигнув нужного размера; мыши разбежались — и у меня сильное подозрение, что Билли и Милли из их числа, — а женьшень так и не проклюнулся из земли.

Потом кто-то посоветовал Ритке заняться разведением собак, причем не каких-нибудь крохотных, комнатных, а алабаев. Тем, кто не знает, поясню. Алабай — пастушья овчарка, здоровенное животное, покрытое такой густой шерстью, что может преспокойно спать на снегу, не ощущая холода. Содержать такого монстра в городской квартире крайне затруднительно — уж очень много места он занимает. Но Ритуля пребывала в светлой уверенности, что богатенькие Буратино, владельцы роскошных загородных поместий, начнут записываться в очередь за алабаями.

Где она достала щенка, неизвестно. Но через год у нее выросло нечто, больше всего смахивающее на карликового яка. Огромный ком спутанной шерсти, примерно метр в холке. Пес еле-еле поворачивался в Ритулиных «апартаментах». Его тело одновременно находилось в двух местах: голова в комнате, а зад радостно махал хвостом на кухне. Каких усилий стоило Ритусе выкормить и вырастить Каролину, знает только она, но несколько месяцев тому назад сучку отвезли к кавалеру, и Ритуся, потирая руки, принялась поджидать, когда на нее прольется денежный дождь.

Через шестьдесят два дня на свет явились пятнадцать маленьких алабайчиков. Ритка сначала перепугалась и прибежала к нам с вытаращенными глазами, но потом успокоилась. Она собиралась продавать щенков по тысяче долларов и быстро посчитала, какая сумма упадет ей в карман через пару месяцев. Начался мучительный процесс выращивания алабайчиков. Первые три дня они мирно попискивали в загончике, и Ритка только радовалась. Бизнес казался необременительным, а Каролина прикидывалась отличной матерью. Но спустя неделю у суки стало не хватать молока, и Ритке пришлось самой их выкармливать. Затем Каролина начала попросту убегать от докучливых детей, наверное, их оказалось слишком много. Уж не знаю, как бы поступила я, получив одновременно больше десятка младенцев. Наверное, сошла бы с ума. Рите пришлось мыть щенят и массировать им животики теплой замшевой тряпочкой, иначе у них начинались проблемы со стулом.

Но это были цветочки, ягодки поджидали впереди. На двадцать первый день собачата открыли глаза и разом полезли из загончика на волю. Бедная Каролина забилась на диван и полностью передоверила свое потомство Ритке.

Что они творили! Грызли мебель, покрывала и занавески, слопали всю обувь и закусили резиновым ковриком в ванной. Если Ритуля теряла на секунду бдительность и оставляла на кровати колготки или нижнее белье, то, вернувшись, не находила ничего, даже обрывков. Желудки у алабайчиков оказались из нержавеющей стали, и они с легкостью переваривали любые попавшие внутрь вещи.

И самое страшное — алабаи росли как на дрожжах. К двум месяцам они стали размером с крупного пуделя. Представьте себе, как в однокомнатной квартирке с пятиметровой кухней и пятидесятисантиметровой прихожей носятся пятнадцать пуделей! Причем не только носятся, но и совершают разнообразные действия. Ковер, правда, Ритуся сразу убрала, но ведь мебель из квартиры не вынесешь! Да еще алабайчики, тронутые ее искренней заботой, считали Ритку своей родной мамой, предводительницей стаи, полностью игнорируя кукушку Каролину. Самый цирк начинался, когда несчастная Ритуська укладывалась спать. Щенки запрыгивали к ней на кровать и принимались усиленно драться за особо вожделенное место у самого лица хозяйки. Избавиться от них не представлялось возможным — спихнешь парочку на пол, на их место тут же залезают другие.

Но самое трагичное было то, что щенков никто не собирался покупать. Рита без конца давала объявления, ездила на Птичий рынок, и все безуспешно. Алабаи продолжали расти. Ритка прибежала к нам с Тамарой и забилась в истерическом припадке. Пришлось звать на помощь друзей и соседей. Не сразу, но положение выправилось. Трех щенков Юра пристроил в милицейский питомник, четверых приняло в дар общество слепых, нуждавшееся в собаках-поводырях; одного удалось запихнуть в дом отдыха работников прокуратуры, и он несет охранную службу, сидя в будке; остальных с грехом пополам забрали сердобольные приятели. Кто свез алабаев на дачу, кто передал дальше по эстафете. И только одного, самого последнего, удалось продать за триста долларов. Ритулька в полном отчаянии стояла с ним у метро, она уже ни на что не надеялась. Но вдруг рядом с ней притормозил роскошный «мерс», высунулся мужик, сказал, что давно мечтает о таком псе и, швырнув Ритке зеленые бумажки, умчался вместе со щенком.

Самое смешное, что на следующий день после того, как Каролина осталась одна, на Ритулю обрушился шквал телефонных звонков. Все хотели алабаев и готовы были отдавать за них любые деньги.

— И что делать? — вопрошала Рита.

— Повяжи Каролину еще раз, — предложила Тамара, — запиши сейчас всех желающих и пообещай щенков через пару месяцев.

Ритка поколебалась секунду и твердо ответила:

— Больше ни за что. Лучше уж стану разводить на продажу рыбок. Они хоть в аквариумах сидят!

Но собачка, подобранная Кристей, выглядела субтильной, косточки у нее не толще куриных, а животное было явно взрослое, с умной мордой.

— С ней придется гулять, — вздохнула я, — а кошке нужно купить лоток, еще начнет, не дай бог, гадить везде, запах пойдет.

Кристина умоляюще взглянула на Тамару.

— Не начнет, — вмиг отозвалась подруга.

Словно поняв, что сейчас решается ее судьба,

кошка глянула на меня, коротко мяукнула, подошла к двери туалета, приоткрыла ее и вмиг вспрыгнула на унитаз. Мы увидели, как она устроилась на кругу, следом раздалось журчание.

— Похоже, лотка не надо, — резюмировала Вера.

Животное спрыгнуло на пол, грациозно приблизилось ко мне, село у ног и коротко сказало:

— Мяу!

Звучало это так: «Ну, видала?»

Я присела и погладила ее по голове.

— Ура! — заорала Кристя, и тут прозвенел звонок.

К нам снова явился выгнанный из дому Юрасик.

— Что-то у вас жильцов становится с каждым разом все больше и больше, — пробормотал он, окидывая взглядом чисто вымытую живность.

Тома развела руками:

— Скоро в очередь на расширение жилплощади встанем.

Юрка вошел на кухню, плюхнулся на табуретку и громогласно заявил:

— Узнал про Зотова!

— Тише, — шикнула я.

Мне совсем не хотелось, чтобы Кристина услышала наш разговор.

— Ладно, — понизил тон Юра, — слушай внимательно. Зотов Анатолий Иванович, самый обычный инженер на одном из металлургических комбинатов Екатеринбурга. Вернее, тогда город еще назывался Свердловском, но суть от этого не изменилась. Анатолий Иванович жил как все. Копил на машину, мечтал о даче и отдыхал в Крыму. В 1986 году у него родилась дочь, Кристина. Инженер называл девочку «талисманчик», потому что после ее появления на свет Зотову стало необыкновенно везти: дали квартиру, потом у него невероятно хорошо пошел бизнес. Анатолий Иванович занял пустую нишу: начал в 1993 году торговать такой несерьезной на первый взгляд вещью, как ткани. Местные воротилы и авторитеты только посмеивались, не считая Зотова серьезным коммерсантом. Водка, бензин, продукты, электротовары — это да, а куски материи!.. Да кому они нужны, вместе с самим Зотовым!.. Братки даже не обложили его данью. Но оказалось, что Анатолий Иванович — гениально прозорливый бизнесмен. Он работал напрямую с такими гигантами, как камвольные комбинаты в Иванове и льнокомбинаты в Костроме. Зотов хорошо знал, что прибыль в бизнесе зависит не от задранной до небес цены на товар, а от того, как быстро оборачивается капитал. Поэтому в лавке у Зотова торговали на редкость дешевым ситцем и фантастически качественным льняным постельным бельем. Через два года у Анатолия Ивановича было четыре магазина в Екатеринбурге, два в Исети, один в Перми и сеть коробейников, мотавшихся с товаром по необъятному Уралу. Благосостояние росло. Появился двухэтажный каменный дом в пригороде, джип с шофером и другие видимые признаки богатства. Казалось, Зотову улыбается сама Фортуна.

Но потом погибла жена Анатолия Ивановича — Лида. Кристя осталась сиротой. Отец нанял няньку и отмел все предложения о женитьбе. Бизнес его ширился, к делу теперь был привлечен брат покойной жены Вадим Костылев.

В сентябре прошлого года Анатолий Иванович неожиданно приехал в колледж, где училась Кристина, и огорошил директора: Кристя больше не придет, он отправил ее в Москву, в закрытый пансион, за более качественными знаниями.

В конце ноября Екатеринбург узнал, что удачливый бизнесмен погиб. Кто-то заминировал джип Зотова, он взлетел на воздух, и мужчина погиб. Вадим Костылев похоронил то, что осталось от зятя, поставил ему шикарный памятник из полированного гранита и стал продолжать бизнес.

Я обрадовалась необычайно. Ну надо же, у Кристины есть дядя, богатый человек, надо немедленно сообщить ему, где находится его племянница.

— Телефон есть?

— Чей? — поинтересовался Юрка, закуривая отвратительно воняющую сигарету.

Я разогнала рукой дым, распахнула форточку и ответила:

— Ну этого Костылева.

— Нет.

— Можешь достать?

— Зачем?

— Очень нужно.

— Ладно, — пробормотал Юрка, — пойду лягу.

— Это не все, — остановила я его.

— Что еще? — безнадежно поинтересовался приятель.

— По номеру машины возможно установить владельца?

— Элементарно.

— Сделаешь? 867 КЕ.

— Слушай, — попробовал возмутиться Юрка, — что, собственно говоря, происходит? Какие-то тайны бесконечные...

— Очень надо, — ответила я.

Юрка — человек крайне покладистый, а жизнь

с Лелей приучила его к тому, что с бабами лучше не спорить.

— Так и быть, — пробормотал он, поднимаясь с табуретки, — позвони завтра на работу, а то боюсь, что из головы вылетит. Раздаешь задания, как полковник!

Утром я вскочила в полвосьмого и пресекла попытки Тамары одеться.

— Лежи, сама соберу Кристю в школу.

Тамара попробовала посопротивляться, но я железной рукой опрокинула ее на кровать и закрыла дверь в спальню. Девочка позавтракала, я открыла дверцу, чтобы выбросить скорлупки от яиц, и обнаружила, что помойного ведра нет.

— Кристя, а куда ты задевала мусорку?

— Ой, — подскочила девочка, — совсем забыла! У бачков оставила, даже не вытряхнула. Я только крышку подняла, а эти там скулят... Сейчас сбегаю...

— Сиди, — остановила я ее, — небось уже давным-давно бомжи унесли.

— Простите, — пролепетала Кристина, — случайно вышло.

— Не переживай, — успокоила я девочку, — давно хотела новое купить, главное, не забыть зайти в хозяйственный магазин.

Около полудня я позвонила к Юрке на работу и услышала женский голос:

— Калинина.

— Можно Петрова?

— Позвоните через неделю.

— Где он?

— В командировке, — спокойно пояснила женщина и моментально повесила трубку.

Я в изумлении уставилась на аппарат. Очень

интересно! Вчера Юрасик никуда не собирался. Пришлось звонить Леле.

— Скажи, пожалуйста, — осторожно поинтересовалась я, — куда уехал Юра?

— Нет, это ты мне лучше ответь, — бросилась в атаку Леля. — Где он сегодня ночевал?

— Не волнуйся, у нас в гостиной.

— Вот мне и интересно, — голосом, не предвещающим ничего хорошего, завела ревнивая супруга, — отчего Юрку все время тянет к вам, незамужним бабам, — медом, что ли, намазано?

— Ты же его ночью из квартиры выставила.

— Мог и к Мамонтову поехать!

— Побойся бога, Константин живет в Бирюлеве, туда и за два часа не добраться!

— Для бешеной собаки семь верст не крюк, — рявкнула Леля. — И не звони сюда больше, гейша!

Ну при чем тут милые японские женщины, развлекающие гостей приятной беседой. Должно быть, Леля путает их с проститутками.

Однако ситуация начинает вырываться из рук. Ладно, не станем расстраиваться, а применим небольшую женскую хитрость. Быстро одевшись, я выскользнула за дверь и побежала в районное отделение ГИБДД.

Сидевшая за стеклом женщина в форме подняла на меня бесцветные, какие-то «застиранные» глаза и безнадежно поинтересовалась:

— Что случилось, гражданочка?

Я заулыбалась изо всех сил и принялась выдавать только что придуманную историю. Вчера возвращалась домой на «леваке» и забыла на заднем сиденье сумку с книгами. Номер автомобиля помню, и не могут ли...

— Нет, — отрезала дама, — идите в милицию, подавайте заявление о потере.

— Будут искать?

Женщина вздохнула:

— Факт кражи был?

— Нет.

— Тогда что вы хотите?

— Книги.

— Следует быть внимательней, — не сдавалась дежурная. — Сами виноваты, ничего теперь не поделаешь.

Я сморщилась и проникновенно зашептала:

— Ну помоги, пожалуйста, будь человеком. Ты замужем?

— При чем тут мое семейное положение?

— Прикинь на минутку, книги принадлежат моей свекрови. Они ей для работы нужны. Представляешь, что со мной сделают?

Честно говоря, у меня никогда не было свекрови. Правда, пару раз я уже совсем было собралась под венец и один раз даже подала заявление, но до настоящей семейной жизни дело так и не дошло. Я не могу бросить Тамару одну, а мужчина, согласный получить в придачу к супруге еще и ее подругу, так и не попался. Впрочем, наверное, мне просто не встретился настоящий мужчина, да и Тамаре тоже. Одно время мы переживали по этому поводу и завидовали своим знакомым, бодро бегущим в загс. Но потом наши девочки начали разводиться, судиться, делить квартиры. Затем вновь выскакивали замуж... Мы же с Томусей решили: очевидно, господь не предназначил нас для семейной жизни, ну и ничего, в конце концов, можно найти и другие радости: работа, например. Правда, и служебная карьера не слишком получилась, но нам еще не так много лет...

Так что о том, что такое свекровь, я знаю только понаслышке. И отчего-то у всех они как из одного яйца.

В глазах у дежурной мелькнуло нечто человеческое. Я обрадовалась и продолжила:

— Убьет, точно, убьет!

— Моя хуже, — неожиданно выпалила женщина, — в глаза улыбается: «Ничего, детка, с кем не бывает, подумаешь». А потом мужу, сыночку своему, нажалуется. И все — готово дело. Сначала скандал, потом он спать на кухне укладывается, на диванчике. Одним словом, жаба засахаренная.

Быстрым движением она сняла трубку и сказала.

— Слышь, Николаша, помоги. Сейчас гражданочка придет, подружка моя, номерок прогони по компьютеру.

Я побежала в указанном направлении. Дружба — великая вещь. И толстый, одышливый Николай с огромным выпирающим над ремнем животом, охотно нарушил ради дежурной должностную инструкцию. Адрес высветился мгновенно, как, впрочем, и паспортные данные владельца: Крюков Андрей Валентинович, 1972 года рождения. Сиреневый бульвар.

ГЛАВА 10

Со всей возможной скоростью я полетела домой. Так, сначала попытаемся впихнуть в голову Темы очередную порцию немецких глаголов, потом сбегаем к девочке Насте и противной бабушке Элеоноре Михайловне, а затем можно будет поехать на Сиреневый бульвар и попытаться разведать, что к чему.

Тема встретил меня со вздохом и быстро заявил:

— Только пришел из школы и даже не поел!

— Сытое брюхо к ученью глухо, — парировала я и подтолкнула лентяя к письменному столу.

Запинаясь на каждом слове, Темка принялся озвучивать текст «Моя квартира». Ничего, кроме скуки, на его лице не читалось. Наконец стрелки подобрались к двум часам.

— Все, — возвестил Тема, пытаясь захлопнуть книжку.

— Нет, — возразила я, — еще глаголы не повторили.

— Мама только за один час платит, — попытался воззвать к моей жадности мальчик. — А вы и так уже пять минут пересидели, пришли раньше!

— Ничего, котик, у меня бездна свободного времени!

— И что, — в ужасе поинтересовался Тема, — теперь совсем не уйдете?

Я постаралась удержаться от смеха и серьезно ответила:

— Если хочешь — могу даже остаться ночевать.

В Теминых глазах заплескалось такое отчаяние, что я решила сжалиться над нерадивым учеником:

— Впрочем, давай договоримся. Читаешь еще раз без ошибок текст, быстро отвечаешь глаголы — и запирай за мной дверь.

Темка с невероятным жаром и почти без ошибок принялся описывать комнату. Заработав очередные сто рублей, я заглянула домой и обнаружила Веру за столом. Она старательно рисовала пейзаж. Собачка спала в кресле, а кошка устроилась у меня на диване. Я машинально погладила ее по спинке и ощутила необычайную шелковистость ее шубки.

— Мр-мр-мр, — завела киска.

От нее веяло спокойствием и умиротворением.

Я почувствовала непреодолимое желание прилечь и закрыть глаза. Голова сама собой улеглась на подушку. До следующего урока еще два часа, отдохну чуть-чуть. Киска, ощутив, что я вытянулась на диване, вздохнула, перебралась ко мне на грудь, положила морду с длинными усами на плечо и громко-громко спросила:

— Вилка, ты заболела?

От неожиданности я села, кошка свалилась на пол и осталась лежать на ковре, не шевелясь. У дивана стояла Тамара.

— Что случилось? — тряся очумелой головой, спросила я.

— Ты спала, — пояснила Тамара, — и мне это показалось странным.

Верно, я никогда не отдыхаю днем, просто нет времени. Но сегодня кошка каким-то непостижимым образом ухитрилась «выключить» меня из жизни.

— Который час?

— Полчетвертого.

Я подскочила и заметалась по комнате, пытаясь одновременно одеться, причесаться и накраситься. Впрочем, на накладывание макияжа времени не осталось, и я понеслась к Насте с «неприбранным» лицом.

Девочка открыла дверь сама.

— А где бабушка?

— В парикмахерскую ушла, — пояснила ученица.

Мы пошли по длинному коридору, мимо запертых комнат. Замки висели повсюду, даже на кухне. Открытыми остались только туалет, ванная и детская.

Закончив занятие, я спросила:

— Почему у вас все закрыто?

Настя печально улыбнулась:

— Бабушка боится, что придет посторонний и ограбит квартиру.

Девочка была деликатна. Небось Элеонора Михайловна опасается неизвестной репетиторши.

— Хорошо, ухожу, открывай кухню и ставь чайник, тебе надо поесть.

Настя и впрямь выглядела слишком бледной.

— У меня нет ключа, — прошелестела девочка. — Бабушка связку с собой уносит!

— Когда же она вернется?

Настюша пожала плечами:

— Часов в семь. Сначала химию сделают, потом постригут, уложат...

Я пришла в негодование. Нет, эту старую грымзу определенно следует проучить.

— Где у вас хозяйственный магазин?

— На углу, у автобусной остановки.

— Сейчас вернусь, — пообещала я и рысью понеслась в скобяную лавку.

Через полчаса дверь в комнату Насти украсилась амбарным замком. У нас с Тамарой в доме нет мужчин, поэтому забить гвоздь или ввинтить шуруп для меня пара пустяков. Даже знаю, чем крестовая отвертка отличается от обычной, и не путаю долото со стамеской.

— Анастасия, — строго велела я. — Поскольку являюсь твоей учительницей, ты обязана слушаться меня беспрекословно!

Запуганная девочка безвольно кивнула.

— Значит, так. Завтра утром, уходя в школу, запрешь дверь на замок, а на бабушкины расспросы ответишь: «Боюсь, что в гости придут твои подруги и украдут мои учебники».

Настя уставилась на замок во все глаза.

— И еще, — раздавала я приказания, — каждый вечер, каждое утро и перед каждым уроком станешь читать молитву.

— Какую?

— А вот эту!

Я схватила листок бумаги и написала коротенький текст: «Настя самая лучшая, умная, красивая. Настя отлично знает уроки. Настя самая смелая. Настя — пример для всех!»

Ученица вздохнула:

— Бабушка так визжит, прямо сердце холодеет.

— С этим легко справиться.

— Как?

Все детство на меня орали. Сначала пьяный папенька, потом тетя Рая, следом учительница младших классов, омерзительная Валентина Никитична. Сейчас я понимаю, что в бабе просто бушевал климакс, но когда тебе семь лет, ты о гормональных всплесках ничего еще не знаешь. Противная училка боялась выливать гнев на детей из благополучных семей, поэтому весь накал ее темперамента обрушивался на мою голову. Но детская психика пластична, а мозг изобретателен. К середине второго класса я придумала оригинальную методику борьбы с озверелой стервой и сейчас могу поделиться с Настей опытом.

— Очень просто. Как только твоя бабушка достает из шкафа метлу и начинает с криком летать по квартире, моментально включаешь воображение. Представляешь большое ведро с водой или мусором, мысленно поднимаешь его и опрокидываешь бабуле на голову. Здорово помогает.

Честно говоря, я «надевала» на темечко разлюбезной Валентины Никитичны ночной горшок со всем содержимым, но в данном случае и вода сойдет.

Внезапно девочка расхохоталась во весь голос.

— Ага, — обрадовалась я, — представила!

Настя вновь зашлась к хохоте.

— Шкурки, — бормотала она, захлебываясь, — картофельные шкурки на ушах висят, прямо как сережки.

Уверенной поступью я вышла на улицу. Что ж, сделан первый шаг. Человек, над которым смеешься, уже не может внушать страх.

До Сиреневого бульвара я добиралась почти полтора часа. Правда, дорогу сильно скрасила газета «Скандалы». Я всегда покупаю это издание и от души веселюсь, читая статьи про женщин, забеременевших от инопланетян, и про мужиков, поймавших на удочку русалку.

Побродив немного по дворам, я отыскала нужный дом и позвонила в квартиру. Раздался бодрый цокот каблучков, и на пороге появилась стройная черноволосая девушка с младенцем на руках. Я моментально сориентировалась и гаркнула:

— Отдел социального обеспечения, проверяем условия детей, получающих пособие.

Девушка растерялась:

— Зачем?

Я нагло влезла в прихожую и заявила:

— Есть такие кадры расчудесные, получат детские денежки — и за водкой, вот и ходим по домам.

— Мы не пьем, — испуганно ответила хозяйка.

Она была совсем молоденькой, на вид лет семнадцать, не больше.

— Отлично, — ответила я и поинтересовалась: — Крюков Андрей Валентинович, отец ребенка?

— Нет, мой брат.

— Машина номерной знак 867 КЕ ему принадлежит?

— При чем тут автомобиль? — вполне резонно заметила девушка.

— Тем, кто имеет личное средство передвижения, детские пособия теперь не положены, — отрезала я. — А в вашей карточке значится «Москвич».

— «Жигули», — поправила молодая мамаша, — но ко мне они никакого отношения не имеют, «пятерка» Андрюшкина.

— И где он?

— Кто, автомобиль?

— Нет, владелец.

Девчонка пожала плечами:

— Хрен его знает.

— Интересное дело, — шла я напролом, — адрес ваш указан.

— Он тут прописан, — пояснила девица, — а сам квартиру снимает, на Песчаной улице, возле метро «Сокол».

Тихо радуясь, что не придется ехать на другой конец города, я грозно потребовала:

— Сообщите место работы и телефон.

Девчонка фыркнула:

— В палатке сидит у метро, собачьим кормом торгует. На кругу, возле автобусных остановок, какой там телефон!

— Давайте домашний.

— Хозяйка номер временно отключила.

— Зачем?

— Чтобы по межгороду не трепался.

— Ну и заблокировала бы восьмерку...

— А он тогда через телефонистку закажет!

Что ж, весьма логично. Не так давно от моей подруги Жени Сорокиной сбежали постояльцы, два молдаванина. Мало того что мужики не заплатили за два месяца проживания в квартире, так еще потом на хозяйку дождем полились счета за междугородние, вернее международные переговоры.

До «Сокола» я доехала, читая газету «Тайная власть». Она не менее забавна, чем «Скандалы», в особенности та полоса, где печатаются читательские письма. Люди на полном серьезе рассказывают о встречах с домовыми, лешими и привидениями. А уж с умершими родственниками беседует каждый второй.

На кругу, возле конечных остановок троллейбусов, густыми рядами стояли ларьки, но нужный, с собачьим и кошачьим кормом, оказался закрыт. Я спросила у девушки, торгующей цветами:

— Не знаете, Андрей обедать отправился?

— Он два дня не приходит, — словоохотливо затарахтела продавщица, — хозяин злился жутко, пообещал уволить.

— Небось напился, — предположила я.

— Не, он не по этой части, — хихикнула цветочница, — скорей с бабой трахался, у него с этим прям беда; тянет в кровать все, что шевелится, без разбора. Здесь, на площади, всех отымел! Дома он, на Песчаной, дрыхнет спокойненько.

Я развернулась и пошла проходными дворами к обители Казановы. Но у дверей нужной квартиры поджидал сюрприз. На створке была наклеена узкая бумажная полоска с печатями и подписями. Я внимательно изучила «документ» и позвонила к соседям. Высунулась девочка лет десяти.

— Скажи, детка, а куда делся Андрей Валентинович?

— Повесился, — радостно сообщил ребенок, — в ванной на трубе, а вы из газеты?

— С чего ты взяла?

— Тут вчера телевидение приезжало, — гордо ответила девочка, — «Криминальная хроника». Меня снимали и потом в программе показывали, вечером, в 0-40. Все ребята обзавидовались, жаль только, одеться прилично не успела. В халате выскочила, и волосы торчком стояли.

Да, бедный Андрей и не предполагал, что его смерть доставит кому-то столько радости.

— Проходите, проходите, — суетился ребенок, — все расскажу.

Я вошла в скромно обставленную комнату, села на покрытый ковром диван и принялась слушать. Девчонка болтала без остановки.

Зовут ее Лена Рагозина, учится только на «четыре» и «пять» и в конце года получит похвальную грамоту. Андрей живет тут недавно, снимает квартиру у тети Зины. Леночка с ним подружилась, Андрюша иногда приносит их собаке еду. Разорвется у него пакет или срок годности истечет — людям уже не продать, а Бим у Рагозиных неприхотливый. На целостность упаковки ему наплевать и просроченные консервы спаниель лопает с преогромным удовольствием. Еще Андрей великолепно точит карандаши, вот Леночка и пошла к нему вчера с коробкой.

Леночка позвонила в дверь около десяти вечера, но Андрей не открыл. Однако девочка не сдавалась, она только что прогуливала Бимку и видела, что в квартире Крюкова во всех комнатах весело горел свет. Первым уроком завтра в расписании стояло рисование, и поточить карандаши следовало непременно. Лена звонила и звонила, но сосед не откликался. Тогда обозленная девочка стукнула в дверь ногой, и она послушно распахнулась. Ленуся обрадовалась и пошла искать «точильщика». В комнате его не было, на кухне подпрыгивал на горелке практически пустой чайник. Лена по-хозяйски выключила газ. Дверь туалета и ванной стояла нараспашку. Девочка поскребла ногтями по косяку.

— Андрюш, ты тут?

В ответ — тишина. Удивленная столь странным поведением мужчины, который убежал из дома, не закрыв дверь, не потушив свет и не выключив чайник, Леночка вошла в ванную комнату и увидела в углу Крюкова.

Андрей стоял, странно свесив голову набок, отчего-то приоткрыв рот, откуда высовывался толстый синий язык. Руки безвольно висели вдоль тела. Леночке стало не по себе. Она сказала:

— Здравствуй, Андрей.

Но сосед не ответил. Школьница перевела глаз вниз, увидела на коврике две пластиковые тапки, а над ними сантиметрах в двадцати от пола висели голые ноги с судорожно вытянутыми пальцами, словно парень искал изо всех сил опору.

— И что ты сделала?

Лена гордо ответила:

— Вышла из квартиры, вызвала милицию, а сама встала у двери, чтобы кто случайно не зашел.

Да, современные дети совсем не похожи на нас, прежних. Интересно, как бы поступила я в десятилетнем возрасте, обнаружив труп? Скорей всего заорала бы дуриной и понеслась колотиться во все двери на лестничной клетке. Здесь же полное самообладание.

— А где же твои родители были?

— У меня только мама, — с достоинством ответила девочка, — она медсестра в больнице, на дежурстве осталась.

— Ну ты молодец, грамотно поступила!

— Я «Ментов» по телику всегда смотрю, — зачирикала Леночка, — и знаю, что ничего трогать нельзя.

А еще говорят, что детям не надо часами просиживать у телевизора!

Приехавшие милиционеры похвалили Леночку, один из них, пожилой, даже подарил ей шоколадку. Потом у нее сняли отпечатки пальцев, объяснив, что они нужны криминалистам, ведь девочка трогала дверную ручку. Затем прикатило телевидение, и для Лены настал час славы.

— Знаешь, где машина Андрея?

— Конечно! За углом, возле входа в бойлерную стоит.

Я вышла во двор и отыскала «Жигули». Автомобиль был измазан по самые стекла, что показалось мне странным. В Москве уже две недели как нет ни дождя, ни луж на дворе. На левой дверце детская рука вывела: «Помой меня». На правой тот же ребенок написал: «Танки грязи не боятся».

Я подергала дверцу, и та неожиданно распахнулась. Андрей забыл запереть кабриолет. Внутри пахло табаком и дешевым одеколоном. Прямо перед глазами, на зеркальце болталась бумажная елочка, я принюхалась и поняла, что кельнской водой несет от нее. В бардачке не нашлось ничего интересного. Атлас дорог, полупустая бутылочка фанты; одна, довольно старая замшевая перчатка и несколько пакетиков с презервативами.

Я перелезла на заднее сиденье. В карманах чехлов кресел водителя и пассажира обнаружилась расческа, газета «Мегаполис» и ручка «Бик» без колпачка. От еженедельника была оторвана узкая полоска.

В тоске я пошарила по полочке возле ветрового стекла и тоже не обнаружила ничего достойного внимания. Уже вылезая через заднюю дверь наружу, я оперлась рукой о сиденье, ладонь соскользнула и попала в пространство между спинкой и подушкой. Пальцы уперлись во что-то твердое. Сломав два ноггя, я вытащила на свет божий самую обычную дешевенькую пластмассовую пудреницу.

Сжимая в руках добычу, спустилась в метро и открыла крышечку. В мутном зеркальце отразилась моя бледная морда, в нос ударил запах некачественной польской косметики. На замызганном поролоновом кружочке лежал кусок бумаги. Я быстро развернула его. «Римма Ивановна». Все. Клочок был явно отодран от лежащей в автомобиле газеты. С оборотной стороны на нем стояло «...полис, 18 мая». Интересное дело. Может, косметику потеряла одна из многочисленных Андрюшиных любовниц? Ну зачем бы ей класть на «пуховку» записку? Нет, скорей всего Галя, оставшаяся в машине на пару минут одна, обнаружила в кармане чехлов «Мегаполис», ручку и решила... Что решила? Кто такая Римма Ивановна и где ее искать? Был только одни способ проверить это предположение. Чувствуя, как от голода начинает сводить желудок, я понеслась на Ремонтную улицу.

— Это принадлежит Гале? — с порога спросила я, сунув Свете под нос пудреницу.

Несчастная мать повертела пластмассовый кружок и севшим голосом пробормотала:

— Да, на день рождения подарили. Где вы ее нашли?

Я вздохнула.

— Потом объясню.

Светлана напряженно глядела на меня.

— Галя вам не звонила?

Света помотала головой:

— Нет. Сижу у телефона, не ем и не пью.

— Кто такая Римма Ивановна?

— Федорова?

— Наверное.

— Заведующая учебной частью в медицинском

училище. Она очень хорошо относится к Галочке, работу дает.

— Работу?

— Ну да.

— Какую?

Светлана взглянула на меня:

— Что-то есть захотелось, может, пожуете со мной кашу?

Я была такая голодная, что согласилась бы и на жареные бритвы.

На крохотной кухоньке хозяйка поставила на огонь небольшую кастрюлю и принялась помешивать содержимое деревянной ложкой. От плиты пошел невероятно аппетитный аромат.

— Что у тебя там? — поинтересовалась я.

Света грустно улыбнулась.

— Спецкаша.

— Не поняла.

— Собачка у нас жила, Жулька. Вот меня и научили: берешь мясо, любое — говядину, курятину, сегодня, например, индюшатина, она самая дешевая. Варишь птицу до готовности, а потом в бульон засыпаешь геркулес. Один к двум. Стакан овсянки на два стакана бульона.

— Да ну? — удивилась я. — А мы на молоке делаем.

— Теперь так попробуй, — вздохнула Света. — Еще сверху нужно кинзой посыпать или петрушкой, да у меня нет. Наша собака, знаешь, как жрала!

Я с сомнением поглядела на возникшую перед моим носом глубокую тарелку. Выглядит не слишком привлекательно, но пахнет замечательно. Да и на вкус блюдо оказалось выше всяких похвал.

— Потрясающе, — с жаром произнесла я, с

трудом подавив желание вылизать емкость языком, — вкуснее ничего не ела.

— Гале тоже нравится, — улыбнулась Света.

Потом ее лицо сморщилось, и по щекам быстро-быстро покатились слезы.

— Эта пудреница, — с чувством произнесла я, — доказывает, что Галю не убили в квартире, скорей всего она жива!

Светлана всхлипнула:

— Дай-то господи! Одна она у меня.

— Так какую работу Римма Ивановна давала Гале?

— По уходу за больными. Знаешь, иногда для лежачих сиделку нанимают?

Я кивнула.

— Такая услуга дорого стоит, если медсестра дипломированная, — пояснила Света, — вот кое-кто и обращается к Федоровой. Она студенток присылает, отличниц, им можно поменьше заплатить. Галочка очень довольна была, пару раз ей хорошие суммы перепали. Туфли купила и мне пальто.

Светлана вновь зарыдала.

— Давай адрес училища, — велела я.

Будущих медсестер готовили на базе клиники, расположенной в Капотне. Я поглядела на часы — восемь вечера. Сейчас там, конечно, никого нет, поеду завтра, а теперь пора в Дом моделей и домой.

ГЛАВА 11

Не успела я открыть дверь, как раздался звонкий лай, и в прихожую выскочила собачка. От неожиданности я уронила сумку с сырой индюшатиной. Совсем забыла, что в нашем доме новые жильцы.

— Фу, Адель, фу! — закричала Кристина. — Свои.

— Как ты назвала ее?

— Адель. А ласково можно Адочка.

Мне не понравилась кличка, но спорить с девочкой не стала.

— А кошка — Клеопатра, — сообщила Тамара, — в просторечии Клепа.

Я заметила, что у подруги красные глаза, и поинтересовалась:

— Ты супрастин пила?

— Два раза, — ответила Томуся и оглушительно чихнула. — Что купила? Индюшатину? Котлеты сделаем?

— Нет, — хитро улыбнулась я, вынимая из пакета геркулес и пучок кинзы, — спецкашу.

Не успело мясо вскипеть, как раздался звонок в дверь.

— Сними пену, — велела я Кристине.

Девочка схватила шумовку и принялась шуровать в кастрюле. Я распахнула дверь.

— Помогите, умирает, — закричала Аня.

У меня просто подкосились ноги. Нет, только не сегодня, я так устала.

— Вилка, — рыдала Анюта, — ужас, катастрофа!

— Ну, — безнадежно спросила я. — Что Машка съела?

— Голову засунула, — вопила Анечка.

— Куда?

— Жуть, — взвизгивала Аня, — сейчас умрет!

Я надела туфли и пошла за ней. Зрелище, открывшееся мне на лестничной площадке перед квартирой Анюты, впечатляло. Дом у нас старый, из первой серии «хрущоб», построенных еще в 1966 году. Мой отец непонятным образом получил тогда здесь квартиру. Полы во всех квартирах покрыты линолеумом, лестницы крутые и узкие, а перила держатся на простых железных прутьях. Некогда они были покрыты веселенькой голубенькой краской, но она давно облупилась. Вот между этих прутьев Машка невесть как и засунула голову.

Я подергала пленницу. Раздался одуряющий вопль. Ушные раковины мешали голове вылезти. На крик распахнулась дверь, и высунулась Наталья Михайловна.

— Что тут делается? — завела тетка. — Ни минуты покоя, полдесятого уже, спать пора, а вы визжите.

Потом она увидела Машку и заорала во всю мощь легких:

— Вань, Вань, поди сюда!

Появился Иван Николаевич.

— Что за шум, а драки нету?

— Глянь!

Иван Николаевич оглядел «пейзаж» и попытался раздвинуть прутья.

Как бы не так, они даже не шелохнулись.

— Делать-то что? — причитала Аня. — Она сейчас задохнется.

— Не, — протянула Наталья Михайловна, — горло свободно.

— Надо намылить ей щеки и уши, — посоветовал Иван Николаевич.

Анька сгоняла домой и притащила гель для мытья.

— А-а-а, — завизжала Машка, когда скользкая жидкость полилась ей за шиворот.

— Бум-бум, Мака, — пообещала я и крикнула: — Аня, тащи конфеты.

— У меня нет, — всхлипнула Анюта.

— Сейчас принесу, — подхватилась Наталья Михайловна.

Через минуту она вернулась с коробкой «Ассорти» и бутылкой «Олейны».

— Импортная дрянь эта не мылкая, — заявила соседка, — лучше намаслить.

Мы принялись щедро обмазывать Машку растительным маслом. Девочка поглощала конфеты и молчала. Заорала она только тогда, когда «спасатели» попытались вытащить ее голову.

— Ну и что делать? — вздохнула я, оглядывая гелиево-«олейновые» лужи.

— Чего, чего, — обозлился Иван Николаевич. — МЧС вызывать.

— Не поедут они, — стонала Аня, — и денег нет.

— Ой, замолчи, — велел сосед, — без тебя тошно. Хорошо хоть девка заткнулась.

Но тут у Натальи Михайловны закончились конфеты, и Машка принялась выть, как береговая сирена. Иван Николаевич бросился к телефону, а с пятого этажа спустилась Таня Елина. Скоро вокруг несчастной Манюни столпилось почти все население подъезда. Мужчины пытались разогнуть прутья, женщины засовывали в Машкин рот конфеты, кто-то наливал Ане валерьянку, кто-то гладил Маньку по голове... Наконец хлопнула дверь подъезда, и на лестнице раздался веселый мужской голос.

— Где ребенок с застрявшей головой?

— Тут, — завопили все.

Присутствующие здесь же собаки залаяли, а Аня принялась истошно рыдать, громко икая.

На лестничную клетку поднялись три мужика в красивых темно-синих комбинезонах, они несли какие-то большие ящики.

— А ну тихо, — неожиданно гаркнул высокий плечистый блондин, самый молодой из спасателей, — всем молчать!

Люди разом заткнулись, даже пес Кулибиных, взбалмошная болонка Люся захлопнула пасть. Было что-то такое в голосе блондина, отчего всем моментально захотелось его послушаться.

— Чего собрались? — недовольно добавил другой, темноволосый крепыш. — Ребенка, что ли, с головой застрявшей не видели?

— Никогда! — радостно выкрикнул семилетний Ванька из пятьдесят третьей квартиры. — Никогда. Интересно, как она это проделала? Башка-то не пролезает, только что пробовал!

Аня неожиданно завыла в голос.

— Уберите психопатку, — велел блондин.

— Это мать, — сказала я.

— Тогда суньте ей в рот кляп, — посоветовал крепыш. — И чего орет, только несчастного младенца пугает!

— Заткнись, Анюта, — велел Иван Николаевич.

Привыкшая, что ее всегда успокаивают и жалеют, Аня на секунду оторопела и вполне внятно спросила:

— Это вы мне?

— Тебе, тебе, — ответил Иван Николаевич, — надоела, ей-богу, в ушах звенит, все с твоей девкой в порядке.

В ту же секунду Машку стошнило.

— Умирает, — завопила Анька с утроенной силой. — Доченька, кровинушка, ой, погибает!!!

Спасатели приладили какие-то штуки к прутьям и вмиг вытащили Машку. Намасленная, намыленная, перемазанная шоколадными слюнями

Маня оказалась в объятиях матери. Но Аня не успокаивалась.

— Сейчас умрет!

Третий спасатель, оказавшийся врачом, приказал:

— А ну дайте сюда девочку! Сколько конфет она съела?

Соседи принялись считать. Получилось, что плененная Машка слопала почти полную коробку «Ассорти», принесенную Натальей Михайловной, грамм двести ирисок, несколько мармеладок и большую шоколадку «Аленка». Кроме того, на ступеньках валялась упаковка от леденцов, но сколько из нее попало в Машку, неизвестно.

— И что вы хотите? — спросил доктор. — Безумные люди! Разве можно ребенку столько сладкого? Вот организм и защищается. Слава богу, что тошнит, я бы промывание желудка сделал!

Спасатели начали складывать инструменты. Аня принялась зазывать их пить чай. Мужчины отказались, но приняли в дар домашние пирожки с капустой. К слову сказать, припадочная Анька великолепно печет.

— Тетя Ложка, — подергала меня за брючину Сашенька Ломакина из пятидесятой квартиры, — тетя Ложка, гляньте...

— Я Вилка, — машинально ответил мой язык.

Глаза проследили за исцарапанной детской ручонкой, и я заорала почище Аньки:

— МЧС, стой, не уходите, назад!

Спасатели вернулись в два прыжка. Крепыш отрывисто спросил:

— Что?

Не в силах ответить, я указала рукой на лестницу. На один пролет выше, около окна, тихо-тихо стоял Ванька. Голова его торчала между прутьями.

— Так, — протянул блондин, — пробовал, пробовал и добился своего.

— Угу, — шепнул Ваняшка, — поднажал чуток, она и пролезла.

— Славно получилось, — одобрил врач, — ловко вышло.

— Немедленно все по квартирам! — гаркнул блондин. — Забрали собак, детей, кошек, хомячков, попугаев, престарелых бабушек и ушли! Все! Остались только родственники этого малолетнего испытателя! Где его отец и мать?

— Мой папа был летчиком и погиб при исполнении служебного задания, — озвучил Ваняшка постулат, который его мать-одиночка Соня вложила в голову сына, — а мама в ларьке сидит, круглосуточно.

— Ясно, — буркнул доктор.

Спасатели вновь приладили что-то к прутьям, и Ванька оказался на свободе.

— Так мы пойдем? — вздохнул крепыш. — Граждане, никто больше попробовать не хочет? Давайте, пока мы тут стоим, не стесняйтесь. Вот вы, например! — И он ткнул в меня пальцем. Я возмущенно фыркнула и ушла доваривать спецкашу.

Утром, собираясь ехать в медицинское училище, я открыла дверцу под мойкой и обнаружила, что мусорного ведра по-прежнему нет. Черт, совершенно забыла зайти в хозяйственный. Мы с Томочкой давно поняли: если каждая из нас начнет бегать за покупками, то никаких денег не хватит, поэтому у нас существует четкое разделение обязанностей. Томочка готовит. Она пишет список необходимых вещей, а я приношу их с ближайшей оптушки. У Томуси больное сердце, и ей нельзя таскать тяжести. Еще я убираю нашу квартиру и стираю. Правда, постельное белье мы выкручиваем вместе, моих сил не хватает на пододеяльники и простыни. Зато Томочка моет посуду и гладит. К слову сказать, мы очень довольны. Я терпеть не могу толкаться у плиты, и блюда у меня получаются только самые простые. Томуся же творит вдохновенно. Из минимума ингредиентов она извлекает максимум вкуса. У нее есть растрепанная тетрадочка, где записаны оригинальные рецепты недорогих, но невероятно привлекательных кушаний.

Томочке не лень стащить с курицы кожу, целиком, как перчатку, потом отделить мясо от костей, смешать с хлебом, луком, морковкой и набить всем этим снятую кожу. Запеченная в духовке фаршированная курочка тает во рту, но готовить ее надо два часа. Я слишком ленива для подобных действий. Мыть посуду мне тоже не нравится, а вид утюга вызывает судороги. Томуся же преспокойно разглаживает многочисленные складочки на моей кружевной блузке. Зато она отчаянно чихает, стоит только вытащить в прихожую пылесос.

— Поставь на руке крестик, на запястье, — присоветовала Тамара, — поглядишь на него и вспомнишь!

Я схватила ручку. Из гостиной раздался громкий скрип, Верочка складывала кресло.

— Послушай, — робко предложила Томуся, — может, все-таки следует обратиться в милицию? Представляешь, как нервничают родственники? Давай хоть Юрасику расскажем.

Я отрицательно покачала головой:

— Во-первых, Юрка умотал в командировку и вернется только через неделю, а во-вторых... Знаешь, мне кажется, Вера из богатой семьи... Ее воспоминания о холодильнике и собаке...

— Ну и что? — удивилась Томуся.

— Если мы сами отыщем родственников Верочки, — протянула я, — они страшно обрадуются и дадут нам денег за хлопоты. Долларов триста, не меньше. Купим стиральную машину-автомат, вчера видела «Самсунг» как раз за эту цену...

Тамара примолкла. Автоматическая «прачка» — ее давнишняя мечта. Подруга всякий раз расстраивается, когда видит мою согнутую над тазом спину.

Я полетела к метро, вскочила в вагон и забилась в самый дальний угол. Стиральная машина, конечно, хорошо, но, честно говоря, совсем не из-за автоматического «Самсунга» бегаю, задрав хвост, по городу. Оставаясь наедине с собой, можно наконец признаться: мне просто страшно интересно, процесс поиска захватил меня полностью. Никогда до этого моя жизнь не была такой насыщенной. До сих пор работа не приносила ничего, кроме усталости. Ну кому понравится выгребать мокрой тряпкой грязь из углов? Только от нашей безысходности можно согласиться на подобное времяпрепровождение... Да и репетиторша из меня фигова. Сейчас же в душе взыграл азарт. И совершенно неважно, заплатят ли нам неизвестные богачи деньги. Просто я в восторге от работы детектива, в моей жизни, до сих пор беспросветной, появился смысл, а в кровь невероятными порциями начал поступать адреналин. И к тому же я просто помолодела. Глаза горят, на щеках сияет румянец. Нет, ни за что не обращусь в милицию. Разве только, если уж совсем зайду в тупик!

В район Капотни меня занесло впервые. Я проехала от метро несколько остановок на автобусе, наблюдая в окно за дымно горящим факелом. Ну и место! А еще мы с Тамарой ворчим по поводу нашего жилья. Да «Речной вокзал» — сказочный район, зеленый, рядом Москва-река...

Автобус запетлял по улицам, сплошь заставленным гаражами и какими-то непонятными металлоконструкциями.

— Клиника имени Лаврова, — объявил водитель, — конечная.

Народ гуськом потащился на выход. У многих в руках пакеты с едой, кое у кого — цветы. Все плотной группой пошли вдоль глухого забора. Я вместе со всеми. Люди явно направляются в больницу. Метров через двести показался проем, и посетители начали протискиваться во двор клиники. Я пролезла последней и тут же увидела аккуратное двухэтажное здание с вывеской «Медучилище».

Внутри пахло, как в больнице — хлоркой и лекарством. Очевидно, шел урок, потому что по широким коридорам никто не ходил. Я тихонько приоткрыла первую дверь.

— В случае резкого снижения давления, — говорила женщина в красивом брючном костюме, — следует применить...

Пошла дальше, разыскивая дверь с табличкой «Учебная часть». Она оказалась самой последней, я вошла в просторную комнату и увидела четырех женщин примерно моего возраста.

— Вам кого? — спросила кареглазая шатенка.

— Римму Ивановну.

— Идите сюда, — позвала довольно полная блондинка в ярком голубом пиджаке.

— Вы Федорова?

— Да. Внимательно слушаю.

— Меня прислала Лариса Петрова.

Римма Ивановна удивленно вскинула брови:

— Простите, не знаю такую.

Ничего удивительного, я сама с ней незнакома. Честно говоря, брякнула первое имя, пришедшее в голову, но ведь надо же как-то объяснить цель своего визита.

— Лариса Петрова, вы еще помогли ей с сиделкой, порекомендовали чудную девочку Галю.

— Ах, Ларочка, — «припомнила» Римма Ивановна и предложила мне пройти с ней в другую комнату.

Мы вышли из учебной части, заведующая открыла соседнюю дверь и, указав на кресло, предложила:

— Садитесь.

Я устроилась в довольно удобном кресле и без лишних церемоний заявила:

— Мой отец заболел, требуется сиделка.

— Что с ним? — осведомилась деловитая Римма Ивановна.

Я на секунду заколебалась. Черт знает, где носит моего папеньку и жив ли он до сих пор, но из суеверия не станем выдумывать жуткие болезни вроде рака или паралича.

— Ногу сломал и теперь не может сам себя обслужить, а я на работе.

— Ну это нашим девочкам по плечу, — улыбнулась Римма Ивановна, — Люся Задорнова из девятой группы с удовольствием согласится, отличница, наша гордость, на красный диплом идет.

— Знаете, — протянула я, — хотелось бы ту самую девушку, что работала у Ларисы, Галю.

— Филимонову или Моргунову?

Я вытащила фотографию.

— Это Моргунова, — протянула заведующая, —

тоже отличница, очень, просто очень хорошая ученица, но она несколько дней не показывается в училище. Мать говорит — заболела. И потом, у нее сейчас есть работа, по крайней мере, была.

— Понимаете, — начала я вдохновенно врать, — страшно пускать в дом постороннюю девушку, мало ли что.

— Разделяю ваши опасения, — вежливо ответила Федорова.

— Отец мой человек пожилой, нога долго срастаться будет... Я бы поговорила с теми людьми, у которых Галя сейчас работает...

Вымолвив последнюю фразу, я тут же прикусила язык. Сейчас Римма Ивановна резонно ответит: «Спросите у Ларисы Петровой!»

Но заведующая развела руками:

— Сама не знаю их.

— Как же? Я поняла так, что вы предложили девочке работу.

— Да.

— И не знаете, к кому она ходила?

— Ко мне обратился сосед, — пояснила Федорова, — у него не совсем нормальная родственница, с головой беда. Все забывает, хоть и молодая. Вот и искал сиделку. Я Галочку напрямую с Константином свела, и они, знаю, договорились. Честно говоря, подумала, грешным делом, может, девочка счастье личное найдет. Константин молодой, обеспеченный, на отличной машине ездит и не женат. А Галочка хорошенькая, хозяйственная, отличная бы пара вышла. Правда, Костя в нашем доме всего год живет, но хорошего человека видно сразу. Он меня иногда на работу подвозит, сюда добраться сплошной геморрой. Кстати, я его тоже несколько дней не вижу. Может, мама

Моргуновой соврала, и они вместе куда-нибудь подались?

— А где вы живете? — тихо спросила я.

— На Сонинской улице, — преспокойно ответила Римма Ивановна.

ГЛАВА 12

Сказать, что я летела по указанному адресу, как на крыльях, значит не сказать ничего. По Сонинской неслась, словно спаниель за гусем-подранком. Вот и угол, где в свое время стояла одетая в ночнушку Вера. Нужный дом оказался буквально в трех шагах от места, где нашлась несчастная, потерявшая память девушка.

«Как здорово, — ликовала я, — все чрезвычайно логично». Некий Константин нанимает Галю для ухода за Верой. Но молоденькая, не слишком опытная медсестра дает обвести себя вокруг пальца. Верочка спокойно спускается вниз, проходит с десяток метров и налетает на меня. Надо было сразу заглянуть в парочку близлежащих зданий. Ну ничего, дело сделано. Константин небось хорошо относится к Вере, раз не пожалел денег на индивидуальную сиделку. Мог, в конце концов, сдать больную женщину в больницу. Интересно, почему он не заявил в милицию?

Я притормозила у железной двери с панорамным «глазком». Рука потянулась к звонку, но тут дверь приотворилась, очевидно, от сквозняка. Я почувствовала, как по спине побежал холод. На Дорогомиловке тоже была незапертая квартира. Всунув голову в просторный холл, я крикнула:

— Эй, Константин, вы дома?

Но ответа не последовало. Замирая от ужаса, я вошла внутрь и осторожно заглянула в комнаты, потом на кухню, следом на большую лоджию, в ванную и туалет. Слава богу, никаких трупов, но и хозяин тоже отсутствует.

Помещение выглядело странно. На кухне в мойке громоздилась груда грязной посуды, на столе стояла чашка с какао, подернутым темной пленкой. Тут же валялись абсолютно черствые ломти белого хлеба и стоял почти полный пластмассовый стаканчик с йогуртом. На крышечке, лежавшей рядом, виднелась надпись — годен до 18 мая. А сегодня двадцатое. Навряд ли Константин был настолько беден, что покупал просроченные продукты. Весь вид набитой дорогой аппаратурой кухни говорил о хорошем достатке хозяина. Значит, его нет дома несколько дней.

Я принялась изучать комнаты. Одна, очевидно, служила гостиной, другая спальней. В той, что поменьше, стояла разобранная кровать со смятым бельем, а в шкафах — пустота. Одежда отсутствовала. Может, Константин просто ушел на работу, а квартиру в его отсутствие ограбили?

Однако странные нынче пошли воры. Унесли шмотки, зубную щетку и бритву, но оставили превосходную видеоаппаратуру, горы кассет и многочисленные безделушки, вроде позолоченной зажигалки «Ронсон», валяющейся в холле на стеклянном столике. Похоже, что хозяин сам в безумной спешке покидал квартиру, прихватив лишь самое необходимое. Я еще раз обошла комнаты и кухню, потом заглянула в туалет и в спальне обнаружила под тумбочкой непонятный, абсолютно гладкий розовый предмет из пластмассы, похожий по форме на куриное яйцо.

Следовало признать, что поиски прочно зашли в тупик. Машинально сунув «яйцо» в карман, я поехала домой. И что теперь делать, ума не приложу. Куда задевалась Галя? Почему она не звонит матери? Может быть, ее держат взаперти, далеко от телефонного аппарата?

Дома я села на диван, тупо уставившись в противоположную стену, а потом не нашла ничего лучшего, как снова устроить Верочке допрос.

— Что-нибудь вспомнила?

— Мне так у вас хорошо, что и вспоминать ничего не хочется, — ответила Верочка, смешивая краски.

Я вздохнула. На кухне висит натюрморт — ваза, полная фруктов. Сочные краснобокие яблоки, зеленые груши и иссиня-черный виноград. В гостиной, кроме пейзажа с лодкой, появился еще и карандашный набросок в духе раннего Модильяни. Тонкая, почти прозрачная девушка с огромными глазами стоит у пианино. Привлекал необыкновенный цвет инструмента — розовый. Когда я впервые увидела изображение фортепьяно, то сказала:

— Никогда не встречала клавишный инструмент такого цвета!

Верочка напряглась и ответила:

— А мне кажется, будто он стоит в комнате с синими обоями и голубым паласом.

Я даже не стала обращать внимания на эту информацию. Подобных мест просто не существует в природе. Обои тона берлинской лазури и пианино цвета молодого поросенка. Сто людей из ста сойдут с ума в таком интерьере!

Но сейчас Верочка опять рисовала натюрморт. На этот раз с овощами. Во всяком случае, на листе проступали очертания гигантской спелой тыквы.

— Мне у вас нравится, — чирикала Верочка, — слышь, Вилка, давай в воскресенье поедем в Битцевский парк и продадим мои работы! Может, денег вам заработаю, а то стыдно нахлебницей сидеть!

— Откуда знаешь про Битцу?

— По телику вчера рассказывали. Туда может прийти любой, купить входной билет и продать свой труд. Ну, пожалуйста!

— Ладно, подумаю, — отмахнулась я. — Сегодня пятница, ты давай тогда быстрее пиши, чего с одной картиной ездить!

— Как с одной! — возмутилась Вера. — А эти не в счет?

— Эти нам самим нравятся.

— Я нам еще напишу, — весело ответила Вера, — мне тебя жаль, носишься цлый дснь по городу, работаешь, как сумасшедшая. Вон, бледная вся, синяки под глазами и тощая, словно борзая. Знаешь, мне кажется, тебе надо больше есть и пить витамины.

Я с изумлением уставилась на Веру. Вот уж чего не люблю, так это вызывать чувство жалости. Ноги сами собой понесли в ванную. Зеркало отразило какую-то серую физиономию с лихорадочно блестевшими глазами. Подумаешь, просто забыла покраситься. Сейчас наведем румянец, нарисуем глаза и брови... Из ванной я вышла вполне довольная собой. Пора одеваться и топать в Дом моделей.

В этот самый момент зазвонил телефон. Высокий нервный женский голос влетел в ухо.

— Позовите Виолу Тараканову.

— Слушаю.

— Вас беспокоит мать Насти, дочь Элеоноры Михайловны.

Я слегка приуныла. Противная бабушка небось обиделась, и мне сейчас откажут от места. Но женщина как ни в чем не бывало продолжала:

— Мне крайне необходимо с вами встретиться, прямо сейчас.

— Извините, невозможно, тороплюсь на работу.

— У вас есть машина?

— Нет, езжу на метро.

— Тогда назовите свой адрес, заеду за вами и отвезу на службу, заодно и побеседуем.

Мы договорились встретиться через полчаса у входа на станцию «Речной вокзал», и я стала одеваться.

— Слышь, Вилка, — спросила Вера, увидав, как я напяливаю брюки, — у тебя нет температуры?

— С утра не было, и сейчас превосходно себя чувствую, а что?

— Да лицо красное, словно из бани.

Ну, на нее не угодишь, то бледная, то пунцовая.

Я прибежала к метро на пять минут раньше, но серебристый «Фольксваген» уже стоял у ларька с мороженым. Внутри, на водительском месте, сидела женщина лет сорока, в элегантном летнем брючном костюме. Она явно не в секонде приобрела свой наряд.

— Именно такой вас и представляла, — улыбнулась дама и велела: — Садитесь, говорите, куда везти.

Машина плавно выехала на Ленинградское шоссе и помчалась в сторону центра.

— Меня зовут Вероника, — представилась женщина, — и хочу сделать вам деловое предложение.

Немного ошарашенная, я слушала ее неторопливую речь.

У Вероники есть ближайшая подруга, у той имеется своя подруга, а уж у той подруги проблемы с ребенком, девочкой тринадцати лет. Девица не желает учиться, грубит старшим, ведет себя отвратительно. Словом, находится в милом подростковом возрасте. Не хочу ли я поработать домашней учительницей. Семья более чем обеспеченная и оплата достойная.

— Извините, но не имею профессионального образования и не могу считаться настоящим репетитором. Думаю, этой даме лучше обратиться в специальное агентство, если у нее нет проблем с деньгами. Моими услугами пользуются люди, которые не могут платить учителю по десять долларов за академический час. Такая вот палочка-выручалочка для бедных! Честно говоря, не понимаю, почему вы ко мне обратились!

Внезапно Вероника припарковалась у обочины, закурила и, пуская дым в окно, ответила:

— О вас взахлеб рассказывает Мария Вильямовна Когтева, мать Кирюши. Говорит, что с вашей помощью он очень быстро одолел немецкую грамматику. И потом... — Она вдруг рассмеялась и выбросила окурок в окно. — Моя мать — совершенно психопатическая личность. Сначала патологически ненавидела Валерия, отца Насти, затем переключилась на девочку. Справиться с Элеонорой Михайловной я не в состоянии. В доме не удерживаются ни домработницы, ни гувернантки. Властная, крикливая, бесцеремонная, она совершенно подмяла под себя внучку. Настасья боится слово сказать и отвратительно учится в школе.

Стоило вам несколько раз побывать у нас, — веселилась Вероника, раскуривая новую сигарету, — как ребенка просто не узнать. Во-первых, Настя принесла из школы три пятерки. Две по немецкому языку, а одну по математике. Затем навесила на свою дверь замок и сообщила оторопевшей от такого поведения бабке, что теперь тоже станет запираться. Элеонора Михайловна попробовала возмутиться, но Настена парировала с ходу:

— А ты оставляй открытыми свою комнату, гостиную и спальню мамы!

Но главное не это. Стоит теперь Элеоноре Михайловне начать по привычке орать на внучку, как та начинает хохотать. Изумленная старуха, абсолютно деморализованная подобным непонятным поведением девочки, попыталась ухватиться за ремень. Но Анастасия перехватила руку бабки, выхватила кожаный пояс, швырнула его на пол и заявила:

— Я подам на тебя в суд за жестокое обращение.

Элеонора Михайловна, с которой за всю ее долгую жизнь никто не осмеливался спорить — ни муж — полковник, ни дочь, ни подруги, — просто лишилась дара речи. А Настя преспокойненько двинулась на кухню, где совершила строго-настрого запрещенную вещь: положила на тарелку бутерброды и отнесла в свою комнату.

— Вы не поверите, — улыбалась Вероника, — но мать теперь боится ее.

Я ухмыльнулась. Ай да Настя, просто молодец.

— Она мне рассказала про ведро, — заговорщицки подмигнула Вероника, — и знаете что?

— Ну?

Вероника опять расхохоталась:

— Президент нашего банка — старый идиот. Вызывает всех по очереди на ковер, и ну визжать. Страшно неприятно, и я его, честно говоря, опасалась. Но вчера...

Вчера, когда начальник потребовал Веронику на расправу, женщина вспомнила рассказ дочери и «надела» на голову брызгавшего слюной мужика ведро с жидкими помоями.

— Еле-еле удержалась от хохота, — откровенничала дама. — Прямо так ясно представила, как по лысине, плечам и брюкам стекают помои. Прелесть, восторг, больше совсем, ну ни капельки его не боюсь.

Вероника не удержалась и рассказала об этом приеме коллегам. Те выходят теперь из кабинета шефа, корчась от хохота. В обеденный перерыв они живо обсуждали, чем лучше плеснуть в президента: кефиром, ряженкой или кофе. А может, запулить ему тортом в лицо или припечатать селедкой под шубой?

Поэтому, когда подруга пожаловалась на проблемы родственницы, Вероника моментально порскомендовала меня.

— Им абсолютно плевать на ваше образование, — разъясняла женщина, — только помогите Вику в порядок привести.

Я не была уверена, сумею ли справиться с капризной девчонкой из богатой семьи. У меня не было опыта общения с подобными экземплярами. До сих пор имела дело только с детишками из своего социального слоя.

— Да вы попробуйте, — посоветовала Вероника. — Ну не получится, уйдете. Платить хотят тысячу долларов в месяц.

— Сколько? — ошарашенно переспросила я. — Тысячу рублей?

— Да нет же, долларов, — заверила меня Вероника. — Средняя зарплата домашней учительницы. Понимаю, что не слишком много, но, если справитесь, оклад повысят.

Я закашлялась, пытаясь скрыть оторопь. Тысяча долларов! Прорва денег! Мы никогда не имели в руках подобных сумм! Да я смогу бросить махать тряпкой в Доме моделей! Отправлю Тамару с

Кристей на Азовское море, куплю стиральную машину. Нет-нет, ни в коем случае! Никаких приработков я не брошу, а тысячу долларов стану откладывать. За год получится двенадцать штук.

Продадим нашу «хрущобу», доложим накопленное и приобретем хорошую квартиру. Или нет. Лучше купим домик в деревне...

— Так вы согласны попробовать? — вклинился в мои мечты голос Вероники.

— Да, — с жаром ответила я, — конечно.

Господи, только бы получилось, только бы мне удалось справиться с капризной девицей.

— Тогда записывайте адрес, — спокойно сказала Вероника.

Она довезла меня до Дома моделей и умчалась в роскошной серебристой машине. Я понеслась на второй этаж, держа швабру наперевес.

«Вешалки» сегодня разошлись. Одна из них до сих пор лежала на диване в полубессознательном состоянии.

— Эй, — потрясла я ее за плечо, — просыпайся, праздник кончился, пора домой.

Девица согнула километровые ноги и пробормотала:

— Уйди, Макс.

— Вставай, — не успокаивалась я. — Давай, шевелись.

— Ой, холодно, — заныла девица.

И неудивительно. Валяется на кожаном диване почти раздетая. Ну не считать же за одежду крохотное синенькое платьице, еле-еле прикрывающее «мадам Сижу».

— Отвали, Макс, — капризничала девчонка, зябко дергая острыми плечами.

Толстый слой косметики сполз с ее личика, и оно казалось детским и беззащитным.

— Твой Макс давно дома, — ответила я и шлеп-

нула модельку мокрой тряпкой по костлявым нож-
кам, — быстро вставай!

Девчонки-модели изумительно смотрятся на
расстоянии. Стройные, высокие, с осиными та-
лиями, роскошными прическами, бездонными
глазами и пухлыми губами. Но я частенько вижу
их в «натуральном соку» и должна сказать вам —
не завидуйте. С близкого расстояния девицы в об-
наженном виде ужасны. Ноги по толщине как руки, а руки напоминают ветки молодой яблони.
Просто непонятно, как можно передвигаться на
таких конечностях, кажется, они сейчас подло-
мятся под весом тщедушного тельца. Кости у них
торчат изо всех мест, даже из живота, а вместо
бюста нечто, больше всего напоминающее юношеские прыщи. К тому же, сняв умело наложен-
ный макияж, они разом теряют свою загадочную
красоту, а когда выходят из душа с мокрыми волосами, становится понятно, что их роскошные
кудри — это всего лишь плод ловких рук парикма-
херов. У «вешалок», как, впрочем, у всех людей,
соблюдающих жесткую диету, жуткие проблемы с
зубами и волосами.

— Давай, давай, — поторопила я пьянчужку.

Девчонка наконец приняла полусидячее положение и, судорожно икнув, тупо спросила:

— Где я?

Ну вот, еще одна потерявшая память!

— В Доме моделей, сидишь голая и пьяная на
диване.

Манекенщица затрясла головой:

— Ну блин, кто же мне шампанское налил! Говорила сто раз — от шипучки сразу косею. Уроды,
кретины!

Продолжая ругаться, она вытащила косметику и взвизгнула, оглядывая себя в зеркало:

— Что это?

— Твоя морда, — не удержалась я, — личико ангельской красоты, которым одарил господь. Если станешь жрать алкоголь лошадиными дозами, к тридцати годам заработаешь сизый нос и цирроз печени.

— На себя взгляни, тряпка, — огрызнулась моделька и принялась спешно производить ремонт.

Я продолжала мыть полы. Использовав почти все содержимое огромной косметички, «вешалка» чрезвычайно похорошела.

— Там холодно? — поинтересовалась она, вглядываясь в окно.

— Маску надень, — посоветовала я.

— Какую? — удивилась девчонка.

— Ну знаешь, дети на карнавал натягивают, картонные, все лицо прикрывают.

— Зачем? — плохо понимала девица.

— Дождь собирается, — мирно пояснила я, — вода по морде потечет, весь грим смоет, и народ от тебя шарахаться начнет. А так дотопаешь до метро, снимешь маску и вперед, полный ажур.

Секунду девчонка молчала, потом пробормотала:

— Не пошла бы ты на...

— Только вместе с тобой, — парировала я.

— Крыса!

— Уродина.

— Да как ты смеешь подобным образом с ведущей моделью разговаривать, поломойка вонючая?!

Я щедро плеснула водой в ее элегантные темно-синие лодочки, попавшиеся под руку, и мирно сказала:

— Ты через пару лет тоже у ведра окажешься!

— Никогда!

— Ну может, повезет, выскочишь замуж за богатого старика и превратишься в истеричку.

Внезапно девица погрустнела:

— Не везет мне. Наши все по два раза уже в загс сбегали, а я все никак.

Я оперлась на швабру.

— Лет-то тебе сколько?

— Девятнадцать.

— Еще успеешь, навыходишься.

Девчонка вздохнула:

— Хорошие мужья на дороге не валяются.

— Это точно.

Моделька достала из сумки розовый, абсолютно гладкий предмет, похожий на куриное яйцо. Точь-в-точь такой же я нашла под тумбочкой в квартире Константина.

— Зачем тебе такая штучка?

Девчонка спокойно пояснила:

— Духи, последняя разработка дома «Гальяно», жутко модные, гляди.

Ловким движением она откинула верхнюю часть «яйца», и я увидела распылитель.

— Хочешь подушу? — спросил девица.

Я кивнула. Острый горький запах, напоминающий аромат поздних осенних хризантем, повис в воздухе.

— Дорогой парфюм?

Модель хихикнула.

— Жуть, лучше о цене не спрашивай, тебя сразу стошнит от ужаса. За год с тряпкой на такой пузырек не заработать.

ГЛАВА 13

Когда я вернулась, дома, естественно, никто не спал. Тамара мыла Кристине в ванной голову, Верочка убирала посуду. Стоило мне войти в кухню, как она потянула несколько раз носом и сказала:

— Пахнет чем-то жутко знакомым.

Я вытащила из кармана куртки розовое «яйцо» и попыталась его открыть. Но оказалось, что это совсем не просто. Пластмассовая крышечка плотно прилегала к нижней части, и никакой границы между ними заметно не было. Может, следует подковырнуть ножом? Но «вешалка» открыла духи моментально, интересно, как?

— Дай сюда, — неожиданно велела Вера и выхватила у меня «головоломку», — тут должна быть кнопочка.

Быстрым движением она ткнула в крохотную, не замеченную мной пупочку на днище «яйца». Крышечка разом открылась. Вера нажала разок на головку распылителя и, вдыхая аромат, сообщила:

— «Ab ovo».

— Что? — не поняла я.

— Духи так называются — «Ab ovo». В переводе с латыни — от яйца. Ну в том смысле, что весь мир вышел из яйцеклетки. У меня точь-в-точь такие были...

Она замолчала.

— Ну, — осторожно поторопила я. — Ну?

— Помню, в сумочке лежали, — пробормотала Вера, — очень запах нравился, и знаешь еще что...

— Что?

— Я села на кровать, вытащила из сумочки бумажный носовой платок, духи выпали и закатились под тумбочку...

— А потом?

Верочка потрясла головой:

— Не помню. Вроде какие-то люди вошли, закричали на меня... Нет, не знаю. Можно подушиться?

— Забирай их насовсем, — ответила я, — душись сколько хочешь.

Значит, иду по правильному следу. Вера, и впрямь сбежала от Константина.

— Тебе имя Костя ничего не говорит?

Верочка пожала плечами:

— Нет.

Я вытащила фотографию Гали.

— Эту девушку знаешь?

Вера повертела в руках снимок.

— Может, встречала где, лицо знакомое, но кто такая, не скажу. Погоди, погоди, «Новости» на шестом канале не она ведет?

В этот момент зазвонил телефон. Я невольно бросила взгляд на часы — почти полночь. Ну кто может разыскивать нас в подобное время? Только беда или катастрофа.

Но в трубке прозвучал мягкий незнакомый женский голос:

— Виолу позовите.

— Слушаю.

— Вас беспокоит Альбина Соловьева от Вероники.

— Вы мама девочки Вики?

— Да, когда можете приступить к занятиям?

— Хоть завтра.

— Извините, пожалуйста, — вежливо ответила Альбина, — но давайте лучше во вторник, в полдень. Вас устроит?

«Конечно, — подумала я, повесив трубку, — конечно, устроит. Несмотря на то, что ты живешь в пяти километрах от МКАД. За тысячу долларов в месяц я готова кататься каждую ночь в Петербург и обратно, даже если вкладывать сведения о немецких глаголах мне придется в голову зеленой мартышке».

Утром в воскресенье Тамара сообщила:

— Кристина ни разу не была в зоопарке.

— Да ну? — удивилась я.

— Никогда, — подтвердила девочка.

— Так сходите!

Весело переговариваясь, подруга и Кристя убежали, предвкушая отличный день. Я решила навести порядок в доме. Открыла дверцу мойки и увидела, что мусорного ведра там по-прежнему нет. Вместо него стоял полунабитый отбросами полиэтиленовый мешок.

— Черт, — громко произнесла я, — опять забыла.

Тут в кухню тихо вошла рыженькая собачка и молча села у пустой мисочки. Надо же, я не дала ей поесть.

— Будешь кашу, Адель?

Собачонка замела хвостом. Я положила в миску геркулес, а сверху устроила несколько кусочков сыра. Собака мигом проглотила угощение, потом подошла ко мне и лизнула руку. Наверное, сказала «спасибо».

— Знаешь, душа моя, имечко Адель тебе совершенно не идет. Оно больше подходит для куртизанки. Уж извини, но стану звать тебя Дюшка. Очень мило — Адель, Адюша, Дюша, поняла?

Собачка тихо тявкнула.

— Дюша молодец. А теперь попью кофейку и почитаю газетку. Торопиться мне сегодня некуда.

Дюшка мигом испарилась, я села за стол, залила кофе кипятком и обнаружила, что не взяла из спальни «Мегаполис». Но вставать не хотелось. Ладно, попью кофеек просто так, глядя в окно.

Внезапно у ног что-то зашуршало. Я перевела глаза вниз. У ножки стола сидела Дюша, сжимая в пасти еженедельник. Ничего себе! Она что, поняла слово «газета»?

— Спасибо, милая, страшно любезно с твоей стороны, не знаешь случайно, где ботинки?

Дюшка вновь унеслась и вернулась, неся мою тапку. Именно мою, небось разбирается по запаху. Через пятнадцать минут я выяснила, что Дюша по уму соответствует по крайней мере трехлетнему ребенку. Она явно знала слова «газета», «ботинки», «сыр», «вода», «колбаса», «подушка»... Не говоря уже о глаголах «сидеть», «лежать», «гулять»...

— Страшно умное животное, — сообщила пришедшая на кухню Вера, — смотри!

Девушка подозвала Дюшу и, глядя в преданные собачьи глаза, спросила:

— Адель, где Вилка?

Собачка подошла и поставила лапки мне на колено.

— Молодец, — восхитилась я. — Дюша, ищи Веру.

— Как ты зовешь ее?

— Дюша.

Вера засмеялась:

— Дюша звучит лучше, чем Адель. Ну, мы поедем в Битцу продавать картины?

Я горестно вздохнула. Так хотелось один денек просто полежать на диване. Но Верочка оживленно тарахтела:

— Куда бы положить работы, чтобы не помять? И что мне надеть? Можно взять твои синие брюки?

Около часа дня, мы, заплатив за билеты, устроились в самом конце длинного ряда художников. Торговали тут всем: лакированными коробочками, бусами, серьгами, фенечками из бисера, матрешками и, конечно же, картинами. Выбор, как оказалось, был огромный: от откровенной мазни до вполне неплохих пейзажей. В роли покупателей выступали мамаши с детьми, пенсионеры и иностранцы, тоже пожилые, не слишком торопящиеся приобретать живопись. Немцев и французов привлекали в основном сувениры — браслеты и кольца из дерева или уральских самоцветов. Оно и понятно, ну кто из серьезных коллекционеров отправится на толкучку?

Впрочем, среди художников не было видно ни Шилова, ни Глазунова... В основном помятые люди лет сорока в потертых джинсовых костюмах.

Простояв около часа, мы приуныли. Никто не хотел приобретать натюрморт с тыквой и пейзаж с озером. Верочка совсем скисла, в ее глазах заблестели слезы, радостное оживление, с которым она неслась в Битцу, испарилось без следа. Нужно было спешно что-то предпринимать.

Я окинула взглядом толпу покупателей. Так, вот эти бабы, похожие на газовые баллоны, балакающие на украинском, не подойдут, и старушка с внучкой тоже, впрочем, мужик, сжимавший в руках банку с пивом, тоже не понравился. Наконец взор упал на пожилую супружескую пару из Германии, медленно прохаживающуюся вдоль раскладных столиков. Вот, самое оно.

— Веруша, можешь постоять пару минут одна?

— Почему?

— В туалет хочется.

— Конечно.

Я быстрым шагом догнала пенсионеров и вежливо обратилась к ним на немецком:

— Подождите, пожалуйста.

Супруги притормозили.

— Не могли бы вы мне помочь? Видите, вон там, в самом конце, стоит девушка в синей кофточке, она торгует пейзажами и натюрмортами.

— Мы уже проходили около нее, — ответила старушка.

— Это моя сестра, она больна и надеется хоть немного заработать. Вот возьмите, здесь пятьсот рублей.

— Зачем? — удивился мужчина.

— Пожалуйста, купите у нее картину за эти деньги, а потом по дороге можете ее выбросить!

Секунду старики смотрели на купюру, потом дама рассмеялась:

— Помнишь, Клаус, когда Бригитта решила торговать шляпами собственного производства, мы подсылали к ней своих приятелей, и они изображали клиентов?

Клаус оглушительно захохотал:

— О, чудесно помню, она нам еще все уши прожужжала о своем крайне удачном бизнесе. Не волнуйтесь, сейчас все сделаем. Откуда вы так хорошо знаете немецкий?

— В школе выучила.

— Всегда говорила, что их система обучения лучше нашей, — пробормотала старушка.

Неторопливым шагом они двинулись к Вере. Я притаилась за большим деревом. Тут к супругам подошли еще какие-то люди, очевидно, из их группы, и около Верочки заклубилась толпа. Замелькали кошельки.

Когда людской поток схлынул, я увидела обалдело счастливое личико Веры. Немцы скупили все: пейзаж с лодкой, натюрморты, набросок с девушкой, композицию с лошадью и несколько акварелей.

Я кинулась догонять Клауса с супругой.

— Простите, очень неудобно вышло, ну зачем вы посоветовали своим друзьям приобрести картины?!

Клаус рассмеялся. Его большой «пивной» живот весело заколыхался.

— Знаете, моя дорогая, они сами захотели и даже устроили аукцион. Ваша сестра только что заработала семьсот долларов.

— Но почему? — окончательно изумилась я.

— Гертруда, объясни, — велел муж.

Старушка с достоинством произнесла:

— Понимаете, моя дорогая, я владелица крупной картинной галереи, езжу по всему свету в поисках талантов. В свое время именно я открыла для Запада Квасьнинского Адама и Терезу Ямпольскую. Вам, конечно, знакомы данные имена?

Я побоялась признаться, что ничего не слышала об этих живописцах, и кивнула.

— Мы специально с мужем приехали на этот рынок, — продолжала Гертруда. — Не поверите, какие алмазы порой можно обнаружить на развалах!

— Один раз она в Венгрии нашла у деревенской бабы Рубенса!

Гертруда улыбнулась:

— Было дело. Крестьянка украсила полотном сарай — вставила картину вместо разбитого стекла. Я чуть не скончалась, когда увидела. В Москве нас сопровождают сотрудники посольства. Когда они заметили, что я покупаю картину вашей сестры...

— То решили, — докончил Клаус, — что Труди обнаружила нового гения, и чуть не передрались из-за оставшихся работ! Кстати, чем больна ваша сестра? У нее вполне здоровый вид!

— Вера в результате стресса потеряла память.

— Ах, бедняжка! — участливо воскликнула Гертруда. — Кстати, ее картины совсем не плохи.

Есть настроение, чувство цвета. Она, наверное, учится в специальном колледже?

Я кивнула — ну не рассказывать же приветливым старикам правду! Клаус положил мне что-то в карман.

— Прощайте, дорогая, у вас доброе сердце и великолепное знание языка!

Они быстрым шагом пошли к выходу, я сунула руку в карман и вынула пятьсот рублей. На купюре карандашом было написано по-немецки: «Купите ей хорошей бумаги и краски».

Чуть не разрыдавшиеся, я пошла к Вере. Девушка пребывала в эйфории.

— Вилка, — зашептала она, — гляди, сколько денег! Бежим скорей домой.

Как на крыльях мы полетели к метро, по дороге приобрели краски, бумагу и мольберт.

— За неделю напишу семь картин, — отдуваясь под тяжестью деревянной подставки, пробормотала Вера, — а в воскресенье опять сюда.

Я попыталась остудить ее пыл:

— Нам просто страшно повезло, в следующие выходные может облом случиться.

— Не-а, — проговорила Вера, — пишу гениальные картины.

Я промолчала, если вождение кистью по бумаге приведет к ее выздоровлению, то это прекрасно. Во всяком случае, сейчас Верочка выглядела намного лучше, чем тогда, на Сонинской улице. Ушла нездоровая синеватая бледность, пропали черные ямы под глазами, на щеках появился нежный румянец. Так, может, и память скоро вернется.

Понедельник я провела бездарно. Позанималась с Темой и Настей, сбегала в Дом моделей и не на йоту не продвинулась в своих поисках. Честно говоря, совсем зашла в тупик. Для очистки совести я еще раз съездила на квартиру к Константину. Дверь по-прежнему стояла незапертой, а на кухне покрывались плесенью сыр и йогурт. На всякий случай я написала записку: «Константин, когда появитесь, позвоните по этому телефону, дело касается Веры». Прикрепив листок при помощи магнита на холодильник, я сбегала в Дом моделей, а потом вернулась домой и легла спать. Ладно, утро вечера мудренее, авось в голову придет нужная идея.

Но утром все мысли были заняты предстоящей встречей с новой ученицей. Добираться до ее дома оказалось непросто. От метро «Тушинская» ходило маршрутное такси, и ехать пришлось более получаса. Наконец впереди показалась дорога, уходящая вбок от основного шоссе.

— Идите прямо, там и найдете коттеджный поселок Белое озеро, — объяснил водитель.

Радуясь, что выехала заблаговременно, я почти побежала по дороге, по обеим сторонам которой стоял красивый березовый лес. Живущие в подобном месте, естественно, не пользуются общественным транспортом. Несколько раз меня обгоняли роскошные сверкающие иномарки, но ни одна из них не захотела подвезти. Я шла минут двадцать и к тому моменту, когда передо мной возник глухой бетонный забор с железными воротами, уже изрядно запыхалась. Не слишком-то удобно ездить в это место, но за тысячу долларов в месяц кривляться нельзя. Над головой раздался легкий скрип. Телекамера развернулась, и «металлический» голос произнес:

— Вы к кому?

— Меня ждут Соловьевы.

Монолитные ворота абсолютно беззвучно раздвинулись. В них не было предусмотрено калитки.

Очевидно, обитатели и гости передвигаются только на машинах, а гуляют пешком лишь на огороженной территории. Представляю, как охранник удивился, увидав взмыленную тетку, прискакавшую на своих двоих. Но секьюрити был идеально вышколен. Ни один мускул на его лице не дрогнул.

— Будьте любезны, назовите имя и фамилию.

— Виола Тараканова.

— Вас нет в списке.

— Вы можете позвонить Альбине Соловьевой?

— Конечно.

Охранник снял с пояса мобильный телефон, коротко переговорил и сообщил:

— Идите по дороге между кустами сирени налево, их коттедж последний на линии.

Я покорно двинулась в указанном направлении. Территория была идеально ухожена. Наверное, садовники с маникюрными ножницами ползают по газону, выстригая сорняки. Трава выглядела безупречно, ни одного одуванчика. Дома стояли на значительном расстоянии друг от друга, но никаких заборов не было, участки отделяли друг от друга невысокие изгороди из кустарников. Возле зданий имелись теннисные корты, волейбольные площадки и даже бассейны. Навстречу попался молодой человек с пустой черной тележкой. Парень был одет в серо-белую форму, на голове фуражка тех же цветов. Яркая надпись «Служба 77» дополняла его наряд.

— Здравствуйте, — вежливо сказал паренек.

— Добрый день, — отозвалась я и пошла вперед.

Здания были разные — в два и три этажа, с башенками и без оных. Дивную тишину нарушало только веселое чириканье птичек, радовавшихся чудесной майской погоде.

Я дошла до последнего дома, смотревшего фасадом на лес. На мраморных ступенях широкого крыльца стояла высокая стройная женщина, по виду лет тридцати.

— Простите, пожалуйста, — нервно сказала она, — у нас такой кошмар приключился. Совсем забыла про вас. Вы нашли парковку для автомобиля или оставили его на центральной площади?

— У меня нет машины, приехала на маршрутном такси.

— Боже, — всплеснула руками Альбина, — и шли пешком от поворота! Да там добрых три километра будет!

— Ничего, я люблю пешие прогулки.

— Ладно, — пробормотала Альбина, — что-нибудь придумаем. А сейчас пойдемте, попробую уговорить Вику позаниматься.

Она пошла в дом, я — за ней. На Альбине было надето простое черненькое платьице, но я великолепно знала, сколько денег нужно выложить, чтобы получить столь элегантно скроенную вещь. Работа в Доме моделей научила разбираться в эксклюзивных шмотках.

Мы вступили в огромный круглый холл, застеленный темно-бордовым ковром, и я невольно вскрикнула. Прямо передо мной между зеркалом и настенными часами висел огромный снимок Верочки. Девушка радостно улыбалась и выглядела, как живая. Угол фотографии пересекала черная лента, внизу на столике стоял букет роскошных кроваво-красных роз.

— Кто это? — забыв о всех приличиях, спросила я.

Альбина горестно вздохнула:

— Говорю же, у нас приключился ужас. Это Вера, родная сестра моего мужа.

ГЛАВА 14

Альбина охотно принялась объяснять, что произошло. Ее золовка, студентка художественного колледжа, талантливая пейзажистка, отправилась на собственной машине в дом отдыха «Барвинково». Там изумительная природа, и девушка намеревалась провести время за мольбертом. Назад ее ждали только в первых числах июня.

В пятницу вечером Альбина поговорила со мной и, едва повесив трубку, услышала звонок. Новость поразила ее в самое сердце. В десяти километрах от их коттеджного поселка, на шоссе, возле деревни Кожухово, обнаружен совершенно разбитый автомобиль, принадлежавший Верочке. Очевидно, девушка не справилась с управлением и влетела в бетонную опору эстакады. От удара машина загорелась.

— Мы опознали ее по ноге, — содрогалась Альбина, — у Верочки с детства нет мизинца на левой ступне, она в два года потеряла его, попав под велосипед. Лицо, да и все тело так обгорели! Мне, правда, не показали, но Никита и Антон ездили на опознание и чуть не рухнули там... Господи! Чудом уцелели остатки одежды, обуви и ступни ног... Кошмар, такая молодая. Небось забыла дома что-нибудь и решила съездить. «Барвинково»-то рядом...

Я пыталась кое-как привести мысли в порядок.

— Сегодня хороним ее, — пояснила Альбина, подталкивая меня вверх по лестнице, — в крематории на полдень назначено, затем поминки. Я не поехала, и Вику не взяли. Знаете, ребенку такой стресс ни к чему, а у меня больное сердце. Ужас, гроб закрыт, честно говоря, в него и класть-то было нечего, одни головешки. Вот и забыла про вас!

Я лишилась дара речи и тупо кивала, соображая, как лучше поступить. Рассказать про Веру? Что-то тут не так. Они же опознали труп. Может, у девушки была сестра-близнец? Нет, нельзя сразу сообщать, что Верочка у нас, надо сначала разузнать обстановку.

Альбина распахнула дверь.

— Викуша, к тебе пришли.

Толстенькая девочка, апатично лежавшая на кровати, пробормотала:

— Ладно, сейчас встану.

— Ну и отлично, — фальшиво-бодро ответила Альбина. — Занимайтесь.

Вика отложила книгу на покрывало и тяжело вздохнула. Ей явно не хотелось отрываться от чтения. Впрочем, у меня тоже не было ни малейшего желания открывать учебники. В голове царила мешанина.

— Если хочешь, можешь не подниматься, — вздохнула я, — давай сначала познакомимся. Виола.

— Очень приятно, — ответила девочка. — Виктория.

— Что ты читаешь?

Вика протянула книжку.

Однако! Адлер «Дневник шизофренички». Не слишком подходящее чтение для девочки.

— Интересно?

Вика кивнула, продолжая молча разглядывать меня выпуклыми карими глазами. У девочки было красивое породистое лицо с тонкими чертами и роскошные вьющиеся темно-каштановые волосы. Впечатление портила излишне полная фигура.

— Ну и в чем твои проблемы? Не понимаешь немецкий?

Вика упорно молчала, буравя меня тяжелым взглядом. Ощущение не из приятных. Ладно, если не хочет общаться, надо ее расшевелить.

— Хорошая комната, — попробовала я подъехать с другой стороны, — просторная, мебель красивая. Да у тебя и телевизор, и компьютер, и музыкальный центр. Небось танцы устраиваете с подругами.

— У меня нет подруг, — процедила Вика.

— Почему?

— Кругом одни дебилы, — заявила девочка.

— Неужели? И в школе, и дома?

— В колледже кретинки, а к соседям мы не ходим, — пояснила Вика.

— Отчего же?

— Не принято, — отрезала ученица. — Не блочная «хрущоба», где все к друг другу за солью и сахаром бегают.

— Ты жила раньше в пятиэтажке?

Виктория фыркнула и поджала полные, красиво очерченные губы.

— Я черпаю информацию из книг. Совсем не обязательно быть ненормальной, чтобы понять внутренний мир употребляющих героин. Достаточно прочитать Кастанеду.

Да, для своих лет ребенок слишком развит, я бы даже сказала, переразвит. Наверное, отсюда и идут все ее беды. Мне в детстве тоже тяжело пришлось с одноклассниками. Мало того, что все они были из благополучных семей и одевались намного лучше меня, так еще читали в третьем классе рассказы Бианки о животных. А я к тому времени уже нашла у дяди Вити на полках О'Генри и Джека Лондона. Но мне очень повезло. Все мои детские годы рядом находилась Томочка. Представляю, как трудно Вике. Кастанеда, Адлер! Да девочки в ее возрасте еще увлекаются комиксами и Барби. В нашем дворе, например, никого не вижу с книгами. В основном у ребят всякие электронные игрушки в руках — «гейм-бои», «тетрисы». Небось и внешне Вика выделяется среди других, одеждой, например. Сегодня на девочке надеты светло-бежевые джинсы «Труссарди» и приятно-розовая кофточка со скромным ярлычком на кармане «Dior». В ушах у новой ученицы переливались очень красивые серьги — хрустальные колокольчики на золотых цепочках, а толстенькую шейку охватывала золотая цепь, слишком массивная для ребенка.

Хотя Вика небось ходит в какой-нибудь супердорогой частный колледж, где все дети щеголяют в брильянтах.

— Покажи мне свой дневник.

— Там, — мотнула Виктория шикарными волосами, — на столе.

Я открыла основной документ учащегося и присвистнула. Да, впечатляет. Алгебра — 2; русский — 2; история — 2; география — 0.

— Слушай, а за что тебе «баранку» влепили?

Вика хмыкнула:

— Географ сказал, что двойка — это все-таки оценка, а ноль совершенно точно отражает мои знания о реках России. Я ему ни одной не назвала.

— Даже Волгу?

Вика ухмыльнулась:

— Да знаю я прекрасно про нее и Каспийское море.

— Почему же не ответила?

— Буду я еще со всяким идиотом разговаривать.

Так, кое-что проясняется. Все поле дневника оказалось усеяно замечаниями: «Отвратительно вела себя на уроке физики, читала книгу».

— А что, физик запрещает пользоваться учебниками?

— Я держала под партой «Введение в дзен-буддизм».

Следующая запись поразила еще больше: «Нагло отвечала на уроке литературы, корчила из себя самую умную».

— Не понимаю...

Тут Вика первый раз за все время нашей беседы рассмеялась.

— Цирк просто. Училка все бормотала про двор короля Артура и рыцарей Круглого стола. Я-то сразу поняла, что она ничего, кроме учебника, не читала, ну и спросила у нее...

— Что?

— Кто такой Мерлин!

— А она?

Вика опять рассмеялась:

— В калошу села. Сначала проблеяла что-то несуразное, а потом возьми и скажи: раз такая умная — сама объясняй!

— Ну и ты?

— Объяснила, — с достоинством проговорила Вика, — сделала доклад про великого алхимика, крайне продвинутого для своего времени ученого Мерлина, жившего при дворе короля Артура. Кстати, многие современники считали его волшебником за умение предсказывать погоду. И вообще он позолотил на глазах у придворных...

— Нож, который дал ему Артур, — тихо добавила я.

Вика уставилась на меня во все глаза.

— Знаешь, — тихо сказала я, — в свое время я

тоже читала книгу Мэри Стюарт «Хрустальный грот», только на немецком.

— Почему на немецком? — изумилась Вика.

— Времена были другие. Русского перевода еще не существовало, а отец моей ближайшей подруги привез томик Стюарт из Германии. Кстати, не пробовала листать Урсулу Ле Гуин «Маг Земноморья»?

Вика отрицательно помотала головой:

— Принесу в следующий раз, потрясающая вещь. Знаешь, с помощью этой книги мне удалось приобрести некоторые экстрасенсорные возможности.

— Ну-ну, — пробормотала Вика.

— Не веришь? Ладно.

Я закрыла глаза и, вытянув перед собой руки, забубнила:

— Так. В этом доме живет собака. Большая, шерсть клочками... Ноги высокие, уши висят. Дратхаар!

Вика совсем по-детски взвизгнула.

— Ой! Откуда узнали! Ее сегодня временно из дома увели, к садовникам, на другой конец поселка, чтобы на поминках не мешалась! А еще что-нибудь узнайте!

— Сразу две вещи не могу, голова потом болит, — выкрутилась я и спросила: — Ты любила свою тетю?

— Кого?

— Ну погибшая же приходилась тебе тетей? Сестра отца.

— Мы мало общались.

— Жили же в одном доме!

— Ну и что? Она на втором этаже, я на третьем. Вера поздно с учебы приезжала, а в апреле вообще уехала в «Барвинково».

— Почему? У вас такой комфортабельный дом!

Вика заговорщицки мне подмигнула:

— Ха, дома, конечно, удобнее, правда, она всем говорила, что в «Барвинкове» виды изумительные, пейзажи... Только...

— Только — что?

— Она там с любовником, наверно, встречалась, прятала мужика ото всех.

— Зачем? Вера уже совершеннолетняя.

Вика глубоко вздохнула:

— Ничегошеньки вы не понимаете, все дело в деньгах. Папа никогда бы не разрешил Верке выйти замуж просто так. Знаете, сколько вокруг охотников за богатым приданым? Небось нашла бедного, вот и прятались.

— Вера была богата?

Вика села в кресло и немедленно предложила.

— Хочешь, расскажу нашу семейную историю? Просто приключенческий роман!

— С удовольствием, — ответила я, устраиваясь на диване. — Вся внимание.

В начале сороковых годов Иосиф Сталин разрешил евреям уезжать из Советского Союза на Ближний Восток. Коммунисты хотели подчинить себе страны «третьего мира», и генсек активно содействовал созданию государства Израиль. Впрочем, вскоре он понял, что мечты о захвате Аравийского полуострова — абсолютно зряшная затея... и моментально перекрыл поток эмиграции. Но сестра бабушки Вики успела-таки уехать на историческую родину.

— Твоя мать еврейка? — спросила я.

— Нет, — ответила девочка, — еврейские корни со стороны отца. Бабулю звали Рахиль Исааковна Кац, но она вышла замуж за Николая Ивановича Соловьева, вот почему мой папа — Никита Николаевич Соловьев. И в паспорте в графе «национальность» у него всегда стояло — русский. Сестра Рахиль Исааковны Сара недолго задержалась в жаркой пустыне. Женщина переехала в Америку и принялась строить свою жизнь вдали от близких. Рахиль Исааковна осталась в Москве с престарелыми родителями. Шли годы. Признаваться в том, что имеешь родственников за рубежом, было небезопасно. Рахиль постаралась забыть сестру. Впрочем, Сара, осведомленная о порядках в СССР, тоже не проявляла активности, родственницы на долгие годы потеряли друг друга.

Рахиль умерла в 1985 году, а через два года из города с труднопроизносимым названием прибыло письмо. Сара, услыхав о перестройке на бывшей Родине, разыскивала родственников. Никита сообщил тетке о кончине Рахили, завязалась переписка. В 1988-м Сара приехала в Москву. Никита, недавно женившийся на Альбине, встречал женщину в аэропорту Шереметьево с младенцем, крохотной Викой. Рядом с ними стояла и Вёрочка. Ей в тот год было пятнадцать лет. Понимая, что Сара, никогда до этого не видевшая родственников и не имевшая фотографий, конечно же, не узнает встречавших, Никита держал в руках табличку с фамилией «Кац».

Когда пассажиры, таща огромные чемоданы на колесиках, стали выходить к встречающим, глаза Соловьева забегали по толпе. Но никаких согбенных старушек он не увидел. Неожиданно стройная дама в розовых брюках и светло-сером пиджаке бросилась на шею к Верочке с громким криком:

— Не может быть, Рахиль, родная!

Никита разинул рот. Элегантная дама оказалась его теткой. В голове у мужика защелкали цифры. Рахиль была моложе Сары, она скончалась в возрасте пятидесяти лет, но выглядела, как все московские старухи: полная, даже грузная, с химией на голове, плохой кожей и морщинами. Одевалась Рахиль в темное, приговаривая: «Светлое мне не по возрасту». Обувь носила исключительно на низких каблуках. Ее мучил артрит, тромбофлебит, она страдала от повышенного давления и скончалась в результате инсульта.

Абсолютно обалдевший, Никита во все глаза разглядывал стройную даму. Элегантная стрижка, темно-вишневая помада и туфли на шпильках... Племянник быстро подсчитал, что Саре — шестьдесят лет, но выглядела она максимум на сорок.

Начались объятия, слезы. За праздничным столом Сара рассказала о своей жизни, напоминающей историю Золушки. Сначала страшно бедствовала, мыла полы, работала подавальщицей в кафетерии, стояла на бензозаправке с «пистолетом». Но однажды с трассы свернул роскошный автомобиль, за рулем которого сидел принц. Богатый и не слишком молодой Гарри Смит, наживший миллионное состояние на торговле писчебумажными товарами. И конец был как в сказке. Принц женился на Золушке, и они жили долго и счастливо вплоть до самой смерти Гарри. Одна беда, детей у них не было, и в отличие от многих американцев они не взяли на воспитание сирот.

Сара одарила всех подарками, пригласила к себе. Соловьевы скатали в Америку и были поражены домами, машинами и невиданным сервисом. В последний день перед их отлетом в Москву Сара торжественно собрала всех родичей в роскошно обставленном кабинете и заявила:

— Сейчас прочту мое завещание.

— Не надо, — испугалась Верочка.

— Почему? — удивилась Сара. — У нас всегда заранее оформляют последнюю волю.

Она вытащила большой лист с печатями и принялась озвучивать содержание. Все средства ее вложены в бизнес, приносящий немалый доход. Трогать основной капитал нельзя, он будет «работать» на благосостояние семьи. А вот проценты от прибыли распределяются так: три четверти получает Вера, оставшуюся часть — Никита. Альбине, тем более ее брату Антону, не досталось ничего. Сара слишком долго занималась бизнесом, чтобы быть сентиментальной. Обеспечить любимую племянницу, невероятно похожую на сестру, да родного племянника — это пожалуйста. Но их жен и мужей — никогда! Браки не вечны, а деньги должны оставаться в семье.

Кроме денег, Верочке был завещан дом, драгоценности и собрание китайского фарфора. Никита унаследовал пару дорогих картин. Тетка явно обделила племянника. В завещании предусматривались мельчайшие детали, вплоть до денег, которые следовало потратить на содержание могил Гарри и Сары.

— Впрочем, — улыбнулась женщина, пряча бумаги в стол, — совершенно не собираюсь умирать, я абсолютно здорова и проживу еще много лет.

— Конечно, тетечка! — закричала Вера, бросаясь сестре матери на шею. — Нам совершенно не нужны твои деньги, своих вполне достаточно!

Никита, сидевший на ставке младшего научного сотрудника и имевший на руках неработающую жену и ребенка, промолчал.

Наутро они улетели в Москву, нагруженные подарками и деньгами. Через два дня раздался телефонный звонок. Безупречно вежливый мужчина, назвавшийся адвокатом Сары, сообщил, что... госпожа Смит скончалась прошлой ночью от обширного инфаркта.

Так на семью Соловьевых в 1988 году обрушилось сказочное богатство. Менять место жительства они не стали — с деньгами везде хорошо. Бизнес в Америке работал как отлаженный механизм, без всякого их участия. У Сары служили опытные управляющие. К тому же ни Никита, ни Альбина не владели в достаточной мере английским языком. Вера подписала бумаги на продажу американского дома, и они построили роскошное здание в элитном коттеджном поселке, купили машины и ездят в Москву. Правда, в столице у них тоже есть квартира.

— Чем же заняты твои родственники? — поинтересовалась я.

Вика пожала плечами:

— Мама не работает, Антон, ее брат, учится.

— Он молодой?

— Нет, — спокойно ответила девочка, — в возрасте. Почти сорок.

— И до сих пор ходит в институт?

Ученица захихикала:

— Ну, он сначала приобрел специальность журналиста, еще до богатства, потом выучился на психолога, а уж затем поступил в Литературный институт, хочет стать писателем.

— Разве этому можно научиться? — удивилась я. — Всегда считала, что нужен талант, вдохновение!

Вика ухмыльнулась:

— Папа говорит, что Антон — профессиональный студент, ему нравится процесс получения знаний!

Я вздохнула. Отчего бы и не повышать интеллектуальный уровень, если нет необходимости зарабатывать на хлеб насущный.

— А что делает папа?

— Он продюсер, работает с вокальными ансамблями и солистами.

— Вроде «На-На» или Филиппа Киркорова?

— Ну, таких звезд у него нет, — протянула Вика. — Стефан Райн, слыхали?

— Нет.

— Папа только-только им занялся, — вздохнула девочка. — Недавно клип сняли. У него до этого группа была «Ле Хенрелин», тоже не слышали?

— «Лед Зеппелин» знаю, — ответила я.

Вика рассмеялась, и тут вошла Альбина. Увидав хохочущую дочь, мать слегка попятилась, а потом сказала:

— Простите, Виола, но сегодня вам придется прервать занятия, сейчас приедут наши из крематория.

— Да-да, конечно, — ответила я.

— А ты принесешь книгу Ле Гуин? — спросила Вика.

— Виктория! — строго вмешалась мать. — Разве можно называть преподавателей на «ты»!

— Ничего, ничего, я разрешаю. И потом, вы же знаете, я не являюсь профессиональной учительницей, честно говоря, мне никто из детей не «выкает».

— Завтра придешь? — не успокаивалась Вика.

— Конечно, ровно в полдень, или ты будешь в школе?

— Лучше к пяти, — быстро ответила Альбина, — у нее семь уроков.

— Семь дурацких часов, — отозвалась Вика, плюхаясь на кровать и вновь беря в руки книжку.

— Немедленно возьми учебник и зубри географию, — велела мать, — завтра опять «банан» принесешь.

— Не буду, — заявила Вика, — не хочу, не желаю, и никто меня не заставит!

— Никто и не станет заставлять, — ответила я.

— Да? — удивилась девочка. — Это почему?

— Потому что ты великолепно знаешь географию, лучше учителя, — ответила я, выходя в коридор.

— С чего вы это взяли? — изумилась Альбина.

Я притормозила на пороге.

— Слушай, Вика, будь человеком, посоветуй. Моей тринадцатилетней девочке предложили бесплатную путевку на озеро Чад, но, боюсь, ребенку твоего возраста тяжело отправляться в Австралию. Вот ты бы полетела?

— Я отлично переношу самолет, — оживилась Вика. — Только озеро Чад не в Австралии, а в Африке, и там жутко жарко. Ты обязательно завтра приходи, а то со мной тут никто не разговаривает, сижу одна, как сыч.

— Но ты сама не хочешь с соседскими девочками играть, — понеслась в атаку Альбина.

— Кретинки, неспособные отличить буддизм от иудаизма и считающие, что Моцарт — это конфеты, не могут стать моими подругами, — отрезала Вика и демонстративно уткнулась в книгу.

— Нет, вы видали когда-нибудь более трудного ребенка, и откуда она про это озеро знает! — всплеснула руками Альбина, когда мы спустились в просторную гостиную. — Ни слова в простоте не скажет! Отвратительно, вызывающе себя ведет. Теперь из-за своего идиотского поведения ходит в самую обычную городскую школу. Муж страшно обозлился и сказал, что не собирается выбрасывать безумные деньги на ветер. Раз получает колы, то пусть ходит бесплатную! Вот жду, когда чуть подрастет, и сразу замуж отдам. Правда, боюсь, такая эрудированная особа никому не будет нужна. Завтра ждем вас в пять. — С этими словами она протянула мне белый конверт, внутри угадывались деньги.

— Сегодня платить не надо, — возразила я, — у нас была только беседа и никаких занятий.

— Нет-нет, — с жаром воскликнула Альбина, — возьмите! Честно говоря, я поражена. До сих пор она гнала прочь всех учителей, а с вами смеялась и звала прийти! Просто удивительно.

Ничего особенного, наверное, я первый человек, который решил не обучать и без того напичканного знаниями ребенка, а просто поболтать с ним. Девочке скучно с одногодками, а дома набили ее комнату аппаратурой и вещами, но времени ей не уделяют. Вот Вика и решила привлечь к себе внимание традиционным детским способом — начала безобразничать. Но, боюсь, Альбина не поймет, если объяснить ей ход моих мыслей.

— Шофер довезет вас до метро «Тушинская», — щебетала Альбина, — а завтра в полпятого встретит там же; нельзя, чтобы вы бегали каждый день по три километра, хоть это и полезно для здоровья.

— Спасибо, — улыбнулась я, — с удовольствием воспользуюсь машиной, но сегодня лучше подкиньте меня только до поворота, на шоссе ждут приятели.

Роскошная иномарка довезла до дороги и умчалась, я дошла до остановки автобуса и спросила у стоящих там людей:

— Не знаете, дом отдыха «Барвинково» далеко?

— Туда только на машине, — пояснила баба в невероятно цветастом платье. — Если чуток вперед пройти, заправку увидишь и кафе. Там постоянно шофера обедают, дальнобойщики. Попроси их, они и довезут за двадцатку. Тут близко.

— Может, пешком дойти? — спросила я.

— Двух дней тебе хватит, — хмыкнул пьяноватый мужик. — Двадцать километров топать. На машине мигом домчат, а на своих двоих не ближний путь.

В небольшой придорожной закусочной водителей действительно было полным-полно. Я подошла к группе шоферов и попросила:

— Подбросьте до «Барвинкова» за два червонца.

— Отчего же не подвезти красивую женщину, — отозвался самый старший, на вид лет шестидесяти, — пошли.

ГЛАВА 15

Дом отдыха выглядел патриархально. Большое здание с колоннами, очевидно, переделанная барская усадьба, и множество маленьких, так называемых финских домиков. Стены внутри центрального здания сверкали свежей краской. Тут явно не так давно сделали ремонт. Полы отциклевали, вставили стеклопакеты, а на потолок налепили жуткую позолоченную лепнину. Интересно, как отреагировал бы прежний хозяин, увидав этакую красоту?

За столом сидел парень лет двадцати пяти. Он окинул меня оценивающим взглядом, но я смело выдержала осмотр. Готовясь к посещению богатого дома, сбегала в свой любимый секонд и отрыла там изумительный, абсолютно новый по виду светло-серый брючный костюм с биркой «МЕХХ».

— Отличная вещь, — одобрила продавщица, пробивая чек. — На нее тут многие глядели, я сама хотела прикупить, да мне такие брюки узковаты.

После стирки и глажки костюм стал еще лучше. Лаковую сумочку, сильно смахивающую на ридикюльчик из натуральной кожи, я приобрела в Медведкове, в фирменном магазине московской кожгалантерейной фабрики, всего за шестьдесят рублей. Кстати, всем, кто желает обзавестись элегантными, а главное, качественными и дешевыми аксессуарами, советую навестить данную торговую точку. Самая дорогая сумка, баул из натуральной кожи, куда запросто войдет бегемот, стоит там пятьсот рублей. Все остальное намного дешевле.

Администратор, очевидно, остался доволен осмотром, потому что весьма вежливо спросил:

— Могу вам чем-то помочь?

Я изобразила самую сладкую улыбку и начала:

— Моя племянница, Верочка Соловьева, прислала меня...

— А, — прервал мужчина, — конечно, я ей, еще когда она уезжала, предложил: оплатили до десятого июня, так отправьте кого-нибудь вместо себя пожить, жалко все же, такие деньги пропадут. Идите на третий этаж, тридцать второй номер. А где ваши вещи?

— Сначала хочу посмотреть, что за комната, может, не понравится...

— Конечно, — улыбнулся администратор и сунул мне простой ключик с пластмассовой биркой.

Перескакивая через две ступеньки, я полетела наверх. Номер поразил меня некомфортабельностью. Конечно, мы с Тамарой с удовольствием провели бы недельку-другую в этих условиях. Тут небось трехразовое питание, а горничные убирают кровать. Приятно, когда за тобой ухаживают. Но странно, что «Барвинково» понравилось Вере.

Не слишком большая комната была обставлена допотопной мебелью. Широкая кровать с деревянной спинкой, тумбочка, два кресла, вышедшие из моды в конце шестидесятых годов; двухтумбовый письменный стол из тех, что стояли в советских учреждениях; весьма потертый светло-коричневый палас. Довершала картину небольшая раковина в углу с подтекающим краном. Ни туалета, ни душа, ни телевизора, ни холодильника. Однако странный выбор места для отдыха! Вера привыкла к комфорту трехэтажного дома, наверное, часто ездит за границу и останавливается в пятизвездных отелях... Чем ее привлекло «Барвинково»?

Я села на кровать и мигом провалилась в яму. И матрацы тут не из лучших, и постельное белье довольно ветхое. Странно, очень странно. Может, в номере жила не Вера? А кто? Да та несчастная, которая разбилась на дороге! Ага, и у нее тоже не было мизинца на ноге, и она сидела на водительском месте в Верочкиной машине, одетая в ее одежду?

Я подошла к окну и раздернула слегка выцветшие коричневые занавески. Прямо перед глазами голубело озеро, его берега окружал прозрачный березовый лес, на водной глади покачивалась белая лодка. Если вставить этот вид в рамочку, то получится тот самый пейзаж, который Верочка только что продала немцам. Нет, она жила здесь, спала на продавленной кровати, клала голову на подушку с продранной наволочкой и сидела в неудобных креслах. Почему? Что мешало ей, девушке со средствами, приобрести путевку в комфортабельное место с бассейном и роскошными номерами? Чем привлекло ее «Барвинково»? Тем, что находится в двадцати километрах от дома? Но у нее машина, запросто может ехать, куда хочет. Особой красоты природа? На мой взгляд, ничего особенного... Тогда что? Ломая голову, я спустилась в вестибюль и сказала администратору:

— Не слишком шикарный номер.

Парень развел руками:

— В старом корпусе все такие. Туалет и душ в конце коридора, но и цена соответствующая: пять долларов в день с трехразовой едой. Кстати, хотите пообедать? Идите в столовую, у нас подают, когда человек приходит. Скажите, что вы вместо Соловьевой.

— Надо же, — удивилась я, — обычно в домах отдыха твердо фиксированы часы приема пищи.

— У нас необычное место, — с гордостью ответил парень, — мы никогда не принадлежали к профсоюзным здравницам. «Барвинково» — санаторий Академии наук. Тут живут ученые с мировым именем, многие здесь работают. Люди пожилые, и для них созданы самые комфортабельные условия.

Я хмыкнула:

— Да уж! Мебель времен царя Гороха, и ни холодильника, ни телевизора.

— Так ведь старый корпус! — всплеснул руками мой собеседник. — И цена маленькая, а в финских домиках полный ажур!

— Не верю.

Раздосадованный администратор стащил с доски витой ключик и сказал:

— Пойдите и поглядите сами, они почти все пустые стоят, вот вам от первого номера.

Я открыла тяжелую дверь и принялась осматривать помещение. Да, тут царил иной пейзаж!

Небольшая прихожая со встроенным зеркальным шкафом, кухонька, где имеется мойка, холодильник «Айсберг» и двухконфорочная электрическая плитка. Комнат оказалось две. Поменьше —

спальня с удобной арабской кроватью, и кабинет-гостиная, где стоял отличный письменный стол, крутящийся высокий офисный стул и мягкая мебель, обитая светло-серым бархатом. Приглядевшись, я заметила кондиционер и довольно большой телевизор «Самсунг». Интересно, почему Верочка предпочла жить в старом корпусе?

Увидев, что я возвращаюсь, администратор улыбнулся:

— Ну как? Понравилось?

— Очень, только непонятно, отчего люди не хотят жить в этих чудесных домиках...

Парень тяжело вздохнул.

— Знаете, как сейчас ученым тяжело! Зарплаты копеечные, да и те частенько не выплачивают, в коттедже день шестнадцать долларов стоит, а в старом корпусе пять. Чувствуете разницу! Впрочем, еда для всех одинаковая, идите попробуйте.

— И что, тут отдыхают только академики и члены их семей?

— Нет, еще сотрудники всяких НИИ, а последнее время, чтобы не обанкротиться, стали пускать всех желающих. Правда, особо крутые сюда не едут, тут развлечений мало — ни дискотек, ни кино, ни бассейна, зато для работы условия идеальные — тишина!

Из любопытства я заглянула в столовую, где мне дали тарелку вполне съедобного борща, котлеты с картофельным пюре и компот. Проглотив угощение, я вернулась в номер Верочки и растянулась на продавленной кровати.

Легкий майский ветерок тихо покачивал занавески. Пахло весной, молодой травой, распускающимися цветами. На деревьях весело чирикали довольные птички, где-то далеко-далеко промчалась, тихонько гудя, электричка. Хорошо, наверное, пожить тут недельку-другую, ни о чем не думая, не заботясь о хлебе насущном. Утром встать, потянуться, съесть поданный завтрак — и на прогулку... Никаких учеников, никаких Домов моделей... Когда же я в последний раз отдыхала? В школьные годы Раиса отправляла меня всегда на месяц в пионерлагерь «Березки», а два других я проводила у дяди Вити и тети Ани на даче. Тамаре врачи не разрешали выезжать на юг, и она сидела все лето в Подмосковье. Потом, уже на первом курсе, мы с Томочкой съездили на озеро Селигер в молодежный лагерь. А затем... А затем погибли ее родители, привычный уклад жизни рухнул, стало не до отдыха. Компенсацию за отпуск я всегда брала деньгами.

В этот момент на письменном столе задребезжал аппарат.

— Вас просят к телефону, — проговорил приятный женский голос, — спуститесь, пожалуйста, в будку.

Я сбежала вниз и схватила пластмассовую, слегка надколотую трубку. Сквозь треск и шорох донеслось взволнованное:

— Алло, Вера, ну наконец-то! Куда ты пропала! Незнакомый мужчина говорил не останавливаясь, не давая вставить хоть слово.

— Как так можно! Чуть с ума не сошел. Звоню, звоню, тебя все нет. Потом сказали: уехала. Я волноваться начал! Алло, ты меня слышишь?

— Простите, я не Вера.

— А кто? Кто вы такая? — заорал мужчина так, что у меня задрожали барабанные перепонки. — И где, черт возьми, моя жена?

— Ваша жена? Вы муж Веры Соловьевой?

— Где она? — настаивал собеседник. — Что-то случилось?

— Мне необходимо с вами встретиться, — решительно сказала я. — В восемь вечера у входа в метро «Тушинская», успеете?

— Естественно, — фыркнул мужик. — Где Вера?

— Все при встрече.

— Как вас узнаю?

— Я не слишком полная шатенка с короткой стрижкой и голубыми глазами. Одета в светло-серый брючный костюм, в руках лаковая сумочка.

— Хорошо, — буркнул мужчина и отсоединился.

Сидевшая на месте портье пожилая женщина улыбнулась:

— Поговорили?

Я кивнула и пошла к воротам.

К «Тушинской» я подъехала за полчаса до назначенного часа и, купив мороженое, села на скамейку. Но не успели руки развернуть хрусткую обертку «Лакомки», как над ухом раздался громкий голос.

— Это вы из «Барвинкова»?

От неожиданности пальцы дрогнули, шоколадная трубочка шлепнулась прямо на грязный асфальт.

— Простите, — сказал человек, — сейчас куплю вам новое.

Я подняла глаза. Передо мной стоял мужчина лет тридцати, довольно полный для своего возраста. Светлые русые пряди неопрятным водопадом падали почти до плеч. Голубые глаза под невероятно черными бровями казались огромными, бездонными, словно озера Карелии. Впечатление от необыкновенно красивого лица портил простой российский нос картошкой. Подбородок у парня был просто квадратный, слегка выдвинутый вперед. Наверное, он упрям и спорить с ним бесполезно.

— Сейчас куплю вам новое, — повторил мужчина.

— Не надо, просто не ожидала, что кто-то над ухом закричит.

— Где Вера?

— Покажите свидетельство.

— Какое?

— О браке. Вы же сказали, будто являетесь мужем Соловьевой.

Мужчина тяжело вздохнул, шлепнулся рядом со мной на скамейку и, уставившись на тающее мороженое, пробормотал:

— У нас гражданский брак, отношения официально не оформлены. Вера не хотела!

— Почему?

— С какой стати я должен перед вами отчитываться?

Я посмотрела в его слегка растерянные выпуклые глаза и тихо, но четко произнесла:

— Потому что с Верой произошло несчастье, потому что ей грозит смертельная опасность и потому что без меня вы никогда не узнаете, где она сейчас находится! Если только вы действительно хотите увидеть девушку.

— Господи! — закричал мужчина, вскакивая на ноги. — Немедленно говорите, где она, иначе, иначе...

— Иначе что? — улыбнулась я. — Милицию позовете? Смешно, ей-богу.

— Она здорова?

— Не совсем.

— Что с ней?

Я поколебалась секунду и спросила:

— Вы любите ее?

— Я не представляю жизни без Веры, — тихо ответил мужик, садясь на скамейку. — Раз десять предлагал ей выйти за меня замуж, но она смеялась и бросала: «Еще успеем». Честно говоря, в последний месяц у меня сложилось впечатление, что у Веры появился другой. И потом, она вела себя иногда так странно!

— Как?

Собеседник глянул на меня и неожиданно сказал:

— Простите, не представился. Стас. Стас Рагозин.

— Виола.

— Скрипка, — улыбнулся Стас, — ваше имя в переводе с итальянского — скрипка.

Ну что ж, это лучше, чем плавленый сырок.

— Вы отвезете меня к Вере? — спросил Стас.

— Сначала расскажите, откуда вы ее знаете.

Рагозин тяжело вздохнул и начал рассказ. Он — историк. Занимается исследованиями древних русских текстов, которые хранятся в архивах. Работает в хранилище древних актов, пишет кандидатскую, надеется зимой защититься. Оклад сотрудника архива крайне невелик, подработать ему негде, древние русские тексты сейчас никому не нужны, кроме энтузиастов. Однажды один из приятелей Стаса, удачно разбогатевший бизнесмен, попросил его создать... генеалогическое древо своей семьи. Рагозин долго колебался, потом все же взялся за дело и неожиданно увлекся. Как настоящий ученый, Стас педантичен и въедлив. У приятеля не нашлось данных о предках. Но мало кто знает, что церковные книги, в которые заносятся сведения о всех, прошедших обряд крещения, не уничтожаются. Патриархия обязывает хранить их вечно, и священники берегут документы. Стас разослал запросы в разные города, потом систематизировал сведения... Словом, на работу ушло полгода. Рагозин даже придумал приятелю герб.

Бизнесмен остался страшно доволен и отвалил Стасу пятьсот долларов. Для человека, чей оклад едва превышал четыреста рублей, — это совершенно фантастическая сумма. Рагозин решил себя побаловать и отправился к Большому театру.

В тот вечер давали «Аиду». Билетов в кассе не оказалось. Разочарованный, Стас вышел к фронтону, и тут к нему подошла хрупкая девушка в скромном черном платье.

— Не хотите лишний билетик? — спросила она.

Рагозин обрадовался, купил у незнакомки билет, и они вместе пошли в театр. Девушка назвалась Верой.

Так начался их страстный, безумный роман. Честно говоря, до этой встречи прекрасный пол не слишком волновал Стаса. У него было несколько скоротечных связей в студенческие годы, но, попав в архив, он перестал интересоваться дамами. На работе были одни тетки, всем хорошо за пятьдесят, а на улице знакомиться Стас не умел. Верочка покорила его сразу. Молодая, красивая, умная и вместе с тем тихая, скромная, малоразговорчивая, талантливая художница. Именно такой Стас и представлял свою будущую жену.

Вера рассказала ему, что не имеет никаких родственников, живет на съемной квартире и сильно нуждается. Но сколько Стас ни просил, своего телефона и адреса она ему не дала. Рагозин даже обиделся, но Верочка спокойно пояснила:

— Квартиру снимаю за копейки, плачу всего тридцать долларов в месяц. Хозяйка живет рядом, на одной лестничной клетке. Она поставила условие — никаких гостей и компаний. Целыми днями в «глазок» подглядывает. Если нарушу договор, выставит на улицу. Ну где еще такое жилье найду?

— А телефон?

— Она его отключила, чтобы я по межгороду не болтала.

Стас предложил Верочке переехать к нему. Девушка охотно приходила в гости, даже навела кое-какой уют в его холостяцкой однокомнатной берлоге. Купила красивую клеенку на кухню, новые занавески и коврик в ванную. Она оставалась иногда на ночь, но совсем переехать отказалась, выдвинув аргумент: «Мы пока плохо знаем друг друга!»

И связь у них была односторонней. Верочка сама звонила Стасу, он с ней связаться не мог. Подобное поведение смущало Рагозина, и он начал подозревать, что у любовницы, наверное, есть муж, и она скрывает от него правду. Будучи человеком бесхитростным, прямым, Стас однажды выложил Вере эти свои домыслы. Девушка рассмеялась, вынула паспорт и показала любовнику. На страничках документа не было ни штампов загса, ни сведений о детях.

— Успокойся и не ревнуй, — улыбнулась Вера. — Мы обязательно поженимся, но только не сейчас. Ну подумай сам, как станем жить? У тебя копейки, и у меня гроши. А если родится ребенок? Нет, сначала надо встать на ноги. Кстати, у меня есть знакомый, ему в офис требуется помощник. Оклад тысяча долларов, пойдешь?

Стасу стало неприятно. В словах Веры был резон, он понимал, что обрекает будущую жену на нищенское существование. Но, честно говоря, ему хотелось, чтобы Верочка со словами «с милым рай и в шалаше» кинулась ему на шею. От заманчивого предложения стать секретарем при богатом боссе он отказался.

— Пойми, — втолковывал любовник Вере, — мне не слишком нужны деньги, и я не хочу носить чемодан за богатым Буратино. Моя жизнь — изучение древних текстов, все остальное меня просто не интересует, даже геральдика. Знаешь, я мог бы зарабатывать кучу денег, придумывая гербы для «новых русских».

— И почему тогда ты этого не делаешь? — спросила Вера.

— Говорю же, неинтересно, — терпеливо пояснял Стас, — ну не мое это занятие.

После этого разговора, ставшего их единственной размолвкой за год, Верочка исчезла на неделю, а потом позвонила Стасу и как ни в чем не бывало сообщила:

— Нашла чудесное место для отдыха, санаторий Академии наук, «Барвинково», тебе понравится. Кругом великолепная природа, тихие люди, все работают. Стоит два доллара в день. Правда, душ и туалет в конце коридора. Поедешь на апрель? — Стас согласился. Верочка все сделала сама, он просто отдал ей шестьдесят долларов за тридцать дней. Они поселились в соседних номерах и чудесно проводили время. Вера писала пейзажи, Стас трудился над кандидатской. Месяц пролетел как одно мгновение. Потом Рагозин уехал в Москву, а Верочка осталась на май. У Стаса не хватило денег для оплаты второго срока. Но он часто приезжал в «Барвинково» и оставался ночевать у любовницы.

А потом Вера просто-напросто исчезла. Сначала Стас безуспешно звонил, затем приехал в санаторий. В ее комнате было пусто, пропало все: вещи, картины, краски... Портье сказал, что Соловьева ушла утром с чемоданом в руке. Проходя мимо стойки, Вера сказала дежурному:

— Через пару дней вернусь, брат заболел.

— Конечно, конечно, — закивал портье, — номер оплачен и будет вас ждать. Если хотите, можете кого-нибудь вместо себя прислать на какое-то время. Чего деньгам зря пропадать?

— Спасибо, я подумаю, — ответила Вера и уехала.

И все. Словно в воду канула. Стас пытался найти любовницу. Сначала кинулся в Строгановское училище. Вера говорила, что учится на пятом курсе. Но там ему вежливо, но твердо ответили: студентки с таким именем и фамилией в учебном заведении нет. Тогда Рагозин снова помчался в «Барвинково» и заглянул в книгу регистрации отдыхающих. Верочка, заполняя графу «местожительство», написала: Москва, улица Академика Николаева, дом 1.

Стас схватился за атлас Москвы. Магистралей, название которых начиналось со слов «академик», было полным-полно, но Николаева среди них не наблюдалось. В столице просто-напросто не существовало такой улицы.

Полный отчаяния, Рагозин метнулся в «Мосгорсправку», но там он понял, что ни отчества, ни точного года рождения Веры не знает. Он даже сходил в милицию и попытался подать заявление о розыске пропавшей жены. Но милиционеры подняли его на смех:

— Во-первых, парень, она тебе не жена, а сожительница, — втолковывал плохо выбритый капитан. — Во-вторых, ты даже не знаешь, где она проживает. Небось бросила тебя баба, надоел ты ей, вот и сидит теперь дома. Мой тебе совет: заводи другую!

Стас еле сдержался, чтобы не треснуть мента по башке телефонным аппаратом. С тех пор он каждый день по нескольку раз названивал в «Барвинково», надеясь услышать Верочкин голос. Но дежурные все время равнодушно отвечали: «Трубку не снимают».

И только сегодня его огорошили известием: «Сейчас подойдет».

Я внимательно смотрела на мужика. Впечатление он производил неоднозначное. Вполне симпатичный внешне, даже красивый, и, кажется, любит Верочку по-настоящему, вон как волнуется. С другой стороны, совершенно не собирается менять ради любимой женщины привычный образ жизни и, предлагая той выйти за него замуж, обрекает женщину на нищенское существование. Может, он просто слишком увлечен своими манускриптами и не замечает ничего вокруг?

Вот Верочка наврала ему, что номер стоит с трехразовой едой всего два доллара в день, а он и поверил. Правда, теперь становится ясно, отчего девушка поехала в «Барвинково». Бедной студентке не по карману всякие излишества, вроде домов отдыха с бассейнами и саунами. Знаю я и почему Верочка прикидывалась нищей. Имея такой огромный капитал, невольно начнешь думать, что мужчин интересуют твои деньги, а не ты сама. Скорей всего, Вера придерживалась постулата: «Полюби меня бедную, а богатой меня всякий полюбит». И потом она явно не собиралась сообщать о своем романе никому из домашних. Скорей всего, старший брат и думать бы не велел о мужчине с копеечным окладом.

— Ну, — поторопил меня Стас, — едем.

— Куда?

— Как это? К Верочке, конечно.

— Нет, — помотала я головой, — сначала спрошу, хочет ли она с вами встретиться.

Рагозин раскрыл рот, но промолчал. Мы спустились в метро, и я увидела будку моментальной фотографии. Тут же в голову пришла мысль.

— Стас, пойдите сфотографируйтесь и отдайте мне снимки.

— Зачем? — удивился историк.

— Покажем Вере. А то ведь любой может назваться Стасом Рагозиным, как еще я могу проверить ваши слова?

— Можно поехать ко мне домой за паспортом, — пробормотал историк.

— Нет уж, лучше сфотографируйтесь.

Стас покорно подошел к женщине, сидящей у будочки, переброcился с ней парой слов и вернулся.

— Ну, в чем дело? — нетерпеливо спросила я.

— Четыре фото стоят сто десять рублей, — пояснил мужчина, — а у меня с собой только двадцать.

Ей-богу, с каждой минутой он нравился мне все меньше и меньше.

Я открыла кошелек и вытащила розовенькую бумажку.

— Держите.

— Сто десять, — повторил Рагозин.

Он явно не собирался тратить свою двадцатку. Я хмыкнула и добавила червонец.

Фотографии получились жуткие, больше всего они подходили для стенда «Их разыскивает милиция», но Стаса узнать было можно. Я записала его телефон и велела ждать звонка. Рагозин повернулся и быстрым шагом пошел в сторону выхода, я же села в подошедший поезд и без особых проблем доехала до «Пушкинской». Но, пересаживаясь на «Тверскую» и поднимаясь вверх по короткому эскалатору, я, сама не зная почему, обернулась. В клубящейся внизу толпе мелькали длинные светлые волосы Стаса. Мужчина решил перехитрить меня и тайком проводить до дома. Я страшно обозлилась, но виду не подала. Вместо того, чтобы сесть в поезд, отправлявшийся в сторону «Речного вокзала», я вышла на улицу и моментально остановила левака. Выбежавший за мной Стас растерянно наблюдал, как объект слежки уносится прочь. Поехать за мной мужик не мог — денег-то у него кот наплакал. Правда, и я добралась только до метро «Белорусская», а там пересела в подземку. Я тоже не люблю выбрасывать заработанное на ветер.

ГЛАВА 16

Домой я влетела страшно усталая, с больной головой. Очевидно, переполнилась кислородом в «Барвинкове». Москвичу вреден свежий воздух, он привык дышать смесью выхлопных газов. И вообще, жители больших городов уже наполовину мутанты. Я, во всяком случае, совершенно точно. Чуть погуляю по лесу — и тут же получаю дикую мигрень. Чувствуя, как толстая тупая палка втыкается в правый глаз и начинает там ворочаться, я вошла на кухню.

— Купила помойное ведро? — спросила Тамара.

— Нет, опять забыла.

— Ничего, — поспешила ответить Томуся. — С мешком даже удобнее. Выбросил, и конец, ничего мыть не надо!

В этом высказывании вся Тамара. Она неисправимая оптимистка, ухитряющаяся найти хорошее во всем.

Этой зимой к нам прибежала в слезах десятилетняя Леночка из двадцать пятой квартиры. Ее старший брат Сергей вот уже целый год сидит в

Бутырской тюрьме, ждет суда. Парень с пьяных глаз подрался с милиционером, решившим проверить у Сережки документы, и, по несчастью, выбил тому передний зуб. Цеховая солидарность — страшная вещь. Вмиг было создано дело о нападении на сотрудника правоохранительных органов при исполнении служебных обязанностей. Бедная Марья Ивановна, одна вытягивающая на плечах сына и дочь, похудела ровно вдвое, мотаясь с сумками по очередям, нося оболтусу передачи — продуктовую, вещевую, медицинскую.

Собственно говоря, именно из-за передачи Леночка и примчалась к нам вся в слезах. Продукты в Бутырке можно сдать только раз в месяц, день фиксирован жестко. В Сережином случае это тридцатое число. Двадцать девятого не примут, а тридцать первого, пожалуйста. Но в январе всего тридцать дней. Марья Ивановна свалилась с гипертоническим кризом, и завтра тянуть многокилограммовую сумку на Новослободскую улицу некому. А там уже начнется февраль, и получится, что в феврале Сережка остался без харчей.

— И чего же ты от нас хочешь? — спросила я.

— Сдайте за маманю передачку, — зарыдала Леночка. — Она неделю ходила отмечаться, у ней очередь пятая...

— Конечно, поедем, — моментально выпалила Тамара. — Только объясните, куда и во сколько идти.

— Новослободская улица, — всхлипывала Лена, — надо к семи приехать!

На следующий день, еле поднимая тридцатикилограммовый баул, набитый пряниками, карамельками, сигаретами и другими полезными вещами, мы прыгали в крохотном дворике среди мрачных теток с гигантскими сумками. Холод стоял страшный. Очередь переминалась с ноги на ногу и сердито переругивалась. Какая-то баба с тетрадкой в руках стала выстраивать народ. Кто-то матерился, кто-то пытался пролезть поближе к закрытым дверям. Мне было тоскливо и противно. Внезапно Тамара подняла вверх бледное лицо и сказала:

— Погляди, какие звезды! А какой отличный воздух! Все-таки здорово подняться рано и прогуляться по морозцу.

Я не нашлась, что ей ответить.

— Мешок гигиеничней ведра, — продолжала Томочка. — Не думай больше о помойке. Лучше посмотри, что мы тебе покажем. Спорю, в жизни такого не видала. Кристя, тащи ящик!

Кристина притащила картонную упаковку от бананов. Я заглянула внутрь и ахнула:

— Бог мой!

На уютной подстилочке, сделанной из моего старого халата, нежилась кошка Клеопатра, а рядом сосредоточенно чмокал беззубым ротиком довольно крупный рыжий котенок. Передние лапки новорожденного мерно мяли живот кошки. Из груди Клеопатры доносилось громкое урчание.

— Но откуда взялся котенок?

— Вылез из Клеопатры, — радостно сообщила Кристина. — Мы так удивились!

Еще бы, кошка казалась такой тощей и плоской, что никому и в голову не пришла мысль о ее беременности.

— Что же теперь делать?

— Как что? — удивилась Тамара. — Подрастет, устроим в хорошие руки.

Дзынь, дзынь — донеслось из прихожей. Я поглядела на часы — почти одиннадцать. Нет, в нашем доме покоя не жди. Ну, что на этот раз? Кто засунул голову между прутьями и выпил шампунь?

Чеканным шагом я подошла к двери и без лишних вопросов распахнула створку. На пороге покачивался плюгавенький мужичонка ниже меня ростом. Одет незваный гость был самым экзотическим образом. Несмотря на теплый май, на нем красовалась жуткая засаленная овчинная кацавейка, из которой в разные стороны торчали клочки желтой шерсти. На голове у дядьки была нахлобучена сильно помятая кепка, одна нога обута в страшно грязный ботинок, другую, обмотанную тряпками, он просто засунул в пластиковый мешок.

И пахло от него соответственно. Должно быть, даже около рыбоперерабатывающего завода во Владивостоке так не воняет.

Я с тоской оглядела чудесное явление. Наши соседи — дикие люди. Сколько раз предлагала установить в подъезде домофон, но нет, никто не хочет выложить один раз двести рублей, а потом платить ежемесячно еще десять. «У нас красть нечего» — такой аргумент выдвигался всеми на мое предложение. Зато теперь к нам запросто заходят бомжи, гадят на лестничных клетках, а один раз чуть не устроили пожар на чердаке. Жильцы других подъездов нашего дома давным-давно с домофоном, а в третьем подъезде даже наняли лифтершу, и только мы живем с настежь открытой дверью.

— Тебе чего? — спросила я, стараясь не дышать. — Денег не подаю, иди себе спокойно откуда пришел.

— Слышь, дочка, — прохрипел бомж. — Раису позови.

— Какую? — глупо спросила я, тревожно вглядываясь в незваного гостя.

В его опухшем, почти потерявшем человеческий облик лице мелькнуло нечто странно знакомое.

— Раису Никишину, — продолжал хрипеть мужик. — Жена она моя.

В полном ужасе я отступила в глубь прихожей и чуть не упала, запнувшись о Дюшку.

— Так вы э...

В памяти быстро пронеслось имя Ленинид. Дело в том, что моего папеньку зовут совершенно по-идиотски. Его отец, никогда мною не виданный дедушка, из крайне патриотических чувств назвал сыночка Ленинид, что расшифровывается как Ленинские идеи. Была такая дурацкая мода давать детям новые революционные прозвания типа Электрификация или Октябрь. Правда, потом этих несчастных детей, когда они сами стали родителями, занесло в другую сторону и своих отпрысков они начали называть «красиво» — Анжелика, Эдмонд, Вальтер... Наверное, поэтому я и получила имечко Виола. И никогда, представляясь, не произношу своего отчества. Представляете себе — Виола Ленинидовна Тараканова, мрак и ужас.

— Ленинид... Э-э, — бормотала я, — простите, отчество забыла.

— Доча моя, — зарыдал бомж, втягиваясь в квартиру, — кровь родная, слава богу, нашел! Сколько лет искал, мыкался!

Я глядела на него во все глаза. Чего, спрашивается, было тратить столько времени на мои поиски? Да всю жизнь живу на одном месте! И потом, что же это творится на белом свете? Сначала невесть откуда взялась сестрица Раисы, а теперь, пожалуйста, появился родной папенька, которого давным-давно все считают покойником.

На шум вылезли все — Тамара, Вера, Кристя, Дюша и даже Клеопатра, оставившая ради такого случая своего котенка.

Впрочем, кошка, расчихавшись, моментально убежала в спальню. Я ее хорошо понимала: запах в прихожей стоял отвратительный.

— Слава богу, дошел до дома, — ликовал бомж, оглядывая домашних. — Райка где?

— Умерла много лет тому назад, — ответила Тамара.

— Да ну? — изумился папенька. — Значит, зря злился.

— Из-за чего? — машинально поинтересовалась подруга и раскашлялась.

— Слушай, — решительно взяла я ситуацию в свои руки, — разговаривать с тобой просто невозможно, мы рискуем задохнуться. Иди в ванную, брось свои шмотки в мешок, вымойся хозяйственным мылом, и тогда начнем выяснять, что к чему.

— Дык другой одежи нет, — развел руками папуля, — только то, что на мне.

— Иди, иди, — приказала я, подталкивая его в спину ручкой от швабры, — найдем сменный прикид. Только воду погорячей сделай, а голову вымой шампунем из красной бутылки. Стоит на бортике ванны с этикеткой: «Для собак. От блох и кожных паразитов».

Вновь обретенный папочка послушно отправился на санобработку. Видя, что я близка к обмороку, Томуся моментально накапала мне валокордин, потом притащила бутылку «Аса» и ловко вымыла пол в прихожей.

Примерно через час отдраенный до блеска мужик, одетый в мой спортивный костюм, жадно глотал куски хлеба, щедро накладывая на них сразу сыр и колбасу. Он оказался маленьким, щуплым, даже тощим, с редкими светло-каштановыми, совсем не тронутыми сединой волосами. Я глядела на него во все глаза, пытаясь пробудить детские воспоминания. Но ничего хорошего, как назло, не лезло в голову.

Вот папуля спит посреди гостиной, прямо на полу, в луже блевотины, а вот швыряет в Раису кухонную утварь, я же сижу под столом, теряя сознание от ужаса. Потом он, озверевший оттого, что Раиса не дала ему денег на выпивку, тащит на продажу мои новенькие зимние ботиночки...

Тряхнув головой, чтобы отогнать рой не слишком приятных видений, я зло спросила:

— Ну, дорогой батенька, где же вы обретались все эти годы?

Ленинид испуганно отложил кусок.

— Да так, туда, сюда...

— Паспорт давай, — велела я.

— Зачем? — окончательно перепугался мужичонка и стал еще меньше ростом.

— Давай любой документ, удостоверяющий личность, — неслась я дальше.

— Знаешь, — тихо пробормотала Тамара, — по-моему, у него сломана нога, смотри, он даже на нее наступить не может.

— Ничего, — злобно ответила я, — папулю никогда не волновало мое здоровье, и, честно говоря, так давно с ним не встречалась, что не помню, как он выглядит. Вот и хочу удостовериться, что данный субъект тот, за кого себя выдает! Ну-ка, ищи документы.

Мужичонка дрожащей рукой выудил справку об освобождении из мест заключения. «Тараканов Ленинид Иванович, 1944 года рождения»... Надо же, когда я родилась, ему стукнул всего двадцать один год! А мне отец казался довольно пожилым. Хотя, что вы хотите от четырехлетнего ребенка.

— Значит, уголо-овничек, — протянула я, вертя в руках бумажонку. — Теперь быстро рассказывай, как в тюрьму попал, только не ври. Наш сосед работает в милиции, и я попрошу проверить тебя через компьютер.

— Чего, ничего, по ерунде...

— В подробностях, — настаивала я, — насколько помню, ты сбежал из дому в 1971 году.

— Никуда не бежал, — выкручивался папенька, — посадили меня.

— Быстро колись!

Ленинид вздохнул и принялся почти внятно излагать события своей бурной жизни.

В 1971 году проклятая Раиса не дала ему денег на водку. Ленинид перерыл весь дом, не нашел ни копейки, вышел к винному магазину и принялся выпрашивать угощение. Но никто не собирался его бесплатно поить. Тогда папуля решил добыть необходимую сумму самостоятельно и запустил руку в карман какой-то бабы. Но та оказалась проворной и схватила воришку, а ее муж, насовав неудачливому карманнику зуботычин, сволок его в ментуру. Так что свой первый срок, три года, папуся получил абсолютно зря, ну не виноват он ни в чем. Вот если бы противная Райка не пожидилась тогда на бутылку, ничего бы и не случилось.

Отсидев положенное от звонка до звонка, Ленинид собрался домой, но не доехал. В Нижнем Новгороде познакомился на вокзале с командированным, угостившим его водкой. А когда приветливый мужик отошел в туалет, Ленинид прихватил его чемодан и двинул в обратную сторону. Но, очевидно, не судьба ему была стать удачливым вором. Папусю поймали, и он вновь загремел на нары. На этот раз получил пять лет как неперевоспитавшийся. И вновь Ленинид был ни в чем не виноват. Зачем дурак-мужик попросил его постеречь багаж? Зачем ввел в искушение? Кабы не этот поступок, вернулся бы Ленинид назад, в Москву, и начал бы новую светлую жизнь. Может, стал бы космонавтом, писателем или врачом, а так пришлось вновь отправляться на зону.

Дальнейшая его жизнь — цепь посадок и освобождений. Каждый раз на пути у папочки оказывались глупые люди, не заботящиеся о своем имуществе. Да еще гадкая Раиса, взятая замуж исключительно из жалости, избавилась от несчастного супруга. Правда, в течение первого срока она посылала ему бандероли и коротенькие писульки. Но когда Ленинид увидел небо сквозь решетку во второй раз, баба моментально оформила с ним развод и выписала его, хозяина, с законно занимаемой площади.

Вот он сегодня и вернулся, чтобы наподдавать бывшей жене по шее и потребовать компенсацию за свои страдания. Это она, Райка, виновата в том, что жизнь Ленинида пошла под откос. Дала бы тогда денег на водку, не украл бы он кошелек, не попал на зону, не освободился, не спер чемодан и не сел бы снова.

— Заканчивай стон на реках вавилонских, — велела я, — зачем явился?

— Дык, говорю ж, денег попросить, — шмурыгнул носом папенька, — кстати, являюсь инвалидом, и ты, доченька, обязана мне алименты платить. Родитель я тебе, единственный и законный, а живешь ты на моей площади, потом и кровью политой, в квартире шикарной, по коврам ходишь, а я сплю у баков помойных! Несправедливо выходит! А все Райка, падла!

Он продолжал бухтеть, безостановочно понося

Раису. Я глядела на него во все глаза. Вот, значит, как! Частенько ругая меня без всякого повода, Раиса, не стесняясь, употребляла нецензурные выражения. Но никогда, ни разу в жизни с ее языка не слетели слова типа: «Ну, ты, бандитское отребье». Или: «Твой отец — уголовник». Нет, до моей детской головы не донесли эту информацию, более того, Рая даже перед смертью не рассказала падчерице правду. Просто в свое время оформила опеку над маленькой сироткой и принялась воспитывать как умела, часто пуская в ход кулаки, но...

Но я помню еще и ее счастливое лицо, когда мне в третьем классе дали похвальную грамоту, вкуснейшие блинчики и быстрый, какой-то неумелый поцелуй, которым она награждала воспитанницу на ночь. И на мои дни рождения всегда собирались подружки, иногда на столе стоял лишь винегрет и колбаса, но подарок всегда лежал под подушкой! Жуткая кукла с глиняной головой, косорыленький мишка, наручные часы... И на выпускном балу у меня на ногах красовались совершенно новые белые лодочки. Раиса отстояла многочасовую очередь в ЦУМе и добыла обувку, сделанную в Чехословакии.

— Не смей ругать мою мать, мразь! — выпалила я и принялась нашаривать рукой на кухонном столе заварочный чайник, чтобы запустить папеньке в голову. Томочка ласково обняла меня за плечи и сказала:

— Ленинид Иванович, пейте спокойно чай. Мы сейчас что-нибудь придумаем, сейчас сообразим, как поступить!

— Да выгнать его просто, — выкрикнула я, — тоже мне отец нашелся.

Томуся опять обняла меня за плечи:

— Но ему идти некуда, он болен, погляди на его ногу, там перелом...

— Не, — тихо встрял папенька, — язва, трофическая, никак не зарастет, гадина, прямо до кости дошла.

Он лихорадочно принялся задирать штанину, надеясь разжалобить меня. Внезапно по щекам мужика покатились горохом слезы.

— Девки, — прошептал он, — не гоните прочь. Сил больше нет по помойкам таскаться! Умру скоро, не заживусь!

Внезапно я почувствовала, как железный обруч, сжимавший грудную клетку, разлетелся на куски.

— Давайте укладываться, — пробормотал мой язык, — утро вечера мудренее.

ГЛАВА 17

Ночью я встала в туалет и в ярком свете полной луны оглядела нашу квартиру, больше похожую на бивак. В гостиной на разложенных креслах мирно сопели Верочка и Кристина; на раскладушке, стоящей головой в кухню, а ногами в прихожую, свернулся калачиком папенька. У нас нет одеял и подушек на такое количество гостей, поэтому его накрыли старым махровым халатом. На диване развалилась Дюшка, которая окончательно освоилась в квартире... Если так пойдет дальше, нам придется вытащить из большой комнаты мебель и установить там двухэтажные нары!

Вернувшись в спальню, я хотела улечься, но из подушек донеслось шипение. Обнаглевшая Клеопатра притащила в мою постель своего котенка и, устроив ребенка со всевозможным комфортом, теперь охраняла его покой.

— Ладно, ладно, — пробормотала я, — не злись, пожалуйста. Никто не тронет твоего драгоценного детеныша.

Подвинув Клепу, я легла, но сон пропал. Полежав минут пятнадцать, бесцельно разглядывая потолок, я встала, прихватила толстую серую тетрадку и отправилась в туалет. По странному стечению обстоятельств, в нашей «хрущобе» раздельный санузел, и, похоже, это теперь единственное место, где можно остаться в одиночестве и спокойно подумать.

Опустив крышку, я устроилась на жестком сиденье и раскрыла книгу. Итак, что мне известно? Верочка — богатая девушка, обладающая огромным капиталом. Живет в роскошном доме, учится на художницу, ездит в дорогом автомобиле... Вернее, ездила, потому что машина сгорела... Хотя, а вдруг...

Я подскочила на унитазе, выбралась в гостиную, тихонько подошла к Верочкиному креслу, приподняла одеяло и уставилась на аккуратные, маленькие ступни девушки. На левой ноге не было мизинца.

В глубокой задумчивости я вернулась в туалет и вновь примостилась на стульчаке. Хорошо, у нас Вера, а кто тогда погиб в «Фольксвагене»? Почему родственники опознали останки, если на дороге была не Верочка? Правда, Альбина говорила, что смотреть, собственно говоря, было не на что, труп очень сильно обгорел, вот только ноги остались нетронутыми...

От напряжения я принялась кусать ручку. Очень интересно! Интересно, кому по завещанию отходят деньги Веры? Кто получит нехилые доллары, положенные девушке? Ох, сдается мне, что в этой истории слишком много неясного. Скорей всего, кто-то просто решил убить Верочку, чтобы получить денежки и все остальное. Но кто? Да тот, кому они отойдут по завещанию! Дело за малым: заглянуть в документ — и имя убийцы в кармане. Правда, остается слишком много неясного. Кто сидел в сгоревшей машине, почему Вера потеряла память, как на ней оказалась ночная рубашка Гали, куда подевалась сама Галя, и где Константин, в квартире которого зачем-то жила Вера... И как, в конце концов, связана со всем этим смерть несчастных ребят с Дорогомиловки... Каким-то образом эти события переплетены между собой, но у меня в руках только кончики ниточек, весь узор я не вижу. Ясно одно — пока ни в коем случае нельзя рассказывать никому из Соловьевых о том, что девушка жива. Ничего не сообщу и Рагозину. Ладно, завтра поеду на занятия к Вике и постараюсь познакомиться со всеми хозяевами, а там поглядим.

На следующий день, в начале пятого, я села у метро «Тушинская» в роскошно поблескивающую лакированными боками иномарку. Шофер, явно знавший, что везет всего лишь наемную учительницу, вел себя безукоризненно. Парень распахнул передо мной дверцу, со всеми предосторожностями усадил в салон и раз пятнадцать за время дороги осведомился: не жарко ли мне, не холодно ли, не слишком ли быстро он едет, предлагал включить печку или открыть окошко и спрашивал, как отношусь к запаху кокоса, наполнявшему салон. Я, не привыкшая к подобной заботе, к концу пути просто взмокла от напряжения. Вот уж не предполагала, что излишним вниманием можно довести человека до обморока.

Альбина снова стояла на крыльце. Шофер извлек меня из машины и, слава богу, убрался.

— Виола, дорогая, — завела женщина. — Виктория только что явилась из школы, ее оставили на два часа после занятий. Она сейчас села обедать, хотя, наверное, следовало наказать и лишить пищи.

— Ни в коем случае, — ответила я и невольно взвизгнула. Из глубины сада вылетела огромная собака и, словно выпущенная из лука стрела, понеслась в нашу сторону.

— Фу, Кася, фу! — заорала Альбина. — Не бойтесь, она не кусается, просто поцеловаться хочет!

Собачища подлетела к моим ногам, села и весьма дружелюбно гавкнула. Я погладила ее по голове и ощутила под пальцами жесткую, словно проволока, шерсть.

— Кася умница, — улыбнулась Альбина. — Значит, считаете, Вику не надо ругать?

— А какой смысл? — пожала я плечами. — Разве вы до этого никогда ее не наказывали?

— Господи, да сто раз на дню!

— Ну и что, она стала вести себя лучше?

— Нет.

Я обозлилась. Все-таки некоторые родители на редкость глупы.

— Скажите, Альбина, вы никогда не чувствовали себя плохо?

Женщина удивленно ответила:

— Естественно, болела, правда, слава богу, не слишком серьезно.

— Лекарства пили? Например, от головной боли?

— Конечно.

— Ну и как, вам все помогают?

— Цитрамон не берет, — растерянно пробормотала Альбина.

— А вы его продолжали пить и пить, до упора...

— Нет, разве я похожа на дуру? Взяла другое, спазмал...

— Почему же тогда с Викой применяете одну и ту же методику? Ведь не действует, попробуйте другие.

Хозяйка в растерянности глянула на меня:

— Но как же поступать с противным ребенком? Она постоянно спорит, вредничает да еще приносит двойки.

— А вы с ней соглашайтесь.

— Не поняла...

— Что же тут неясного? На все ее выходки спокойным тоном отвечайте: «Да, детка, ты права».

— Думаете, поможет?

— Обязательно, — улыбнулась я, — она ведь уже привыкла к ругани и ждет ее. Собственно говоря, это ее цель, чтобы вы обратили на нее внимание, что и происходит, когда начинается крик. Все вопят, возмущаются, размахивают руками и заняты только Викой. А попробуйте сменить методику, и увидите результат.

— Ну не знаю, — протянула Альбина, — очень странно! Не ругать ребенка, разве это возможно? Ой, да что мы на крыльце стоим, проходите, Виолочка, в столовую, выпейте с нами кофе, а может, пообедаете?

Мы вошли в огромную комнату, где посередине стоял гигантский овальный стол. Увидев меня, Вика подскочила, словно на пружине.

— Принесла книжку? Ле Гуин...

— Вика, — моментально отреагировала мать, — разве можно обращаться с учительницей на «ты»?

— Как хочу, так и разговариваю, подумаешь, — начала атаку девочка.

— Безобразие, — попыталась отбиться Альбина, но я быстренько наступила ей на ногу.

Женщина осеклась, слегка покраснела, а потом неуверенно пробормотала:

— Впрочем, ты, наверное, права, как хочешь, так и говори, если Виола не против!

— Мне нравится, когда ученики становятся подругами, — весело заявила я и надкусила необыкновенно вкусный пирожок с мясом. — Ле Гуин лежит в сумке, сейчас получишь!

Виктория растерянно поглядела на Альбину, потом на меня. Хозяйка абсолютно спокойно сказала:

— Виола, хотите салат из брынзы?

— Обязательно, очень люблю маслины.

— Наша кухарка дивно готовит.

— Действительно, потрясающе, а в этой мисочке что?

— Фаршированные баклажаны — мясо с грецкими орехами, островато немного, но пикантно.

— Лучше вон той рыбы...

— Суп — блевотина! — грозно заявила Вика и со всей силой отодвинула тарелку. — Собака и та жрать не станет.

— Ви... — начала наливаться краснотой Альбина, но я вновь быстренько наступила ей на ногу.

— ...кочка, — моментально переориентировалась хозяйка, — ты абсолютно права. Наташа, подите сюда.

На пороге возникла повариха.

— Бульон отвратительный, — заявила Альбина, — совсем невкусный. Вике не понравился. Унесите и вылейте.

— Может, собаке отдать? — расстроилась Наташа. — Уж простите, вроде все как всегда клала.

— Не надо, — ответила Альбина. — Викочка сказала: «Собака и та жрать не станет».

В этот момент зазвонил домофон, и хозяйка,

извинившись, ушла. Виктория, совершенно не понимающая, как себя вести, уставилась на меня.

— И чего я сказала? Суп-то невкусный.

— Абсолютно правильно поступила, — преспокойненько сообщила я, уничтожая дивный салат из брынзы, маслин и помидоров, — мама уволит Наташу и наймет другую. Сейчас в стране безработица, повара десятками на бирже клубятся, проблем с поисками новой поварихи не будет.

— Но я не хочу, чтобы ее из-за меня увольняли, — тихо сказала Вика. — У нее дочка маленькая и мужа нет...

— Ты же сказала: суп — блевотина, значит, следует принимать меры.

— Да пошутила!!!

— Ну надо же! А мы подумали, что и впрямь отрава, и есть не стали, все доверились твоему вкусу.

— Мама! — заорала Вика и выскочила в коридор.

После занятий я попросила Вику показать мне дом.

— Ты не торопишься? — обрадовалась девочка. — Вот здорово.

— Совершенно свободна, — заверила я ее.

— Тогда останешься ужинать, — распорядилась ученица, — а сейчас пошли наши хоромы смотреть.

— Надо сначала у мамы разрешения спросить.

Вика хитро прищурилась:

— А дома никого, кроме нас и прислуги, нет!

— Куда же все подевались?

— Папа всегда очень поздно возвращается, раньше полуночи редко приезжает, Антон тоже после программы «Время» появляется, а мама каждый день к семи ездит на занятия.

— Куда?

— В шейпинг-клуб «ЦСКА», занимается четыре часа.

Ну надо же иметь такую силу воли! Ежедневно шлифовать фигуру, меня бы не хватило и на неделю. Хотя, если больше делать нечего...

Здание оказалось огромным. Мы пошли сверху вниз. На третьем этаже располагалась комната Вики, библиотека и несколько пустых помещений, предназначенных для гостей. На втором — спальни Альбины и Никиты, кабинет, комнаты Антона и Веры.

Приоткрыв дверь в помещение, которое занимала Верочка, я вздрогнула. Оказывается, такое возможно: розовое пианино, синие обои и голубой палас. Естественно, в доме повсюду были натыканы туалеты и ванные комнаты. В самом низу располагались столовая, гостиная, зимний сад и кухня с подсобными помещениями. Пищеблок, забитый техникой, был такой огромный, что вся наша «хрущоба» преспокойненько бы уместилась в пространстве между плитой и окном. Оглядев серый холодильник «Филипс», упирающийся в потолок, я поинтересовалась:

— Значит, вечерами ты почти всегда одна?

Вика кивнула:

— Совсем одна. Повариха и горничная уходят в восемь, экономка Елена Ивановна еще раньше.

— И не скучно тебе?

— Я книги читаю, — с достоинством ответила Вика.

В ту же секунду в раскрытое окно гостиной ветер донес веселые крики детей.

— Почему не идешь с ребятами играть?

— Они идиоты, — буркнула Вика.

— Родители не боятся тебя одну оставлять?

— А что может случиться?

— Ну, вор залезет, напугает...

Вика рассмеялась:

— Нас тут стерегут, как особо опасных пре-ступников. Вся территория окружена забором, по углам вышки с охранниками, вдоль забора телека-меры, на проходной, ну, где ворота, даже муха не пролетит. Нет, здесь совершенно безопасно, и к тому же в доме есть сейф.

— Где? — удивилась я. — Вроде никакого же-лезного ящика не было видно.

— Пошли, — велела Вика.

Мы поднялись на второй этаж и открыли дверь в кабинет. Девочка отодвинула большую картину, изображавшую горный водопад, и обнажилась ни-келированная дверца с кнопками.

— А-а-а, понятно, — протянула я, — очень предусмотрительно.

— Еще стол с цифровым замком, — пояснила Вика и ткнула пальцем в ящик. Я увидела неболь-шую панель с клавишами.

— Папа сюда документы прячет, — сообщила ученица, — только я код знаю, смотри.

Она быстренько потыкала пальцем, и раздался легкий щелчок, ящик выехал вперед. Внутри в изумительном порядке лежали счета. Я невольно вздохнула. У нас дома квитанции валяются впере-мешку в круглой жестяной коробке из-под датско-го печенья. Сколько ни пробовала рассортировать их, ничего не получается. Только сгруппируешь бумажки, а они — бац, расползлись, словно тара-каны. У Соловьевых же все лежало ровными стоп-ками, перехваченными резинками: газ, свет, ком-мунальные услуги, расписки прислуги... Но самое интересное в глубине. Вика, желая продемонстри-ровать стол, выдвинула ящик до упора, и я увидела красивую розовую папку, на которой стояло выведенное синим фломастером слово «Завещание».

— Что это?

Вика улыбнулась:

— Наша последняя воля.

— Зачем? — прикинулась я идиоткой, чувствуя, как в груди быстро-быстро заколотилось сердце.

Девочка вздохнула:

— Мы богатые люди, а деньги должны иметь хозяина.

— Не понимаю.

— Ну смотри, — сказала Викуша и вытащила папку. — Видишь? Если папа умрет, наследниками становимся я и мама. Если скончается и мама, то все деньги достаются мне.

— Погоди, погоди, вдруг раньше отправится на тот свет Альбина, а Никита будет жив, тогда что?

— Ничего, — пожала плечами ученица, — деньги-то папины. Как были его, так и останутся.

— А Антон?

— Мой дядя сможет получить деньги только в случае кончины всех родственников, — терпеливо разъяснила девочка. — Ну, представь, все поумирали — папа, мама, я, только тогда Антон станет хозяином.

— Почему же он не получает долю в случае смерти Никиты?

Виктория поглядела на меня с жалостью:

— Понимаешь, деньги-то принадлежат Соловьевым, а Антон — Михайлов, он всего лишь брат мамы и не родственник нам.

— Как это не родственник? — изумилась я.

— Ну не кровный, — растолковывала Вика. — Папа и мама ведь не родственники.

Я почувствовала легкое головокружение.

— А кто?

— Супруги. Общей крови у них нет, ясно?

— Вроде. Скажи, вот недавно умерла Вера, ее деньги теперь чьи?

— Папины, — спокойно ответила Вика, — теперь все-все средства в руках у отца.

ГЛАВА 18

Дома в прихожей на полу валялись инструменты и стружки.

— Что у нас происходит?

Ленинид поднялся с колен и сообщил:

— Вот, видишь, тут был выступ.

Я ахнула. В нашей прихожей, чуть поодаль от двери, торчал и мешал, как больной зуб, странно выступающий кусок стены. Теперь его нет, и видно, как из потолка в пол уходит довольно толстая труба.

— Это для горячей воды, — пояснил папенька, похлопывая по железке. — Вишь, как глупо строители поступили, огромный короб сделали. Сейчас сюда дверцы прилажу и шкаф сгоношу для верхней одежды. Даже хорошо, что в нем труба будет, мокрое быстрей высохнет, зато в прихожей теперь есть где повернуться.

Коридорчик, ведущий от входной двери к комнате, и впрямь стал значительно шире. Я оглядела полированные дверцы, прислоненные к стене, и строго спросила:

— Где материал взял?

— Дык в магазине.

— Каком?

— «Бауклотец».

— Не ври, там такие цены, что зайти нельзя, не ужаснувшись. Да одна подобная дверка на две мои месячные зарплаты потянет, а у тебя тут и петли, и ручки...

— Не веришь, — обиделся папуля.

— Нет, и совершенно не хочу пользоваться крадеными вещами, мне это противно!!!

— Гоношистая ты, Виола, — вздохнул папенька, — только не крал я ничего!

— Ой, не надо рассказывать сказки, что купил.

— Вот и нет! Нашел!

Я уставилась на него во все глаза, потом расхохоталась.

— Нашел! Ну ты циркач! Идешь, значит, себе по дороге, а на тротуаре валяются страшно милые и необыкновенно нужные дверцы, по странной случайности, вместе с ручками.

— Фу-ты ну-ты, — крякнул папочка, — да если хочешь знать, за «Бауклотецом» этим помойка есть. Товар в магазине и впрямь дорогой. Владеют магазином немцы, люди дикие и непонятные. Если какая вещь им испорченной покажется, ну повредилась при перевозке, они ее выбрасывают в контейнер. Гляди, на дверках тут и тут фанеровка отлетела, а у ручек бомбошек нет.

Я всмотрелась повнимательней. И правда, видны проплешины.

— Да у этой помойки пол-Москвы толчется, — пояснил папуся, усиленно работая стамеской, — говорю же, дикие люди, дети гор! Ну подумаешь, ободралось маленько, зачем вышвыривать отличную вещь. Сейчас подделаем, лучше новых станут.

— И как ты это сделаешь?

— Просто, йодом замажу.

— Где научился столярничать?

Ленинид присел возле одной дверцы.

— Дык в колонии. Мебель мы делали на заказ — диваны, кресла, шкафы. Неси йод.

— У нас только зеленка.

— Она не подойдет. Сходи в аптеку, к утру шкафик получится.

Я покорно отправилась за бутылочкой антисептика. Дежурная аптека находится на проспекте. Я получила йод и собралась выходить на улицу. В этот момент у двери затормозила красивая темно-вишневая иномарка. Водитель, приятный мужчина лет сорока, может быть, излишне полный для такого возраста, вылез, распахнул заднюю дверь и помог выбраться своей спутнице, худенькой женщине в простом темно-коричневом костюме. Что-то в ее облике показалось мне знакомым, и через секунду я поняла, что вижу... Тамару.

Подруга о чем-то весело говорила с мужчиной. Я глядела во все глаза. Давно уже не видела Тамару такой оживленной. На ее всегда бледных щеках играл румянец, глаза блестели. В Москву давно пришел вечер, но иномарка стояла под фонарем, и в его свете были видны даже крохотные пятнышки грязи на темно-красных боках вызывающе дорогой машины. Наконец они начали прощаться. Мужчина поцеловал Тамаре руку, сел в иномарку и умчался, подруга побежала в сторону дома, мне показалось, что она подпрыгивает.

— Томочка, — не выдержала я, кидаясь за ней, — стой немедленно!

Томочка резко повернулась и забормотала:

— Ой, Виолка! Откуда? А я вот тут пошла пройтись...

— Только что видела, как он целовал тебе руку, — сообщила я.

Томуся стала похожа на перезрелую морковь.

— Ну...

— Немедленно рассказывай все!

— Давай дома!

— Нет, — отрезала я, — дома слишком много народа, нам не дадут побеседовать, к тому же папулька затеял делать шкаф, лучше в метро.

Мы вошли на станцию и уселись на скамейке.

— Давай, — велела я, — в подробностях!

— Ну... ты не поверишь!

— Давай, давай.

Томуся растерянно улыбнулась и начала каяться.

Примерно месяц тому назад с ней произошла невероятная история. У нас есть такая знакомая — Соня Плетнева. Сонька работает парикмахером. Со своих берет мало, и, ясное дело, мы бегаем к ней стричься. Одна беда, находится ее салон на другом конце Москвы, в Кузьминках, правда, у самого метро.

Томочка сделала прическу и страшно довольная собралась домой. По дороге она зашла в телефонную будку, хотела позвонить мне и сообщить, что выезжает. На полочке возле телефона лежал вульгарно дорогой бумажник из натуральной кожи. Тамара открыла портмоне и обнаружила там три тысячи долларов и визитную карточку некоего Попова Семена Андреевича, естественно, на глянцевом прямоугольнике значился и номер телефона.

Подруга немедленно набрала цифры и сообщила господину Попову о находке. Тот, безостановочно кашляя, сказал, что бумажник у него украли сегодня из машины, и спросил, не могла бы Тамара доставить деньги к нему домой. Любой другой человек моментально бы парировал:

— Ваши деньги, вы ко мне и приезжайте!

Любой, но не Томуся. Подруга записала адрес. Оказался неближний свет — Митино, потом позвонила мне, сказала, будто у Сони очередь, и она ждет в парикмахерской.

— Значит, обманула!

— Только для того, чтобы ты не волновалась, — умоляюще взяла меня за руку Тамара, — ну признайся: никогда бы не разрешила мне ехать в Митино?

— Нет, конечно, господин Попов мог и сам...

— Он так кашлял, просто разрывался, а деньги ему были срочно нужны...

Я вздохнула, глупо ожидать от Томуси другого поведения.

Словом, она пустилась в далекий путь, судорожно прижимая к груди сумочку с портмоне. Ехать оказалось страшно неудобно, дом она искала добрых полчаса, плутая между новостройками. Наконец добралась до места, поднялась на двенадцатый этаж, позвонила в квартиру. Дверь распахнулась тут же. На пороге стоял довольно полный мужчина в отличном костюме.

— Входите, входите, — радушно пригласил он Томусю.

Подруга вошла в абсолютно пустую прихожую и протянула хозяину портмоне.

— Пересчитайте, пожалуйста.

Попов открыл кошелек, отделил пять стодолларовых бумажек и сказал:

— Это вам за труды.

Томуся покраснела и резко сказала:

— Мне не нужны деньги.

— Ну возьмите, — настаивал Семен Андреевич.

— Простите, — категорично ответила подруга, — привыкла зарабатывать деньги, а не получать их просто так, поэтому давайте на этом расстанемся. — Она повернулась и пошла к выходу.

— Стойте! — неожиданно скомандовал Семен и крикнул: — Давайте, ребята.

Тут же распахнулась дверь, ведущая в комнату,

выскочили люди с фотоаппаратами, замигали вспышки, заработали кинокамеры.

— Что это, что... — забормотала Томуся.

— А то, — улыбнулся Попов, обведя рукой помещение вокруг себя, — а то, что данная квартира теперь ваша!

Томуся чуть не упала.

— Да объясните, в чем дело!

Семен Андреевич и еще один мужчина, назвавшийся Романом, провели Тамару в комнату и усадили на диван. Потом Роман начал рассказывать невероятные вещи. Семен Андреевич является владельцем крупной и популярной газеты «Все для вас». Вернее, у него несколько изданий — журналы, еженедельники и даже радиопрограмма. Вот они с Романом и затеяли трюк для привлечения читателей. Суть проста. В телефонной будке оставили кошелек с крупной суммой денег и визитной карточкой. Тому, кто позвонит владельцу, а потом привезет портмоне да еще откажется от вознаграждения, подарят квартиру в Митино.

Правда, Роман говорил, что подобных ясных ангелов в Москве не водится, но Семен Андреевич велел ждать неделю.

Ровно пять дней события разворачивались по одной схеме. Люди входили в будку, брали кошелек и моментально выскакивали на улицу, пытаясь тут же поймать такси. К ним подходили сотрудники Романа, говорили, что они ведут съемку скрытой камерой, и забирали портмоне. На шестые сутки в будку зашла Тамара.

— Ага, — ликовал Семен Андреевич, — ага, а ты, Ромка, уверял, таких нет!

Замечательно, потрясающе, великолепно! Сейчас сделаем материал и завтра сразу в номер! Убойная штучка и крутой заголовок «Москвичка получает квартиру за честность». Ну, давайте знакомиться, как вас зовут, ясный ангел?

— Никак, — сказала Томуся и встала. — Меня зовут «никак», и квартира мне не нужна. Извините, но ваша затея выглядит гадко, и я не собираюсь в ней участвовать.

— Но, — начал Семен Андреевич, — как же, квартира!

— Спасибо, уже есть одна, — ответила Тамара и, отпихнув назойливых корреспондентов, бросилась к метро.

Домой она приехала, едва сдерживая слезы обиды.

Мне подруга ничего не рассказала, не хотела нервировать.

На следующий день, где-то около полудня, раздался звонок.

— Милая Тамара, не гневайтесь, будьте милостивы...

Это оказался Семен Андреевич, невесть откуда узнавший телефон, имя и адрес. Мужчина упросил Томусю выйти к нему на свидание, и вот с тех пор они встречаются, примерно два раза в неделю. Ходят в ресторан, в театр или в кино...

— Почему же мне ничего не сказала?

Томочка потупилась:

— Прости, пожалуйста.

— За что?

Подруга покраснела:

— Он мне очень нравится, очень. Знаешь, оказался весьма приятный человек... Вдовец. Родственников никаких, был женат... когда-то, но его семья погибла. Он о ней вскользь упомянул, сказал, что вспоминать до сих пор больно.

Я молча смотрела на нее, потом промямлила:

— Ты влюбилась?

Томочка кивнула.

— А он?

Томуся вновь кивнула и быстро сказала:

— Только не подумай чего плохого, замуж зовет.

— Это же прекрасно!

— Да, — оживилась Тамара, — но я поставила условие, так напрямую и заявила: имею сестру и с ней никогда не расстанусь!

— Ну, — тихо поинтересовалась я, — а он что?

— Очень хорошо, — ответил, — квартира большая, всем места хватит. Всегда хотел иметь много родственников... Как раз сегодня мы с ним и договорились.

— Надо было его к нам привести, — начала я и осеклась.

Представляю, как господин Попов задергается — Верочка, Кристина, Ленинид, мастерящий шкаф, Дюшка, Клеопатра с котенком и я. Нет, его нельзя даже на пушечный выстрел подпускать к нашей квартире: испугается и убежит.

— А он через десять дней приедет и сразу придет!

— Откуда приедет?

— Из Финляндии, у него там журналы печатаются. Какие-то проблемы на комбинате.

Я принялась закручивать пояс от своего платья.

— Вилочка, — прошептала Томуся, — ну извини, пожалуйста. Совсем не думала, что серьезно получится. Будем жить вместе, ничего не изменится.

— Нет, Томуся, ну подумай, у нас еще Верочка, Кристя, Дюшка и Клеопатра. Теперь и Ленинид...

— Семен обожает животных, — с жаром произнесла Тамара, — у него дома живет французский бульдог Мотя. А Кристина, Верочка и Ленинид не помешают.

— Знаешь, — усмехнулась я, — даже самый золотой мужчина вздрогнет от ужаса, когда узнает, что вместе с нареченной получит еще два десятка родственников в нагрузку. Нет, мы останемся дома.

— Никогда, — отрезала Томочка и бросилась мне на шею. — Или вместе, или никак!

Посидев еще минут десять, мы приняли соломоново решение. Через десять дней Семен Андреевич вернется из Хельсинки, и мы позовем его на ужин. Познакомимся, поболтаем, а там посмотрим.

— Может быть, к тому времени Верочкины родные найдутся, — вздохнула Тамара, — да и Юрка скоро из командировки прибудет, даст нам телефон этого Вадима Костылева, дяди Кристины... Все будет хорошо!

Я постаралась подавить вздох, глядя на ее абсолютно счастливое лицо. Тоже искренне надеюсь, что родственник Кристи обрадуется девочке и сумеет дать ей то, чего она так жестоко лишилась, — отцовскую любовь и материальное благополучие. Вот с Верочкой сложней, ее никак нельзя отдавать Соловьевым, по крайней мере, пока не выясню, что к чему.

Следующие два дня мы провели в печальных хлопотах. Милиция наконец-то отдала нам тело Зои. В смерти несчастной не оказалось ничего криминального: у нее случился обширный инфаркт. Мы похоронили бедняжку на Митинском кладбище и устроили скромные поминки.

* * *

Во вторник Вика встретила меня, загадочно улыбаясь.

— Смотри, — сказала она и показала дневник.

В графе «Немецкий» стояла жирная пятерка.

— Молодец, — обрадовалась я. — Это следует отметить.

— Мама тоже так считает, — пробормотала Вика. — Купила огромный торт, а Наташа сделала грибную кулебяку, пошли вниз.

За большим столом на этот раз оказались в сборе все члены семьи. Во главе сидел хозяин — худощавый темноволосый мужчина с апатичным и каким-то маловыразительным лицом. Больше всего его физиономия напоминала плохо пропеченную булку. Случается такой конфуз с поварихами — то ли тесто плохо подошло, то ли плита подвела... И голос у него оказался под стать внешности: тихий и бесцветный.

— Так это вы Виола? Вика от вас в восторге.

— Спасибо, — ответила я. — Она мне тоже нравится, хорошая девочка, добрая, умная, воспитанная!

Вика зарделась и положила себе на тарелку салат.

— Ты ведь не будешь кулебяку? — спросила Альбина.

— Нет, конечно, — ответила Вика, передергиваясь. — И зачем ее только сделали.

— Из-за меня. Чтобы сделать мне приятное, — ответил Никита. — Обожаю грибы.

Альбина посмотрела на супруга и пояснила:

— У Вики в детстве был случай. Мы отправились в лес — я, Антон и она. Набрали опят, пожарили, — пояснила Альбина, — поели и... через пятнадцать минут Викуся вся пошла пятнами, задыхаться начала... Мы ее еле-еле успели довезти до больницы. Потом выяснилось — у девочки сильнейшая аллергия на грибы. А муж, как назло, обожает данный продукт в любом виде, вот и приходится частенько подавать два ужина. Больше всего ему нравится есть то, что собрал своими руками. Правда, милый?

Никита молча кивнул. Впрочем, его любовь к грибам была очевидна и без слов. Мужчина положил себе на тарелку большую часть кулебяки и теперь с наслаждением поедал содержимое.

— Сегодня, впрочем, купили грибы на рынке, — продолжала беседу Альбина, — но завтра Никита пойдет в лес и тогда уж получит двойное удовольствие, сначала от сбора, а потом от пирогов. А вы, Виолочка, как относитесь к кулебяке с грибами?

Я улыбнулась:

— В данном вопросе полностью солидарна с Викой. Давным-давно, в детстве, мы с моей подружкой, оказавшись в деревне, насобирали поганок, пожарили и съели. Было нам после так плохо, что попали в больницу, с тех пор я даже шампиньоны на дух не переношу!

Внезапно Никита улыбнулся:

— Несмотря на все жуткие рассказы, все равно ел и буду есть грибы. Со мной ничего не делается, я не такой нежный, как вы. А завтра и впрямь пойду в лес, устал очень, день-деньской на работе, не то что некоторые. — И он бросил быстрый взгляд на молча жующего салат Антона. Я невольно тоже посмотрела на брата Альбины. Он скорей был похож на девушку, чем на взрослого мужчину. Хрупкий, тонкокостный, с прозрачной кожей и мелкими чертами лица. Руки с изящными запястьями ловко нарезали помидоры. Антон никак не отреагировал на выпад мужа сестры. Он просто пропустил упрек мимо ушей. То ли привык, то ли не обратил внимания. Зато Альбина покраснела. Над столом повисло тягостное молчание. Внезапно женщина со всего размаха шлепнула Вику по спине.

— Сядь прямо, сколько раз тебе твердить: не кривись! И так не красавица, к тому же еще и сутулой будешь!

Девочка вскочила на ноги и выбежала из столовой. Антон продолжал спокойно уничтожать овощи, Никита, по-видимому, был целиком поглощен любимой кулебякой. Он протянул руку и взял с блюда остатки пирога. Альбина нервно пила минеральную воду.

Мне стало не по себе, и я быстренько откланялась. Удивительное дело, похоже, Альбина терпеть не может Вику, хотя внешне ее поведение сильно смахивает на материнскую любовь. У девочки шкафы ломятся от вещей, а комната — от игрушек и всяческих дорогих приборов, типа компьютера, плеера, видика... Ей нанимают учителей и возят в школу на машине... Но, с другой стороны, невооруженным глазом видно, как девочка раздражает мать. Вообще говоря, Альбина пытается сдерживаться, но стоит ей чуть-чуть понервничать — и готово: она моментально срывает злость на дочери. Не слишком такое поведение вяжется, на мой взгляд, с материнской любовью.

ГЛАВА 19

Домой я заявилась около одиннадцати, вновь забыв купить помойное ведро. Дверь в квартиру приоткрылась сантиметров на пятнадцать, не больше. Я налегла на створку изо всех сил, но тщетно — дальше дверь не продвигалась.

— Сейчас, сейчас, — послышался голос, и папенька распахнул вход пошире.

Я втиснулась внутрь и обомлела. В нашей крохотной прихожей посередине стоит холодильник.

— Зачем вытащили «Минск»?

— Глянь, какой шкафик, — ответил папуля, гордо распахивая полированные дверцы. — Удобно-то как! И вешалка не нужна.

— Холодильник зачем вытащили?

— Дык, кухню в порядок привожу!

Я отпихнула папулю и заглянула в помещение, где еще утром царил порядок. Сейчас оно выглядело кошмарно. Повсюду доски, стружки, гвозди...

— Что ты делаешь?

— Стол тута ни к чему, — пустился в объяснения Ленинид, — только место занимает, ни повернуться, ни встать.

Это правда. Когда три человека сидят, четвертому тут делать уже нечего. Пока мы с Томусей жили вдвоем, теснота нас не удручала. Две маленькие, худенькие женщины могут разойтись и на пятиметровой кухне. Но сейчас количество жильцов резко увеличилось, и приходится есть сменами или выносить ужин в комнату.

— Стол надо продать, — объяснял папуля. — Гляди, чего придумал. Вот от подоконника сделаю большую откидную доску. Захотели кушать — раз! — подняли, закрепили, и готово. Поели — опустили.

Я с уважением поглядела на него. Действительно, удобно.

— Одобряешь? — обрадовался папенька. — Еще не то могу, говорил же, что пригожусь!

С удвоенным усердием он взялся за стамеску. Я вошла в большую комнату и рухнула в кресло.

Ей-богу, скоро вообще не захочу являться домой, мне тут просто нет места. В гостиной у окна стоит мольберт. По стенам, тут и там, развешаны бесконечные пейзажи и натюрморты. Страшно довольная Верочка изо всех сил малюет новый экспонат для «картинной галереи». Незачем даже и интересоваться, вспомнила ли она что-нибудь о себе. Естественно, нет. Основные надежды, честно говоря, я возлагала на фотографии Стаса Рагозина. Но девушка повертела снимки, сделанные в фотоавтомате, и буркнула:

— На актера похож, вчера в сериале показывали.

Потерявшая память женщина совершенно освоилась у нас, и ей тут безумно нравится. Прижилась и Кристина. Бегает в школу, выводит гулять Дюшку... Сейчас девочка самозабвенно нянчила котенка Клеопатры, заворачивая его в полотенце. Странное дело, но кошка позволяет ей делать с детенышем все, что заблагорассудится, а меня не подпускает ближе чем на два метра. Причем сейчас Кристя валяется на моем диване, а на кровати мирно читает газеты Тамара. Наша квартира с каждым днем все больше напоминает терем-теремок, не хватает только медведя, чтобы пришел, сел сверху и раздавил...

В эту секунду кто-то бешено забарабанил в дверь. «А вот и Топтыгин явился, — подумала я, поглубже вжимаясь в кресло. — Интересно, кто приехал к нам навеки поселиться в этот раз?»

Но в комнату влетела Аня.

— Вилка, Томка, — заорала она, — все, умирает!

Мы, привычные к ее почти ежедневным истерикам, даже не вздрогнули.

— Зачем в дверь ногой бить? — недовольно сказала я. — Обивку порвешь, звонок есть.

— Нету, — всхлипывала Алька, — нету.

Недоумевая, куда он подевался, я выглянула на лестничную клетку и обнаружила, что кнопки, приделанной у входа, действительно нет.

— Что на этот раз? — поинтересовалась Тамара, выходя из спальни. — Извини, чаю не дадим, ремонт у нас на кухне.

— Какой чай! — взвыла Аня. — У меня ребенок умирает!

— Он у тебя каждый день по три раза умирает, — возразила я. — Хоть бы из суеверия побоялась скандалы устраивать, вдруг, и впрямь чего случится...

— У вас каменные сердца, поросшие шерстью, — взвизгнула Аня. — Зачем только я сочувствия здесь ищу!

Она с обиженным видом застыла посередине комнаты. Я возликовала в душе. Слава богу, сейчас соседка оскорбится и уйдет, а мы преспокойненько уляжемся спать. Но Анна плюхнулась на диван и противно зарыдала.

— Знаешь, Нюша, — предприняла я еще одну попытку привести бабу в разум, — ты не права.

— В чем? — всхлипнула Аня.

— На булыжниках не растет ничего живого. Так что наши сердца либо сделаны из гранита, либо покрыты шерстью. Но скажи, где ты видела камни в шубах?

— Что случилось? — устало спросила Тамара. — Объясни нормально: сыпь, температура, понос...

— Машка съела стакан!

— Какой? — глупо спросила я.

— Стеклянный, откусила кусок!

Не говоря ни слова, мы с Томусей понеслись в Анькину квартиру. Какой ужас, ребенок проглотил стекло, а мы столько времени потеряли зря на дурацкие разговоры.

У Ани в комнате и на кухне царит идеальный порядок, не то что у нас. Честно говоря, я удивляюсь, когда она успевает, имея на руках невероятно шкодливую и активную Машку, мыть квартиру до блеска, печь бесконечные пирожки и наглаживать детские костюмчики. При этом учтите, что Анин муж работает сменами и его никогда не бывает дома, а добрых бабушек или тетушек у соседки нет.

Мы влетели в безукоризненно чистое помещение и уставились на сидящую в высоком стульчике Машку.

— Вика, — сказал та, тыча в меня пальцем, — Вика кака.

Не обращая внимания на Машкино хамство, я выкрикнула:

— Где стакан?

Сзади напряженно дышали Тамара, Кристя, Верочка и папенька, сжимавший в руке стамеску.

— Вот, — всхлипнула Аня, тыча пальцем в мойку.

Я поглядела в раковину. Да, дело плохо. На красной пластмассовой сеточке стоял стакан, самый простой, тонкий, с полосочками сверху. Один край отсутствовал. Я залезла к Машке в рот, но не обнаружила ничего, кроме языка, похожего на кусочек качественной «Докторской» колбасы.

— Надо вызывать врача.

Аня вновь зашлась в рыданиях, и Томуся открыла холодильник, чтобы накапать ей валокордин.

«Скорая» прибыла мгновенно, словно машина стояла во дворе и ждала именно нашего звонка. Довольно пожилая грузная женщина втащила железный ящик и профессионально вежливо, но отстраненно поинтересовалась:

— На что жалуемся?

Ей были продемонстрированы стакан и страшно веселая Машка.

— Умрет, ой, умрет! — взвизгнула Аня.

— Прекратите немедленно, — вышла из себя врачиха, поставила ящик на стол, сделала шаг назад и дико заорала.

Дело в том, что к Ане вместе с нами прибежали и животные. Дюшка просто улеглась под табуреткой, а Клеопатра, таскающая с собой повсюду в зубах сыночка, устроилась у стены. Докторица не заметила киску и случайно наступила на тоненький, как ниточка, хвост котенка. Звереныш слабо мяукнул. Клепа, в принципе миролюбивая и спокойная, разом превратилась в фурию. В ее дурной кошачьей голове возникла только одна мысль: драгоценного котенка обидели. Вмиг она ощетинилась, вздыбила шерсть на спине, зашипела, словно брошенная на раскаленную сковородку картошка, и вцепилась когтями в ногу ничего не подозревающей врачихи.

Тот, кто хоть раз имел дело с кошками, знает: в мягких лапках приятно мурлыкающих животных спрятано страшное оружие, вмиг вспарывающее кожу лучше бритвы. Кровь брызнула фонтаном, очевидно, Клеопатра попала в вену или артерию, или не знаю в какое место...

Врач посмотрела на нас мутным взглядом, судорожно взвизгнула еще раз и упала между стеной и столом. Мы забегали вокруг нее, бессмысленно хватаясь за ненужные предметы. Перепуганная насмерть Клеопатра, очевидно, не ожидавшая, что столь большой и грузный враг сдастся без боя, моментально забилась в угол. Дюшка принялась выть.

Томочка пыталась остановить при помощи перекиси водорода и кухонного полотенца быстро бегущую реку крови, Аня заходилась в истерическом вопле.

— Умрет, сейчас умрет, обязательно умрет.

Кристина с круглыми от страха глазами капала в рюмку валокордин, Верочка подсовывала под голову несчастной докторицы подушку... В довершение картины Машка разинула рот и принялась орать с такой силой, что разом перекричала всех. Первым опомнился папенька.

— Слышь, девка, — велел он мне, — вызывай «Скорую».

— Так уже приехала одна, — невпопад возразила я.

— Этой «Скорой» самой помощь нужна.

Я схватилась за телефон. Минут через пятнадцать два молодых мужика в голубых халатах остановили кровотечение и привели педиатра в чувство. Захлопнув железные чемоданы, медики дружной группой двинулись к двери.

— Эй, эй, погодите, — ожила Аня, — а моя дочь, она умирает, стекло съела, огромный кусок.

Один из врачей, высокий и темноволосый, спросил:

— Съела-то давно?

— Часа полтора прошло.

Мужик быстрым шагом подошел к Машке, сделал той «козу» и моментальным движением вытащил из пластмассового нагрудника, болтавшегося у Машки на шее, кусок стекла. Мы уставились во все глаза на находку. Машкин слюнявчик, призванный защитить детскую одежду от пятен, внизу заканчивался корытцем. Тот, кто придумал эту удобную вещичку, хотел, чтобы чистыми остались и брючки, и пол под стулом...

— Где стакан? — грозно поинтересовался медик.

— Там, — хором ответили все, указывая на раковину.

Врач вытащил пострадавшую емкость, ловко приложил недостающую часть и сообщил:

— Ровно как кусанула, никаких осколков, глядите.

Мы уставились на казавшийся совершенно целым стакан.

— И чего теперь делать? — поинтересовалась Аня.

— Купить ребенку эмалированную или пластмассовую посуду, кормить вязкой, обволакивающей пищей — кашами, киселями, — посоветовал мужик, — а перед тем как вызывать «Скорую», сначала внимательно осмотрите стул, слюнявчик, пол... А то приезжаем, вся семья, как у вас, в припадке, орут: «Гвоздь съел». Глядим, а шурупчик-то под столом...

Он засмеялся и спросил:

— Все вместе живете? Многовато вас...

Я поглядела на Тамару с окровавленным полотенцем в руках, на Кристю с пузырьком валокордина, на Верочку, теребившую подушку... Потом мой взгляд перебрался на Аню с красными от слез глазами и весело смеющуюся Машку... Довершали картину встрепанный Ленинид со стамеской, поскуливающая Дюшка и лихорадочно блестевшая глазами Клеопатра, всем телом закрывающая котенка.

— Большая у вас семья, — вздохнул врач и исчез на лестничной клетке.

Я молча еще раз оглядела своих. Хорошо, милый доктор, что ты не был у нас в квартире, а то точно бы подумал, что попал в психиатрическую клинику. У Аньки хоть чисто, а у нас повсюду стружки, инструменты, краски, кисти и холодильник в прихожей стоит.

Кое-как придя в себя и съев у Ани изумительно вкусные домашние эклеры, мы побрели домой. Дверь в квартиру, естественно, забыли запереть, и она стояла открытой. Я первой протиснулась в прихожую и увидела возле холодильника небольшой потрепанный чемодан. О нет, только не это! Господи, сделай так, чтобы...

— Нет, какое безобразие, — гневно сказал, выходя из большой комнаты Юрасик, — что тут у вас происходит? Пришел — квартира открыта, в прихожей «Минск», повсюду грязь? В чем дело?

— Ты откуда? — вяло поинтересовалась я, заранее зная ответ.

— Как откуда? — изумился Юра. — Из командировки вернулся, а Лелька просто с ума сошла, разоралась, развопилась: к бабе ездил! Ну да ты ее знаешь. Вот и пришел, как всегда, переночевать. Привет, Томочка, здравствуй, Кристя. О, Верочка, сколько ты картин написала, пока меня не было!

Тут он заметил Ленинида и улыбнулся.

— У вас еще гости? Познакомьте.

— Это мой отец, — сказала я, — не помнишь его?

Юрка сначала вытаращил глаза, но быстро взял себя в руки и забормотал:

— Как же, как же, страшно приятно!

— Ну, — бодро заявила Тамара, — пора укладываться. Значит, так: Кристя и Верочка в креслах, Ленинид на раскладушке, Юра на диване. Так здорово, просто замечательно!

Я поглядела на ее оживленное лицо и вздохнула: ну очень хорошо. Надо повесить на туалет расписание и ввести дневные дежурства по уборке территории. Утром Кристя улетела в школу, Тамара отправилась вместе с ней — директриса попросила ее подменить заболевшую учительницу труда. Ленинид, отчаянно чертыхаясь, поехал на свою любимую помойку в «Бауклотец». Для полного счастья папеньке не хватало каких-то пружин, и он надеялся обнаружить их в бачках. Верочка, самозабвенно распевая, мылась в ванной, а я кормила Юрку завтраком. В связи со все увеличивающимся количеством жильцов Томуся упростила меню. Утром у нас каша, днем суп, а вечером, что бог пошлет. Вчера, например, ели сосиски.

Юрка быстро орудовал ложкой в тарелке, он не капризный, геркулес так геркулес.

— И куда ты ездил? — спросила я.

— Тайна следствия не подлежит разглашению, — пробормотал Юрасик с набитым ртом.

Я не стала настаивать.

— Слышь, Юрка, ты помнишь про наши проблемы?

— Какие?

— Метрика для Кристины и телефон ее дяди, Вадима Костылева.

— Без проблем, — ответил Юрка, — вечером все получишь.

— Смотри, не забудь.

— Ни за что, — пообещал приятель и пошел в прихожую.

Я смотрела, как он завязывает ботинки и чертыхается.

— Вот ерунда, — бормотал Юрасик, — ну скажи, пожалуйста, отчего мне утром туфли велики, а вечером малы, что за загадка такая?

— Наверное, ноги опухают, — предположила я, — от усталости.

И тут вдруг в голову пришла мысль: ноги!

— Юрка, узнай мне, пожалуйста, еще кое-что.

— Ну? — напрягся приятель. — Что еще?

— Несколько дней тому назад, на шоссе, недалеко от санатория «Барвинково», у Кожухова погибла в машине девушка, Вера Соловьева, можешь познакомить меня с тем, кто вел это дело?

— Зачем?

— Надо.

— Знаешь, Виолка, — со стоном произнес приятель, — ты мне надоела!

— А ты нам еще больше!

— Тебе слишком много всего надо, — сопротивлялся Юрасик.

Я хитро прищурилась:

— Хочешь, сделаю так, что Лелька не только перестанет тебя ревновать, но и начнет о тебе заботиться со страшной силой?

— Интересно, как тебе это удастся, — хмыкнул Юрка.

— Давай так, — предложила я. — В полдень позвонишь домой и, если Лелька начнет вести себя как медовый пряник, ты выполнишь все мои просьбы.

— Ладно, — рассмеялся Юрасик и убежал.

Я быстренько натянула брюки, майку и пошла к Лельке.

— Чего надо? — весьма злобно поинтересовалась Юркина жена.

— Слышь, Лелька, — бодро сказала я, — пришла тебя предупредить.

— О чем, интересно? — уперла руки в бока женщина.

— Юра решил с тобой разводиться.

Леля хмыкнула:

— Врешь.

— Нет, — покачала я головой, — доигралась ты, голубушка, все выгоняла мужика из дома да скандалы закатывала, и вот вам результат — десять негритят! Решил Юрасик к другой уходить.

— Да кому он нужен, счастье такое? — дрогнувшим голосом поинтересовалась скандалистка.

— Выяснилось, что очень даже нужен, — вдохновенно врала я. — Он тебе сказал, будто сегодня у нас ночевал?

— Да.

— Не верь, не было его, отправился к будущей жене.

— А ну, входи, — велела Леля и втащила меня в прихожую.

Несмотря на то, что Лелька работает медсестрой, дома у них всегда жуткий бардак. И одна из претензий, которые Леля постоянно предъявляет к мужу, звучит так: у других супруги по воскресеньям пылесосят ковры, а тебя вечно нет дома.

— Как она выглядит? — отрывисто спросила ревнивица.

Я пожала плечами:

— Ничего особенного — маленькая, щуплая, и с волосами беда. Одним словом, не Клаудиа Шиффер, ты поинтересней будешь. Впрочем, Юрка так мне вчера и сказал: «Моя Лелька — красавица, жаль только, жить с ней никакой мочи нет, замучила. Хватит, хочу иметь покой».

— Чем же она его взяла? — растерянно глянула на меня Леля.

— Нежностью и лаской. В квартире чистота, на столе пирожки и никаких скандалов. Хитрая очень, все твердит: «Понимаю, работа для тебя — главное». Прикинь, она ему на службу суп в термосе возить хочет.

— Да уж, — вздохнула Леля, — давно я теста не делала, а Юрка печеное страсть как любит и бульон куриный... Я ему назло борщ варила.

— Мужики — настоящие животные, — вздохнула я. — Где клетка чище и кормежка вкусней, туда и бегут. Жуткие люди, никаких моральных угрызений. Ну да не беда, какие твои годы, еще раз в загс сбегаешь. Мальчишек жаль, без отца им тяжело будет, любят они его.

— Делать-то, делать-то чего? — заметалась по комнате соседка.

— Ты просто так причитаешь или совета просишь?

— Ясное дело, совет мне нужен!

— Ну мне трудно тебе помочь, — кривлялась я, — замужем никогда не была... Хотя, наверное, в такой ситуации поступила бы, пожалуй, вот как...

— Как, — поторопила Лелька, — говори, не тяни.

— Обед бы сварила, пирожков напекла, квартирку прибрала, мальчишек к приятельнице на ночь отправила, купила бы бутылочку вина, свечи зажгла, надела бы рубашоночку коротенькую, чулочки с подвязочками и, когда муж, усталый и несчастный, наевшись под завязку милицейскими буднями, явится домой...

— Ну?

— Бросилась бы к нему на шею с криком: «Дорогой, я тебя заждалась». А дальше придумывай сама. Главное, никаких сцен ревности. И вообще, заканчивай Юрку из дома выгонять.

— Поняла, поняла, — забормотала Лелька. — Так, сейчас несусь в магазин за курицей и капустой, потом на рынок. Ты иди, Вилка, домой, спасибо.

Сдерживая улыбку, я побежала к себе. Леля на самом деле без памяти любит Юрку, и все ее скандалы, сцены ревности и торжественное выбрасывание чемодана на лестницу разыгрываются исключительно для того, чтобы показать супругу, как она страдает без его внимания.

ГЛАВА 20

Юрка позвонил в десять минут первого.

— Как ты этого добилась?

— Что, — хихикнула я, — подействовало?

— Не то слово, ты представь, она хочет мне на работу бульон в термосе везти!

— Ты сделал, что я просила?

— Пиши телефон, — сообщил Юрка, — код Екатеринбурга знаешь?

Я схватила ручку.

— Делом Веры Соловьевой занимался Федька Леонов. Когда поедешь к нему, прихвати бутылочку, лучше коньяк, пиши адрес и телефон.

— Погоди, ручка сломалась.

— Вечно у тебя несчастья, — недовольно ответил Юрасик.

Первым делом я позвонила в Екатеринбург, но трубку никто не снимал. Ничего странного в этом не было. В Москве полпервого, значит, в бывшем Свердловске около трех, скорей всего, Вадим Костылев на работе.

Зато Федор отозвался сразу:

— Леонов.

— Здравствуйте, мне ваш телефон дал Юра Петров...

— Тараканова?

— Да.

— Приезжайте. Через час успеете?

— Постараюсь, — обрадовалась я и кинулась одеваться.

Юркин приятель сидел в довольно большом кабинете, заставленном столами.

— Ну, — весело потер он руки при виде приятно пузатой бутылки, — замечательная штука. И зачем вам понадобилось дело Веры Соловьевой?

— Скажите, кто ее опознавал?

— А в чем дело?

— Понимаете, я хорошая знакомая Веры, мы дружили, несмотря на разницу в возрасте.

— Бывает, — согласился Федор.

— Вчера мне позвонила какая-то странная женщина и сказала, будто Вера не погибла, якобы машина горела пустая, и я, если хочу знать, где находится Соловьева, должна заплатить пятьсот долларов.

— Чушь, — фыркнул Леонов. — Бред сумасшедшего.

Он снял трубку и коротко попросил:

— Ленусь, дело Соловьевой уже в архиве? Будь другом, притащи ко мне. Да знаю, знаю, принеси.

Я терпеливо ждала, пока он договорится. Дружба — великое дело. Ради приятеля люди со спокойной душой нарушают все должностные инструкции.

Наконец на столе возникла нужная папка.

— Вот, читайте, — велел Федор, открывая двадцать восьмую страницу.

Глаза побежали по строчкам. «Мною...» Так, дальше, «...в крови обнаружено соединение окиси углерода с гемоглобином крови, карбоксигемоглобин...».

— Это о чем говорит? — спросила я Федора.

— О том, — спокойно пояснил мужик, — что, во-первых, в машине был труп, а во-вторых, что человек горел живым. Более того, по оставшимся частям одежды, лоскутам кожи можно смело сделать вывод: женщина в момент смерти сидела. Эксперты установили возраст — примерно двадцать пять лет, худощавого телосложения. Кстати, ее опознали родственники. Приезжал старший брат и еще один мужчина. Конечно, труп был в таком состоянии... Второго мужика даже стошнило, но, честно говоря, я его понимаю. Самому неприятно было глядеть. Практически ничего не осталось.

— Как же они ее смогли узнать?

— По ногам, у погибшей на правой ступне отсутствовал мизинец, детская травма, смотрите.

И он, перевернув пару страниц, ткнул карандашом в фотографию. Я содрогнулась:

— Боже, какой ужас!

— Вот, видите, — как ни в чем не бывало, не замечая жуткого впечатления, которое произвели на меня снимки, продолжал Федор, — правая нога, мизинец отсутствует. И потом, машина Соловьевой, тело за рулем, платье ее и туфли тоже, ну все ясно, а тут еще и мизинец.

— Скажите, — осторожно спросила я, — а вы уверены на сто процентов, что несчастная была жива в момент аварии?

— Конечно, — ответил Федор. — Во-первых, карбоксигемоглобин, а также в дыхательных путях выявили копоть, при гистологическом исследовании кусочков легких нашли черноватые включения копоти в альвеолах. И еще...

— Не надо, — пробормотала я, борясь с тошнотой.

Леонов развел руками:

— Уж извините, понимаю, что надеялись найти живую подругу, но увы! Если хотите, можете обратиться в милицию по месту жительства, расскажите о женщине, которая вымогает у вас деньги. Ее можно попытаться поймать. Вот ведь сволочь!

— Не надо, — бубнила я, в третий раз проглатывая приехавшую в рот из желудка геркулесовую кашу. — Поняла, просто пошлю эту даму куда подальше!

— Слова написать? — засмеялся Федор, захлопнул папку и вежливо сказал: — Обращайтесь, если чего. Для Юрки все сделаю, он мне в школе милиции всегда математику решал, в алгебре я ни бум-бум, железная голова!

Криво улыбнувшись в ответ, я выпала в довольно грязный, покрашенный зеленой краской коридор, миновала дежурного и выбралась на улицу.

По широкому проспекту неслась лента автомашин. На небольшой площади около метро кипела жизнь. Вовсю торговали палатки. Возле «Русских блинов» на симпатичных белых стульчиках сидели жующие люди. Стайка девчонок, хихикая, облепила ларек с косметикой. У входа в подземный переход горластые старушки предлагали сигареты. Никому не было дела до сгоревшей заживо в автомашине женщины.

Поеживаясь, я добрела до скамейки. Хорошо, что не работаю в милиции. Каждый день видеть такое! Убитые люди, жуткие катастрофы, плачущие родственники. Теперь понятно, почему Юрка возвращается домой серый от усталости. Нет, работа детектива стала казаться мне не слишком привлекательной... Бедная, бедная девушка, от которой остались только ноги с изуродованной в детстве правой ступней! Правой!!! Я так и подскочила на скамейке. Правой!! Быть того не может!

Домой я влетела, не снимая туфель. Верочка, весело напевая, смешивала на палитре краски.

— Немедленно скидывай тапки, — велела я.

Вера послушно стащила темно-бордовые велюровые шлепки. Я уставилась на ее ноги. Мизинец отсутствовал слева! Не доверяя себе, я еще раз потребовала:

— Верусь, подними правую ногу.

Девушка покорно задрала конечность и осталась стоять на четырехпалой ступне.

Левая! У Верочки изуродована левая ножка, а у той бедолаги, невесть как оказавшейся в ее машине, — правая!

В голове словно защелкал счетчик: тик-так-тик. Значит, авария подстроена! Ну и кто из двоих — Никита или Антон — автор замысла? Опознавать-то ездили они... Я плюхнулась в кресло. Верочка продолжала изображать цаплю.

— Опусти ногу.

Девушка послушалась и спокойно взялась за кисть. Нет, все-таки у нее замечательная нервная система. Другая забросала бы вопросами: зачем да почему. А она молча выполнила приказы и продолжает рисовать. Ну и что теперь делать? Ясное дело, получше изучить милое семейство Соловьевых.

* * *

Позанимавшись с Викой полтора часа, я отложила в сторону тетрадь.

— Устала.

— Пошли, выпьем кофе, — предложила ученица.

Мы спустились в столовую и получили по чашке восхитительного напитка. Не успела я начать свои расспросы, как дверь комнаты распахнулась, и вошла худенькая, просто прозрачная девочка лет пятнадцати. Светлые роскошные волосы водопадом спадали на острые плечики, огромные карие глаза приветливо обежали столовую, красиво очерченные губы разомкнулись, и незнакомка произнесла неожиданно хриплым голосом:

— Здравствуйте.

— Ксюша! — обрадовалась Вика. — Будешь кофе?

Потом Вика повернулась ко мне:

— Виолочка, знакомься, это Ксюша, жена Антона.

Девочка танцующей походкой подошла к столу, села, и я поняла, что ей скорей всего хорошо за двадцать, даже ближе к тридцати. Возле глаз наметились тоненькие морщинки, довольно глубокая складка пролегла от носа к подбородку и кожа кое-где слегка привяла. Обманчивое впечатление детскости производила субтильная фигурка и широко распахнутые глаза. Появление женщины настолько застало меня врасплох, что я весьма бесцеремонно ляпнула:

— Не знала, что Антон женат.

Ксения весело засмеялась и откинула тяжелые светло-пепельные пряди. Кудри у нее были необыкновенной красоты, редко встретишь сейчас человека с такой переливающейся копной.

— Вика просто чрезмерно деликатна. Мы с Тошей никогда не ходили в загс, мой статус — любовница или сожительница, хотя вроде сейчас говорят: «гражданская супруга».

— Глупости, — фыркнула моя ученица, — можно подумать, что штамп в паспорте что-то меняет. Вы вместе уже пять лет, и, по-моему, Антон не слишком красиво поступает. Как порядочный человек, он обязан жениться!

Ксюша опять засмеялась:

— Ну, из браков, заключенных по обязанности, ничего хорошего не получается. И потом, ты же знаешь Антона, он вокруг ничего не замечает и, наверное, просто забыл, что мы не расписаны.

— Он настолько рассеян? — спросила я.

Вика расхохоталась:

— Другого такого нет. Сколько раз выходил из

дома в разных ботинках, постоянно забывает о назначенных встречах...

— Жутко обижалась вначале, — весело пояснила Ксюша, — что, думаю, за странность такая: звонит мне домой, приглашает на свидание и... не приходит. Даже решила порвать с ним, но потом поняла: Тоша — натура артистическая, увлекающаяся, живет только настоящим. Пришла ему в голову очередная рифма, и все остальные дела побоку. Хватает бумагу, ручку...

— Антон пишет стихи?

— Тоша — гений, — спокойно пояснила Ксюша, — его место в литературе возле Бродского.

Мне подобное сравнение показалось наглым, но Ксюша продолжала весело болтать:

— Антон долго искал себя, пытаясь браться то за одно, то за другое. Он очень неплохо рисует, играет на фортепьяно и с детства тяготел к печатному слову. Альбина рассказывала, что Тоша вечно газеты выпускал в школе, но стихи пришли на пороге тридцатипятилетия. Естественно, он теперь ничего вокруг и не замечает.

— Сколько же ему лет? — изумилась я.

— Тридцать девять, — спокойно пояснила Ксюша.

Ну надо же, а на вид больше двадцати восьми не дать.

— Альбина моложе его на три года, — продолжала Ксения.

Я невольно поправила волосы. Однако они все тут старше меня, а выглядят намного моложе, наверное, жизнь в достатке консервирует.

— А Ксюта — балерина, — влезла в разговор Вика. — В Большом театре танцует!

— Да ну?!

— Ой, — махнула тоненькой, но мускулистой ручкой женщина, — не слушайте ее.

— Что, неправда?

Ксения опять тряхнула дивными волосами.

— Правда, только вы смотрели когда-нибудь «Лебединое озеро»?

— Да.

— Помните там стадо лебедей у пруда? Все стоят рядами — первый, второй, третий!

— Ну?

— Так вот, рядов семь, и я танцую в последнем, честно говоря, меня из зала не видно, создаю фон, одно название, что балерина. Ну ничего, скоро выйду на пенсию, рожу ребенка...

— На пенсию?

— Мне тридцать пять, — объяснила Ксения, жуя сухой тостик, — через год «ренту» получу.

Я с трудом переваривала информацию. Ничего себе, она моя ровесница, а выглядит волшебно, просто зависть берет, такие волосы, глаза, кожа... Ну почему мне от природы не досталось красоты?

— Балет — это ужасно, — вздохнула Ксюша. — Изуродованные ноги, больная спина, гастритный желудок... Выбиваются единицы, а сотни остаются в тридцать с небольшим на обочине жизни, причем без профессии. Ну скажите, чем заняться бывшей танцорке? Идти преподавать в Дом культуры или в школу ритмики?

— Ты выйдешь замуж за Антона и родишь ему детей — мальчика и девочку, — перебила Вика. — Хорошо иметь брата или сестру! Всегда мечтала о сестричке.

— Почему вы не велели подать ужин? — спросила Альбина, быстро входя в столовую.

Она обошла стол, поцеловала Ксюшу и сказала:

— Страшно рада видеть вас, Виолочка.

Потом, спохватившись, повернулась к Вике и погладила ее по голове. Я невольно отметила, что Ксению Альбина обняла машинально, так совершают привычный поступок, а к Вике подошла по велению рассудка. Согласитесь, не слишком хорошо, поцеловав любовницу брата, не заметить собственной дочери.

— Где мои грибы? — раздался голос Никиты.

Внесли глубокое блюдо с жульеном, потом появилась изумительно вкусная рыба, печеная картошка с сыром, следом подали чай.

— Антоша в городе? — поинтересовалась Альбина.

Ксюша пожала плечами:

— В библиотеке, материал набирает. Позавчера подписал договор в издательстве на поэму об Иване Грозном.

Никита резко отодвинул тарелку. Я отметила, что мужчина в одиночку съел весь жульен, который в этом доме подавали не в маленьких кокотницах, а в огромной миске.

— Иван Грозный! Придет же в голову такое. И потом, стихи — совершенно не коммерческий проект. Сколько раз говорил ему: напиши хорошую песню, разом купят. Текстовики отлично зарабатывают. Нет! В Древнюю Русь потянуло.

— Понимаешь, Кит, — кинулась на защиту любимого Ксюша, — творчество — сложный процесс. Ну не может Тоша творить по заказу!

— Другие могут, а он нет, — хмыкнул хозяин, — просто не хочет!

— Ну зачем ему заниматься тем, чем не хочется, — продолжала Ксения. — Вдохновение не поддается разуму.

— «Не продается вдохновенье, но можно рукопись продать», — буркнул Никита. — Кстати, данные слова принадлежат великому Пушкину. Зачем, говоришь, заниматься тем, чем не хочется? Да ради заработка или нашему драгоценному Тошеньке, любимцу милых дам, кушать не хочется?

— Можно подумать, Антон нуждается?! — вспылила Ксюша. — По-моему, у него достаточно денег, чтобы творить...

— У моего родственничка нет ни гроша, — отчеканил Никита. — Все средства принадлежат мне, и Антон живет в этом доме до тех пор, пока я, хозяин, разрешаю. Объясни своему муженьку, что он голый и нищий, а если у него по-прежнему не будет желания работать, я просто выставлю его вон.

— Кит, — предостерегающе сказала Альбина, — не нервничай, давление подскочит. И потом, Тоша нам совсем не мешает, дом большой...

— Мне не нравится содержать нахлебников, — несся дальше Никита, которому шлея попала под хвост. — Мужик в сорок лет обязан трудиться. А ты, Альбина, лучше помолчи. Знаю великолепно, что потакаешь милому братцу, денег даешь, вещи покупаешь. Пойми, ты его портишь! Он и так желеобразный субъект, а из-за вашей чрезмерной заботы...

Внезапно хозяин утих, потом положил руку на живот и пробормотал:

— Тошнит что-то.

— Ну вот, — всплеснула руками Альбина, — так и знала, давление подскочило. Пойдем, ляжешь в кровать, а я вызову врача. Надо укол сделать.

— Ладно, — неожиданно миролюбиво кивнул мужик, и они ушли.

— Только не подумайте, Виолочка, — принялась объяснять Ксюша, — что Кит не любит Тошу и жалеет потраченных денег. Ни в коем случае! Наоборот, Никиту заботит будущее Антона, поэтому он так переживает за его судьбу.

На шее у балерины быстро-быстро билась жилка, тоненькие руки подрагивали, но на лице сияла широкая улыбка. Мне стало жаль беднягу. Ну и влипла Ксюша. Несколько лет угрохала на мужика, который, судя по всему, не собирается на ней жениться, да еще родственник скандальный попался. Из такого не выколотишь лишний рубль. А Ксюша просто молодец, она мне нравится. Нервничает ужасно, и понятно, что расстроена, но старается сохранить перед всеми лицо и улыбается изо всех сил.

ГЛАВА 21

Дома царило оживление — Томочка учила Кристю печь кекс. Поскольку в кухне готовить из-за ремонта было невозможно, они приволокли кастрюлю с тестом в большую комнату.

— Мы тебе не мешаем? — спросила Томуся, наблюдая, как я вытягиваюсь на диване.

— Нет, — пробормотала я.

Ну не говорить же им правду, что надоели до одури и больше всего мечтаю остаться хоть на часок одна. К тому же день выдался трудный. Ездила в милицию, занималась с Темой, потом просидела у Вики и бегом ринулась в Дом моделей. К тому же «вешалки» сегодня уделали комнаты до такого состояния, что я, оглядев груду разбитых тарелок и горы рассыпанной шелухи от фисташек, честно говоря, подумала: а не бросить ли вообще эту работу? Теперь, получив конверт от Альбины, можно особо не надрываться...

Нет-нет, прогнала я эти заманчивые мысли.

Деньги, которые платят Соловьевы, тратить нельзя, буду собирать на квартиру.

— Изюм класть? — спросила Кристя.

Я выпала из полусна. О черт, в Москве одиннадцать, значит, в Екатеринбурге около двух ночи, неудобно звонить в такое время даже с радостной вестью о нашедшейся племяннице. Ладно, завтра, все завтра...

— Ты не знаешь, где Ленинид? — поинтересовалась Тамара.

Я вновь вынырнула из сладкой полудремы и попыталась включить разум.

— Понятия не имею, поехал в «Бауклотец» за пружинами утром.

— Не случилось бы чего, — забубнила Тамара.

Я вновь закрыла глаза. Тут же кто-то забарабанил в дверь. Интересно, куда подевалась кнопочка от звонка?

— Вила, открой, — попросила Томуся, — у нас руки в тесте.

Собрав всю силу воли в кулак, я сползла с дивана и распахнула дверь. В прихожую вошел папенька... на четвереньках.

— Вот, блин, дела, — заплетающимся языком произнес папуля, пытаясь принять вертикальное положение. — Встречайте, девки, папка вернулся, ставьте чайник... — Неожиданно он громко икнул, по квартире разнесся жуткий запах, похоже, папуля съел на закуску дохлую крысу.

Полная негодования, я ринулась в ванную. Где моя швабра? Сейчас алкоголику мало не покажется.

— Вила, его тошнит, — заорала Тамара.

Я схватила круглый пластмассовый тазик и полетела в гостиную. Папуля сидел на диване, издавая жуткие звуки, я подставила ему под нос таз. И тут раздался стук в дверь. Тамара побежала открывать, а я еле-еле сдержалась, чтобы не треснуть папеньку по голове.

— Виола, тебя, — сказала Томуся.

С тазом блевотины я выскочила в прихожую и увидела смущенно улыбающуюся Лельку.

— Тебе чего?

— И воняет же у вас, — констатировала Юркина супруга.

— Пришла посоветовать мне купить освежитель?

— Нет, — хихикнула Леля, — погляди, как смотрюсь.

Она распахнула бордовый, весьма застиранный байковый халат, и тазик чуть не выпал у меня из рук. На женщине красовалось невероятное кружевное черное боди. Сквозь ажурный рисунок красиво просвечивало розовое тело. На ногах у Лели были чулки, заканчивающиеся широкими подвязками.

— Ну как? — кокетливо поинтересовалась Леля. — Не слишком?

— В самый раз, — ответила я, ставя тазик. — Очень сексуально!

— Отлично, — повеселела Леля и велела: — Ребята, заходите.

В прихожую влетели два ее сына — Петька и Митька.

— Здрассти, — выпалил Петька, — тетя Вилка, а мы у вас ночевать останемся.

Я чуть не села в тазик.

— Почему?

— А нам идти некуда, — пояснил Митька. — Мама решила сегодня пол лаком покрыть, вместе с папой.

— Бабушек у нас нет, — перебил Петька. — У

вас останемся, а папа с мамой дома уж как-нибудь.

Я перевела взгляд на Лельку. Соседка хихикнула и отставила в сторону правую ногу. Халатик распахнулся, мелькнул черный чулок.

— Уж приюти мальцов, сделай милость, на одну ночь всего. Знаешь же, какая жилплощадь, на голове друг у друга спим, а диван, зараза, скрипит, никак новый не купим.

— Идите в комнату, — вздохнула я, — только не пугайтесь, там дяде Лениниду плохо, отравился он, несвежий кефир выпил.

Мальчишки, пиная друг друга, просочились внутрь.

— Ну, я пошла, — сообщила Лелька.

— Иди, иди.

— Уже ушла.

— Беги.

— Бегу.

Лелька внезапно обняла меня, поцеловала и шепнула:

— Спасибо.

Я заперла дверь, вылила таз и пошла в комнату. В конце концов, сама виновата, нечего давать приятелям хорошие советы. Ни одно доброе дело не остается безнаказанным.

— Все замечательно устраивается! — радостно воскликнула Тамара, увидав меня. — Верочка ляжет на раскладушке, Кристя со мной на кровати, Петька и Митька в креслах...

— Никогда, — обозлилась я, — на раскладушку отправится Лёнинид, а Петька и Митька будут спать на диване, валетом.

— Но он уже заснул! — воскликнула Тамара, указывая на мирно похрапывающего на диване папулю.

— Сейчас проснется, — пообещала я, шагнула и услышала трель телефона. Глазами я нашарила часы — ровно полночь. Нет, покоя мне не ждать!

— Виола, — раздался нервный голос Альбины, — скажите, вы завтра очень заняты?

— У меня урок в три с Настей.

— Можете отменить?

— Думаю, да, а что случилось?

— Если за вами сейчас приедет шофер и привезет к нам? Естественно, я заплачу вам за ночевку и за завтрашний день особо.

— Что произошло?

— Никита заболел, едем в больницу, а Вика боится оставаться одна.

— Конечно, сейчас соберусь.

И только когда машина плавно въехала в ворота коттеджного поселка, мне в голову пришла простая мысль: а почему нельзя было оставить с Викой Антона, Ксюшу или экономку Лену?

Вика встретила меня на крыльце и вцепилась ледяной рукой в плечо.

— Что у вас тут произошло?

Девочка принялась объяснять. После моего ухода прибыл домашний врач Соловьевых, определил, что давление Никиты слегка высоковато, но страшного ничего, и сделал мужику укол. Вроде хозяин заснул, во всяком случае, так показалось Альбине, и она повела врача вниз пить чай. Потом явился Антон и присоединился к компании. Сначала все довольно мирно беседовали, потом разговор зашел о стихах, и Тоша поругался с Альбиной. Они наговорили друг другу кучу гадостей, и брат, хлопнув дверью, выскочил из дома. Ксюша побежала за ним. Вика услышала только громкий разговор во дворе, потом рев мотора, очевидно, любовники вместе уехали на квартиру к Ксюше.

— Мама с дядей постоянно спорят, — бесхитростно вываливала семейные секреты Викуша, — папа обычно кричит на Антона, упрекает в лени. Тогда мама начинает его защищать, но стоит отцу уйти, как она сама принимается пилить брата, ну просто как зуда. И главное, говорит всегда одно и то же: иди работать, хватит балбесничать. Ну чего они к нему привязались? Никому не мешает, пишет себе свои стихи потихоньку, разве обязательно всем на службу ходить? По-моему, мама совершенно не права, сама-то она ничего не делает.

Около одиннадцати врач перед уходом поднялся наверх и моментально вызвал «Скорую помощь». Никита был без сознания, почти в коматозном состоянии. Его погрузили в машину и увезли. Альбина, решившая отправиться следом на своей машине, побежала, чтобы взять с собой бутылку воды, и обнаружила в туалете возле кухни склоненную над унитазом экономку Лену, которая давным-давно должна была быть дома. Беднягу тошнило, тут только Альбина сообразила, что, наверное, Никита и Лена отравились грибами.

В тот день Никита, у которого неожиданно образовался выходной, решил отдохнуть по полной программе. Соловьев обожает прогулки на природе, еще больше нравится ему самому собирать грибы. Несколько часов мужик бродил по лесу и вернулся с полной корзинкой. Повариха Наташа приготовила жульен.

Есть грибы Никита любит еще больше, чем собирать. Его страсть в доме никто не разделяет. У Вики аллергия, Альбина просто не любит «лесное мясо», а Ксюша тоже не попробовала жульен, она сидит на строгой диете и ест только низкокалорийную пищу. А запеченные со сметаной грибочки нельзя отнести к диетическим блюдам. Попробовала лакомство только экономка Лена, подававшая ужин. Она отложила себе на тарелочку совсем немного, так что Никите досталась почти полная миска.

Взволнованная Альбина вызвала меня и укатила в больницу, взяв с собой стонущую прислугу.

— Однако странно, — пробормотала я.

— Что? — вздохнула Вика.

— Сейчас конец мая, ну какие в лесу грибы?

Ученица горестно пробормотала:

— Да они с начала апреля появляются, только-только снег сойдет, и вылезают, то ли сморчки, то ли строчки называются. Лес тут сухой, солнечный, в начале мая папа уже сыроежки приносил, а сейчас летние опята пошли, сама видела. Жара-то какая стоит, погода, как по заказу, для грибов. Днем тепло, ночью дождь! Ты не можешь лечь в моей комнате? Там удобный диван стоит.

Где-то около трех Вика заснула. Я лежала, глядя в потолок. Тишина в доме стояла необыкновенная. Она нарушалась только тяжелыми вздохами, которые издавала собака Кася, решившая переночевать вместе с нами.

Вдруг перед глазами возникла светлая полоса и послышалось урчание мотора. Я быстренько натянула джинсы, пуловер и выскочила на крыльцо. От роскошного «Мерседеса» шла, ссутулившись, Альбина. Что-то в ее походке заставило меня вздрогнуть. Взойдя на верхнюю ступеньку, женщина подняла иссиня-бледное лицо с размазавшейся косметикой и сказала:

— Никита умер.

— Как! — ахнула я. — Как!

Альбина устало провела рукой по лицу.

— Пошли ко мне, на ногах не стою.

Мы поднялись в ее спальню. Комната была

роскошно обставлена. Я почти всю свою жизнь сплю на раскладном диване, более неудобного лежбища трудно и придумать. Три диванные подушки подо мной постоянно разъезжаются, к тому же софа узкая, на ней особо не повертишься, но поставить что-то более удобное в нашей комнатенке невозможно, и у меня утром частенько ломит спину. Подушки не только ведут себя подо мной как живые, они еще и продавлены.

У Альбины же в уютном алькове красовалась огромная кровать с резной дубовой спинкой. Вместо покрывала лежал пушистый, овечьей шерсти плед, на полу нежил ноги хозяйки песочного цвета ковер с изумительно мягким ворсом, зеркальные шкафы, телевизор, хрустальная люстра, парочка кресел, торшер и камин, самый настоящий, с дровами. Я с огромным удовольствием пожила бы в такой комнате, но у меня ничего подобного никогда не будет. На одну только кровать придется два года работать. Альбина рухнула на плед, не снимая туфель.

— Виолочка, — прошептала она, — дайте капли из шкафчика в ванной.

Сообразив, что одна из зеркальных дверей ведет в санузел, я толкнула створку и обнаружила за ней джакузи, унитаз и биде — все розового цвета с золотистым узором. Даже краны блестели, словно слитки драгоценного металла.

Выпив лекарства, Альбина сказала:

— Ничего поделать не смогли. Врачи говорили, если бы раньше сообразили, что это отравление грибами, может, и спасли бы. Хотя... У Никиты слабое сердце, больные почки... Вот Лена, экономка, выкарабкается, ну да она и съела намного меньше, чем муж.

Руки хозяйки принялись теребить плед.

— Хотите, лягу здесь, на диване? — предложила я.

— Спасибо, Виолочка, все в порядке, — ответила Альбина, — идите отдыхайте, завтра подумаем, как жить дальше.

Я пошла к Вике и села на софу. Сон пропал окончательно. Промаявшись примерно с полчаса, я начала дремать, но тут дверь тихонько скрипнула, и Альбина свистящим шепотом спросила:

— Виола, вы спите?

Я не сразу сумела вынырнуть из объятий подкрадывающегося сна. Хозяйка исчезла. Через минуту я встала и решила все же пойти узнать, не случилось ли чего. На третьем этаже стояла кромешная тьма, на втором из-под двери спальни Альбины пробивалась полоска света, я уже хотела было потянуть дверь за ручку, как за ней раздалось характерное попискивание. Соловьева набирала чей-то номер. Я приникла ухом к замочной скважине.

— Алло, — тихо, но довольно четко произнесла женщина, — алло, слышишь меня? Слава богу, все кончено, он умер. Боже, какое счастье, мы сможем быть вместе.

Повисла тишина, затем Альбина продолжила:

— Погоди, деньги теперь мои. Соловьевых никого не осталось, дождалась, прямо не верю...

Она хрипло засмеялась:

— Хорошо, хорошо, завтра не приеду, ей-богу будет странно, если безутешная вдова отправится на шейпинг, так что три дня без встреч, а сейчас пока. Извини, что разбудила, но не могла удержаться, дотерпеть до утра. Свобода, Славик, свобода и деньги! Боже, какое счастье.

Она опять засмеялась:

— А никого нет, никто не услышит. Антон у Ксении остался. Виктория спит, учительница тоже, не волнуйся, теперь подслушивать некому. Ладно, Славик, пойду сделаю себе коктейльчик, выпью и лягу спать.

Раздался скрип. Одним прыжком я отпрянула к соседней двери и влетела в спальню к Никите. В незанавешенное окно бил свет полной луны, и перед глазами предстала кровать со скомканным бельем и шелковая пижама, неаккуратной кучкой валяющаяся на ковре. В воздухе стоял неприятный запах. Из коридора донесся звук легких шагов, я осторожно приоткрыла дверь и в узкую щель увидела удаляющуюся стройную фигуру Альбины в розовом халате.

Женщина шла на первый этаж. Она ведь хотела выпить перед сном, а в гостиной расположен отличный бар, доверху набитый бутылками, штофами и прочими сосудами.

До сих пор самые лучшие решения приходили мне в голову спонтанно. Как только я услышала тихое позвякивание, ноги сами собой понесли меня в спальню хозяйки. У Соловьевых на лестнице, соединяющей этажи шикарного особняка, лежит ковер, его придерживают латунные прутья и, когда спускаешься, железные крепления мелодично тренькают. Обычно этот звук никому не мешает, да днем его и не слышно, а вот ночью, в полной тишине, он разнесся по всему дому, и я была уверена, что Альбина ушла вниз.

Телефонную трубку увидела сразу, она валялась в кресле. У всех дорогих аппаратов существует «память», нужно только нажать «звездочку», «решетку» или какую-нибудь другую кнопочку, и в окошке возникает номер, который набирали последним. Юркина жена Леля частенько хватает телефон, после того как супруг побеседовал с подозрительным, на ее взгляд, лицом, и орет:

— Отвечай немедленно, чей это номер!

А у Юрасика самый дешевый «Самсунг». Неужели у навороченного «Сименса» нет такой функции? Я лихорадочно тыкала пальцем в кнопки. Ну где же, где? Наконец аппаратик тихо звякнул, и появились цифры. На тумбочке лежала ручка, за неимением бумаги я записала их на ладони и тут краем глаза увидела, что дверь приоткрывается. В невероятном ужасе я юркнула под кровать.

Послышались шаги, в узкое пространство между свисающим одеялом и полом были видны только изящные ноги Альбины в красивых замшевых тапочках. Женщина походила по комнате, потом легла. Я притаилась в убежище, изо всех сил стараясь громко не дышать. Наконец щелкнул выключатель, свет погас. Хозяйка еще поворочалась немного в роскошной кровати и затихла. Выждав для надежности еще минут десять, я выползла по-пластунски на середину комнаты и на цыпочках выскочила в коридор.

Вика спала тревожным сном, разметавшись на постели. Я шмыгнула под одеяло, закрыла глаза и через секунду услышала пиканье будильника — семь утра, девочке пришла пора вставать и собираться в школу.

Ворвавшись к себе домой, я сначала подумала, что ошиблась квартирой. Из прихожей исчез холодильник, зато там теперь лежала раковина. Тут же обнаружился и Ленинид, насвистывающий песенку. Увидев меня, папенька вздрогнул и съежился, но мне сейчас было не до него, убью мужика чуть позже. В большой комнате веселились Петька, Митька и Кристя, у стола расчесывала моей гребенкой кисти Верочка. Я выдрала у нее из рук расческу и злобно поинтересовалась:

— Почему дети не в школе?

— Так суббота же! — завопили все хором.

Я со вздохом протиснулась в спальню. Вот беда, наша школа, куда они все ходят на занятия, имеет два выходных, а Вика отдыхает только в воскресенье. На моем диване мирно спали Дюшка, Клеопатра и сильно выросший котенок.

Тамарина постель пуста, подруга куда-то унеслась с утра пораньше, что, в общем-то, неудивительно. «Семейный уют», творящийся у нас, может довести до припадка любого. Из большой комнаты раздавались раскаты детского хохота, внезапно в спальню влетел Митька и кинулся под кровать.

— Что случилось?

— Тсс, тетя Вилка, в прятки играем.

Окончательно обозлившись, я позвонила Лельке, но трубку не снимали, в ухо летели редкие гудки. У Юрки на работе отозвался мужик:

— Ларионов.

— Позовите Петрова.

— Нету.

— Как!!! Опять в командировку уехал?

— Неа, заболел, бюллетень вроде взял.

Вне себя от злобы я понеслась к «молодоженам». Устроили себе медовый месяц, детей спихнули и рады!

Лелька высунула в приоткрывшуюся дверь растрепанную голову.

— Ой, Вилочка, привет!

— Ты про детей не забыла, часом?

— Нет, — смущенно хихикнула соседка, — вечером заберу.

От подобной наглости я только разинула рот. Лелька, очевидно, поняла мои эмоции, потому что жарко зашептала:

— Слышь, Вилка, ты — мое счастье.

— Прямо-таки...

Лелька вылезла на лестницу, и я заметила, что она по-прежнему в черных чулках.

— Ну посуди сама! Сначала с моей матерью и бабкой жили, только шелохнемся, они в два голоса из комнаты орут: «Чего там делаете, отдохнуть не даете!» Потом пацаны родились. С нами, можно сказать, в одной кровати спали. Старухи-то поумирали, да дети выросли, ну куда нам с Юркой деваться?

— А вы днем, когда они в школе...

— Издеваешься, да? Мы же на работе. Ну первый раз одни в квартире остались за всю семейную жизнь! Вилочка!!!

Она умоляюще заглянула мне в глаза.

— Юрку отпустили на субботу и воскресенье, давление у него поднялось.

Я хмыкнула, знаю, знаю, в каком месте подскочило у приятеля давление. Лелька продолжала заискивающе улыбаться.

— Ладно, — ухмыльнулась я, — праздник так праздник. Заберешь парней в воскресенье вечером.

— Вилка!!!

— Да ладно тебе, — принялась я отпихивать от себя лезшую целоваться Лелю, — только мне надо с Юркой поговорить.

— Он в ванне лежит, в пене.

В пене!!! Утром в субботу! Когда все порядочные мужья отправились за картошкой! Да, чудные дела творятся в Датском королевстве.

— Лелька, — строго сказала я. — Вот номер телефона, мне надо, чтобы Юрасик срочно установил адрес и фамилию владельца.

— Тебе, Вилка, он его в зубах принесет.

— Отлично, — повеселела я и ушла.

Дома я попыталась навести порядок, но потом бросила зряшное занятие. Ленинид вовсю строгал что-то в ванной, боясь получить от меня нагоняй за вчерашнее, он даже не высовывался в коридор. Петька, Митька и Кристя самозабвенно резали лист ватмана. Весь пол в большой комнате был усеян обрывками, дети вытащили книгу «Оригами» и возжелали сложить собачку. Я тупо постояла посередине комнаты. Так, чем заняться? В три у меня урок с Настей. Кстати, ее гадкая бабушка Элеонора Михайловна стала теперь тише воды, ниже травы. Нет, все-таки хорошо, что в библиотеке дяди Вити рядами стояли учебники по психологии. Мне страшно нравилось их читать, даже до сих пор помню смешную фамилию одного из авторов — Пупко.

Хорошо, сначала попробуем соединиться с Екатеринбургом. Конечно, вытащу пустую фишку, там сейчас в разгаре рабочий день и дядя Кристины...

— Алло, — раздалось внезапно в трубке.

Я слегка растерялась:

— Можно господина Костылева?

— Слушаю.

— Вы со мной незнакомы... — принялась я подробно излагать ситуацию.

Собеседник молчал, в мембране слышалось только его напряженное дыхание. Наконец фонтан информации иссяк, но Вадик никак не отреагировал.

— Господин Костылев, вы меня слышите?

— Да, — холодно раздалось в ответ. — Превосходно слышу и должен заявить, что крайне возмущен вашей беспардонной наглостью. Как вы посмели мне звонить?!

— Но Кристина, дочь погибшего Зотова Анатолия Ивановича и вашей сестры...

— Моя племянница, — отчеканил Вадим, — несчастная девочка, была похищена бандитами с целью выкупа. Негодяи требовали крупную сумму. Толя собрал деньги, но не успел передать, погиб. Спустя неделю после его смерти тело Кристины было обнаружено недалеко от деревни Хвощево, я лично опознал сильно изуродованный труп ребенка. Кристя мертва, у меня на руках свидетельство о ее смерти.

— Это ошибка, она жива!

— Послушайте! — вскипел Костылев. — Вам не обмануть меня и не получить никаких денег на воспитание невесть кого.

— Но...

— Никаких «но»! Только посмейте позвонить еще раз, и я сдам вас в региональное управление по борьбе с бандитизмом. Что придумала, сволочь! Эксплуатировать память о бедной замученной девочке!

Из трубки понеслись гудки. Я уставилась на телефон. Честно говоря, такого не ожидала. У мужчины в кармане свидетельство о кончине Кристины, и он был так сердит, что даже не захотел и мысли допустить о том, что девочка жива! Ну и черт с ним, сами воспитаем, подумаешь!

Юрка принесет свидетельство о рождении, в ЖЭКе паспортисткой работает тетя Таня, знающая меня с детства; в школе директриса обожает Тамару и закроет глаза на отсутствие документов; остается только детская поликлиника. Впрочем, и здесь проблему решить легко; районным педиатром вот уже сорок лет трудится Анна Михайловна Козлова. Она лечила мои малочисленные болячки... Приду, объясню ситуацию... Не нужен нам никакой злобный дядя! Справимся, оденем, обуем, прокормим, не отдавать же несчастную сироту в приют. Меня-то саму Раиса воспитала, значит, теперь моя очередь платить по счетам.

Я вышла в большую комнату, глянула на весело

болтающих детей, на пополневшую Кристину, из глаз которой исчезло затравленное выражение, и села в кресло.

Неожиданная мысль пришла мне в голову. А что, если эта девочка не имеет никакого отношения к взорванному в своем джипе Зотову? Что, если ее на самом деле зовут не Кристина? Что, если ребенок просто обманул покойную Зою, да потом и нас, что тогда?

ГЛАВА 22

Неожиданная мысль все время билась в голове, и с Настей я позанималась плохо, вяло, без всякого удовольствия. Да и к Вике прибыла не в лучшем расположении духа. Впрочем, девочка, заплаканная и несчастная, тоже оказалась не в форме.

— Бедный папа, — безостановочно твердила она. — Ну зачем он ел эти грибы? Зачем?

Почти час я пыталась ее успокоить, но Вика только качала головой. Понимая, что никаких успехов мы сегодня не достигнем, я повела ученицу в столовую. Там сидели Антон и Альбина. Увидев нас, брат с сестрой моментально замолчали, потом хозяйка воскликнула:

— А мы с Тошей как раз хотели попросить вас, Виолочка, об одолжении.

— Слушаю.

— Сами понимаете, в доме обстановка нервная, похороны, поминки... Вика будет предоставлена сама себе. Не могли бы вы немного пожить у нас в доме?

Я отрицательно покачала головой.

— Хорошо заплачу, — быстро сказала Альбина.

— Дело не в деньгах, у меня еще два ученика и работа по вечерам.

— Ну, может, хоть на несколько дней?

— Попробую договориться в Доме моделей.

— Пожалуйста, дорогая, — взмолилась Альбина, — и так голова кругом идет, а тут еще Виктория капризничает!

Я глянула на Вику. Та впервые никак не отреагировала на выпад матери. За одну ночь девочка, казалось, разом стала взрослой и растеряла подростковые замашки. Антон тоже хранил молчание, со мной он даже не поздоровался. В полной тишине было слышно, как звякали чайные ложечки. Внезапно мужчина встал:

— Мне пора.

— Ты куда? — изумилась Альбина.

— Ксения ждет, — равнодушно бросил брат.

— Простите, — всунула в дверь голову горничная, — милиция приехала.

Я быстренько попрощалась и убежала. Мне совершенно не хотелось оставаться рядом с Альбиной, сдается, что эта дама крайне неприятная особа. Похоже, что именно она «автор» автомобильной аварии. И как теперь поступить? Обратиться в правоохранительные органы, предъявить Верочку? Нет, сначала надо как следует подумать!

Но спокойно раскинуть мозгами мне не удалось. Не успела я добраться до дома и выпить перед уходом в Дом моделей чай, как раздалась телефонная трель.

Последнее время я стала бояться телефона: ничего хорошего эти звонки не приносят, поэтому трубку сняла с некоторой опаской.

— А-а-а, — плакал кто-то навзрыд, — а-а-а.

— Тише, — забормотала я, — кто это? Что случилось?

— В-в-вика, — запинаясь, выдавила девочка, — маму, а-а-а...

— Что-что?

— А-арестовали, — зарыдала еще пуще девочка. — Я... Я...

— Сейчас приеду! — крикнула я. — Жди.

Изо всех сил стараясь на ходу попасть в рукава ветровки, я ринулась к двери.

— Эй, девка, — проговорил Ленинид, — ты это, вчера, в общем, ну со всяким бывает!

— Отвяжись!

— Случайно выпил, кореша встретил, больше ни-ни, никогда, ежели чего...

— Ежели чего, — злобно прошипела я. — Никакого «Ежели чего!» не будет. Увижу еще раз пьяным, выгоню назад на помойку, усек?

— Ага, — попятился Ленинид, — злая ты какая!

— Да, и несправедливая, так и знай, очутишься вновь в бачке, — отрезала я, хлопнув дверью.

Первый и, надеюсь, последний раз в своей жизни, я заплатила таксисту четыреста рублей. За меньшую сумму никто не соглашался ехать в коттеджный поселок. Но сегодня мне было наплевать на деньги.

Дом Соловьевых сиял огнями. Горели люстры во всех комнатах. Вика с красными, опухшими глазами лежала на диване в холле, когда я вошла, она даже не пошевелилась. Я села возле скрюченной девочки и принялась гладить ее по голове. Потом принесла из столовой кусок сахара, накапала на него коньяк и сунула Вике в рот. Старое, испытанное средство, так успокаивали свои нервы истерические дамы девятнадцатого века, не имевшие в аптечках всяческих тазепамов и рудотелей.

Наконец девочка обрела способность говорить и принялась судорожно, словно боясь, что я исчезну, рассказывать о произошедшем.

После моего ухода дом заполонился сотрудниками милиции. Они не разрешили уехать Антону и усадили его в кабинете Никиты. Затем принялись беседовать с Альбиной. Вика не знает, о чем они говорили, — ей велели подняться в детскую и сидеть там. Через некоторое время девочка услышала во дворе шум мотора, выглянула и увидела, как мать садится в машину. Вика понеслась вниз, но опоздала. Автомобиль умчался, а в холле растерянно стоял Антон. Дядя объяснил, что Альбину арестовали, но он толком так и не понял, почему и насколько. Бедная Вика чуть не упала в обморок, она побежала в спальню матери и увидела в комнате дикий беспорядок. Шкафы открыты, вещи на полу, а с кровати снят матрас, более того, он был распорот по шву, и в прорехе виднелись неаппетитные клочки чего-то непонятного.

Не успела бедная девочка опомниться и спуститься в гостиную, как Антон заявил:

— Мне надо в город, ложись спокойно и спи.

Вика даже не стала возражать, она просто впала в ступор, плохо понимая происходящее. Дядя уехал. Ребенок в страхе заметался по зданию, зажигая везде свет, но ужас сковал сердце девочки.

Полностью деморализованная, Вика нашла в себе силы, мобилизовала всю волю, отыскала записную книжку Альбины и позвонила мне. И теперь она, мотая головой, безостановочно твердила:

— Ни за что не останусь тут, никогда!

— Успокойся, я с тобой.

— Никогда, — монотонно твердила Вика. — Ни за что.

Внезапно она расхохоталась, по щекам потекли слезы, у бедняжки начался истерический припадок. Был только один способ справиться с ситуацией. Я шлепнула ее по щеке.

— Перестань!

Легкая пощечина отрезвила девочку, она прекратила икать.

— Сейчас пойдем на кухню, выпьем чаю. Сделаю тебе, если хочешь, какао...

— Ни за какие сокровища мира не пойду никуда в этом доме, — тихо, но твердо заявила Вика, — ненавижу его. Папа умер, мамы нет. Вера погибла, и все этот дом. Не зря нас Кассандра отговаривала.

— Кто?

— Есть такая экстрасенс Кассандра Сильвия Грей. Когда папа решил тут дом построить, она приехала, поводила каким-то приборчиком над котлованом и сообщила: «Вижу смерть. Здесь все погибнут, гиблое место, нельзя тут здание строить, черная аура». Все стали папу отговаривать, я тогда маленькая была, сама не помню. Мне об этом Лсна-экономка рассказывала, она давным-давно у нас работает.

— Ну и что?

Вика горестно вздохнула:

— Ничего. Папа ответил: «Из-за глупых бабских стонов не собираюсь менять намеченные планы». Лена с тех пор, стоило кому-нибудь заболеть, сразу охать принималась: «Ой, кабы не сбылось пророчество!»

Да, похоже, что особым умом экономка не отличается!

— Но ведь это же бред! — воскликнула я.

— Нет, — отрезала Вика, — нет! Вера умерла, папа тоже, следующая я. Не пойду в дом, и не проси!

Ее губы предательски задрожали, глаза наполнились слезами, и я поняла, что вот-вот начнется новый виток истерики.

— Хорошо, сейчас поедем ко мне, иди одевайся и прихвати зубную щетку с пижамой.

— Нет, — бормотала Вика, — нет, не войду и тебя не пущу, нет!

Я тяжело вздохнула:

— Будь по-твоему, куртку только надень.

Девочка подскочила к вешалке, содрала с крючка оранжевую плащевку и сказала:

— Готово.

Мы начали выходить.

— А если вернется Антон? — опомнилась я. — Он же испугается, не обнаружив тебя дома.

Вика грустно усмехнулась:

— Да он даже не поднимется в мою комнату.

Но я все же вернулась и написала записку. «Уважаемый Антон, Виктория поехала ночевать ко мне. Учительница немецкого языка Виола Тараканова».

— Ты умеешь запирать дверь и включать сигнализацию в доме?

Девочка кивнула, подошла к небольшой коробочке и ойкнула.

— Смотри!

Из коридора, ведущего в кухню, тихо вышла собака Кася и глянула на нас грустными карими глазами.

— Ее нельзя здесь оставлять одну.

— Но Антон же вернется.

— Может и не приехать, вдруг он у Ксюши остался.

— Знаешь ее телефон?

Вика принялась набирать номер. Но у балерины дома работал автоответчик.

— Кася погибнет, — трагично заявила Вика, — без нее никуда не поеду. Знаешь, как она переживала, когда Верочка разбилась.

Я безнадежно глянула на собачищу. В конце концов, нашей квартире уже все равно: животным больше, животным меньше, принципиальной роли это уже не играет.

— Надевай на Касю поводок, и идите во двор.

Вика вытащила дратхаара на улицу.

А вот Тамаре позвонить надо.

— Тамара, — сказала я, — слушай внимательно и сделай все, как велю. Дело в том, что сейчас привезу родную племянницу Веры...

Стоит ли говорить, что обратный путь занял много времени. Сначала мы почти бегом пронеслись сквозь лес. Ни одной души на дороге нам не встретилось, но присутствие огромной Каси успокаивало.

— Не бойся, — ободряла я Вику, чувствуя, как страх подбирается к горлу, — нас никто не тронет с такой собакой.

— Она страшно добрая, — шепнула девочка, судорожно сжимая мою руку. — Кусаться не умеет.

— На ней это не написано, — возразила я.

На шоссе шуршали шинами машины. Но никто не хотел брать женщину с девочкой и собакой, сильно смахивающей на теленка. Наконец притормозила «Газель». На этот раз пришлось отдать пятьсот рублей, но я, даже не задумываясь, раскрыла кошелек. Хорошо, хоть прихватила с собой крупную сумму, словно знала, что деньги понадобятся.

Дома, конечно, никто не спал. Петька, Митька и Кристя смотрели телевизор, Ленинид возился в ванной, раковина лежала в прихожей.

Вика и Кася замерли на пороге.

— Давайте, входите, — велела я, — мойте руки и лапы, будем чай пить.

Стол накрыли в большой комнате и кое-как устроились. Дети, сначала настороженно поглядывавшие на Вику, завели разговор о преимуществе «Денди» над «Сегой».

— А лучше всего компьютер, — сказала Вика.

— У нас нет, — пояснил Петька.

— Дорогой очень, — добавил Митька.

— «Денди» тоже здорово, — откликнулась Кристя.

Вика слегка покраснела. Вообще, она держалась молодцом. Без всяких кривляний съела гречку с сосиской и запила не слишком дорогим «Майским чаем». Дома-то они употребляют только «Липтон» из железных банок.

— Послушай, Вика, — сказала я, — теперь тебе предстоит одно испытание, очень серьезное, можно даже сказать, тяжелое.

Девочка непонимающе уставилась на меня.

— Сейчас увидишь умершего человека, то есть не умершего...

Я почувствовала, что совсем запуталась, взяла телефон и велела:

— Наташа, пусть идут.

Через пару минут раздались шаги.

— Знакомься, Вика, — пробормотала я. — Это моя лучшая подруга Тамара.

— Здравствуйте, — отчего-то шепотом произнесла девочка.

Томуся улыбнулась:

— Только не волнуйся, ладно...

В это мгновение в комнату вступила Вера.

— О, — воскликнула она, — а я тоже люблю сосиски, мне дадут?

— Верочка, — одними губами произнесла Вика. — Верочка... Не может быть. Веруся...

Лицо девочки стало землисто-серым, глаза моментально «провалились», нос заострился. Я испугалась, что она сейчас не справится с эмоциями и упадет в обморок, но Викуся вдруг резко повернулась и схватила меня за руку.

— А папа, папа тоже жив?

Не в силах ответить, я отрицательно покачала головой.

Вика попятилась и села на диван. Петька, Митька и Кристя, предупрежденные Тамарой, хранили молчание.

— Чего вы не едите? — удивилась Вера. — Что случилось?

— Веруся, — робко сказала Вика.

— Да, — отозвалась девушка.

— Ты меня что, не узнала?

— Нет, — пробормотала девушка, наливая в тарелку кетчуп. — Извините, у меня с памятью плохо.

В этот момент раздалось царапанье и тихое поскуливание. Запертая на всякий случай в спальне, Кася просилась на свободу. Я встала и открыла дверь. Собаченция влетела в большую комнату, мгновение глядела на Веру, потом присела и словно потрясла головой. Затем, издав совершенно человеческий крик, бросилась к девушке.

— Ой, — отбивалась девушка от собачьих ласк, — ой, целуется!

Кася положила передние лапы ей на плечи и старательно облизывала лицо языком. Из пасти дратхаара вырывалось нежное поскуливание, хвост, казалось, сейчас оторвется. Если у меня и были какие-то сомнения в отношении Верочки, а, честно говоря, в голову лезли порой всякие мысли о существовании двойников, то теперь они разом исчезли. Ни одна собака в мире не станет так приветствовать чужака.

— Но как? Почему она у вас? — недоумевала Вика.

Я коротко ответила:

— Сейчас поздно, завтра поговорим.

Кристя со вкусом зевнула. Я глянула на будильник — ничего себе — полвторого. Надо попытаться уложить всех, но как?

— Очень просто, — разъяснила Тамара. — Сейчас снимем с моей кровати один матрац, бросим на пол, и я лягу на него. Вика устроится на моей кровати, Митька и Петька в креслах, Ленинид на раскладушке, Верочка на диване...

— А Кристя?

— Ага, — моментально сориентировалась подруга. — Тогда по-другому. Я на полу, Митька и Петька на диване валетом, Ленинид на раскладушке. Вера и Кристя на креслах...

— Хорошо, — согласилась я, — только на матрац положим Ленинида, а Вику на раскладушку.

— Можно и без матраца, — подал голос папенька, — ко всему привыкший...

Основательно поругавшись, мы наконец устроились на ночь. Все заснули вмиг, кроме меня. Честно говоря, никогда не страдала бессонницей, но тут глаза не хотели закрываться. На улице тепло, и окна в нашей квартирке стоят нараспашку, но все равно душно. Я хотела было встать попить воды, и в этот момент сон упал мне на голову, словно нож гильотины.

Дзынь-дзынь-дзынь — раздавалось над ухом. Я нашарила на столе будильник, глянула на него да так и подскочила, стукнувшись головой о книжные полки. Десять! В ту же секунду до меня дошло, что звенят не часы, это разрывался дверной звонок.

Я пробралась между спящими людьми, чуть не упала в раковину и высунулась на лестницу. Там стоял Юрка.

— Заходи, только тихо, все спят.

Юрасик протиснулся внутрь и присвистнул:

— Ох, и ни фига себе. Ты решила гостиничным бизнесом заняться? Бог мой, а это кто?

— Собака, Кася.

— Ну-ну.

— Ты зачем пришел?

— Номер телефона давала?

— Узнал?

— Конечно. Вячеслав Константинович Рыбаков, на, тут все координаты. Ладно, пошел. Слушай, а можешь мальчишек до понедельника продержать?

— Так им в школу!

— Нет, — усмехнулся Юрка, — все, учебный год кончился. Они же еще маленькие, первоклассники.

— Ладно, только сделай еще одно дело.

— Какое?

— Сегодня арестовали Альбину Соловьеву. Узнай, кому поручено дело, и сделай так, чтобы мне дали свидание.

Юрка так и подпрыгнул.

— С ума сошла!

— Очень надо.

— И как, по-твоему...

— Не знаю. Придумай, иначе приведу мальчишек после обеда.

— Хорошо, хорошо, — замахал руками Юрасик, — будет тебе и горшочек с медом.

— Ты вот что, скажи следователю, будто я — близкая родственница Альбины, ну... троюродная сестра, идет?

— Вечно придумываешь черт-те что, — буркнул приятель и исчез.

Я закрыла дверь, и тут только до меня дошло, что Юрка не стучал, а звонил. Я вылезла на лестницу и уставилась на кнопку. Та как ни в чем не бывало красовалась на месте. Тряхнув головой, я вернулась в квартиру. Нет, у нас определенно завелись барабашки! То звонок на месте, а то он вдруг пропадает...

День понесся, как санки с горы. Петька и Митька упоенно играли, Кристя пекла кекс, Вера рисовала, Тамара готовила обед, а папенька крушил ванную. Мы же с Викой уединились в спальне, и я в подробностях стала рассказывать девочке о встрече с Верой. Проговорили мы полдня.

— Ты должна дать мне честное слово, что, пока я не разрешу, никому не расскажешь о том, где Вера.

— Понимаю, не дура, — вздохнула Вика. — Нельзя, значит, нельзя.

Около четырех Тамара принялась кормить всех обедом, а я пошла к Юрке.

— Узнал?

Юрасик тяжело вздохнул:

— Сколько народа из-за тебя на ноги в воскресенье поднял!

— Так узнал или нет?

Юрка вытащил сигареты и сообщил:

— Давление у меня подскочило.

— Это тут при чем?

— Сколько лет работаю — никогда бюллетень не брал, первый раз попросил. Пашка даже удивился.

Пашка, а вернее Павел Никанорович — районный терапевт, ведет прием в поликлинике и бегает по вызовам. Но живет мужик в нашем доме, в первом подъезде, и соседи частенько пользуются его услугами. Паша — человек незлобивый, готовый всегда прийти на помощь, и выпросить бюллетень у него ничего не стоит.

— Давай короче, — потребовала я, — к чему разговор ведешь?

Юрка потер рукой затылок.

— Не отдыхал никогда по-человечески, отпуск вечно с Лелькой порознь брали, чтоб мальчишек доглядеть...

— Ну!!!

Наконец сосед решился:

— Узнал тебе все и даже договорился со следователем: даст свидание, без проблем, если хочешь, можно сегодня. Он на работе.

— Конечно, — обрадовалась я.

— Тогда оставь у себя парней на неделю, а мы с Лелькой съездим в дом отдыха.

У меня пропал дар речи.

— В Подмосковье, — словно не замечая моей реакции, продолжал Юрасик. — Санька Королев в чудесном месте директорствует, давно зовет, да нам все недосуг. Работа, дети, сама понимаешь... А тут — такой случай. Оба заболели — у меня давление, у нее давление...

— За неделю с ума сойду!

— Не-а, только первые два дня с непривычки трудно, потом ничего, втянешься.

Я покачала головой:

— Нет, боюсь не смогу.

— Нет так нет, — миролюбиво протянул приятель и пошел в квартиру.

— Эй, эй! — забеспокоилась я.

— Тебе чего?

— Как это? Фамилия следователя, куда ехать?

Юрка тяжело вздохнул:

— Извини, забыл.

— Забыл?!

— Ага. Возьмешь парней — вспомню. Кстати, недорого беру — всего-то недельку мальчишек подержать, ерунда!

— Шантажист! А еще сотрудник правоохранительных органов.

— Жизнь такая, — философски заметил Юрасик, — я тебе, ты мне, по-соседски, по-дружески. Не имей сто рублей, а имей сто друзей.

— Ладно, будь по-твоему.

— Вот хорошо, — обрадовался Юрка, — стало быть, так...

Он нырнул в квартиру и вынес сумку.

— Что это?

— Вещи пацанские, держи.

Ну каков нахал! Он точно знал, что я соглашусь, и заранее приготовил шмотки.

— Куприн Олег Михайлович, — спокойно продолжал Юрасик. — Позвонишь из бюро пропусков, он ждет. Да, паспорт не забудь!

— Идти куда?

Юра хмыкнул:

— Ясное дело, ко мне на работу, на Петровку. Мы с Олежкой в соседних кабинетах сидим.

От злости я чуть не треснула его туго набитой сумкой по башке, но Юрка быстренько влетел в квартиру и щелкнул замком.

ГЛАВА 23

Иногда со мной происходят необъяснимые вещи. Встречаешь милого, интеллигентного, приятно улыбающегося человека, а душа почему-то протестует против этого знакомства. Случается и наоборот.

Следователь, носящий фамилию великого русского писателя, понравился мне сразу, хотя внешне был далеко не красавцем. Лет ему где-то около сорока, но фигура излишне полная, тугой животик нависает над ремнем. Очевидно, мужик любит пиво и хорошую закуску. Светло-русые волосы тронула седина, и вокруг глаз веером разбежались морщинки, наверное, он чаще смеется, чем гневается.

В тот момент, когда я вошла в кабинет, Олег Михайлович стоял у сейфа. Увидев меня, он улыбнулся.

— Тараканова? Входите, входите, наслышан о вас.

— Вот уж и не знаю, радоваться или пугаться своей известности на Петровке.

Олег Михайлович оглушительно захохотал, вытащил из сейфа банку «Нескафе», сахар и радушно предложил:

— Тяпнем кофейку? Знаете, как вас Юрка зовет — моя «Скорая соседская помощь»!

Мы еще поболтали пару минут, и Олег Михайлович посерьезнел.

— Ну зачем вам понадобилась Соловьева?

— Альбина — моя двоюродная сестра и...

— Значит, ваши матери — сестры? — уточнил Куприн.

— Нет, — замялась я.

— Тогда отцы — братья?

— Ну понимаете, — принялась я выкручиваться, — просто привыкли так друг друга называть, на самом деле не родственники, а очень близкие подруги.

— Так, так, — побарабанил пальцами по столу Олег Михайлович, — слушаю внимательно.

— Муж Альбины умер, отравился грибами!

— Это кто вам сказал?

— Она сама...

— Так, так, продолжайте...

— Вчера арестовали и Альбину, а за что?

Куприн тяжело вздохнул:

— Похоже, за дело.

— За какое?

— За убийство.

— Боже, она задавила пешехода?

Олег Михайлович поднялся, включил опять чайник, поколебался минуту, потом отрывисто сказал:

— Гражданка Соловьева убила собственного мужа.

От такой информации я немедленно громко икнула.

— Налить воды? — заботливо протянул руку к графину следователь.

— С чего вы это взяли?

Куприн развел руками:

— Так получается.

— Ну, пожалуйста, расскажите мне, — умоляюще протянула я вперед руки.

— Зачем?

— Мне надо знать.

— Зачем?

— У нее осталась дочь Вика. Ей тринадцать лет, надо же как-то объяснить ситуацию, подготовить морально.

— Девочку поместят в приемник-распределитель, — пояснил милиционер, — а потом устроят в детский дом.

— Как?!

— Не может же она жить одна.

— Я забрала ее к себе.

— Это незаконно. Вы не родственница.

— У нее есть дядя, — быстро нашлась я. — Антон, брат Альбины, ему разрешат взять девочку?

— Ему — да.

Я облегченно вздохнула. Пусть Тоша подпишет нужные бумаги, а жить Вика станет у нас.

— Альбина Соловьева, — размеренно завел разговор Куприн, — тщательно подготовилась к убийству супруга. Никита Николаевич был страстным любителем грибов, в доме их часто готовили, но последний съеденный им жульен оказался смертельным.

— Такое случается, — возразила я, — насобирал ложных опят, например, и привет... Да он на моих глазах съел огромную миску, доверху наполненную грибами!

Следователь взглянул в окно и возразил:

— Соловьев — опытный грибник и никогда не взял бы бледных поганок. Вы знаете, что экономка Лена работает в этой семье много лет?

— Да. Она тоже отравилась.

— Так вот. Елена рассказала, что Никита Николаевич всегда тщательно сортировал «добычу» и безжалостно выбрасывал все, что вызывало подозрение. И еще одно...

— Что?

— При вскрытии в организме был обнаружен стрихнин.

— Стрихнин?

— Да, согласитесь, трудно найти грибы, содержащие этот яд.

— Но... как же... Зачем?

— Думаю, из-за денег, — спокойно пояснил Куприн.

— Она богатая женщина!

— Это только казалось, хотя все атрибуты более чем безбедной жизни налицо: шикарный автомобиль, роскошный дом, драгоценности. Но все принадлежало мужу, а у самой Альбины на самом деле своего имущества не было. Экономка Лена рассказала, что супруги часто ругались из-за денег. В особенности Никиту раздражал Антон, которому Альбина, несмотря на категорический запрет, постоянно совала банкноты в карман. Лена припоминает, что каждый день Никита орал на жену: «Нахлебников кормлю, всех выгоню». Вот дама и решила избавиться от муженька. По завещанию...

— Все отходило Вике, — быстро сообщила я.

— Ну и что? Девочка несовершеннолетняя, родная мать могла бы преспокойно распоряжаться всеми суммами.

— Но они жили вместе много лет!

— Вода камень точит. Накопилась критическая масса, и грянул взрыв. Экономка сообщила, что за день до убийства между супругами разгорелся невероятный скандал, они кричали друг на друга почти до утра, и Альбина потом долго рыдала, приговаривая: «Ну за что мне это несчастье. Боже, как тяжело...» Но самое главное...

Олег Михайлович, как хороший рассказчик, остановился на самом интересном месте, и я, забыв, где нахожусь, выкрикнула:

— Говорите скорей!

— Вчера утром позвонил человек. Странным голосом, слишком низким для женщины и слишком высоким для мужчины, информатор, пожелавший остаться неизвестным, сообщил: «У Альбины Соловьевой в матрасе кровати зашит яд».

Разговор занял пару секунд, и Куприну удалось установить лишь то, что звонили из телефона-автомата, расположенного в вестибюле станции метро «Проспект Мира». После некоторых колебаний прокурор выдал все необходимые санкции, специальная бригада явилась к Альбине и произвела обыск. В матрасе действительно оказался пузырек. И там...

— Содержался стрихнин, — безнадежно докончила я. — Ну дайте мне свидание с ней.

— Хорошо, — неожиданно быстро согласился следователь, — а вы попробуйте поговорить с подругой, убедите признаться. Все равно ведь докажу ее вину полностью. А чистосердечное признание, раскаяние очень хорошо действует на судей. Она вообще может легко отделаться... Ну лет пять, семь... Разумеется, если наймут хорошего адвоката. А вот если станет упорствовать, уходить в глухую несознанку... Судьи, правда, обязаны быть беспристрастными и толковать любое сомнение в пользу обвиняемого, но они тоже люди и, если подсудимый не вызывает никаких добрых чувств... Словом, чистосердечное признание облегчает положение подсудимого.

«Но увеличивает срок наказания», — пронеслось в моей голове. Нет, если бы я попалась на крючок, ни за что не стала бы признаваться. Как в анекдоте: жена спрашивает у мужа:

«Дорогой, где ты был вчера?» — «В библиотеке». — «Но тебя видели с красивой блондинкой у входа в гостиницу!» — «Я был в библиотеке». — «Но моя подруга работает там горничной и заметила, как вам давали ключи». — «Я был в библиотеке». — «Но моя подруга сняла на фото вас в постели, вот, смотри, снимки». — «Я был в библиотеке».

Вот так: главное, не признаваться, пусть весь мир свидетельствует против вас, стойте на своем. В библиотеке, и точка!

Дверь открылась, ввели Альбину. Выглядела она не лучшим образом — костюм помят, волосы уложены кое-как и полное отсутствие косметики.

— Отлично, — сказал Олег Михайлович, вставая. — Времени вам час, пойду пока пообедаю, только вынужден запереть дверь снаружи.

После того как ключ три раза повернулся в замке, женщина подняла на меня глаза, казавшиеся без подводки больными, и пробормотала:

— Ужас, знаете, в чем меня обвиняют?

Я кивнула.

— Бред, — воскликнула Альбина, — ну зачем мне убивать Никиту?

— Из-за денег.

— Господи, они и так мои.

— Нет, он все время вас ругал.

— Если каждая жена, на которую в запале накинулся муж, стала бы травить супруга, мужчин вообще бы уже не осталось. Подумаешь, кричал, эка невидаль! Да я не обращала внимания на его вопли. Тем более что у Никиты такой характер: ему поорать, как мне воды выпить, — несдержанный очень!

Я молча посмотрела на Альбину, потом сказала:

— Вы не любили его, жили лишь из-за денег. Терпели ради удобной жизни.

— Да кто сказал такую глупость? — вскинулась женщина. — Чушь!

— Вячеслав Константинович Рыбаков, — тихо ответила я, — он так радовался ночью, когда вы ему позвонили, правда, боялся, что кто-нибудь услышит. — Альбина вздохнула и забыла выдохнуть. Ее глаза расширились и начали вываливаться из орбит. Честно говоря, я немного испугалась, как бы ей не стало плохо. Но Соловьева кое-как справилась с эмоциями и пролепетала:

— Но, откуда вы...

— Знаю, и все.

— Бог мой, — всхлипнула Альбина, — теперь мне точно конец. Только поверьте, я не убивала мужа, я попала в жуткую ситуацию только из-за дочери, из-за Дашеньки...

Я сдержала чуть было не сорвавшийся с языка вопрос. Оказывается, еще какая-то Даша есть в этой истории.

— Ужас, ужас, — твердила хозяйка, — но я ни при чем...

— Вот что, — велела я, — рассказывайте все по порядку: про Рыбакова, Дашу и остальных, а там решим, что делать.

Альбина зарыдала.

— Прекрати, — поморщилась я, — у нас только час, надо использовать время с толком, вряд ли еще такое свидание дадут, наревешься в камере!

Соловьева заткнулась, утерлась рукавом элегантного костюма и сказала:

— Ладно, все равно Никиты нет, значит, и моим тайнам конец.

ГЛАВА 24

Альбина и Никита познакомились студентами. Оба происходили из интеллигентных, но не слишком обеспеченных семей. Первое время парень очень нравился девушке, и она охотно проводила с ним время. Никита, воспитанный строгой бабушкой и матерью, был человеком обстоятельным, правильным во всех отношениях. Даже в молодые годы он отличался крайней практичностью и был не по годам рассудителен. Чурался веселых компаний, не пил до утра с приятелями, не играл в карты, не бросал девушек. Хотя, справедливости ради, стоит сказать, что многие студенточки, в особенности провинциалки, весьма благосклонно поглядывали на интересного парня с московской пропиской. Но Соловьев шашней не заводил, надежд девчонкам не подавал, а на четвертом курсе начал ухаживать за хохотушкой Альбиной. Делал он это, как и все остальное, обстоятельно. Водил в театры и концерты. Кино Никита не любил. Покупал цветы и милые, но скромные подарки, потом познакомил с мамой...

Прошел год, и Альбина стала понимать, что они с Никитой не пара. Нет, он был замечательный, но каждое положительное качество имеет противоположную сторону. Обстоятельность оборачивается занудливостью, бережливость — скаредностью, излишнее трудолюбие — наплевательством на ближних. Альбине, веселой и смешливой, было тяжело с не по возрасту серьезным Никитой, и она совсем было решила с ним порвать, как парень торжественно предложил ей руку и сердце.

Альбиночка сразу не ответила, попросила время на раздумье. Совета она спросила у мамы, а той положительный Никита нравился чрезвычайно, вот женщина и заявила ей сразу: «Держись за него двумя руками, дочка! Чует мое сердце, добьется он успеха, взлетит высоко, будешь жить как за каменной стеной и не считать копейки».

Альбина, с одной стороны, понимала, что Никита не тот, кто ей нужен, но с другой... Мама всегда оказывалась права, и еще очень неудобно было перед родственниками Соловьева, принимавшими ее в доме на правах законной невесты... И девушка согласилась.

Уже через два года, беременная Викой, она поняла, что совершила жуткую, просто роковую ошибку. Муж вызывал рвотные судороги. Выдавая деньги на хозяйство, он поднимал вверх указательный палец и занудно повторял:

— Запиши расходы, копейка рубль бережет.

Потом как-то разом скончались все родственники, и они остались вчетвером — Альбина, Никита, новорожденная Вика и Антон. Тут же начались скандалы. Никита не понимал, почему он должен содержать совершенно здорового взрослого парня.

— Пусть идет разгружать вагоны, — твердил Соловьев.

— У него слабое здоровье, — отбивалась Альбина.

— Ну надо же, — ухмылялся Никита, — а ест за троих! Болезненный наш.

Альбина обижалась, уходила в спальню и долго плакала. Нет, не такой представляла она себе семейную жизнь, к ним даже не ходили гости, потому что Никита не выносил шума.

Однажды после одной особо бурной сцены женщине пришла в голову простая мысль: а чего она мучается? Живем, слава богу, не в католической Италии, развестись можно в любой момент... Разделить квартиру, подать на алименты... Альбина собралась уже начать тягостный разговор с Никитой, но тут на их головы упало богатство.

Разве можно бросить курочку, которая несет золотые яйца? Альбина присмирела, жизнь богатой женщины пришлась ей по вкусу. Прекратились скандалы из-за денег, появились дорогие, изысканные вещи... «Ради такой жизни можно и потерпеть, — думала женщина. — В конце концов, Никита почти не бывает дома». Очевидно, из-за того, что постоянно приходилось сдерживать свои негативные эмоции, у Альбины начались жуткие мигрени, и еще ее ужасно раздражала Вика. Девочка, как назло, уродилась вся в отца: такая же серьезная и рассудительная. Бедную Альбину порой брала оторопь, когда ребенок заявлял: «Не надо покупать новое платьице, незачем тратить деньги».

Антона пришлось поселить с собой, и дома из-за него часто случались распри.

Словом, жизнь в достатке тоже не приносила счастья. От тоски Альбина принялась ходить в тренажерный зал, шлифовать фигуру, и там познакомилась с тренером, Славой Рыбаковым.

Начался бурный роман, просто мексиканский сериал. Славик был полной противоположностью Никите — веселый, общительный, балагур, любитель вкусно поесть. Жил он вместе с матерью, обожавшей сына до потери сознания. Как раз в этот момент Никита улетел в Америку, и целый месяц любовники были предоставлены сами себе. Особых средств у Рыбакова не было, но он не делал из этого трагедии. Получил зарплату — веселится. К деньгам Слава относился легко, и это качество чрезвычайно нравилось Альбине.

Тридцать дней пролетели, как один. Никита вернулся, но сильных изменений в жизни прелюбодейки не произошло. Соловьев пропадал целыми днями на работе. Он окунулся в мир шоу-бизнеса и хотел занять в нем достойное место. Альбина постоянно придумывала, как бы ей заполучить побольше денег. То требовалось имплантировать четыре зуба по две тысячи баксов за штуку, то купить дорогое лекарство, то нанять Вике гувернантку... Платя гораздо меньше названной суммы врачам и учителям, Альбина клала разницу в карман.

Никита же, как ни странно, перестал ее контролировать так тотально, как раньше. И когда жена подсовывала ему под нос книжечки с подтасованными расходами, отмахивался:

— Средства есть, распоряжайся, помни только, что у нас Вика растет.

Альбина лишь удивлялась: надо же, однако, какая метаморфоза! То, что она беременна, женщина поняла поздно. Напуганная неожиданным шевелением в животе, она побежала прямиком к онкологу, а тот отправил ее в другой кабинет.

— Примерно пять месяцев, — вынес вердикт гинеколог.

— Но у меня месячные, — в ужасе воскликнула Альбина.

— Не вы первая попались на эту удочку, — улыбнулся врач, — очень распространенная ошибка: милые дамы считают, что с оплодотворением прекращается менструальный цикл. Так и случается у семидесяти из ста женщин. Но у остальных тридцати регулы приходят, как всегда.

Альбина вернулась домой в полубессознательном состоянии. Никита, не слишком сексуальный, не трогал жену с января, весь пыл мужик тратил на бизнес. А на дворе уже стоял жаркий август. Даже идиот мог посчитать по пальцам месяцы. Никита моментально бы понял, что жена изменила ему.

Целый месяц Альбина искала врача, готового сделать аборт на таком сроке. Но даже за очень большие деньги акушеры отказывались, говоря, что в пять месяцев плод вполне жизнеспособен, а на убийство никто идти не хотел.

В конце концов Соловьева поняла, что ей придется рожать. Женщина придумала выход из, казалось бы, безвыходной ситуации.

Заплатила внушительную сумму врачам и улеглась в больницу, в отдельную палату. Беременность ее протекала легко, никаких пигментных пятен и токсикоза, живот был крохотный, на первый взгляд казалось, что Альбина просто слегка пополнела.

Нашпигованный долларами доктор сообщил Никите, что у жены миома, но, прежде чем делать операцию, ей попробуют провести гормонотерапию. А гормоны — штука коварная, многие дамы расплываются, теряют формы. Так что Никиту не удивила внезапная толщина супруги. Тем более что доктор спокойно пообещал:

— Завершим цикл, и все сразу станет на свои места.

В начале декабря у Альбины родилась девочка, крохотная и очаровательная. Деньги в нашей жизни могут все. Мадам Соловьева продала роскошное бриллиантовое кольцо, соврав мужу, что потеряла перстень, когда снимала с руки перчатку. Полученной суммы ей на все хватило. Доктор принял младенца и отдал его... бабке, матери Славы. Этот же врач достал и справку о рождении.

Альбина вернулась домой к ничего не заподозрившему Никите, а новорожденная Дашенька стала воспитываться у отца. Все добытые правдой и неправдой копейки бедная Альбина теперь отдавала Славе. Жизнь ее превратилась в сплошной обман. Пока девочка была маленькой, особых проблем не возникало, но когда ей исполнилось три года, пришлось что-то придумывать. Даша не знала, что у любимой мамы есть другая семья, не подозревала она и о существовании Вики. Бабушка и папа спокойно объясняли ребенку:

— Мама на работе.

И лет до семи Дашенька вопросов не задавала. Мать приходила каждый день с чудесными подарками. Но потом девочка поинтересовалась:

— Мамочка, а где ты ночуешь?

Пришлось рассказывать невероятную сказку о службе в органах государственной безопасности. Ни один нормальный человек не поверил бы идиотской истории, но маленькая наивная девочка ничего не заподозрила и даже гордилась, что ей доверили государственную тайну. В общем, Дашенька была счастлива, но Альбина жила на грани нервного срыва. У женщины развилась настоящая истерия.

Соловьевой все время казалось, что Даша несчастна, страдает и не имеет всех тех благ жизни, которыми пользуется Вика. Глядя, как Виктория ужинает, мать думала: «Дали ли Даше поесть?» Если у Вики появлялась игрушка, точно такую же она покупала и Даше... Но больше всего Альбину угнетала невозможность отдыхать вместе с Дашенькой.

К тому же Виктория, рассудительная и малообщительная, слишком была похожа на Никиту, а вступив в подростковый возраст, стала, по мнению матери, совершенно невыносимой. То целый день читает книги, а затем щеголяет в школе эрудированностью, то устраивает скандалы, обижаясь по каждому поводу. При этом отвратительно учится, принося каждый день двойки, колы и замечания...

Дашенька же была абсолютно другой. Веселая,

энергичная, простая и понятная. Играла в куклы, собирала наклейки, обожала диснеевские мультики, никогда не спорила с родителями, отлично училась...

Альбине просто не приходило в голову, что Даша младше Вики и проблемы с ней еще впереди. Нет, Альбина пребывала в твердой уверенности, что одна ее дочь — настоящее исчадие, другая — ангел во плоти. И по ужасной несправедливости ей приходится жить с противной девочкой, ущемляя другую, такую милую малютку, во всем. Но Даша отнюдь не была обижена. У нее имелась бабушка, мать Славы. Бабка любила внучку, правда, меньше, чем сына, но и от отсутствия внимания Дашенька не страдала. К тому же Слава вполне нормально зарабатывал, да и Альбина волокла в семью, где жила ее вторая дочь, все добытые деньги... Девочка совершенно не нуждалась, но... но жила не в трехэтажном особняке, а в обычной, пусть и хорошей, квартире, в школу ездила не на «Мерседесе», а на «Жигулях», и норковой шубки у нее тоже не было. Имелась отличная дубленка, теплая и уютная, но у Альбины от злости сводило скулы, когда Вика с недовольным лицом влезала в свое серебристое манто.

Итак, старшую дочь Альбина терпеть не могла, младшую обожала, но жить ей приходилось с противными и гадкими, проводя с дорогими и любимыми всего лишь считанные минуты. А все из-за денег! Хитрая американка обошла Альбину в завещании, и никаких собственных средств у женщины не было. В случае развода она оставалась голой и босой, а ее ненаглядная Дашенька теряла всякую надежду на богатство.

Слава терпеливо ждал, что из этого получится. Жизнь полухолостяка, полуженатого мужчины устраивала его полностью. Тем более что Альбина приносила в дом много денег. Мать его никогда не позволяла себе взглянуть на «невестку» без улыбки. Они все ждали.

— Чего? — спросила я.

Альбина горестно вздохнула:

— Смерти Никиты. В случае его кончины деньги достаются Вике, а значит, мне.

Я всплеснула руками:

— Слушай, если ты все так же объяснила следователю, то неудивительно, что он применил такую суровую меру, как арест!

Альбина устало откинулась на спинку жесткого казенного стула.

— Ты не поняла. Во-первых, о Рыбаковых не знает никто, ни единая душа. Мы соблюдали жесткую конспирацию, прямо как шпионы. Подруг у меня нет. В гости к Славиным приятелям вместе никогда не ходили, таились, из-за Дашеньки огласки боялись...

И она снова заплакала, на этот раз тихо и безнадежно. Мне не было ее жаль. Ох, кажется, вовсе не из-за девочки сохраняли тайну Слава и Альбина, нет, они просто боялись лишиться денег. Никита, узнав об измене, скорей всего развелся бы с Альбиной.

Собеседница опять утерлась рукавом и продолжила:

— Я так измучилась, просто стала невменяемой, но тут произошло неожиданное... Никита отправился на очередное обследование к своему доктору. Мужчина тщательно заботился о себе и раз в году обязательно полностью проходил диспансеризацию, чтобы удостовериться в том, что он совершенно здоров. Но в этот день врач озабоченно покачал головой и отправил Соловьева к хирургу. Вердикт оказался суровым — рак грудной железы, но шанс на спасение жизни оставался, нужно было срочно сделать операцию.

Никита с недрогнувшим лицом выслушал диагноз и запретил жене рассказывать кому-либо о его болезни, даже Антону.

— Никто не должен об этом знать, — категорично отрезал он.

Альбина не стала спорить. Никита, сказав всем, что уезжает в Америку, лег в клинику и прошел все ступени — оперативное вмешательство, лучевую и химиотерапию, гормоны.

После непродолжительного ухудшения анализы стали приходить в норму. Соловьев поверил в то, что выздоровел. Но примерно через год он неожиданно начал задыхаться. Врачи, отводя глаза, сказали ему, что это аллергия, развившаяся после интенсивного лечения. Мужчина начал вновь ходить на уколы и пить таблетки, но Альбине врач, разведя руками, сказал:

— Мы же не боги, процесс идет, боюсь, он долго не протянет, год максимум.

И Альбина стала ждать конца, впрочем, Слава тоже. Он, естественно, был в курсе дела, но ни Вика, ни Вера, ни Антон даже не предполагали о болезни Никиты. Вернее, они считали, будто у него астма, отсюда и душераздирающие припадки кашля.

Соловьева замолчала и глянула на меня.

— Теперь понятно?

Я пожала плечами. Более чем. «Любящая» жена преспокойненько ждала, когда супруг отправится к праотцам, и потирала руки, думая, что денежки вот-вот попадут в ее распоряжение.

— А Вера? — спросила я. — Ведь по завещанию огромные суммы отходили сестре мужа и Вике, а не тебе.

Альбина улыбнулась:

— Верочка была милейшим существом, вот уж трудно представить, что они с Никитой из одного гнезда. Она скорей годилась в сестры Антону — тихая, деликатная, талантливая художница. Я любила ее, и, если бы средства достались ей, у меня не было бы никаких проблем. Веруся никогда бы и взглядом меня не упрекнула и скорей всего только обрадовалась бы, узнав, что я снова выхожу замуж. Боже, как бы мы хорошо жили, все вместе — Тоша, Ксюша, Верочка, Славик и Дашенька... Господи, как я надеялась на счастье, как мечтала, как ждала... Понимаешь теперь, что никакой нужды убивать Никиту у меня не было? Он умер бы сам. Не через год, так через два. Я столько мучилась, что лишние двенадцать месяцев...

— Надо же, как тебе повезло, — тихо сказала я, — сначала Вера погибла, потом муж...

— С Верочкой произошла трагическая случайность! — воскликнула Альбина. — Ужасная, несправедливая, а с Никитой... Ну не трогала я его, не трогала, поверь.

— Как же яд оказался в матрасе?

— Не знаю! — яростно воскликнула Альбина. — Честное слово. Вытащили пузырек из матраса с наклейкой «Панангин», а там — стрихнин. Боже, что же будет с Дашенькой!

— А с Викой?

Альбина осеклась:

— Ну, Виктория пока поживет дома.

— Одна?

Дама нахмурилась:

— Там Антон, Ксюша, ничего, как-нибудь.

Я во все глаза глядела на Альбину: бывает же такое — она даже не вспомнила про старшую дочь! Напрочь забыла о ребенке.

— Это кто-то подстроил! — почти кричала Соловьева. — Сначала отравил Никиту, потом подсунул мне яд.

— Зачем?

— Не знаю!!!

— Как зовут вашего врача и где он работает?

— Кисин Андрей Евгеньевич, — ответила Альбина. — Шестьсот двадцатая городская больница, там и операцию делали, и облучение. Кисин его и курировал.

В этот момент дверь распахнулась, и вошел улыбающийся Олег Михайлович.

— Ну? Потолковали?

Я кивнула. Альбина подняла бесконечно усталые глаза и бесцветным голосом попросила:

— Разрешите мне передачу прислать?

— А тут и моего разрешения не надо, — спокойно ответил Куприн, — по закону положено — тридцать кг раз в месяц. Нижнее белье, тапки, мыло, газеты и туалетные принадлежности в вес не входят. Еще можете получить вещи, лекарство, таз, ведро, холодильник и телевизор, только не советую слишком уж в камере обзаводиться хозяйством.

— Почему?

— Недолго у нас продержат, отправят в СИЗО.

— В Бутырку?! — в ужасе воскликнула я. — Только вчера показывали, как там в камерах на пятьдесят человек все сто двадцать сидят.

— Женщин в Бутырке нет, — вздохнул Куприн, — для них не так давно построили новый изолятор, даже санитарные комнаты есть, правда, он тоже уже переполнен. Вот когда туда отправят...

Альбина, побледнев, переводила взгляд с меня на следователя.

Появился конвойный, и мою нанимательницу увели.

— Еще кофейку? — радушно предложил Куприн.

Но меня начало мутить.

— Нет, спасибо.

— Ну как, она приняла решение помогать следствию?

Я отрицательно покачала головой:

— Утверждает, что не виновата и никакого пузырька в матрас не прятала.

Следователь развел напиток, понюхал содержимое чашки и сказал:

— Надо, наверное, поменьше этой гадостью накачиваться. Соловьева, мягко говоря, ввела вас в заблуждение. Дело в том, что стрихнин лежал в упаковке из-под лекарства «Панангин». Его многие пьют, ничего особенного, просто калий и магний, сердечникам прописывают. Так вот, на пузырьке обнаружены отпечатки пальцев Соловьевой, очень четкие, просто удивительно. Знаете, такое ощущение, что она схватила «Панангин» руками, вымазанными жиром. Очень глупый поступок, теперь каждый первоклассник знает о дактилоскопии.

Я молчала. А что тут возразить? Олег Михайлович спокойно отхлебнул кофе.

— Понимаю, для вас это шок, дружили с человеком, считали, что хорошо знаете его, и вдруг, бац — убийца. Но поверьте, не вы одна оказались в такой ситуации. В этом кабинете часто сидят люди, повторяющие: «Не верю, не могла». А потом выясняется — запросто, элементарно. «Люди гибнут за металл. Сатана там правит бал».

И он снова включил чайник. В комнате стояла жуткая духота, окно было забрано решеткой, и форточка, кажется, вообще не открывается, и еще этот специфический запах. Ни в одном учреждении не сыскать подобного «букета» — пыль, старые бумаги, кофе и что-то еще, затхлое, тяжелое, просто невыносимое. Может, так пахнет человеческое горе? Кое-как я справилась с негативными эмоциями и спросила:

— Она говорила вам, что Никита был болен раком?

Куприн кивнул:

— Естественно.

— Ну и что, вы проверили?

Олег Михайлович улыбнулся:

— Извините, пока не успел.

— Почему?

— Но ее только вчера арестовали, время есть.

— Послушайте, — возмутилась я, — а что, если она не виновата?

Куприн поднял вверх руки:

— Да вы не волнуйтесь так, сделаем все необходимое, только...

— Что?

— Только семейные разборки происходят намного чаще, чем вы думаете. По статистике, семьдесят пять процентов преступлений совершают родственники. Понимаю, что вам это кажется ужасным... Вы сейчас домой? Передайте Юрке привет, кстати, что с ним приключилось? Бюллетень взял.

— Давление замучило, — буркнула я и ушла.

ГЛАВА 25

В метро я в задумчивости села на скамейку. Придется ехать к этому Славе Рыбакову, кто-то же должен передать Альбине вещи и продукты. Вряд ли рафинированный Антон захочет таскаться с сумками на Петровку...

До Рыбакова я добиралась больше часа, и, когда наконец перед глазами возникла высоченная бетонная башня, ноги уже гудели от усталости.

Из-за железной двери раздался детский голос:

— Кто?

— Открой, Дашенька, меня прислала мама.

— Подождите, — сказала девочка.

Несколько минут за дверью стояла тишина, потом загремели замки, и в проеме возник высокий стройный мужчина в красивом спортивном костюме.

— Вам кого?

— Славу Рыбакова!

— Слушаю, — без тени улыбки ответил хозяин.

— Меня прислала Альбина Соловьева.

— Не знаю такую.

— Да будет вам, у нее случилось несчастье, и требуется ваша помощь.

— Проходите, — велел мужчина и посторонился.

Я вдвинулась в довольно большую, хорошо обставленную комнату. Мебель была намного лучше, чем у нас с Тамарой, но не шла ни в какое сравнение с кожаными диванами и буфетами из цельного дерева, украшавшими дом Соловьевых.

— Садитесь, — велел Рыбаков.

Я устроилась в кресле, и тут в гостиную вошла Даша. Даже зная, что девочки единоутробные сестры, трудно было найти сходство между ней и Викой. Моя ученица пошла внешностью в бабушку, мать Никиты. В ней ясно проступала иудейская кровь — копна роскошных кудрявых темных волос, чуть выпуклые карие глаза, выразительные и печальные, легкая смугловатость кожи. Да и фигура свидетельствовала о том же — не слишком длинные ноги, низкая, отнюдь не тонкая талия.

Даша Рыбакова выглядела совершенно иначе. Просто Аленушка с картины художника Васнецова. Светло-русые пряди собраны в хвост, не слишком большие голубые глаза, легкий румянец на снежно-белом лице и невероятная хрупкость фигуры. Казалось, что девочка вот-вот переломится пополам, просто тростиночка.

— Здравствуйте, — весело сказала она и уселась на диван.

— Даша, — велел отец, — нам нужно поговорить наедине.

— Хорошо, — тут же согласился ребенок.

И без всяких обид и гримас выскользнула в коридор. Очевидно, характер у Даши был такой же светлый, как ее волосы. Вика ни за что не упустила бы возможности устроить скандал.

— Излагайте, — велел мужчина, по-прежнему, без всякой улыбки.

Я попыталась как можно более подробно описать ситуацию. Слава ни разу меня не прервал, ни один вопрос, ни одно восклицание не сорвалось с его красиво очерченных губ. Лицо любовника Альбины напоминало маску, настолько оно было безучастным.

Наконец я иссякла. Рыбаков помолчал и спросил:

— А от меня что надо?

— Сдайте передачу, сейчас объясню, какие...

— Деньги Никиты теперь Альбине не достанутся, — неожиданно сказал Слава. — Убийца не может наследовать имущество своей жертвы.

— При чем тут это?

— А кто станет распоряжаться средствами?

— Антон, наверное, Вика-то несовершеннолетняя. Кстати, теперь, когда отпала необходимость соблюдать тайну, вы можете зарегистрировать брак с Альбиной и познакомить девочек.

Слава, не мигая, глядел на меня. Его мужественное лицо внезапно показалось мне противным. С таким самодовольным видом фотомодели мужского пола демонстрируют нижнее белье и рекламируют зубную пасту. Этакая смесь самолюбования и легкого презрения к остальным людям, не наделенным правильными чертами лица. Но мне никогда не нравились красавцы. Всегда казалось, что мужчина должен гордиться не идеальной формой носа или рта, а эрудированностью, интеллигентностью и широтой души.

— Нас с Альбиной ничего не связывает, — отмерил Слава.

— Как это? — оторопела я. — А Даша?

Рыбаков глубоко вздохнул, под тонкой майкой напряглись безупречные мускулы. Небось целыми днями качается в тренажерном зале. Хотя, не надо злиться, он же тренер и обязан поддерживать форму.

— Не скрою, — спокойно пояснил Слава, — у нас одно время была связь, плодом которой явилась Дашенька. Но Альбина не ушла от мужа, более того, она оставила девочку нам с матерью.

— Но...

— Следует отметить, — совершенно бесстрастно продолжал Рыбаков, — Альбина — великолепная мать, она часто навещает Дашу и, являясь более чем обеспеченной женщиной, дает определенную сумму на воспитание девочки. К сожалению, моя зарплата невелика.

— Но... — попыталась я еще раз сбить плавную речь Славы. — Но...

— Но, — не сдался мужчина, — никаких взаимоотношений между нами нет.

— Как это!

— Очень просто. Любовь закончилась очень давно, но ради дочери мы старательно, как могли, изображали любящую пару. Хотя, честно говоря, подобное положение вещей начало меня угнетать и я давно хотел поговорить с дочерью. Ну сказать, будто мы развелись. Самое обычное дело. Вряд ли она станет страдать, ведь фактически ее воспитывала бабушка, моя мать.

— Как же так, — залепетала я. — Альбина утверждала совсем иное.

— Не знаю, что говорила вам госпожа Соловьева, но имейте в виду — ничего общего с убийцей ни я, ни моя дочь иметь не будем.

— Она ждет вас, — тихо пробормотала я, — надеется. И потом, еще не было суда, вдруг она не виновата?

Слава презрительно скривил губы.

— Меня никто за решетку не сажает, раз арестовали, значит, имелся повод, — отчеканил он.

— И вы не станете знакомить Дашу с сестрой?

— Никогда. Да и какая она ей родственница...

— Ну ничего себе, — окончательно вышла я из себя. — Мать-то у них одна.

— Правда? — ухмыльнулся Слава. — Но это еще ни о чем не говорит.

— И не понесете ей передачу?

— Никогда. С убийцей не хочу иметь дело.

— Но...

— Простите, — твердо заявил мужчина, — дальнейший разговор не имеет смысла.

Он встал, всем своим видом давая понять, что аудиенция окончена. Пришлось уходить, кипя от злости.

Пока лифт нес меня с последнего этажа вниз, в голове пылал пожар. Бывают же такие люди! Горя от негодования, я вылетела во двор и понеслась к метро. Сейчас добегу до автомата и попробую связаться с Антоном, хотя, чует мое сердце, ничего хорошего...

— Простите, — раздался тоненький, ясный голосок. — Мне надо поговорить с вами.

Я резко повернулась и увидела Дашу. Девочка сдула со лба светлую прядку и спросила:

— Что с мамой?

— Она заболела, сильно, но не смертельно, ее отправят в санаторий, и, скорей всего, ты ее несколько лет не увидишь.

Даша в упор посмотрела на меня и закусила нижнюю губу.

— Ага, а еще она работает радисткой в ФСБ и поэтому никогда не ночует у нас. Не надо считать меня дурой, великолепно знаю, что у нее есть другая семья.

Я почувствовала, как на сердце наваливается тяжесть.

— Сколько тебе лет?

— Десять, — с достоинством ответила девочка.

— Давай зайдем в кафе, — предложила я, указывая на веселые разноцветные зонтики на той стороне проспекта.

Мы пошли к подземному переходу. Что же, ей десять годков, я в этом возрасте великолепно разбиралась что к чему, бегала сама в школу, могла приготовить немудреный обед и знала, с какой стороны нужно затаскивать на диван пьяную Раису.

Мы сели за столик, и я попыталась начать издалека:

— Понимаешь, все очень непросто.

— Мама попала в тюрьму? — перебила Даша. — За что?

— Откуда знаешь? — изумилась я.

— Подумаешь, — фыркнула девочка. — Между прочим, из ванной великолепно слышно, что в гостиной говорят. Когда меня из комнаты выгоняют, всегда делаю вид, что иду мыться. Что мама сделала?

— Ее обвиняют в убийстве мужа...

— Никиты? Отца Вики?

— Ты все знаешь?

— Конечно.

— И кто рассказал?

— Сама узнала. Мама и папа редко эту ситуацию обсуждали, а вот бабушка все время папу пилила. Только мама за порог, как бабуля начинает зудеть: «Сколько это будет продолжаться, семьи нормальной нет, никогда Альбина денег не дождется, ситуация тупиковая. Семьи нормальной нет, жены у тебя нет, семьи нормальной нет, нет семьи, семьи нет...» А папа послушает, послушает, да как рявкнет: «Мама, перестань!» Она и замолчит. А мне разрешат ее увидеть?

Я растерялась.

— Не знаю, а ты хочешь?

— Конечно, — серьезно ответила Даша. — Наверное, ей там страшно и тоскливо. И потом, кто же продукты передаст, говорят, в тюрьме голодают...

— Тебя совсем не пугает, что Альбину обвиняют в убийстве?

— Нет, — покачала головой Даша. — Она же моя мама. И потом, наверное, она не хотела, случайно, да? Толкнула, а он упал? Так ведь?

И она посмотрела на меня голубыми глазами, похожими на полевые цветы.

Я растерянно пробормотала:

— Знаешь, вина Альбины не доказана, в деле много непонятных моментов. Следователь разберется.

Даша тяжело вздохнула:

— Деньги кому достанутся?

Мне стало противно. Надо же, девочка казалась на первый взгляд вполне приличной, и вот, пожалуйста.

— Какая разница! — излишне резко ответила я. — Понятно одно, только не твоему папе!

— Очень даже большая разница, — твердо ответила Даша, — если средства окажутся у Вики, то поеду к ней и попрошу дать взятку следователю, много-много тысяч долларов, вот он маму и выпустит.

Я лишилась дара речи. Что это такое делается на моей Родине, если маленькая девочка абсолютно уверена, что все проблемы можно решить при помощи денег! Да я в ее возрасте свято верила в победу добра над злом!

— Деньги отцу теперь не нужны, — тихо продолжила Дашенька, накручивая на палец легкую, светлую прядку.

— Да? А мне показалось, что он ради звонкой монеты готов на все! Извини, но произвел такое впечатление.

Даша взяла тоненькими пальчиками пластмассовую ложечку и аккуратно зачерпнула слегка подтаявшее мороженое.

— Бедный папа всегда хотел разбогатеть, но у него ничего не выходило. Начал торговать сигаретами — прогорел, занялся автобизнесом — так чуть не убили. А тренер копейки получает. Честно говоря, мы жили на бабушкину зарплату и на те деньги, что приносила мама, она-то очень обеспечена. Но сейчас папа больше не нуждается...

Девочка замолчала и принялась размазывать белый шарик по стенкам креманки.

— Почему? — удивилась я. — Что же изменилось?

— Знаете, где папа работает?

— Вроде бы в спортзале тренером.

— Не в зале, а в клубе «Юнион трейдз», — пояснила Даша, — это целый комплекс: тренажеры, шейпинг, аэробика, бассейн, парикмахерская, баня... Там можно целый день провести, многие так и делают. Абонентная плата — две тысячи в месяц.

— Две тысячи чего? — глупо поинтересовалась я.

— Долларов, конечно, не деревянных же, —

хихикнула девочка, — поэтому в «Юнионе» только очень богатые собираются. Элита шоу-бизнеса, всякие дети банкиров, жены магнатов. Папа говорит, они потому так цены задрали, чтобы посторонних отсечь. Вроде клуб и не закрытый, приходите, пожалуйста, но по карману очень немногим. Папа работает в тренажерном зале, и там полгода тому назад он познакомился с Кирой Волковой. Про Волкова слышали? Павла Андреевича?

Я отрицательно покачала головой:

— Нет.

— Ну как же, — удивилась Даша, — о нем часто по телевизору говорят, — он владелец сети крупных супермаркетов «Материк еды». Видели эти магазины?

— Конечно, в нашем районе их целых три.

— А в нашем пять, — пояснила девочка. — Он жутко богатый, покруче Никиты Соловьева будет, а Кира — единственная дочь, ей двадцать пять лет.

— Ну и что? — тихо спросила я, заранее зная ответ.

— А то! Она в папу влюбилась, у нас дома была, и они собрались пожениться в конце лета, уже заявление подали. Павел Андреевич отцу и работу предложил — управляющим, и квартира у них новая есть в Кунцеве. Дом такой роскошный стоит, с зеркальными стеклами. Они с Кирой там будут жить, а я с бабушкой останусь.

— Почему? Тебя не возьмут?

Девочка грустно улыбнулась:

— Папа Кире про маму ничего не сказал, а я вроде как его племянница, дочь рано умершей сестры. Кира могла не захотеть связать свою судьбу с мужчиной, в одиночку воспитывающим ребенка.

— Ничего себе. И ты согласилась звать папу дядей?

— Но ведь он так долго ждал этого шанса, — ответила девочка, — так мечтал о богатстве.

Она замолчала, поводила пальцем по столу и добавила:

— Конечно, обидно было, но я поняла, не эгоистка ведь. Честно говоря, думала, может, мне к маме жить уехать. Только там Никита, муж ее, ну как объяснить ему, кто я такая? Вот и выходило: туда нельзя и с папой тоже не останешься... Правда, бабушка у меня очень хорошая, понимаете, она ради папы все сделает, абсолютно все. Любит его очень.

Дашенька внезапно замолчала, а я, честно говоря, не знала, как реагировать на ошеломляющие новости.

— Как вы думаете? — поинтересовался ребенок. — Может, мне теперь все-таки переехать к маме? Никита умер, бояться нечего. Правда, Вика... Интересно, она не прогонит меня? Жаль, далеко живет.

— Вика сейчас у меня, — тихо возразила я.

— Тогда едем, — решительно заявила Даша, — давно хочу ее увидеть.

— А папа что подумает? Как объяснить, куда ты вдруг делась?

— Я занимаюсь художественной гимнастикой, — пояснила Дашенька, — на «Динамо». Час туда, час назад, да четыре часа тренировка идет, никто не хватится. В одиннадцать вечера папа ждет меня в вестибюле метро, обычно бабушка встречает, но сейчас она в больнице, заболела немного. Довезете меня до станции, и дело с концом.

Секунду я колебалась, не зная, как поступить, потом решительно сказала:

— Поехали!

В метро мы сели рядышком на узкий диванчик, и я невольно вздохнула.

— Вам не хочется меня к себе везти? — тут же отреагировала сверхчувствительная Даша.

— Нет, просто думаю, почему Слава не рассказал Альбине правду про Киру, все равно же известно станет!

Дашенька положила на мою руку узенькую ледяную ладошку.

— Как-то раз мама пришла к нам, а на кухне сидит соседка, Оля Воробьева, за сахаром заглянула. Ну папа возьми и ляпни ей: «Это учительница музыки моей дочери».

Оле-то все равно, взяла рафинад и ушла, а мама как накинется на папу: «Негодяй, другую завел!»

Дашу сразу выставили в детскую, но скандал приключился такой громкий, что девочка великолепно все услышала, даже не заходя в ванную.

«Так и знай, — вопила Альбина, — я свое счастье никому не отдам! Даже не мечтай о другой бабе! Имей в виду, если что заподозрю, не жить ей, убью, отравлю!» Вот Слава и боялся открыть правду до официальной женитьбы. Альбина могла запросто заявиться к Кире домой и разрушить свадьбу.

— Бракосочетание на 23 августа назначили, — пояснила Даша, — утром распишутся, днем — обед, а вечером они должны улететь на месяц на Сейшельские острова. Бабушка тогда и расскажет все Альбине. Только та уже ничего поделать не сможет. Впрочем, раз мама в тюрьме, папе вообще бояться нечего!

Поезд с грохотом влетел на станцию «Сокол». «Осторожно, двери закрываются, следующая станция «Войковская», — пробормотал мужской голос, у машиниста испортился магнитофон, и он сам объявлял остановки.

— Как вас зовут? — неожиданно спросила Даша.

— Виола.

— Красивое имя, — восхитился ребенок и добавил: — Я люблю этот сыр из баночек.

Я покосилась на нее, не похоже, что Дашенька издевается, скорей всего, на моем пути попалась еще одна любительница плавленого сыра «Виола».

ГЛАВА 26

Перед входом в подъезд я попробовала объяснить Даше:

— Вика не предполагает о твоем существовании. Поэтому сразу, с порога, ничего не говори ей. У бедняжки последние дни сплошные стрессы.

— Зря меня за дуру считаете, — с достоинством заявила Дашенька, — просто познакомиться хочу, скажете, что я... Ну, кто я?

— Моя ученица, занимаюсь с тобой немецким языком.

Подойдя к двери, я увидела, что кнопочка звонка вновь исчезла. Пришлось стучать, потом барабанить ногой, но дверь открывать не спешили. Из недр квартиры доносился мерный гул. Наконец приоткрылась щель, и высунулся Петька.

— Кто там? — бдительно спросил он.

— Сто грамм, — ответила я, — поздно спрашивать, когда дверь распахнул.

Мы втиснулись в прихожую, и я онемела. Кругом лежат груды барахла.

— Что у нас происходит?

— Дядя Ленинид хочет балкон стеклить! — завопил Петька.

Так, понятно. Как у всех бывших советских

людей, у нас с Томусей полно всякого барахла, которое использовать нельзя и выбросить рука не поднимается. Наш человек, приученный к резким сменам правительства, дефолтам и панически боящийся, что с приходом нового начальства в стране кончится товарное изобилие, рачительно складывает всякий мусор, исходя из принципа: вдруг пригодится. Мы с Томусей не исключение. А где держать всю эту ерунду обитателю «хрущобы»? Ясное дело — на балконе. Поэтому там у нас кошмар, лучше не выглядывать. И вот теперь папенька в хозяйственном пылу взялся за остекление.

— Я мою окно в спальне! — весело орал Петька. — Грязно у вас, жуть!

— Убраться решили, — эхом отозвался Митька. — Я пылешошу, нет пылесосяю, ну, в общем, при пылесосе, а Криська кекс печет, а то жратиньки нечего, совсем-совсем. Верка во дворе ковер бьет, ну и воняет от него! Как из помойки несет. Тетя Вилка, а ты купила мусорное ведро?

— Нет, — удрученно ответила я, пробираясь через горы шмоток.

Глаз случайно заметил эмалированный детский ночной горшок. Господи, как он-то к нам попал и зачем мы его держим на балконе!

— Где Тамара?

— На оптовку пошла! — закричала Кристя. — Все продукты кончились, нам яйца Аня дала.

— Не отвлекайся, меси тесто, — послышался голос соседки, — иначе осядет, барахло получится.

— Мака дака, — залепетала Машка.

Так, значит, они у нас, нашли время для визита.

— Вика, ты где?

— Тут! — крикнула девочка и, стукнув меня дверью, вылетела из ванной. — Стираю, белья гора, до неба!

— Господи, простыни же тяжелые.

— Аня велела порошок развести в ванной и ногами потоптать, — пояснила Вика, — здорово вышло, прямо, как в машине. Все пододеяльники истоптала, мы их с Криськой во дворе развесили, сейчас шторы топчу.

— Какие?

— Из гостиной, такая вода течет!

Тут она заметила Дашу и попятилась.

— Добрый день, — тихо сказала гостья, — меня зовут Даша.

Вика стояла, опустив руки вдоль тела, с ее босых, покрасневших ног на линолеум стекли небольшие лужицы. Пауза затянулась, я уже хотела вмешаться, как вдруг Виктория резко сказала:

— Так, значит, ты — моя сестра.

Я плюхнулась на диван и воскликнула:

— Ты знала про Дарью? Откуда?

Вика ухмыльнулась:

— У нас дома в каждой комнате по базе с трубкой торчит. Если кто-то говорит по телефону, то можно услышать о чем.

— И ты подслушивала...

— Нет, один раз случайно, хотела позвонить, а там мамин голос: «Дашенька, доченька, ангел ненаглядный...» Даже интересно стало, что это за девочка такая. Со мной-то она никогда так не разговаривала, только ругала да поучала. А потом фото нашла, в сумке у нее кармашек есть потайной, под подкладкой...

— Давно ты в курсе?

— Полгода уже, — заявила Вика и уставилась на Дашу.

Та тоже глядела на сестру во все глаза. Так две незнакомые собачки при первой встрече буравят друг друга взглядом, выясняя, кто из них сильней.

Петька бросил мыть окно, Митька выключил пылесос, Кристя, Аня и Машка вылезли из кухни, а с балкона притопал папенька. В довершение картины распахнулась дверь на лестницу, и появилась запыхавшаяся Верочка.

— Могли бы и помочь, — обиженно заявила она, — тяжело ведь. И потом, выбивать этот палас — идиотское занятие, стирать надо, он вонять не перестал.

— Знакомься, — сказала Вика, показывая Даше на Веру, — это тоже твоя родственница, тетя.

— Очень приятно, — немедленно отреагировала Верочка, опуская мне на голову скрученный ковер. — Наверное, отлично вас знаю, только, простите, совершенно не помню!

Даша растерянно глянула на меня. Появление тети явно было для нее неожиданностью. Я окинула взглядом толпу благоприобретенных друзей и родственников. Из кухни потянуло горелым.

— Кристя, кекс горит!

Ойкнув, девочка и Аня метнулись на кухню, Машка осталась ползать возле кучи грязи, принесенной с балкона.

— Чего стоите, — накинулась я на близнецов, — уже все убрали?

— Не-а, — в голос ответили мальчишки.

— Тогда продолжайте!

— Мы отдыхаем.

Я почувствовала, как все тело начало наливаться невероятной усталостью. Боже, как они мне все надоели! И нет никакой возможности от них избавиться.

— Вилочка, — нежно пропела Вика, — иди в спальню, почитай газетку, мы тут сами разберемся.

На моем диване вольготно раскинулись Дюшка, Клеопатра и котенок. Увидав, что я хочу подвинуть семейство, чтобы освободить для себя кусочек, Клепа угрожающе зашипела. Вспомнив, как она расцарапала несчастного доктора, я на всякий случай решила проявить осторожность и перебралась на Тамарину кровать. Но и там мне не нашлось места: все пространство лежанки занимала Кася, устроившаяся со всевозможным комфортом — голова на подушке, тело на пледе.

— Ну ты нахалка, дорогуша, — сообщила я. — Только приехала — и сразу на одеяло.

Псина лениво открыла глаза, вяло махнула хвостом и вновь впала в нирвану. Она совершенно не собиралась в испуге спрыгивать на пол. Нет, собака даже не подвинулась. Я примостилась сбоку, от Каси пахло чем-то непонятным, но не противным. В кабинете у следователя Куприна воняло намного хуже. Ноги мои свисали, но спина вполне удобно устроилась на матрасе. Я попробовала слегка пнуть Касю, но с таким же успехом можно было стучать в каменную стену. Дратхаар даже ухом не повел. Поняв, что больше места мне не отвоевать, я закрыла глаза.

Видали ли вы когда-нибудь, как бурный горный поток влечет маленькое каноэ? Человек, сидящий в утлой лодочке, пытается бороться с течением, изо всех сил размахивая веслом, но обстоятельства оказываются сильней, и небольшой кораблик частенько переворачивается. Гребцу, оказавшемуся в ледяной воде вниз головой, остается лишь молиться богу о спасении.

Вот так и я пытаюсь справиться с быстрой рекой событий, а их все больше и больше. И потом, сколько людей, в конце концов, могут уместиться на наших квадратных сантиметрах? От постоянного шума у меня два дня болит голова. Хотя сейчас относительно тихо...

— Открывайте скорей! — раздался дикий, какой-то нечеловеческий вопль. — Быстрей, на помощь, заснули, да?

Не понимая, что происходит, я вместе с Касей слетела с кровати и понеслась в прихожую. Входная дверь открыта, и в ванной комнате бушует соседка Наташа.

— С ума посходили! Вода мне на голову хлещет, потолок сейчас обвалится, что за уродство!

— Ой, — взвизгнула Вика, — совсем забыла про белье!

— А оно поднялось и слив заткнуло, — резюмировала Наташа. — И как теперь быть?

— Ты не серчай, — отозвался Ленинид. — Завтра же все в порядок приведу. Тоже мне дело — двухметровку побелить. Не голоси, случай такой вышел, не со зла.

Наташа замолчала и вполне спокойно произнесла:

— Шкафик какой в прихожей отличный. Маленький, красивый и вешалка, и полки. Давно такой ищу, где взяли? Дорого отдали?

Ленинид приосанился:

— Сам сделал.

— Да ну! — изумилась Наталья. — Материал отличный, импортный, качественный.

— Немецкий, — гордо заявил папенька. — Германцы народ аккуратный, ихние панели сто лет прослужат.

— И почем покупали?

— Даром достались, — обрадовался папуля, — из некондиции.

— Вот что, — припечатала Наталья, — Аллах с ней, с ванной. Там водоэмульсионка — высохнет, и следа не останется. Сделайте мне такой шкафик, и будем считать инцидент исчерпанным.

— Как два пальца обсосать, — пообещал папенька, потом оглядел многочисленных детей и добавил: — Простите, пожалуйста. Могу прямо сейчас измерить.

— Пошли, — велела Наташка.

Ленинид прихватил железную линейку, и они исчезли. А мы двинулись есть слегка подгоревший кекс.

Поздним вечером я повезла Дашу на «Динамо», Вика увязалась с нами. На обратной дороге она положила голову мне на плечо и сказала:

— Господи, здорово-то как!

— Что же ты увидела хорошего?

— Мне никогда не было так весело, как сегодня.

Я ухмыльнулась. Интересный народ — подростки. Жила Вика в собственной роскошной спальне, набитой всем, чем только можно; каталась на «Мерседесе»; надевала вещи от «Гуччи»; ела осетрину, миноги, пирожные и... тосковала день-деньской. Теперь спит на раскладушке, головой на кухне, ногами в прихожей, стирает постельное белье, завтракала сегодня пшенной кашей, про обед все забыли, а на ужин подали малосъедобный кекс и сосиски. Вместо фирменных, но испачкавшихся джинсов, она натянула Тамарины брюки за сорок рублей из секонда, катается со мной в метро... И поди же ты — счастлива.

— У вас так весело, так здорово! — захлебывалась Вика. — Петька и Митька жутко забавные. Прикинь, они хотели Касю пропылесосить, а та на стол запрыгнула! Кристя тоже отличная девчонка, она фенечки плетет, гляди. — И Вика вытянула правую ногу. Чуть повыше щиколотки виднелась браслетка, сделанная из ужасного розового бисера ценой десять рублей за килограмм.

Я перевела взгляд на дорогие золотые серьги, покачивающиеся у Вики в ушах, и не выдержала:

— Небось Кристя ничего не слышала о дзен-буддизме.

— А, ну и черт с ним, — фыркнула девочка, — подумаешь, сама не слишком поняла, что там к чему. И Даша хорошая, она мне понравилась. Маме так и скажу: давайте жить вместе, вот как только ее выпустят, сразу и попрошу. Как ты думаешь, она согласится?

— Конечно.

— А ее скоро домой вернут?

— Думаю, на днях, — покривила я душой. — Следователь очень опытный, мигом разберется.

— Пока она под следствием, — вздохнула Вика, — у тебя поживу, можно? Дома как в могиле.

— У нас тесно, и у тебя от раскладушки спина заболит.

— Ерунда, не выгонишь меня, а?

— Как же школа? — не сдавалась я.

— Ой, — отмахнулась ученица, — два дня занятий осталось, все отметки давно вывели.

Понимая, что деваться некуда, я пробормотала:

— Конечно, оставайся, в тесноте, но не в обиде.

На следующий день около полудня я входила в ворота онкологической клиники. Больница находилась за городом, в большом зеленом парке, и, если не знать, что перед вами «раковый корпус», запросто можно подумать, что находишься в санатории.

Доктор Кисин сидел в ординаторской.

— Вы ко мне? — буркнул он.

— Да.

— По какому поводу?

— Вы знакомы с Альбиной и Никитой Соловьевыми?

— Естественно, оперировал Никиту Николае-вича, а... так это вы из милиции? Следователь предупреждал, что оперативник придет. Знаете его?

— Кого?

— Следователя, — пояснил Андрей Евгенье-вич. — Фамилия у него интересная — Толстой, Достоевский, Гоголь... Нет, забыл.

— Куприн. Олег Михайлович Куприн.

— Точно, — рассмеялся доктор, — помню, что писатель девятнадцатого века. Значит, вы от него?

Секунду поколебавшись, я ответила:

— Да.

И сразу испугалась, что сейчас попросят предъ-явить удостоверение. Но Андрей Евгеньевич не стал проявлять бдительность, он просто спросил:

— Хотите кофейку?

— Спасибо, с удовольствием.

Вместе с чашкой мне достался и кусочек ва-фельного торта «Причуда».

— Ну, — поинтересовался Кисин, — какие у вас вопросы?

— Их не так много, — постаралась я изо всех сил изобразить из себя опытного дознавателя. — Альбина обронила, будто у мужа был рак грудной железы. Такое возможно? Он ведь не женщина.

— Грудная, подчеркиваю, грудная, а не молоч-ная, железа есть и у мужчин, — спокойно ответил Кисин. — Действительно, данный вид заболева-ния встречается редко, и поэтому чаще всего боль-ные попадают к нам в запущенном состоянии.

— Почему?

Кисин добавил в обе чашки кофе и пояснил:

— К сожалению, на первых стадиях, то есть тогда, когда рак практически излечим, болей нет, и человек чувствует себя вполне здоровым. Тот, кто регулярно ходит к врачу на профилактические осмотры, имеет больше шансов. Хороший специалист может увидеть угрозу в зародыше. Например, гинеколог у женщин...

— Но Никита в обязательном порядке проходил диспансеризацию!

Кисин крякнул:

— Да, ему крупно не повезло. Редкий специалист осматривает у мужчины грудь, для этого он должен был обратиться к онкологу, но Соловьеву и терапевт, и невропатолог, и фтизиатр, и хирург в один голос твердили: здоров. А зачем в таком случае посещать кабинет с такой страшной табличкой на двери?

Он стукнул чашкой о блюдце и сердито продолжал:

— Устал повторять: люди, рак не приговор. И вообще, смертность от него далеко не на первом месте, по статистике.

— Как это? — удивилась я.

— Очень просто. Сначала — сердечно-сосудистые заболевания, безусловный лидер среди причин смерти, потом насильственная кончина — авто- и авиакатастрофы, убийства, следом туберкулез и лишь потом — онкология. У нас в руках сейчас огромный арсенал средств от операции до гормонов. Вы даже не предполагаете, что сейчас могут сделать с опухолью — просто вырезать, уничтожить лазером, применить криохирургию, то есть, грубо говоря, заморозить! Нет, люди все равно бегут к колдунам, хилерам и экстрасенсам. Зла не хватает. Да у меня пол-этажа дур в такой стадии, что слезы из глаз! Лечились травками! А по телевизору — Чечня, Гусинский, Гусинский, Чечня... Лучше бы рассказали о профилактике рака: ведь из ста больных девяносто спасти можно. Да у нас женщины с диагнозом «рак шейки матки» после надлежащего лечения детей рожают! Вот и с Соловьевым тоже. Ну зашел бы хоть разок к онкологу, проблем бы не было... Но Никита оказался в больнице в стадии вскрытой язвы. До этого месяца три ходил к дерматологу. А тот, не слишком эрудированный, зато страшно дорогой врач, прописывал ему всякие мази, только ухудшавшие состояние несчастного.

Андрей Евгеньевич сделал операцию, назначил лучевую терапию, химию... Никита послушно выполнял все указания. Он оказался идеальным пациентом. Кисину даже показалось, что судьба благосклонна к мужику, но тут у Соловьева начался кашель, и стало понятно, что процесс идет дальше. Причем из всех возможных вариантов Никите достался самый худший — легкие.

Правду Соловьеву не сообщили. Онкологические больные очень часто уверены в том, что они здоровы. Вернее, в том, что у них не рак, а какие-то другие болячки — астма, остеохондроз или камни в желчном пузыре. По мне, так все равно от чего умирать, но люди панически боятся диагноза «рак».

Вот Кисин и навешивал Никите лапшу на уши. Врал он филигранно, привык за долгие годы работы лгать больным из сострадания. Да, у Никиты была злокачественная опухоль, но теперь он излечился полностью. Кашель, слабость и отвратительное самочувствие — признаки астмы, которая случилась из-за аллергии на химиотерапию. Теперь следует вновь делать уколы, но уже от астмы...

Самое интересное, что Никита, далеко не глупый человек, поверил Кисину. Но самое потрясающее было в другом. Где-то в середине мая, после очередного обследования, доктор убедился, что Соловьев — здоров.

— Как это? — подпрыгнула на стуле я. — Не может быть!

Хирург развел руками.

— Сколько работаю — столько удивляюсь. Такие сюрпризы порой случаются. Иной человек узнает про болезнь и полностью падает духом. Лечиться не ходит, под нож не ложится, а пьет горькую с утра до ночи и... выздоравливает. Другой — прямой кандидат в могилу, а живет десятилетиями. По всем анализам уже давно покойник. Нет, глядишь, ходит и ходит. Третий, наоборот, думаешь, ерунда, а он через неделю у прозектора. Ну как тут не поверить в божий промысел?

И вот такая непонятная штука приключилась с Никитой. Когда Кисин получил результаты обследования, он глазам не поверил и, не говоря Соловьевым ничего, назначил повторное обследование. Не секрет, что в лаборатории могут перепутать пробирки с кровью, а лаборантка рентген-кабинета способна вложить в историю болезни чужой снимок.

— Но когда и повторное обследование подтвердило: Никита непонятным образом, но выздоровел, Кисин бросился звонить Альбине.

— Значит, вы сказали ей, что муж излечился? — пробормотала я.

В голове заметались мысли. Вот оно что. Ай да Альбина! Решила построить собственную защиту на шатком фундаменте болезни Никиты. Действительно, ей не было никакой нужды убивать супруга. Это сделала бы опухоль. Вот милая жена и стала спокойно дожидаться, когда ей достанется наследство. Представляю, какие планы она строила, как надеялась на его скорую смерть. И на следователя такой аргумент призван был подействовать моментально. Действительно, крайне нелогично травить и без того умирающего человека.

А тут Кисин вдруг радостно сообщает, что Никита вылечился. Наверное, Альбина сама чуть не скончалась, услыхав подобную «радостную» весть. И тут ей в голову пришла мысль об убийстве.

— Конечно, — продолжал доктор, — позвонил, но ее не оказалось дома. К телефону подошла молодая женщина, звонкий такой голос.

Андрей Евгеньевич попросил даму:

— Когда Альбина придет, пусть свяжется со мной.

— Что-то случилось? — встревоженно поинтересовалась дама.

— Только хорошие новости, — успокоил хирург, — передайте Альбине, что Никита совершенно здоров, она может забрать готовые анализы.

В трубке раздалось слабое «Ах!».

Потом собеседница попросила:

— Оставьте свои координаты.

— Но у Соловьевой есть мой телефон! — изумился Кисин.

— Она потеряла вчера телефонную книжку.

Примерно час спустя женщина перезвонила и сообщила:

— У Альбины от радости приключился сердечный приступ, она слегла, поэтому за анализами приеду я. Кстати, не представилась — Ксения, жена брата Альбины...

— И она пришла?

— Конечно. В тот же день, буквально часа через два-три. Худенькая такая женщина в черных брюках, с кожаной банданой на голове. Очень приятная особа, интеллигентная, правда...

— Что?

— Лицо слишком вульгарно накрашено и очки дурацкие, огромные — почти во все лицо. Ну да каждый одевается, как ему нравится. Принесла бутылку коньяка «Отар» и забрала бумаги.

— И вы отдали?!

— Почему нет? Если бы плохой результат, то вручил бы, естественно, только жене, а хороший... Какой секрет в том, что Никита здоров? И потом, Альбина сама попросила невестке отдать.

— Так вы все же говорили с Соловьевой?

— Только что объяснил: звонил ей домой.

— Лично с ней беседовали?

— Нет, но звонил ей домой.

Вот заладил одно и то же: звонил, звонил. Мало ли кто там взял трубку. Значит, бумаги попали в руки Ксении.

ГЛАВА 27

Выйдя из корпуса, я уселась на одну из скамеечек, стоявших перед входом. Хорошая погода выманила многих больных на прогулку. Тут и там мелькали фигуры в халатах и тренировочных костюмах. Почти у всех болтались какие-то непонятные банки с резиновыми шлангами, скрывавшимися под одеждой. Сколько бы доктор Кисин ни пел об излечиваемости рака, клиника переполнена.

Значит, Альбина знала... Ксюша привезла ей документы... А что, если... Сумка выпала из моих рук прямо на землю... А что, если все на самом деле не так, и Альбина не виновата? Может быть, было иначе?

В случае смерти Никиты деньги отходят Вике. Но девочка несовершеннолетняя, и в отсутствие Альбины ее опекуном станет... Антон. Следовательно, он получит полное право распоряжаться банковскими счетами.

Но Антон — существо внеземное, совершенно не приспособленное ни для какой работы. Не похож он на преступника, придумавшего хитроумный план. Ведь сначала требовалось инсценировать смерть Веры, потом «отравление» Никиты. Нет, нашему поэту такое не по плечу, а вот Ксюша...

Милая, интеллигентная, очаровательная балеринка, похожая на девочку. Только за всей ее наивностью, за этими широко распахнутыми голубыми глазами виден железный характер. Несколько лет своей быстро уходящей молодости она посвятила Антону в надежде на обеспеченное существование. Женщина прямо говорила о том, что особых успехов на сцене не добилась. Карьера не слишком удалась и капитала Ксюше не принесла. Годы ее стремительно катятся к сороковнику, и Антон — единственная надежда заполучить семейное счастье. Не зря же она столько времени потратила на него. И, наверное, не последнюю роль сыграла мысль об обеспеченности избранника.

На первый, посторонний, взгляд Антон кажется богатым мужчиной. Великолепно одет, живет в особняке, ездит на иномарке и может позволить себе не работать, а учиться... Очевидно, Ксюшенька сделала на него ставку, бросила все фишки на зеро. А зеро — это ноль. Вот и любезный Тоша оказался дыркой от баранки. Денежки-то у Веры и Никиты... И тогда Ксения решает действовать...

Так в голове появилась еще одна мысль. Быстрее лани я полетела назад, в кабинет к Кисину.

— Можно позвонить?

— Бога ради.

Я схватила трубку и даже застонала от нетерпения: ну вдруг ее нет на работе. Но Наташа преспокойненько отозвалась:

— Слушаю.

— Наталья, ты ведь у нас начальник загса?

— Нет, — преспокойненько ответила соседка.

— Как это? — оторопела я. — Сама же в прошлую пятницу рассказывала, что ввела у себя в конторе новую компьютерную программу. Люди подают заявления о бракосочетании, а ты быстренько проверяешь, не состоят ли они уже в браке. Еще говорила о каком-то мужике, который паспорт потерял, новый получил без штампов и со спокойной душой отправился жениться еще раз, не аннулировав первый брак, а ты его через компьютер вычислила!

— Правильно, — спокойно подтвердила Наталья.

— Чего тогда придуриваешься? — обозлилась я.

— Не придуриваюсь, а уточняю, — возразила соседка. — Я не заведующая загсом, я — директор Дворца бракосочетаний.

— Один шут.

— Вовсе нет, — оскорбилась Наталья. — Это то же самое, что сравнить весельную шлюпку с атомоходом.

Бывший Наташкин муж — моряк, и это обстоятельство наложило неизгладимый отпечаток на ее образ мысли и лексикон.

— Ладно, извини. Теперь включи свою замечательную программу и посмотри, регистрировал ли брак Михайлов Антон Альбертович, год рождения точно не знаю, скорей всего 1962-й.

— А зачем тебе?

— Он сделал предложение моей знакомой, да что-то подозрительным кажется.

— Секундочку, — пропела Наталья.

В трубке раздался щелчок, потом попискиванье, следом гудение.

— Михайлов, Михайлов, — бормотала Наташка. — Ага, вот. Ваш жених — негодяй. У него уже зарегистрирован брак. Слушай, Михайлов Антон Альбертович и Новосельцева Ксения Евгеньевна.

— И когда у них случилась свадьба?

— Первого апреля этого года расписались. Кстати, в этот день брачеваться не любят, а ваш женишок примет не боится. Пусть твоя подруга гонит его в шею, он аферист. Видишь, какая программа, не зря столько денег за нее отдала.

— Замечательная вещь, — согласилась я.

От больницы до метро «Тушинская» ходило маршрутное такси. Я села в него, устроилась на мягком сиденье и бездумно уставилась в окно. Внезапно мелькнул указатель «Барвинково».

— Сейчас будет поворот на коттеджный поселок? — спросила я. — Возле бензозаправки, да?

Водитель кивнул.

— Там можно выйти?

— Мне без разницы, где вас высаживать, — невежливо буркнул шофер.

Охранник, знающий, что я хожу заниматься с Викой, беспрепятственно открыл ворота. Я побежала к дому Соловьевых. Надеюсь, там кто-то есть. Во всяком случае, теперь, когда почти все члены семьи «удалены», Антону нет никакого смысла уходить из дома в библиотеку...

На крыльце стояла Ксюша, поливавшая цветы в больших вазонах у входа. При виде меня она вскрикнула:

— Ну наконец-то!

Лейка отклонилась от цели, тоненькая струйка воды потекла на мраморный пол.

— Вся издергалась, — продолжала Ксюша, не

замечая, что она орошает ступеньки, — ну разве можно так исчезать? Где Вика?

— Вы не нашли записку?

— Нашла, только телефона вашего нет. Пойдемте в дом.

Мы вошли внутрь, и я обратила внимание, что из холла и гостиной убраны большие пушистые ковры. Ксения заметила мой взгляд и пояснила:

— У меня аллергия на пыль. Никогда не было, а тут невесть откуда зимой появилась. Хотя, это, наверное, профессиональное.

— Вы же не уборщица.

— Ой, — засмеялась Ксюша, — знаете, как на сцене пыльно, когда все прыгают? Мрак!

Я удивленно глянула на нее. Однако у нашей балерины великолепное настроение. Хотя данное обстоятельство кажется странным. Ну с чего ей веселиться? В доме за один месяц случились две смерти и арест. Логично впасть в депрессуху, а эта хохочет, за цветочками ухаживает.

— Так Вика у вас? — переспросила, улыбаясь, Ксюша.

— Да. Вот хотела кое-какие ее вещи забрать.

— Конечно, конечно, — засуетилась Ксюша. — Да, наверное, денег надо дать? За сколько вы с Альбиной договорились? Сто долларов в день?

Ее изящная, но сильная ручка взяла с журнального столика дорогое портмоне.

— Извините, — пресекла я порыв. — Вика — моя гостья.

— Ой, простите, не хотела вас обидеть, — моментально откликнулась Ксюша. — Мы с Антоном вам очень благодарны. Виктория — непростой ребенок, слишком впечатлительный и нервный. Ей сейчас было бы невыносимо тяжело одной в доме.

— Почему же одной? А вы?

Ксения горестно вздохнула:

— Как назло получилось. Заболела девочка из первого состава, и приходится за двоих отдуваться, каждый божий день по сцене прыгаю. Спектакли знаете во сколько заканчиваются?

— Ну примерно около одиннадцати...

— Это для зрителей, а балеринам надо еще переодеться, снять грим, принять душ... Раньше полуночи не освободиться. Машины у меня нет, сюда на такси ездить — немыслимые деньги, вот и ночую на своей квартире.

— Но ведь у Антона есть автомобиль, мог бы и приехать за вами.

Ксюша улыбнулась:

— Тоша занят на работе.

— Где? — изумилась я и уронила на пол красивую сиреневую блузку.

Балерина понимающе кивнула головой:

— Вот именно, сама удивляюсь, только его как подменили. Никита ведь продюсером был, большие деньги в вокальные ансамбли вкладывал, а потом получал прибыль от концертов. В первую тройку крупнейших зажигателей эстрадных звезд он не входил, но в десятке держался прочно. С его смертью ниша оказалась пустой, и тут Антон!

Она всплеснула руками:

— Антон сам решил встать у руля. Я его не вижу уже несколько дней. Вчера он меня сюда привез, зная, что у меня два выходных впереди, и рухнул в постель, а утром умчался, когда еще и девяти не пробило. Я его таким никогда не видела! Активный, веселый, стихи побоку. Договаривается с исполнителями, клип снимать надумал. Диводивное.

Да уж, очень странно...

— Ксюша, скажите, а куда положили результаты анализов Никиты?

— Что?

— Вы сказали Альбине о звонке доктора, Ксюша?

— Какого доктора?

— Ну лечащий врач Никиты, тот самый, к которому ездили.

— Не понимаю, — пробормотала Ксюша, — какой врач? Кисин? Первый раз слышу. Вот пианист с такой фамилией есть, совершенно гениальный мальчик...

Мне надоело играть в кошки-мышки, и я спросила напрямую:

— У вас есть черные брюки?

— Конечно, — растерянно ответила балерина, — целых три пары... Очень люблю черный цвет, стройнит.

На мой взгляд, ее худощавость граничила с истощенностью. Ксюше смело можно надевать шорты в бело-красную клетку. От этого ее внешний вид только выиграет.

— А кожаная бандана?

— Валялась где-то. Они были модными прошлой осенью, сейчас их никто не носит.

Я молча застегнула чемодан на «молнию» и проникновенно спросила:

— Ксюша, скажите честно, вам хочется стать женой Антона?

Балерина удивленно вздернула брови, но ответила:

— Знаете, дорогая Виола, у балетных, почти у всех, крайне несчастливая личная жизнь. Посудите сами. В юношеские годы, когда все подыскивают себе пару, мы днями стоим у станка, шлифуем технику. Репетиция — спектакль — репетиция.

Тренаж — премьера — тренаж, иногда гастроли. Вращаешься в очень узком кругу, видишь только одни и те же знакомые лица. Чтобы пойти в гости, времени просто не хватает. Значит, супруга надо искать среди своих. Но наши мальчики... — Она махнула рукой. — Горе, а не мужчины, да и половину из них с натяжкой можно отнести к сильному полу. В балетных кругах широко распространен гомосексуализм. Иногда, впрочем, девочки находят мужа, не имеющего отношения к артистам. Но, как правило, из этих семей ничего хорошего не выходит. Родить ребенка можно себе позволить только после выхода на пенсию, в тридцать пять, не раньше.

— Почему?

— Беременность длится девять месяцев, и около года надо потом восстанавливаться. Причем это не у всех получается. Вот и приходится выбирать между любовью и профессией... Конечно, понимаю, как мне повезло с Антоном, но сейчас, по-моему, не совсем уместно говорить о бракосочетании, когда в семье похороны предстоят... — Она откинула назад свои роскошные волосы.

Я фальшиво вздохнула и сказала:

— К сожалению, Антон не слишком откровенен с вами.

— Что имеете в виду?

— Первого апреля этого года он зарегистрировал брак с гражданкой Новосельцевой, и вам надеяться не на что.

Ксения вспыхнула так, что слезы выступили у нее на глазах.

— Откуда узнали и зачем надо мной издеваетесь?

— И не думала даже смеяться, — идиотничала

я. — А сведения точные, из загса, вот спросите его, когда придет!

Ксюша покрылась синеватыми пятнами.

— Ну и что хотите за молчание? Сразу предупреждаю, бешеных денег нет. Тысячу? Две? Впрочем, это предел.

— О чем вы?

— Хватит! — топнула ногой балерина. — Прекратите. Великолепно знаете, что я — Новосельцева, и явились шантажировать.

— Вот уж совершенно не собиралась требовать у вас никаких денег, да и за что? — абсолютно искренно ответила я. — Просто интересно стало: свадьба была, а всем говорите, что гражданская жена. Обычно женщины наоборот делают.

Внезапно Ксюша рухнула на диван и сжала ладонями голову.

— Как все надоело. Господи, до жути, устала я. Говорите быстро, сколько? Вот, тысяча есть, возьмите...

И она принялась судорожно вытаскивать из роскошного кошелька зеленые бумажки.

— Берите, берите, только имейте в виду, плачу один раз. А расскажете Антону... Может, и к лучшему...

— Как это? — оторопела я. — Он что, не знает о женитьбе?

Ксюша захохотала, слезы цепочкой покатились по ее худому лицу с четко выступающими скулами.

— Надоело, боже, все надоело, не могу, отстаньте...

Она принялась мотать роскошной гривой волос. Банкноты с портретами американских президентов разлетелись по ковру.

— Уходите, — твердила Ксюша, — убирайтесь! Вас наняли следить за мной? Убирайтесь...

Крик перешел в горькие, отчаянные рыдания. Я аккуратно собрала доллары, положила их в кошелек Ксении и сказала:

— Не порите чушь! Лучше быстро говорите, куда дели результаты анализов Никиты.

— О господи, — простонала Ксюша, — русским языком объясняю, ничего не видела!

— А доктор Кисин утверждает обратное.

— Я с ним незнакома.

— Он говорит — передал бумаги Ксении, жене брата Альбины.

— Никогда не представляюсь женой! Никогда, поверьте. И зачем мне результаты чужого обследования?

— Врете много. Доктора в глаза не видали, документы тоже, Антону — не жена, и вообще он и слыхать не слыхивал о женитьбе на вас... Только кто же тогда зарегистрировал брак первого апреля?

Ксения напряглась:

— Ну очень сложно объяснить.

— Зато мне все понятно, — неожиданно выпалила я. — Узнали от онколога, что Никита выздоровел.

— А он был болен? — тихо поинтересовалась Ксюша.

— Вот эти примочки оставьте для следователя, — фыркнула я. — Великолепно знали: у Соловьева рак.

— Нет, — потрясенно покачала головой Ксюша. — Впервые слышу.

— Да ладно. Давно в курсе, поэтому и поспешили расписаться с Антоном, чтобы иметь право на деньги. Тоша вроде не от мира сего, но черт его знает, как поступит, если получит капитал.

— Глупости, — взвизгнула Ксюша. — Бред сивой коровы!

— Кобылы, — поправила я.

— Что?

— Бред сивой кобылы, а не коровы...

Ксюша закусила губу, потом спокойно сказала:

— Все понятно, вы — ненормальная, сбежали из психушки. По вас поднадзорная палата плачет!

— А вас ждет не дождется камера смертников Бутырского изолятора, есть там такое милое местечко в Пугачевской башне.

— Почему? — оторопела Ксюша.

— Потому что вы — безжалостная убийца. Сначала подстроили автомобильную аварию и убрали Веру. Потом отравили Никиту и сумели свалить все подозрения на Альбину. И ведь как хитро придумали, вроде вам от кончины Соловьевых никакой выгоды: гражданская жена никаких прав на имущество не имеет. Но брак-то оформили по всем законам!

— Ты с дуба упала, идиотка, — прошептала Ксюша, зеленея на глазах, — в первый раз такую чушь слышу.

Я взяла телефон.

— Куда ты звонишь?

— В милицию, следователю Куприну, пусть приедет и сам разберется, что к чему!

— Не надо, пожалуйста, не надо...

— Если ты никого не убивала, то и бояться нечего, — отрезала я, тыча пальцем в кнопки.

— Но тогда придется рассказать Антону обо всем, — заплакала Ксюша.

— Об убийстве?

— Да нет, о свадьбе!

— Хочешь сказать, что он не знает о бракосочетании?

— Именно.

— Однако, — ехидно пропела я, — ты внесла

его в зал регистрации в глубоком наркозе? Или он был в состоянии гипнотического транса?

— Он там вообще не был, — выпалила балерина.

— Как это? — изумилась я.

Ксюша шумно высморкалась.

— Ладно, слушай. Глупость, конечно, получилась.

ГЛАВА 28

Сколько Ксения себя помнит — ей не везло. Сначала с родителями. Папа-дирижер и мама-певица твердо решили, что дочь должна стать балериной. Особых данных у девочки не наблюдалось, но блат — великое дело, и Ксюша попала в хореографическое училище. Впрочем, подобных ей «позвоночников» оказалось в доме на Третьей Фрунзенской улице много. Дети высокопоставленных родителей, отпрыски «своих» из мира искусства... Но были и другие, талантливые девочки и мальчики, выдержавшие совершенно честно огромный конкурс. И вот с ними-то педагоги занимались рьяно, порой не жалея своего свободного времени, понимая, что именно эти «гадкие утята» вырастут со временем в лучших лебедей балета. Так что в училище Ксюшу не выделяли, но выучили. Педагоги прославленной на весь мир кузницы хореографических кадров высокопрофессиональны, а научиться исполнять классические танцы может любой.

Потом папа нажал на все кнопки, и Ксюша попала в Большой театр, где ее задвинули в последний ряд кордебалета. Так девушка начала карьеру. Ничего, кроме разочарования, работа не приносила. Ксюша автоматически выполняла па, отточила технику, но не более того. Сольную партию не предложили ни разу.

Кое-кто из ее товарок, не слишком преуспевших в балеринах, променял карьеру на семью. Девочки выскочили замуж, растолстели, нарожали детей и навсегда расстались с карьерой танцорок. Кое-кто подался в танцевальные ансамбли, где требования, предъявляемые к солистам, были не столь строги, как в Большом театре. Начали плясать «Русскую» с балалайкой и объехали весь мир с гастролями.

Но Ксюше и тут не повезло. Папа-дирижер и слышать ничего не хотел о какой-нибудь «Березке» или «Ритмах планеты». Стоило Ксюше заикнуться о намерении пойти на просмотр в ансамбль, как отец хватался за валидол и кричал: «Дочь Новосельцева никогда не станет плясать в ресторане».

Почему в ресторане? Отчего Зал имени П.И. Чайковского, где чаще всего выступали ансамбли, казался папе кабаком, не знал никто, но уйти из Большого он дочери не позволил.

Не лучше обстояло дело и с надеждами на личное счастье. Стоило появиться какому-нибудь кавалеру, как мамочка-певица мигом накрывала стол, заставляя его разнообразными блюдами домашнего изготовления — кулебяками, салатами, заливными и желе.

Радушно наполняя тарелку гостя, она начинала милый разговор, сильно смахивающий на допрос. Сколько лет? Какая квартира? Большая ли зарплата? Каковы перспективы на работе? Кто родители? Где расположена дача? Как правило, юноши, подвергшиеся этой «процедуре», больше никогда в дом не приходили и порывали с Ксюшей какие бы то ни было отношения. Девушка пыталась скрыть от любящей мамочки ухажеров, но не тут-то было. У Варвары Андреевны повсюду находились шпионы, доносившие на Ксению матери. Узнав, что Ксюшенька завела роман, мать категорично требовала: «Приведи кавалера в дом!»

Если Ксюша пыталась увильнуть и не выполняла приказ, то мамуля наносила удар ниже пояса. Ложилась в спальне на кровать и голосом умирающей оповещала: «Боже, как мне плохо!»

Приезжала «Скорая», домработница бегала беспрестанно в ванную, меняя мокрое полотенце, возлагавшееся хозяйке на лоб. Ксюша начинала чувствовать себя убийцей и оставалась сидеть у постели матери. Спустя сутки маменька выздоравливала и, взяв дочурку за руку, шептала: «Слава богу, отпустило, не умерла на этот раз. Я так волнуюсь, когда ты проводишь время с неизвестным мужчиной... Ну приведи своего кавалера!»

Ксюша безнадежно кивала, и маменька бросалась на кухню отдавать приказания прислуге.

Потом она вдруг внезапно скончалась от обширного инфаркта. Бедная Ксюша прорыдала целый год: оказывается, у матери и впрямь было больное сердце, а дочь считала, что все ее припадки — лишь хорошо отрепетированный спектакль. После кончины супруги отец сильно сдал, начал пить, и не прошло и двух лет, как Ксения осталась круглой сиротой.

Возраст подкатил к тридцати. Прежние кавалеры были давно женаты, а среди нынешних — почти сплошь мужчины, обремененные алиментами. Никто из них не спешил делать предложение стареющей девушке. Парни охотно приходили в гости, пили чай, укладывались спать в удобную постель с великолепным бельем, но... Но дальше

дело не шло. О женитьбе никто из них не загова-
ривал. Потом на ее пути попался Антон.

Ксюша быстро смекнула, что, возможно, это ее
последний шанс. Антон на первый взгляд казался
идеальным кандидатом для брака. Во-первых, он
был богат. Ездил на блестящей иномарке, великолепно одевался и, расплачиваясь в магазине или
кафе, бормотал, вытаскивая кошелек: «Не помню,
сколько у меня там завалялось».

Ксюша, живущая на зарплату танцовщицы,
всегда точно знала, сколько денег у нее в сумочке — три копейки. Платили в Большом театре гроши, и женщина экономила, как могла, стараясь
прилично одеваться. Положение балерины обязы-
вало. Никому не рассказывая, Ксюша заглядывала
в магазин секонд хэнд, выискивала там вполне
пристойные вещи и потом гордо врала подругам,
задававшим вопрос: «Где взяла?»

— В бутике «Версаче», дороговато, конечно, но
хорошие шмотки того стоят!

Через полгода Ксюша поняла, что Антон очень
даже непрост. С виду мягкий, аморфный, рассте-
рянный, он, когда требовалось, проявлял твер-
дость и даже неприступность. Один раз Ксюша
слышала, как любовник разговаривает с водите-
лем, который, не успев затормозить, разбил фару
его «БМВ». Балерина поразилась резкому, холод-
ному тону и какой-то беспощадности, с которой
интеллигентный Тоша выколотил из не слишком
богатого на вид шофера двести долларов. Тогда ей
впервые пришла в голову мысль, что мужчина ее
мечты носит маску, и сейчас из-под этой маски на
миг глянуло мурло злобного хама. Но, спрятав
баксы, Тоша растерянно улыбнулся и вновь стал
своим, родным, любимым.

Еще он постоянно обо всем забывал, терял очки, ключи, документы, и Ксюша приглядывала за ним, как мать за неразумным младенцем. Правда, один раз он полетел без нее отдыхать в Майами. Ксюша просто извелась, предполагая, что Антон уже давным-давно сидит в полиции, так как, скорей всего, остался без паспорта и денег. Но нет! Любовник вернулся загорелый и страшно довольный. Очевидно, когда некому было его пасти, он мобилизовывался.

Кроме того, Тоша регулярно забывал о назначенных свиданиях. Сколько раз Ксюша ждала на улице по два часа! И еще она знала теперь: Антон нищий. Шансов на получение денег практически не существует. Правда, и Никита, и Альбина принимали балерину вполне радушно. Хозяин один раз бросил фразу:

— Все равно мой драгоценный родственничек когда-нибудь женится, так уж пусть на приличной Ксюше. А то еще приведет лимитчицу с бетонного завода. Впрочем, тогда выгоню, и дело с концом.

Ксюша понимала очень хорошо, что в семье Михайловых-Соловьевых она стоит на иерархической лестнице намного ниже собаки Каси, но не протестовала. Все-таки это была видимость брака, а жить одна Ксюша больше не могла, у нее начиналась сильнейшая депрессия, когда приходилось ночевать в полном одиночестве в городской квартире.

Вроде, с одной стороны, Ксюша и понимала, что разлюбезный Тоша не лучший кандидат на роль спутника жизни, но с другой... Их роман длился пять лет, сил и здоровья было угрохано много, и отдавать кому-то Антона не хотелось. Еще мучила мысль о его неприспособленности к жизни. Она боялась, что без нее он пропадет. Балерине было жаль «вечного студента», а жалость у русской женщины — это синоним любви. И потом, она все же очень надеялась на предложение, ну уж если не сердца, то хоть руки... Но Антон не торопился с оформлением отношений. Очевидно, положение холостяка при женщине, исполнявшей функции жены, устраивало его полностью.

В этом году в середине марта неожиданно ударила жара, Антон вытащил из гардеробной плащ, сунул руку в карман, вынул паспорт и засмеялся:

— Ну надо же!

— Что такое? — поинтересовалась Ксюша.

— Да паспорта обыскался, — пояснил любовник, — нигде не нашел. Вот и решил, что потерял. Сходил в милицию и получил новый. А он, оказывается, в плаще лежал! Теперь у меня два документа.

— И как поступить? — испугалась законопослушная Ксюша. — Не положено...

— Разорви этот на мелкие куски и спусти в унитаз, — рассмеялся Тоша. — Два паспорта мне и впрямь ни к чему.

Но Ксюша побоялась рвать документ и просто спрятала бордовую книжечку подальше от людских глаз.

В конце марта ей неожиданно предложили приработок — обучать бальным танцам дипломатов. Многие из консульских и посольских работников не знали даже вальса, а на приемах подчас приходилось приглашать дам и исполнять с ними салонные па.

Работа казалась ей плевой — всего лишь полтора часа в день, три раза в неделю. Разве это нагрузка для профессиональной танцовщицы? Оклад обещали замечательный, ученики — все сплошь за тридцать, словом, не служба, а райское наслаждение, и ходить нужно было в самый центр, в здание МИДа на Смоленской площади.

Было лишь одно «но». Руководство министерства не хотело неприятностей. Танцы — такая интимная вещь, партнер должен обнимать партнершу... Мало ли что... Преподавательница обязана быть замужем.

Ксюша чуть не разрыдалась, услыхав об этом условии. Ну не глупо ли? Можно подумать, что штамп в паспорте — надежный заслон от адюльтера. И потом, она живет в гражданском браке, а на эту дурацкую работу пошла только ради зарплаты. В отчаянии, не желая терять чудесное место, Ксюша брякнула нанимателю:

— Я через два дня выхожу замуж.

— Принесите свидетельство о браке, — велел тот.

Несколько раз Ксюша разыгрывала перед ним сцену — «простите, забыла», но кадровик был настойчив. Балерина поняла, что скоро ее выгонят. В понедельник мужик категорично заявил:

— Если до пятницы документ не представите, на следующей неделе можете не приходить.

Не зря говорят, что понедельник день тяжелый. У Ксюши в тот день приключались одни лишь неприятности, да еще Антон, пообещавший заехать за ней на Смоленскую площадь к пяти, не появился даже в семь, а его мобильный упорно талдычил: «Абонент временно недоступен, попробуйте позвонить позднее».

Сдерживая рыдания, Ксюша поехала к себе. Не успела она раздеться, как раздался звонок в дверь. Ксения распахнула створку, даже не глядя в «глазок», настолько была уверена, что приехал Антон. Но на пороге, мило улыбаясь, стояла соседка из семьдесят девятой квартиры. Ксюша здоровалась с ней, сталкиваясь у лифта или возле почтовых ящиков, но больше никаких отношений не поддерживала.

— Простите, — проговорила нечаянная гостья, — не найдется ли у вас немного сахару? Очень не хочется на улицу выходить и в ларек топать. Одеваться надо.

Внезапно Ксюша почувствовала, что у нее по лицу бегут слезы.

— Что случилось? — испугалась соседка.

Ксения хотела ответить: мол, ничего, ерунда, но рыдания подступили к горлу, и балерина принялась судорожно всхлипывать.

— Могу вам чем-то помочь? — заботливо спросила соседка, входя в квартиру.

И вдруг Ксюша, совершенно неожиданно для себя, выложила полузнакомой женщине все: про Антона, балет, тяжелую жизнь и требование противного кадровика.

Соседка выслушала и спросила:

— Ты ведь в Большом работаешь?

Ксения кивнула.

— Можешь контрамарки достать?

— Не на все спектакли.

— А на все и не надо. Раз в месяц достаточно.

— Кому?

— Слушай, — велела женщина, — есть у меня ближайшая подруга Соня, жуткая балетоманка и театралка. А билеты, сама знаешь, сколько стоят. Вот если ты ей контрамарки станешь носить, она тебя выручит.

— Как? — усмехнулась Ксюша. — Замуж выдаст?

— Соня работает регистраторшей в загсе, — спокойно пояснила соседка. — Давай паспорт и данные жениха, она тебе печать шлепнет. Свидетельство о браке не даст, они строго учетные, а печать за милую душу, вот твой кадровик и утешится.

Ксюша полетела за паспортом, открыла коробочку и увидела две бордовые книжечки.

— А может она и ему штамп шлепнуть? — поинтересовалась балерина.

Соседка рассмеялась:

— Да все сделает, только имей в виду, законной силы печать не имеет, поскольку в книге актов ничего записано не будет.

Вот так неожиданно все уладилось наилучшим образом. Кадровик бросил взгляд на страничку и отвязался, незнакомая Соня стала регулярно получать контрамарки, а Ксюша превратилась в «замужнюю» даму. Антону она ничего не рассказала, решив про себя: если случайно заглянет к ней в паспорт, скажет — шутка, розыгрыш, тем более что «брак» был заключен в день дураков, первого апреля, самое время для розыгрышей и смеха.

— Значит, Антон ничего не знает... — пробормотала я.

— А мне нет никакого смысла убивать его родственников, — тихо сказала Ксюша. — Абсолютно никакого. Более того, сейчас, когда он получил в свои руки деньги — Вика же не может распоряжаться средствами, — Антон изменился до неузнаваемости. У меня такое впечатление, что он меня вот-вот выгонит...

В этот момент во дворе коротко просигналил автомобиль.

— Антон приехал! — вскрикнула балерина и схватилась за пудреницу.

Раздались шаги, мужчина вошел в гостиную и раздраженно сказал:

— Где еда? Очень тороплюсь. Быстро чистую рубашку дай, еду на телевидение, будем вести...

Тут он увидел меня и замолчал.

— Виолочка приехала за вещами Вики, — залепетала Ксюша, — вот все уже в чемодан сложили. Ты когда уедешь?

— Максимум через полчаса, — буркнул мужик, буравя меня взглядом.

— Вот и... — начала Ксюша.

— Вам надо заплатить? — прервал ее Антон. — Сколько? Составьте счет — еда, стирка, в общем все, и отдайте Ксении.

Я промолчала.

— Виолочка позвала Вику в гости, — тихо попыталась вмешаться в разговор Ксения, — просто так, бесплатно.

Антон вздернул брови:

— Бесплатно?! Мы что, нищие? Нет уж, спасибо, вполне способны нанять для Виктории гувернантку, давайте не кривляйтесь. Во сколько вы оцениваете свои услуги? Только имейте в виду: Вика будет жить у вас не более десяти дней, пока тут все устаканится с похоронами, поминками... Ну? Сколько?

— Десять миллионов долларов, — спокойно ответила я.

— Сколько?! Вы с ума сошли.

— Ничуть, именно столько стоит мое свободное время.

— Но таких денег ни у кого нет! — воскликнул Антон.

— Тогда будем считать, что вы нищие, и я держу у себя Вику из жалости.

Повисло молчание. Антон побагровел, на щеках у него заходили желваки, глаза стали прозрачными. Неожиданно он рассмеялся и хорошо поставленным голосом сказал:

— А вы молодец, не даете себя в обиду. Будь по-вашему, и извините, устал, наверное, и несу глупости.

Я искренне поразилась произошедшей в нем перемене. Хам и наглец исчез без следа, его место занял приятный, отлично воспитанный молодой человек.

— Есть еще одна проблема.

— Какая? — поинтересовался Антон, принимаясь за еду.

— Нужно отнести Альбине передачу — продукты, вещи, сигареты...

— Да уж, — протянул брат, — задача. У меня нет времени, очень занят. И потом, стоять в очереди к окошку в тюрьме... Бр, отвратительное занятие. Вот что, Виола, сдайте вы, я заплачу.

Он полез в кошелек:

— Купите все, что требуется, вот. А это сто баксов за услуги.

Мне, конечно, очень нужны деньги, но кто он такой, чтобы разговаривать со мной подобным образом? Между прочим, не нанималась к нему в прислуги. И если никто из родственников Альбины не желает тащить сумку в СИЗО, то сделаю это сама, и средств на покупку чая, сахара и пряников у меня хватит.

Я резко встала:

— Простите, но мне пора, дети небось заждались. Кстати, мать хотела, чтобы Вика жила у меня. Скоро Альбину выпустят и...

— Не надо питать зряшные надежды, — оборвал Антон, — объясните Виктории: ее мать — убийца и в ближайшие десять-пятнадцать лет не появится на горизонте. И еще, постарайтесь вложить в капризную голову девчонки, что я теперь ее опекун и не позволю закатывать истерики и выскакивать из-за стола, хлопая дверью. Пусть ведет себя нормально. Не может — отправится в дорогой интернат под круглосуточное наблюдение педагогов. Итак, не понял, вы понесете передачу Альбине?

— Я схожу, — ответила Ксюша, — только объясните, куда и что положить? Первый раз сталкиваюсь с такими обстоятельствами.

— Хорошо, — подвел черту Антон, — я поехал.

Он дошел до двери, потом повернулся и, глядя мне в лицо, радушно предложил:

— Садитесь в машину, довезу до города.

Но меня стала раздражать его манера мгновенно переходить от хамства к любезности, поэтому я ответила:

— Благодарю, у въезда в поселок припаркован мой автомобиль.

Антон хмыкнул и ушел. Мы с Ксюшей пару минут просидели молча. Потом я сказала:

— Вот телефон следователя Куприна Олега Михайловича, узнайте у него все про передачу.

Ксюша кивнула, потом смущенно протянула:

— У вас же нет машины...

— Нет.

— Пожалуйста, возьмите двадцать долларов, тяжело же с чемоданом...

— Спасибо.

— Давайте, помогу донести саквояж до шоссе!

— Ладно.

Мы взяли швабру, продели длинную деревяшку под ручку тяжелой поклажи и пошли к дороге.

Уже усаживая меня в «Жигули», Ксюша сказала:

— Не волнуйтесь, спокойно занимайтесь делами и Викой, обязательно отнесу продукты. Мне жаль Альбину. Представляю, как она мучается, если невиновна. А если виновата — жалко вдвойне. Понимаю, до какого отчаяния надо дойти, чтобы решиться на подобный поступок.

Хлопнула дверца, автомобиль понесся по шоссе, быстро набирая скорость. Я обернулась. Вдали худенькая фигурка махала мне рукой. Тело мое откинулось на спинку сиденья, и я попыталась привести мысли в порядок. Да, кажется, я сильно ошибалась в отношении Ксюши. Вряд ли женщина, задумывая посадить Альбину в тюрьму, захочет нести ей продукты. Но, если не Ксюша, то кто?

ГЛАВА 29

Домой я заявилась около семи и очень удивилась. В квартире почти чисто, куча мусора из прихожей исчезла. Посередине большой комнаты красуется огромный стол, занимающий почти всю не слишком просторную площадь.

— У нас что, свадьба? — изумилась я.

Из кухни выглянула Аня:

— Почти, Томочка сказала, что в полвосьмого придет вместе с кавалером. Вот мы и постарались. От Наташки стол принесли, теперь, видишь, накрываем.

Да, приготовления были затеяны нешуточные. На скатерти тесно стояли миски с салатами и блюда с нарезанным мясом, из кухни доносился аромат пирогов. Петька и Митька, аккуратно причесанные, разбирали на диване книжки.

— Зачем вам они? — удивилась я.

— Тетя Тома жениха ведет, — сообщил Петька, — мы должны выглядеть прилично.

— Сначала поедим ножом и вилкой, — встрял Митька, — а потом, как все воспитанные дети, сядем на диване и начнем книги читать.

— Как думаешь, тетя Вилка, — прервал его Петька, — если я возьму вот эту — Фрейд «Введение в психоанализ», а Митька — «Декамерон» Боккаччо, то как? Красиво получится?

— Думаю, произведете неизгладимое впечатление.

— А мы с Криськой будем в шахматы играть, — потрясла доской Вика. — Верка у мольберта с кистью... Между прочим, собак помыли.

Дюшка с Касей действительно издавали неземное благоухание, а Клеопатра блестела расчесанной шерстью. Котенок щеголял в розовой ленточке.

Да, наверное, следует переодеться, чтобы не выглядеть замарашкой на фоне расфуфыренной компании, но поздно идти в спальню, потому что раздался стук в дверь.

— Вот черт, — выругалась Аня, — пироги-то не поспели! Раньше пришли. Все по местам.

— Мака, мака, — залепетала Машка, выползая из-под дивана с огромным комом пыли в руке.

— Немедленно отдай, — велела я и выдрала из цепкой Машкиной грабки грязь.

— Подумаешь, — фыркнул Петька, — ну и съела бы, ничего бы не случилось, чище станет...

Стук повторился.

— Откройте дверь, — прошипела я, кидаясь в ванную, надо хоть умыться с дороги.

— Кому велено, все по местам, — шикнула Аня.

Близнецы моментально воссели на диван. Петька схватил Фрейда, Митька — «Декамерон». Кристя и Вика с умным видом вцепились в шахматы, Верочка замерла у мольберта. Я влетела в ванную и поняла, куда подевалась куча барахла с балкона. Ее просто втащили в санузел и зашвырнули в саму ванну. Белая емкость переполнена всякой ерундой, а на верхушке горы гордо красуется эмалированный ночной горшок.

Теперь в дверь барабанили без остановки.

— Уже иду, — сладко пропела Анюта, — открываю, кто там?

— Даша, — раздалось с лестницы.

— Отбой! — заорала Аня.

— Дашка! — завопила Вика. — Ну, клево, чего бы тебе поручить? Значит, так, книги читаем, в шахматы играем, рисуем... Ну что еще придумать? Ты что умеешь?

— На пианино могу, — бодро ответила Даша. — В рамках музыкальной школы.

— А пианино-то и нет, — расстроилась Вика.

— У тети Наташи есть, — пискнул Петька, — она для Темы купила, можно принести.

— Ни в коем случае! — заорала я, вылетая из ванной. — Где вы его ставить собрались?

— Здравствуйте, тетя Виола, — вежливо сказала Даша, — а я к вам вместо гимнастики.

— Вовсе пианино и не большое, — протянул Митька, — а этот, как его, синтезатор, в спальне установим. Ты на синтезаторе могешь?

— Запросто, — ответила Даша.

С ужасающим грохотом дети и Вера унеслись к Наташе.

— За каким чертом вы положили весь хлам в ванну? — спросила я у Ани.

— А куда его деть? Хотели порядок навести!

— Да, но теперь помыться нельзя.

— Ну Тамаркин кавалер не душ принимать идет, задерни занавеску, и привет.

— Где Ленинид? — поинтересовалась я, выполнив данное мне указание.

— У Наташки, шкаф делает, — пояснила Аня и хихикнула: — По-моему, у них роман намечается.

— Да ты что, — замахала я руками, — он алкоголик, уголовник, и потом, возраст...

— Какой такой возраст? — продолжала веселиться Аня. — Наташка всем врет, что ей тридцать пять, но я-то знаю — сорок два стукнуло. Сидит в своем Дворце бракосочетаний, а мужа все нет и нет. Не такая уж у них и разница, вон моих родителей двадцать лет разделяло, и ничего, жили. И потом, он вроде пить бросил, рукастый... Знаешь, ежели его отмыть, одеть, подкормить, не муж, а конфетка получится, вот Наташка и схватилась, не дура. Сейчас с мужиками плохо, ну а что он сидел... Тьфу, глянь вокруг, да у всех кто-нибудь на зоне... У Крюковых, Пашковых, Симоновых...

Вновь послышался невероятный топот, дверь распахнулась, показались запыхавшиеся дети с «Ямахой». Последним вошел Тема.

Не успели ребята подключить инструмент, как зазвенел звонок.

— По местам! — рявкнула Аня.

Все кинулись на заготовленные позиции. Я плюхнулась на диван возле Вики и спросила у Даши:

— Ты почему стучала?

— Так звонка не нашла, — ответила девочка, устраиваясь за синтезатором.

Так, опять проделки полтергейста, сейчас-то звонок появился.

— Тише, — шикнула Аня, — все заняты своим делом. Давайте, давайте, читайте, играйте, рисуйте...

Дети старательно принялись изображать сцену «Тихий семейный вечер в простой семье».

Аня загремела замком. Через минуту веселая Томуся с огромным букетом красных роз вошла в гостиную. За ней двигался приятный мужчина в темно-сером костюме. Не отрывая глаз от доски, Вика произнесла:

— Шах.

Даша ударила по клавишам. Громкая музыка заполнила комнату. Томочка покраснела и стала цветом щек похожа на розы.

Уж не знаю, нарочно или она просто не знала ничего другого, но девочка играла «Свадебный марш» Мендельсона.

— Знакомьтесь, — проговорила Тамара, — это Семен Андреевич.

— Очень рад, — сказал мужчина и спросил: — Куда шампанское ставить?

— На стол, конечно, — засуетилась Аня. — Давайте я вам всех покажу, тут только свои, родственники, друзья. Значит, так. Это — Петя, Митя и Тема, за инструментом Даша.

— Очень рад, — повторил Семен Андреевич, его глаза откровенно смеялись.

— У окошка Верочка, — неслась дальше Аня, — на диване Вика, а за ней Кристя. Эй, Кристина, тебя не видно, покажись...

Кристя выглянула из-за Вики и во все глаза уставилась на пришедшего.

— А здесь Виола, — завершила процесс знакомства Аня.

— Не может быть! — прошептал мужчина, меняясь в лице. — Просто невероятно.

— Вас так удивило мое имя? — изумилась я.

— Боже, — пробормотал Семен Андреевич.

— Что случилось? — испугалась Тамара.

— Папа! — заорала Кристина, вскакивая на ноги. — Папочка, папочка любимый, живой...

Она бросилась к Семену, задев ногой шахматную доску, фигурки разлетелись по комнате. Вика разинула рот. Тамарин кавалер вытянул вперед руки и уронил шампанское. Бутылка рухнула на пол и мгновенно разбилась. Осколки взлетели веером вверх, обильная пена полезла как из огнетушителя. Ничего не понимающие Петька и Митька глядели на рыдающую Кристину и обнимавшего ее Семена Андреевича. Ошалевшая кошка носилась по комнате, держа в зубах сыночка. Наконец, абсолютно потеряв голову, она взлетела на стол и положила котенка на чистую тарелку. Но нам было не до наглой киски. Тамара села в кресло, прямо на розы, Аня прижала руки к груди и совершенно не замечала, что Машка самозабвенно сосет хвост Дюшки.

— Чегой-то она ревет? — вдруг спросил Тема.

— Заткнись, — пихнула его Вика.

Верочка молча теребила грязную кисть, и гремел, гремел марш Мендельсона. Внезапно Кася села, задрала морду и громко завыла.

— Что же это делается, господи, — всхлипнула Аня и зарыдала в голос.

Вика захлюпала носом, и через секунду плакали все, кроме меня.

ГЛАВА 30

Успокоились примерно через полчаса. Я собрала с пола осколки безвременно погибшей бутылки, Аня притащила слегка подгоревшие пироги, и все дружно уселись за стол.

— Начинайте с салата, — приказала Аня, щедро зачерпывая «Оливье».

Семен Андреевич глянул на свою тарелку и спросил:

— А этого куда девать?

Клеопатрин сыночек преспокойно дрых на тарелке между ножом и вилкой.

— Отнесите в кресло, — посоветовала я, с любопытством наблюдая за Тамариным женихом.

Интересно, как он выдержит это испытание? Не всякий мужчина способен есть на тарелке, где только что лежал котенок, и уж совершенно точно, что семьдесят пять из ста мигом бы удрали, увидев нашу «семью».

Но Семен Андреевич как ни в чем не бывало взял сыночка, устроил на подушке и, походя погладив Касю по голове, принялся абсолютно спокойно накладывать угощение. Так, значит, он любит животных, и это хорошо. Мы из-за Тамариной аллергии никогда не держали собак и кошек, но я всегда настороженно относилась к людям, считающим четвероногих друзей грязными. Конечно, у братьев меньших случают глисты, блохи... Но скажите, разве у людей их не бывает? И потом, вы видели когда-нибудь собаку, которая напилась бы пьяной; кошку, выбрасывающую своих новорожденных детей в мусорный бак; или хомячка, избивающего до смерти хомячиху? Нет? Я тоже. А теперь купите в ближайшем ларьке газету «Криминальная хроника», и сразу поймете, что самое отвратительное, грязное, гадкое животное, способное на мерзкие поступки, — это человек.

— Как же получилось, что Кристина ваша дочь? — не выдержала любопытная Аня.

Семен Андреевич обвел взглядом детей, сидевших с горящими глазами, и неожиданно сказал:

— Вот что, ребятки, хотите в «Макдоналдс»?

— Ура! — завопили Петька и Митька.

— И меня возьмут? — спросил Тема.

— Обязательно, — пообещал Семен Андреевич. Потом вытащил из кармана телефон и велел: — Петя, поднимись.

Через пару минут раздался стук, и в квартиру вошел мужчина лет сорока.

— Чего стучишь? — удивился отец Кристины.

— Так там звонка нет, — ответил пришедший.

— Хорошо, бери всех детей и свези в «Макдоналдс». По полной программе, все, что захотят: чизбургеры, гамбургеры, биг-маки, картошка, вода, мороженое... Игрушки вроде там продают, шарики воздушные...

— Понял, — кивнул Петя, — пошли, ребята. Кто со мной?

Петька, Митька, Вика, Даша и Тема с визгом бросились за ним.

— Я не хочу ехать, — протянула Вера, — голова что-то болит.

— Иди ляг в спальне, — предложила Тамара, — сейчас аспирин разведу.

Минут через десять мы остались в узкой компании — Тамара, Кристина, Аня с Машкой и я.

— То, что сейчас расскажу, — вздохнул Семен Андреевич, — должно остаться между нами. Мне бы никогда не пришло в голову посвящать вас в эту тайну, но видите, как вышло. Я — Зотов Анатолий Иванович, отец Кристины...

— Но как же так? — спросила не слишком сообразительная Аня. — Только ведь представились — Семен Андреевич...

— Сейчас поясню, — спокойно ответил мужчина, — слушайте... У Анатолия Ивановича Зотова был настоящий талант. Любой бизнес, за который брался мужик, моментально становился суперуспешным. Смешно сказать, но начал он с лотка, где лежали вперемешку дешевые конфеты и жвачки. Через полгода приобрел ларек, спустя шесть месяцев — магазин. Дальше — больше, бизнес понесся в гору, набирая обороты. Но Зотов был не только удачлив, но и умен.

Поглядев вокруг, он мигом сменил «тему». На заре дикого российского капитализма, когда перестройка еще не успела превратиться в перестрелку, в год, когда Егор Гайдар впустил в бывшую страну строящегося коммунизма невиданное море товаров, почти все жители СССР кинулись торговать продуктами. Советскому человеку, часами простаивавшему в очереди за кусочком масла, казалось, что еда — самый лучший и выгодный бизнес. Кушать хочется всегда и всем. Магазинчики, палатки, ларьки полезли как грибы после дождя. Началась жестокая конкуренция, слабые разорялись... Закон рынка суров. Не смог выжить — умирай.

Но Зотов уже торговал тканями, занял нишу и монополизировал рынок. По меркам Екатеринбурга, он был невероятно богат. С Анатолием Ивановичем считались все — и местный мафиозо, некто Пузыревич по кличке Пузырь, и городская администрация.

Наверное, если бы Зотов полез в водочный бизнес, нефть, газ или попытался заниматься металлургией, он бы давно был покойником. Но ткани не интересовали никого. Связываться с грошовым ситцем, сатином — а дорогие бархаты и шифоны в Екатеринбурге не продавались, — не хотел никто. Братки презрительно морщились: фу, бабское дело какое-то, тряпки. А мелких торговцев, пытавшихся работать с мануфактурой, Анатолий просто разорил — снизил цену на свой товар до минимума, и торговцы выбыли из игры.

Жить бы ему да радоваться. Тем более что Зотов имел юриста, подсказавшего, как уйти от налогов. Богатый особняк, настоящий замок, был оформлен на жену Лиду, а компаньоном по бизнесу Анатолий сделал брата супруги Вадима Костылева. Парню он доверял безоговорочно: свой человек воровать не станет.

Но потом неожиданно началась цепь несчастий. Сначала погибла Лида. Приехала на бензоколонку и... взлетела на воздух вместе с парнем, заправлявшим ее автомобиль. Следов взрывчатки на месте трагедии не нашли. Следствие, потоптавшись на месте, классифицировало дело как несчастный случай. Похоже, бедная Лида была сама виновата. На бензозаправке нельзя курить, а кассирша, чудом уцелевшая в своей будке, заявила, будто видела, как женщина прикуривала сигарету.

Зотов почернел от горя. Теперь вся его жизнь сосредоточилась на Кристине. Женщин, желавших заменить девочке мать и стать хозяйкой в богатом особняке, он просто не замечал.

Теперь с ним жили Костылев, жена Вадима Света и двое их детей-погодков — очаровательная трехлетняя Майя и двухгодовалый Веня. Анатолий очень любил детей и искренно считал Костылевых своей семьей. Впрочем, жили они на зависть всем дружно, без скандалов и распрей.

Затем пропала Кристина. Посланный за девочкой шофер вернулся в полной растерянности. Дочери Зотова кто-то позвонил по мобильному, она простилась с подругой и ушла. Обезумев от горя, Зотов бросился к Пузырю и заявил с порога:

— Если нужны деньги — бери, все забирай, только верни дочь.

«Крестный отец» от неожиданности даже уронил на пол открытую бутылку пива.

— Ты че, Толян, в натуре? Чего еще за понты корявые? Растолкуй нормально, без пурги.

— Верни девочку, — прошептал Зотов.

— Вот, блин! — воскликнул Пузырь. — За фигом мне твоя девочка, своих блядей навалом, выбор-то, как на базаре. И чего ты голосишь, словно потерпевший, найдешь другую телку, этого добра хватает. Хочешь, свистну, мои парни десяток приволокут — белых, желтых, черных...

— Кристина пропала, дочка, — пояснил Зотов.

Пузырь вмиг потерял всю свою дурашливость и перестал изображать «нового русского отморозка».

— Садись, Анатолий Иванович, рассказывай, чем могу — помогу.

Почти три месяца люди Пузыревича искали Кристю. В милицию авторитет посоветовал не обращаться и вообще велел поменьше шуметь об исчезновении ребенка.

— Менты ничего не найдут, — пояснил он, — только свидетелей распугают. Скажи всем, что отправил дочь на учебу в столицу, никто не удивится. Ну какое в нашей провинции образование?

— Ладно, — согласился Зотов.

— И этому, Вадьке своему, не сообщай, — неожиданно сказал Пузырь, — соври чего-нибудь, уж прости, не нравится мне твой родственничек.

Впрочем, ни Вадима, ни Светы, ни их детей в момент пропажи Кристи не было — они отдыхали в Турции, а когда вернулись, Зотов с недрогнувшим лицом выложил версию, предложенную Пузыревичем.

Потом вдруг исчез шофер Зотова, верный и немногословный Саша.

Дня через три после его пропажи позвонил Пузыревич и велел коротко:

— Приезжай.

Анатолий понесся, нарушив по дороге все правила. Авторитет усадил приятеля в гостиной и велел шестеркам:

— Давайте.

В комнату втолкнули изрядно измордованного Сашу.

— Говори, — приказал Пузырь.

Шофер разлепил разбитые губы и принялся каяться. Зотов не знал, куда деваться от ужаса. Кристину украл Саша, просто соблазнился на десять тысяч долларов, которые предложил чеченец Шамиль. Куда дели девочку, он не знает. Саша привез Шамиля и усыпленную Кристину за город, в местечко, где располагалась база спортобщества «Урал».

Зотов только моргал. Саше он доверял безоговорочно, и вдруг такой поворот.

Когда «быки» уволокли шофера, Пузырь достал водку, налил стакан и сунул в руку Зотова.

— Пей.

— Зачем?

— Пей, говорю. До сих пор была присказка, сказка — впереди. Знаю, куда увезли Кристю, и знаю, почему, но лучше бы тебе выпить!

Анатолий проглотил обжигающую жидкость, авторитет завел рассказ. За то время, что длился разговор, Зотов не раз радовался, что опрокинул стакан, иначе он просто сошел бы с ума.

Организатором похищения Кристи был Вадим.

— Но почему? — только и смог вымолвить Зотов.

— Мало ему компаньонства, — вздохнул Пузырь. — Весь твой бизнес хочет, жадный очень. Видишь, чего удумал — какое-то время тебя изводить, а потом сообщить, где Кристя, да небось чечены велели бы тебе самому с выкупом явиться. Забрали бы деньги, и секир-башка тебе и девке. Это он верно рассчитал: ты бы поехал непременно. А Вадька потом убивался бы и на каждом углу рассказывал: «Вот горе, умчался за дочкой и погиб».

В Чечне людей пачками убивают, никто и не удивится. Хочешь мой совет? Сегодня же Вадьку в бетон закатаем, вместе со Светкой и жабенышами, чтоб и следа его не осталось.

— Нет, — пробормотал Зотов, — пусть Кристю вернут.

— Мои привезут, — пообещал Пузырь.

— Сколько? — спросил Анатолий.

— На том свете угольками в аду сочтемся, —

хмыкнул Пузыревич. — Только ты зря не хочешь Вадима урыть, такого не прощают.

Но Зотов лишь мрачно молчал.

— Кстати, — словно невзначай обронил «крестный отец», — помнишь, когда твоя Лида погибла, кассирша на заправке сообщила, что видела у женщины в руках зажженную сигарету.

— Ну и что?

— А то, — терпеливо разъяснил приятель, — кассирша — баба бедная, можно сказать, нищая, голь перекатная, с работы уволилась, говорила всем, будто боится. А через годик на новом, весьма хорошем месте оказалась и квартирку купила однокомнатную, правда, не в Екатеринбурге, а в Исети. Откуда, спрашивается, денежки у голодранки? Ох, нечистое дело. Сначала Лида, потом Кристина, ты последним станешь. Вадькина работа, носом чую, для своих жабенышей старается.

— Доказательства вины Вадима есть? — поинтересовался Анатолий.

Пузырь покачал головой:

— Таких, чтоб под монастырь подвести, — нет. Но, ежели покопаемся, точно найдем.

Зотов покачал головой и впервые за долгие годы знакомства обратился к Пузыревичу по имени:

— Спасибо тебе, Миша.

— Чего там, — отмахнулся тот, — вроде как дружим.

— Не надо никого убивать, — продолжал Зотов. — Меня потом совесть замучает, жить не смогу.

— Нежный ты, — заржал Пузырь. — Так и спустишь все Иуде?

— Нет, — ответил Анатолий. — Есть план.

Через три дня Екатеринбург потрясла новость. В своем роскошном автомобиле, посреди белого дня подорвался крупный бизнесмен Анатолий Зотов вместе со своим шофером. Водителя опознали сразу, а от Зотова остались маловразумительные ошметки да клочья шикарного костюма...

Вадим Костылев, рыдая, начал готовить похороны. Но после поминок его ждал неприятный сюрприз. Оказывается, накануне трагической гибели, Анатолий тайком, не сказав компаньону ни слова, продал особняк, участок и свою долю бизнеса... Пузыревичу. Костылев чуть не скончался, поняв, с кем теперь ему придется иметь дело. У Вадима остался только каменный дом из красного кирпича, который Зотов построил для Кристины, да часть бизнеса. Жилище отошло в руки Костылева по завещанию где-то весной, когда Екатеринбург вновь был потрясен известием: оказывается, дочь Зотова вовсе не училась в Москве, а была похищена и убита чеченцами.

Через некоторое время в столице появился удачливый предприниматель Семен Адреевич Попов. Мужик основал газету, потом вторую, открыл радиостанцию. Все только удивлялись, с какой скоростью он набирал обороты. Просто царь Мидас — все, к чему прикасался, превращалось в золото. По тусовкам новоявленный магнат не шлялся и вел крайне тихий образ жизни, без женщин и шумных гулянок. Не лез он и в политику, не торопясь, как многие, купить себе место в парламенте. Словом, Зотов, превратившись в Попова, не растерял удачи и предпринимательского счастья. Но в душе Анатолия ныла рана.

Люди Пузыревича, отправившиеся выкупать Кристину, вернулись ни с чем. Деревня, где содержалась девочка, была буквально сметена с лица земли федеральными войсками. Не уцелел и дом семьи Бекоевых. Впрочем, и все его обитатели тоже. Похоронная команда, долго не колеблясь, закопала всех Бекоевых — девять человек — прямо во дворе. Агенты Пузыревича разрыли могилу и обнаружили шесть детских изуродованных трупов. На руке одной из девочек-подростков болтался почерневший браслетик с именем «Кристина». Сфотографировав несчастную, сыщики привезли Пузырю и украшение. Сомнений не оставалось — Кристина погибла вместе со всеми.

— Это Хафиза, — прошептала со слезами на глазах девочка, — я отдала ей браслет. Но мы же так не похожи, папа, как ты мог меня опознать?

— Михаил не показал снимки, — вздохнул Анатолий. — Решил, что с меня и браслета хватит, уж очень жутко выглядел труп.

Мы замолчали. Потом Тамара пробормотала:

— Давай, буду звать тебя Семеном, привыкла уже...

— Я и есть Семен. Семен Андреевич Попов, Зотов погиб и похоронен в Екатеринбурге.

— А Вадим? — спросила я.

Гость пожал плечами:

— Он меня не интересует. Но бог есть на свете, теперь знаю точно. Вы представить себе не можете, как я не хотел устраивать эту дурацкую историю с кошельком, долларами и квартирой. Меня просто сломали, первый раз в жизни дал слабину и поддался на чужие уговоры. Теперь понимаю — не зря. Не устроили бы «засады» — не познакомился бы с Томочкой, не познакомился бы с Томой — не пришел бы в гости и не увидел Кристю. Нет, господь есть, он все видит и всем воздаст по делам их.

Вновь повисло молчание, прерываемое только всхлипываниями Ани.

— И как теперь поступить? — отчего-то шепотом спросила Тамара.

Семен улыбнулся:

— Никак, куплю Кристе метрику, станет Кристиной Поповой.

Внезапно Тамара зарделась до свекольного оттенка.

— Погодите минутку.

Она скрылась в спальне и через секунду вернулась с зелененькой книжечкой в руках.

— Вот, Юрка притащил для Кристи.

Анатолий, то бишь Семен, взял документ и удивленно прочитал:

— Попова Кристина Викторовна, мать — Попова Тамара Викторовна, отец Попов Виктор Михайлович. Это кто же такие?

— Тамара Викторовна — я, — пояснила Тома, — а Виктор Михайлович — мой папа... Моя фамилия — Попова, а у Виолы — Тараканова. Кристина Тараканова как-то не звучит, вот и записали девочку на меня. Побоялись, что в школе дразнить начнут, как Виолу, вот уж кто натерпелся в детстве из-за имени и фамилии.

— Говорю же, господь все видит, — серьезно ответил Семен. — Значит, так, прямо сегодня, — он глянул на часы, — нет, уже поздно, завтра подаем документы в загс, а потом я удочерю Кристину.

Он глянул на Тамару:

— Ты согласна?

Томочка из бордовой стала фиолетовой, но голос ее прозвучал твердо:

— Есть одно обстоятельство.

— Какое?

— Я не одна, у меня...

— Знаю, — засмеялся Семен, — большая семья. Значит, построю для нас огромный дом, и станем жить да поживать — ты, я, Виола, Аня, Кристина и куча ваших детей, только потом напишете мне на бумажке их имена и объясните, кто кому кем приходится. Вот эта кукла чья? — И он ткнул пальцем в Машку.

— Значит, ты берешь меня со всем табором? — недоверчиво поинтересовалась Тамара.

— Дорогая, — засмеялся Семен, — ты же одна не поедешь!

— У нас еще Дюша, Клеопатра, котенок и Кася, — медленно проговорила я.

— Очень хорошо, — не сдался Семен.

— Еще мыши, — сообщила Кристина. — Билли и Милли.

— Беру всех, — захохотал Семен, — вместе с грызунами. А вы-то как? Станете со мной жить? Я шумный, ругаюсь иногда, злюсь, могу наорать...

— Поорать тут все мастера, — хихикнула я.

Аня же тихо сказала:

— Мы с Машкой — просто соседки, Петька и Митька — Лелькины дети...

Семен недоумевающе поглядел на нас. Но тут раздался оглушительный стук, и дети влетели в квартиру. Сразу стало тесно. Перебивая друг друга, мальчики и девочки принялись вываливать впечатления. Биг-маки — это класс! Картошки съели по две порции, шоколадных коктейлей в них влезло по три штуки, а еще получили замечательные игрушки, шарики и бумажку с предсказанием. Возле «Макдоналдса» сидит в клеточке морская свинка и гадает. Правда, узнать будущее захотела только Даша, остальные уверены, что у них все будет прекрасно.

— Смотри, — сказала Даша, — что мне досталось.

Я развернула узкий рулончик. «Бойся данайцев, дары приносящих». Однако хозяин свинки явно был знаком с древнегреческим эпосом.

В комнате стало душно, и Тамара распахнула настежь окно.

Дзынь-дзынь! — зазвенел звонок.

— Я открою, — подпрыгнула Вика.

Через секунду она закричала:

— Тетя Виола, гляди! Подарок прислали!

Девочка внесла в гостиную довольно большой ящик. На нем была приклеена бумажка, написанная неровным детским почерком с ошибками: «Кристе. Лично. Сама знаешь от ково. Другим ни открывать». Внизу красовалось изображение черепа и костей.

— Что это? — радовалась Вика. — Что? Можно открыть?

— Тут написано — Кристе, — сказала Томочка, разглядывая не слишком аккуратную упаковку. Наверное, она знает, от кого подарок...

— От Кольки Шарова, — захихикала Кристя. — Он мне два раза в любви признавался. Ну-ка, ставьте подарочек.

— Куда? — спросила Вика.

— На стол!

— Нет, — возразила Томуся, — тут еда, а ящик не слишком чистый, давайте на подоконник?

Из спальни, зевая, вышла Вера.

Кристя водрузила коробку у раскрытого окна и принялась развязывать розовую бечевку. Все дети столпились около подарка. Внезапно у меня в голове всплыла фраза: «Бойся данайцев, дары приносящих».

— Ложись! — заорал внезапно Семен, кидаясь к Кристине. — Ложись!

— Ложись! — завопила я, ударяя рукой под коленями Митьки, Петьки, Вики и Даши...

Дети шлепнулись на четвереньки, и тут же раздался жуткий, оглушительный взрыв.

Во дворе мгновенно взревели сигнализации в автомашинах, на лестнице послышался топот, кто-то рвал дверь с криком:

— Что случилось?

Где-то на полу заливалась в рыданиях Аня, заходилась в кашле Даша, и на одной ноте визжал Тема.

— А ну тихо! — заорала я, поднимаясь на ноги. — Всем молчать!!!

Разом наступила тишина. Я оглядела то, что осталось от квартиры. Окна нет совсем, вместе с рамой и подоконником... Зияет обгоревший проем. Наша не слишком дорогая люстра, обычные три рожка, сделанные трудолюбивыми гражданами ГДР, исчезла, под потолком медленно раскачивается железный штырь. Верочкины картины пропали, а все стены, мебель и еда на столе покрыты слоем черной копоти. Ужин испорчен окончательно: миски с салатом похожи на горки угля, а пирожки — на обгорелые сухари. Чудесная белая скатерть, настоящий лен, вынимаемая нами только по особым случаям, напоминает ковер у входа в крематорий — темно-серый и печальный.

Тамара тем временем дрожащими руками ощупывала детей. Следовало признать, что они отделались легким испугом. У Петьки и Митьки в волосах застряло невероятное количество осколков, а спины и ноги мальчишек были поцарапаны. У Вики почему-то под глазом расплывался огромный синяк, а волосы превратились в ком. Даша вытирает кровь, льющуюся из носа, Тема просто трясется как осиновый лист, без конца повторяя:

— Ой, мамонька родная!

Аня пытается справиться с рыданиями, ее хорошенькая сиреневая блузочка свисает клоками, и в прорехах виднеется самый простецкий розовый лифчик. Тамара грязная с головы до пят, да и я, наверное, выгляжу не лучше. Но все живы и свободно двигают руками и ногами. Хуже всех пришлось Кристе. Ей обожгло лицо, и волосы тоже выглядели ужасно.

Верочка... Верочка подняла свои милые, лучистые глаза, глянула на Вику и неожиданно громко спросила:

— Викуша? Ты как сюда попала?

— Во дела, — выдохнула Тамара, — память вернулась! Виолка, да отомри же ты, к Верочке вернулась память!

Я потрясла головой, дошла до телефона, набрала номер и сказала:

— Дежурный? Сообщите, пожалуйста, немедленно следователю Куприну Олегу Михайловичу, что на Виолу Тараканову, Веру и Вику Соловьевых только что совершено нападение. Нас пытался убить Антон Михайлов. Пусть Куприн срочно едет ко мне домой. Вместе с врачом, у нас раненая.

— Ох и ни фига себе, — выдавила из себя Аня. — Надо в «Скорую» звонить.

— Не надо, — сказала я. — Сейчас приедет Куприн, и все будет хорошо.

Томуся с интересом глянула на меня.

— Ты считаешь?

— Да, — твердо ответила я. — Куприн не даст нас в обиду, он — отличный мужик!

Тома открыла было рот, но тут входная дверь с треском распахнулась, и к нам влетели обезумевшая Наталья, Ленинид с пилой наперевес и Георгий Сергеевич из шестьдесят второй квартиры с огнетушителем.

ГЛАВА 31

Через два дня я сидела в кабинете Олега Михайловича Куприна и давала свидетельские показания.

— Ну что? — улыбнулся следователь. — Понравилось работать Шерлоком Холмсом?

— Очень, — с жаром сообщила я. — Наверное, надо было идти на юридический, а то... Всю жизнь скукотой занимаюсь!

Куприн положил на стол ручку и со вздохом пояснил:

— В нашей работе тоже скукоты хватает. Уж не знаю, понравилось бы вам разбираться с кражей белья на чердаке, похищением велосипеда у магазина или беседовать с пьяницей, который накануне убил жену столовым ножом, а сегодня ничего не помнит... А почему решили, что бомбу подослал Антон Михайлов?

Я хмыкнула:

— Просто рассудила: ну кто, кроме него? Никаких врагов или жадных партнеров по бизнесу у нас с Томусей нет. Денег никому не должны, имуществом дорогим не владеем, значит, не мы объект. Тогда кто? Ясное дело — Вика, ведь после ее смерти деньги попадут Антону.

— Он и так может ими сейчас распоряжаться как опекун, — возразил Куприн, с интересом глядя на меня.

— Временно, до ее совершеннолетия, а потом ему вновь придется зависеть от чужого человека. Нет, милый Тоша решил разом избавиться от всех. Абсолютно уверена, что он отравил Никиту, подставил Альбину и «убил» Веру, только не понимаю, как он все это проделал.

— В случае с Верой вы абсолютно правы, — вздохнул Куприн. — Антон Михайлов действительно осуществил действия, предусмотренные Уголовным кодексом. Жадность — страшная ведь. Хотите почитать его показания? Просто роман.

Я кивнула и получила кипу листочков, исписанных мелким почерком. Глаза побежали по строчкам. Что ж, я была права, не знала только деталей.

Верочку едва не погубила ее жалостливость. С Антоном она была в хороших отношениях и даже искренно сочувствовала парню, совала ему деньги и делала милые подарки. Антон чувствовал себя страшно униженным, когда Веруся вкладывала ему в кошелек доллары. От Альбины он брал дотацию спокойно, все-таки сестра, но Вера с ее участливыми взглядами и словами: «Ничего, Тошенька, ты обязательно прославишься», доводила мужчину почти до нервной трясучки. К тому же Верочка принадлежала к миру искусства, писала довольно неплохие картины и пару раз весьма удачно продала свои работы. А Антону не везло: его стихи неизменно возвращались из редакций и издательств назад к автору. Печатать эти опусы не хотел никто. Антон попросил у Альбины денег, чтобы выпустить книги за свой счет, но сестра зависела целиком и полностью от мужа, а тот ехидно заявил:

— Слишком дорогое хобби у нашего лентяя. Предложи ему лучше рыбок разводить, дешевле обойдется.

Антон только скрипнул зубами, услышав отказ. Он вообще безукоризненно владел собой, сохраняя имидж милого, рассеянного парня, полностью поглощенного рифмами. Но никто не знал, какой огонь скрывался за его спокойной улыбкой. Верочка, прослышав про то, как Никита отреагировал на просьбу Антона, пришла в негодование и сказала парню:

— С удовольствием помогу тебе. Издадим книгу, потом другую, могу даже иллюстрации нарисовать! Ты станешь членом Союза писателей, а там, глядишь, и издательства заинтересуются, главное — начать!

Никита весь перекосился, но он не мог запретить Верочке распоряжаться ее собственными деньгами.

— Правильно, — буркнул Соловьев, еле живой от злобы, — обязательно сделай иллюстрации, может, кто на них клюнет и возьмет книжонку. А то про любовь-морковь тошнит читать.

Огромным усилием воли Антон сдержался, весь гнев его отчего-то обратился не на хама Никиту, а на милую Верочку. Да еще она обняла его ласково за плечи и сказала:

— Не обращай внимания, Тоша, мы прорвемся. Ой, а почему ты дрожишь?

— Замерз, — старательно улыбнулся Антон.

На самом деле его колотило от злости, и он чуть не опустил на голову Веры огромную хрустальную вазу, стоявшую на буфете.

В ту ночь Антон никак не мог заснуть. Чтобы слегка притушить бушующий в груди пожар, он сел в кресло и закурил. Пятнадцать лет Альбина живет с Никитой, и двенадцать лет прошло с тех пор, как они разбогатели. За все это время ему, Антону, перепадали жалкие подачки. Даже машину он водит по доверенности, донашивает, так сказать, обноски за Никитой. Зять счел «Нексию» не слишком престижной, купил себе роскошный «БМВ», а прежний автомобиль скинул Антону, но не подарил, а просто выдал на него доверенность. Злоба душила милого, интеллигентного Тошу. Больше всего ему надоело прикидываться сизокрылым голубем. Ну почему он должен просиживать штаны в какой-нибудь конторе? Только из-за зарплаты? Но ведь деньги в семье есть.

Тут неожиданно проснулась Ксюша и спросила:

— Эй, Тошик, ты где?

— Спи, дорогая, — сказал любовник и вздохнул.

Даже баба ему досталась третьего сорта, из тех, которые никому не нужны. Глупая, приставучая, не шибко красивая... Вот если бы в его руках оказались миллионы Соловьевых...

Стояла глубокая ночь, только ясно и четко тикали настенные часы. И так же ясно и четко Антон понял: от них надо избавиться, ото всех. А начнет он с противно-ласковой Веры. Ну достала она его своей жалостью и заботой.

Наутро Антон принялся обдумывать план. Он не хотел убивать Веру, честно говоря, боялся ответственности. Нет, в его голове родился иной замысел.

Уже давно из России увозят на Восток моло-деньких дурочек, желающих стать танцовщицами и официантками. Как правило, оказавшись на месте, где-нибудь в Турции или Иордании, девушки понимают, что их обманули и им предстоит работать проститутками. Вот пусть Верочку похитят и заставят написать собственноручно письмо типа: «В моей смерти прошу никого не винить, умираю из-за несчастной любви». А потом сложат ее одежду на берегу реки, придавят записку камнем... Вот все и подумают, что девушка утопилась. Натура она артистическая, только предсмертное послание должно быть написано ее собственной рукой, иначе возникнут подозрения. Но убивать заботливую родственницу не надо, пусть живет где-нибудь в арабской стране, обслуживая клиентов. Убивать грех...

Вы не поверите, где Антон нашел исполнителя собственного замысла — в газете «Из рук в руки». Прочитал объявление: «Красивые, молодые девушки требуются фирме «Гермес». Работа за границей по контракту: официантки, танцовщицы, певицы. Интим исключен. Десять лет на рынке, безопасность гарантируем».

Как Антон и предполагал, за милым объявлением скрывался сутенер по имени Константин. Парень давно освоил прибыльную профессию содержателя публичного дома и вербовал таким образом наивных дурочек.

Тоша, наклеив усы, надев очки и, натянув парик, отправился к Константину. Подлец подлеца видит издалека. Договорились они мигом. Константин запросил за выгодную для себя операцию десять тысяч долларов. Антон пошел к Вере и сказал:

— Ты вроде хотела помочь мне с книгой? Боюсь, сумма большая, целых десять тысяч баксов.

— Конечно, Тошенька, — согласилась Верочка и дала ему деньги на... свое похищение.

Сама процедура прошла без сучка без задоринки. Антон позвонил Верочке в «Барвинково», сказал: «Я заболел. Не можешь ли вернуться на неделю домой?»

Вера моментально села в машину. У поворота на шоссе стоял автомобиль Антона, а рядом и сам Тоша. Удивленная Верочка вышла из «Фольксвагена», подошла к Тоше, тот, мило улыбаясь, проговорил:

— Знакомься, Веруся, мой друг.

Вера села в машину Антона на заднее сиденье возле Константина, почувствовала легкий укол, и все, свет померк.

Дальнейшее она помнит смутно. Сначала появился парень, упорно твердивший:

— Ну, давай же, давай...

Что давать, Вера не поняла и вновь провалилась в забытье. Потом возникла девушка, кормившая ее супом, следом опять парень. Затем она очнулась одна в незнакомой комнате. Хотелось в туалет. Вера встала, вышла в коридор, не понимая, где она, толкнула дверь и, ничего не соображая пошла по лестнице вниз. Затем вышла на улицу и замерла на углу, не зная, что делать.

И тут она столкнулась со мной. Я привезла Верочку к нам домой, а тем временем в квартире на Сонинской началась паника.

Дело в том, что Константин «выключил» Веру при помощи весьма сильнодействующего препарата, применяющегося в большой психиатрии.

Парень думал, что девушка просто поспит сутки-другие, а потом он заставит ее написать бумагу, и финита ля комедиа. Но, очевидно, доза оказалась слишком велика. Вера не собиралась просыпаться. Прошел день, потом другой, она мирно спала и, естественно, никаких записок писать не могла. Константин боялся оставить ее одну — вдруг очнется и убежит, — но сидеть целый день дома он тоже не мог. И вот, вспомнив, что по соседству проживает тетка, работающая в медицинском училище, Костя попросил прислать сиделку.

Так в квартире появилась Галя. Естественно, что истинного положения вещей ей не объяснили. Константин сообщил, что Вера — его больная шизофренией сестра, болтает бог знает что, рвется убежать, кричит, но сейчас спит под воздействием снотворного. Как только придет в себя, нужно запереть ее в комнате и вызвать Константина.

Галочка принялась за работу. Один раз Вера пришла в сознание, машинально проглотила пару ложек супа и вновь впала в сон. Затем опять проснулась, пробормотала:

— Холодно.

Галя, еще раньше удивлявшаяся, почему больная лежит нагишом, натянула на нее прихваченную из дома ночную рубашку и сводила Веру в туалет. Пока больная сидела на унитазе, она позвонила Константину, тот примчался, но Верочка опять заснула. Косте пришлось срочно приезжать домой еще пару раз, но всякий раз к его появлению Вера успевала вновь впасть в глубокий сон.

На четвертые сутки Константин сильно задержался и приехал домой около часа ночи. Но ни Веры, ни Гали он в квартире не нашел. В полном недоумении парень позвонил Гале домой, но там никто не отозвался. Утром ее мать бесхитростно сообщила:

— Она в гостях у Вали, дать телефон?

На его звонок ответила женщина:

— Валя и Галя уехали на день рождения.

Не думая ни о чем плохом, мать Вали сообщила адрес Вити Репина. Да и зачем бы ей было скрывать? Костя представился клиентом, желавшим нанять Галю для ухода за своим отцом-инвалидом.

Не теряя времени, Константин прихватил своего знакомого Андрея Крюкова, не раз оказывавшего ему разные услуги. Они явились вдвоем на Дорогомиловскую улицу. Андрей и Константин оттолкнули открывшую им дверь Валю, ворвались в гостиную и попробовали поговорить с Галей. Но Витя Репин и Коля Федоров начали выталкивать незваных гостей, тут Константин вытащил пистолет и, недолго думая, застрелил парней и пытавшуюся спрятаться под столом Валю. Галю он не тронул. Девушку свели вниз, она шла почти парализованная от ужаса, даже не кричала. Впрочем, Андрей приставил ей к левому боку пистолет. Запихнув девчонку в машину, они помчались на Сонинскую улицу, и тут у них лопнуло колесо. Матерясь, парни начали ставить запаску. «Жигули» они предусмотрительно заперли. Галя, пошарив в кармане чехлов, нашла газету «Мегаполис», ручку, написала «Римма Ивановна». Вероятно, она хотела продолжить текст «Римма Ивановна Федорова знает убийц». Глупо, конечно, но другое не пришло ей в голову. Но тут в машину влез Крюков, и Галя сунула клочок бумаги в пудреницу, а ту засунула в сиденье. Просто испугалась, что изобьют или пристрелят.

На Сонинской начался кошмар. Константин орал как ненормальный:

— Как ты посмела упустить девку?!!

Галя слабо сопротивлялась:

— Извините, заснула, сама не понимаю, как получилось, а дверь забыла запереть.

Крюков принялся отвешивать ей пощечины. В полном ужасе Галочка поползла по кровати в дальний угол.

— Куда поперла! — завизжал Константин и ухватил незадачливую сиделку за ноги.

Потертая туфелька осталась у бандита в руке. Костя уставился на ногу Гали и присвистнул.

— Стой, Андрюшка, десять тысяч наши!

Дело в том, что у Гали с детства не хватало мизинца на правой ноге. Давным-давно, она сама не помнила когда, поставила ножку на складывающийся стульчик, а тот возьми и закройся. Пальчик словно бритвой срезало. Вот это сходство с Верой и навело Костю на мысль, как он сможет получить вожделенные деньги.

Катастрофу он подстроил мастерски. Одежда Веры валялась в спальне, а «Фольксваген» был надежно спрятан в гараже. Машину предполагалось оставить на месте аварии.

Сначала сделали Гале укол, потом доехали до нужного места. Облили спящую девушку, вернее верхнюю часть ее тела, бензином, посадили на водительское место, инсценировали наезд на опору, и, когда покореженный автомобиль остановился, бросили в окошко зажженную спичку. Вмиг взметнулось пламя.

Начали останавливаться машины, водители кинулись тушить пожар. В суматохе Константин и Андрей спокойно уехали, их не заметили, на месте происшествия стояло около тридцати машин. Пламя в конце концов сбили, но от Гали остались только ноги, верхняя часть была в таком состоянии, что Антона стошнило, когда он взглянул на тело.

— Ужас, — прошептала я, — жуткий ужас. Но как же Никита опознал тело? У Гали изуродована правая нога, а у Веры — левая.

Олег Михайлович тяжело вздохнул:

— Да он даже и не сообразил, что видит. Опознание производилось формально. Машина его сестры, остатки одежды тоже ее, стоит автомобиль на дороге к «Барвинкову». А когда спросили про особые приметы, Никита прошептал: «Пальца на ноге нет». На том все и закончилось.

Вечером Константин потребовал, чтобы Антон с ним рассчитался. Тоша привез конверт и устроил скандал:

— Я же просил не убивать!

Константин хмыкнул:

— Молчи уж, мать Тереза! Думаешь, в борделе кайф? Ну не сейчас, так через полгода копыта откинула бы. Гони монету и заткнись, да имей в виду: в случае чего, ты — заказчик.

Антон в ужасе только согласно кивал головой. Нет, такого он не хотел... Отправить Верочку в бордель — куда ни шло, но сжигать в машине? Тоша потерял сон и пугал Ксюшу, вскрикивая по ночам.

А Константин потирал руки. Естественно, он не сказал заказчику, что жертва убежала. Зачем? Просто съехал со съемной квартиры на другую, полагая, что Антон никогда не сумеет его найти. Фамилии не знает, постоянного местожительства тоже... Никаких угрызений он не испытывал, на его совести было уже не одно убийство. Крюков же, когда они убили Галю, принялся неожиданно плакать и причитать:

— Господи, что мы сделали, что!

Константин в изумлении уставился на приятеля. Не прошло и суток, как они убили ребят на Дорогомиловской, и Андрей совершенно спокойно после этого вел машину.

— Приди в себя, придурок, — велел Костя.

Но Андрей продолжал всхлипывать:

— Ну почему не вкололи побольше снотворного? Господи, она так кричала, ужас!

Решив, что приятель к утру очнется, Костя уехал, но Андрей решил проблему по-своему.

— Так он сам? — спросила я.

— Да.

— Это точно?

— Абсолютно.

— Откуда знаете? Может, его Костя...

— Существуют определенные методики, — спокойно пояснил Куприн, — изучаются особенности петли, узла, странгуляционной борозды... Ну да вам ни к чему подробности, поверьте мне на слово. Андрей Крюков покончил с собой. Иногда и у негодяев случаются душевные терзания.

Константин же совсем не мучился, и вы, Виола, сильно рисковали, заходя к нему домой.

Данный субъект решает свои проблемы при помощи пистолета.

— Но... как вы узнали?..

— Милая, — ухмыльнулся Куприн, — вы же оставили ему записку, даже со своим телефоном. Но, на ваше счастье, Константин больше не возвращался в ту квартиру, он просто сменил место обитания.

— Оставив аппаратуру, видик и музыкальный центр?

— Эти вещи принадлежат хозяйке.

Он замолчал и принялся раскуривать сигарету, потом вдруг спросил:

— Простите, как вы к дыму относитесь?

Я пожала плечами:

— А что в нем плохого? Курите на здоровье.

Куприн неожиданно раздавил «Яву» в пепельнице.

— Все бросить пытаюсь, и никак, силы воли не хватает, а надо бы.

— «Бросать курить легко, — говорил Марк Твен. — Я сам бросал уже восемнадцать раз», — хмыкнула я. — Так что не мучайтесь.

— Говорят, очень вредно, — пробормотал Куприн. — А руки сами так и тянутся.

— Знаете, — вздохнула я, — когда мою окна, всегда поражаюсь, какая чернота течет с тряпки. Мы живем в гигантском промышленном мегаполисе, набитом машинами... Так что дым от хорошей сигареты еще не самое плохое из того, что попадает в наши легкие. А на мой взгляд, подавленные желания намного хуже. Я, например, никогда не отказываю себе в шоколадке на ночь. Вот мой организм ее и не просит часто, знает, что все равно получит, нечего впрок запасать. И вешу не больше, чем когда была подростком. Зато наша соседка Наташа постоянно сидит на диете и толстеет от воздуха!

— Убедили, — засмеялся Куприн, — ну тогда держитесь! Сами виноваты!

И он вытащил из стола... трубку.

— Ребята подарили на день рождения, — пояснил следователь и раскурил агрегат.

Дивный аромат повис в воздухе. Олег Михайлович принялся разгонять клубы руками.

— Не надо, очень хорошо пахнет!

Куприн с удивлением взглянул на меня:

— Неужели нравится?

— Очень, такое, наверное, и я могла бы курить.

— А вы попробуйте!

— Ну знаете, — засмеялась я, — до сих пор на подобный экстравагантный поступок из женщин осмелилась лишь Жорж Санд. Как бы вы отреагировали, увидав меня с чубуком во рту?

— Пришел бы в полный восторг, — неожиданно ответил следователь и затем абсолютно серьезно добавил: — Впрочем, вы и без курительного агрегата очень мне нравитесь.

ГЛАВА 32

Будучи по воспитанию и менталитету истинным «совком», я страшно смущаюсь, когда мужчины начинают отпускать мне комплименты. Так и тянет оглянуться, а потом уточнить: это ко мне обращаются или нет?

Говорят, француженки на дежурную фразу: «Мадам, вы обворожительны», спокойненько отвечают: «Ерунда, если посмотрите на меня сегодня вечером — ослепнете».

Я же начинаю глупо хихикать и мямлить:

— Что вы, что вы, голова не причесана и вообще не в форме.

Поэтому, услыхав последнюю фразу Куприна, я мигом перевела разговор в другое русло:

— А где он взял стрихнин?

— Кто? — спокойно поинтересовался следователь, пристально разглядывая меня.

— Антон, конечно! Убил Никиту, подставил Альбину, а потом и нас с Викой решил взорвать!

Олег Михайлович побарабанил пальцами и сказал:

— Пошли.

— Куда?

— Знаете, есть такая процедура — «опознание преступника»?

— Конечно, в «Ментах» показывали. Сажают в ряд человек пять, похожих друг на друга, и жертва должна опознать грабителя или насильника.

— Вот и пойдем, взглянем.

Мы вошли в соседний кабинет, где что-то быстро-быстро строчил на бумаге худощавый парень.

— Ну, Дима, — поинтересовался Куприн, — готово?

— Ждем-с вас, — хихикнул юноша, — открывайте.

Олег Михайлович толкнул еще одну дверь, и мы оказались в ужасно душной комнате без окон. На стульях, поставленных вдоль стены, сидели очень похожие друг на друга женщины. Худощавые, в черных брюках, больших темных очках и кожаных банданах.

— Узнаете кого-нибудь, Виола? Смотрите внимательно.

Я оглядела теток и робко пробормотала, указывая на третью:

— Вот эта страшно похожа на Ксюшу, любовницу Антона.

— Почему так решили?

— Ну, видите ли, — забормотала я, — тут все блондинки, но только одна имеет чудесные блестящие волосы цвета сливочного масла. Честно говоря, все время завидовала Ксюше — такая роскошная копна!

— Понятно, — протянул следователь и крикнул: — Дима, давай.

На пороге появился милый врач-онколог из шестьдесят второй больницы.

— Андрей Евгеньевич, — велел Куприн, — так кто из них забирал у вас документы Соловьева?

Кисин секунду покачался с носка на пятку, потом ткнул пальцем в третью даму:

— Она.

— Не путаете?

— Нет, совершенно точно.

— Хорошо, вы свободны.

Женщины, похожие на тени, мигом испарились. Дима увел Кисина. Мы остались втроем.

— Ксюша, — пробормотала я, плохо понимая происходящее. — Она помогала Антону, да?

— Нет, — ответил Куприн и отрывисто приказал: — Ну, дорогая моя, любишь кататься — люби и саночки возить. Скидывай очки и бандану.

Женщина молча повиновалась, и я, онемев, уставилась на нее. Вместе с повязкой снялся и парик, обнажив стриженую голову.

— Теперь узнали? — спросил Куприн.

— Конечно. Экономка Лена, она работает у Альбины и подавала несколько раз при мне ужин, только?..

Мы вернулись в кабинет.

— Ну, все ясно? — поинтересовался Олег.

Я разозлилась:

— Знаете ведь, что нет! При чем тут Лена?

— При том, что она отравила Никиту и мастерски подставила Альбину.

— Как? Зачем?

Куприн улыбнулся

— Давайте сначала объясню, как она это сделала, а потом разберемся — зачем. Все очень просто. Лена, приготовив грибы, положила туда пару ложек яда.

— Где она взяла отраву?

— Ну это был не чистый стрихнин, а специальная смесь убойной силы на его основе.

— Так откуда же смесь?

— Из магазина «Наш сад и огород», средство для борьбы с грызунами.

— Какой ужас! И его можно вот так запросто купить? Кому же пришла в голову идея торговать ядом?

— Послушай, — неожиданно обратился ко мне на «ты» следователь, — ну подумай сама, ведь невозможно прекратить продажу веревок, ножей и очень многих лекарств. Никто ведь не предполагает, что крысиную отраву положат во вкусный ужин, да еще в таких количествах!

— Но она и сама отравилась и попала в больницу!

— Всего лишь спектакль, чтобы ее не заподозрили, скушала чайную ложечку и стала изображать судороги.

— Но яд был у Альбины в матрасе!!!

— Лена взяла упаковку от лекарства «Панангин», которое употребляла хозяйка. Альбина пьет таблетки на ночь, сначала мажет лицо кремом, а затем жирными руками берет упаковку, так что ее отпечатков там хватало.

Экономка надела резиновые перчатки, наполнила пузырек отравой и зашила в матрас. Легко и красиво.

— Но зачем? И так глупо, ведь стрихнин сразу обнаруживается при вскрытии...

— А Лена и хотела, чтобы нашли...

— Почему?

— Ее цель была — избавиться от Альбины.

— Зачем? Какая выгода от того, что хозяйка сядет в тюрьму?

Куприн помолчал, потом спросил:

— Знаешь, как ее зовут?

— Лена.

— Но у человека еще бывает отчество и фамилия!

— Нет, — растерянно ответила я. — Все называли эту женщину просто по имени.

— По паспорту она — Рыбакова Елена Вячеславовна.

Секунду я молчала, потом ахнула.

— Не может быть! Хочешь сказать — она мать Славы Рыбакова и бабушка Даши? Невероятно, нет, невероятно. Славе-то около сорока!

Олег вздохнул:

— Рыбакову тридцать четыре, он на год моложе Альбины. Елена родила его рано, в восемнадцать лет, ей всего пятьдесят два, ну и выглядит, конечно, прекрасно. Фигура стройная, голос молодой, звонкий, назвать такую даму бабушкой язык не поворачивается. С виду — максимум сорок лет.

— Но зачем ей все это надо?!

— Если подумать, то весьма понятно.

Лена патологически любила сына. Появился он у нее в ранней молодости, да еще без мужа. Отец Славика бросил свою «невесту», едва услышал о беременности. Тяжело пришлось бедной девушке в одиночку поднимать мальчишку, тяжело, но Лена выдюжила, выучила сына и вывела в люди. Естественно, жену для сына она хотела самую лучшую. Главное — богатую. Поэтому, когда Слава начал встречаться с Альбиной, мать не протестовала, взяла в дом внучку и терпеливо ждала, чем разрешится эта ситуация.

Альбина старалась изо всех сил. Устроила Лену в свой дом экономкой и платила ей огромную зарплату. Впрочем, Лена тоже была полезна Альбине, покрывая ее в разных ситуациях, но потом Рыбакова начала кричать на сына:

— Ну когда же это кончится — семьи нет, жены, считай, тоже нет.

Причем в последние годы скандалы стали происходить все чаще. Лене начало казаться, что Альбина прекрасно устроилась — живет в шикарном доме, не имеет никаких проблем, а бедный Славик, опутанный любовными сетями, все надеется...

Но потом Лена замолчала, потому что Альбина сообщила новость — Никита смертельно болен. Правда, экономка не преминула уколоть сына:

— Интересно, как разрешилась бы эта ситуация, будь Никита здоров?

Но Слава только сказал:

— Мама, перестань.

Итак, они начали ждать смерти Соловьева. И вдруг Слава знакомится с Кирой Волковой, разгорается роман, и Лена понимает, что сын вытянул козырную карту. Но существовала нешуточная проблема в виде Альбины. Узнав о том, что Слава решил бросить ее, она могла совершить неожиданный поступок: поехать к Кире, устроить скандал, разрушить счастье Рыбакова... Лена непрестанно думала о том, как поступить, вся извелась, а Слава малодушно прятал голову в песок, не желая разбираться с любовницей.

— Вот мы улетим на Сейшелы, а ты, мамуля, с ней поговоришь, все ей объяснишь. Никита-то без двух минут покойник. Как отбросит тапки, пусть

Альбина забирает Дашку, бояться будет некого, — планировал Слава. — Все просто замечательно устроится. Она получит деньги, утешится, да еще и ребенок будет с ней. Зачем я ей сдался? Главное, чтобы до моей свадьбы с Кирой чего не случилось. Хорошо бы Никита умер до бракосочетания, как думаешь, а?

Лена только вздыхала. Хозяин, конечно, кашлял без конца, но выглядел здоровым. Время шло, день свадьбы приближался, а Соловьев вдруг перестал заходиться в кашле. Лена волновалась все больше и больше: вдруг Альбина узнает о Кире, вдруг лопнет этот брак и уплывет долгожданное богатство...

И тут раздался звонок Кисина. Лена, снявшая трубку, чуть не скончалась, услышав «радостную» весть.

Но не зря говорят, что в минуту опасности или крайнего нервного напряжения мозг человека начинает работать с невероятной скоростью.

В голове Лены разом оформился великолепный план. Она поняла, как избавиться от Никиты и Альбины.

— Господи, — недоумевала я, — ну если она все равно решилась на убийство, то почему не извела Альбину? Зачем эти хитроумности с Никитой? Хозяйка могла бы тоже съесть чего-нибудь «вкусненького».

— И что? — спросил Олег. — Подозрение сразу падет на прислугу. Никому из домашних нет никакой выгоды в смерти мадам Соловьевой. Она бедна как церковная крыса. Нет, погибнуть должен был Никита, очень логично получалось. Тем более что Лена не сообщила любовнице сына о том, что у мужа хорошие анализы. И получилось расчудесно — Альбина «убивает» Никиту, чтобы получить деньги. Бедняга рассказывает в милиции о том, что ее муж смертельно болен, но тут появляется Кисин с показаниями об анализах.

— Но Ксюша? Ксюша-то сразу небось сообщила, что не ездила в больницу.

— Правильно, но по логике Лены я должен был подумать, что мадам Соловьева прикинулась балериной. Ксения носит парик, ее роскошные волосы — фальшивые. Причем, накладок несколько, три или четыре, с разными прическами. Вот милая дама и позаимствовала у балерины одну из них, а также очки, макияж, бандану, надела черненькие брючки. Был еще момент, о котором ты не знала. Лена надела очень броское кольцо, принадлежащее Альбине, и она все время вертела им перед носом Кисина, словно давая понять: я не Ксюша, я — Альбина, которая притворяется Ксюшей, чтобы потом уверять: ничего не знаю об анализах.

— Как же ты догадался?

— Ну, во-первых, кольцо. Глупо не снять такую приметную вещь, когда хочешь сойти за другого человека, и потом, Лена сделала одну ошибку.

— Какую?

— Ее отвезли в Склиф и положили в палату. Но она чувствовала себя хорошо, больше симулировала отравление. Ей нужно было сообщить в милицию, что яд в матрасе. Вот наша хитрюга и пошла в метро «Сухаревская», вход в которое в пяти минутах от НИИ «Скорой помощи». Из холла больницы она звонить побоялась.

Местонахождение телефона милиция вычислила сразу. В вестибюле станции сидит тетка, торгующая газетами. Когда оперативники стали ее расспрашивать, баба и припомнила женщину в спортивном костюме и... домашних тапочках, говорившую в трубку, прикрывая мембрану носовым платком. Газетчица не удивилась и сказала дознавателям:

— Небось в Склифе автомат опять сломался. Я уж знаю, как в тапках — это оттуда, самые мои покупатели. В больнице скукотища, так они у меня все подряд покупают, только эта ничего не взяла.

Дальше — дело техники. Тетке просто показали фото всех членов семьи и прислуг Соловьевых. Лена и помыслить не могла, что кто-то увидит ее у автомата, и лица не прятала.

Куприн замолчал, потом вздохнул:

— Вот так. Хотела помочь любимому сыночку получить вожделенное богатство. Будет, конечно, говорить, что Слава ничего не знал...

— Думаешь, он в курсе?

Олег развел руками:

— Наверное, только никогда они не признаются, ни мать, ни жадный сынуля. Надеюсь, он будет передавать ей на зону сухари. Читала Лескова? «Леди Макбет Мценского уезда»?

Я кивнула.

— Иногда любовь принимает извращенные формы. Только, кажется мне, Славик постарается забыть о матери.

— Как она не побоялась, что еще кто-нибудь отравится?

— Ну Лена великолепно знала: Альбина грибы не любит, Ксения не станет есть ничего в сметане, а у Вики аллергия, только, если ты...

— А я громко при ней сказала, что в детстве один раз наелась поганок и теперь даже к шампиньонам не прикасаюсь.

— Видишь, она ничем не рисковала, весь яд достался Никите.

— Зачем она пыталась нас взорвать?

— Кто?

— Да Лена же!

Куприн прищурился и принялся выколачивать трубку.

— Со взрывом разберемся, но, позже. Тут уж постарался некто другой.

— Антон? — затрясла я головой. — Ну ничего не понимаю, ничегошеньки...

— Михайлов тут ни при чем, взрыв вообще из другой, так сказать, оперы.

— Да объясни наконец!

— Ну подумай сама! Подарок был кому адресован?

— Кристине. Сверху лежала записка, написанная детским почерком с жуткими ошибками. Кристя сказала, какой-то мальчишка в нее влюблен...

— Вот-вот, отправитель на это и рассчитывал.

— Кто он?

— Вадим Костылев, дядя Кристи, и избавиться он хотел от неожиданно воскресшей племянницы.

— Зачем?

— Ей принадлежит дом, в котором сейчас живет семья Костылева, и еще Кристя наследница своей матери. А Лида владела отличной квартирой в центре Екатеринбурга и ателье. Она занималась швейным бизнесом. После ее кончины все это отошло Кристе, а когда девочка «умерла», и ателье, и квартира перешли к Вадиму. Так что племянница была ему совершенно не нужна.

— Как же он узнал наш адрес?

— Ну, милая, — засмеялся Олег, — ты же ему звонила, на определителе высветился номер, остальное элементарно просто. Кстати, я вчера полдня провел с Семеном Андреевичем Поповым, знаешь, конечно, этого человека? Очень приятное впечатление производит.

— И что ему теперь будет?

— Кому?

— Попову.

— Попову? Он здесь при чем? Честный бизнесмен, собирается жениться на твоей Тамаре и удочерить ее дочь Кристину... Так ведь?

Я поглядела в его откровенно смеющиеся глаза и кивнула:

— Так.

— Жаль, конечно, господина Зотова, настоящего отца девочки, — вздохнул Куприн, — но она получит теперь и отца, и мать. Правда, в метрике у Кристины указан другой родитель, и вообще, там что-то непонятное получается, никак не соображу. Чей она ребенок? При чем тут Костылев? Если она дочь Тамары... Слушай, так мне заниматься этим взрывом? А?

— Не надо, — прошептала я. — Никакого Костылева не надо, Зотова тоже. Кристя — дочь Тамары, и все тут. Все!!! А взорвался у нас газовый баллон, хранили в комнате, сами виноваты.

— Ну и я так думал, — хихикнул Куприн, — что за дикая идея пришла мне в голову с Екатеринбургом, просто бред какой-то!

Потом помолчал и неожиданно добавил:

— А что ты делаешь вечером? Может, в кино сходим, в «Кодак»? Как насчет воздушной кукурузы?

ЭПИЛОГ

Время бежит быстро, мы начали потихоньку успокаиваться после всех произошедших событий. Альбину выпустили. Даша и Вика живут с ней. Верочка тоже вернулась домой. Все деньги Соловьевых теперь принадлежат ей, но Вера в отличие от Никиты никого не попрекает. Она заняла место брата в шоу-бизнесе, взяла на работу Альбину, а картины рисует только изредка, в короткие свободные минуты. Собака Кася тоже вернулась в родные пенаты.

Тома вышла замуж, и мы все сменили адреса. Томуся и Семен живут в просторной четырехкомнатной квартире вместе с Кристей. Я поселилась рядом — в двухкомнатной. Дюшка, Клеопатра и сыночек, превратившийся в огромного рыжего кота, мыши Билли и Милли бродят между нашими жилищами. По-моему, получилось просто здорово — мы вместе, на одной лестничной клетке, с другой стороны, я не мешаю молодым, а они мне. Вместе и одновременно поврозь. Честно говоря, квартиры наши смежные, и у нас имеется общая дверь. Теоретически я могу ее закрыть, но практически сделала это только один раз, когда подцепила в ноябре грипп. Семен устроил меня на работу в одну из своих газет. Оказалось, что писать заметки и статьи совсем не так уж и сложно.

Петька и Митька получили в подарок компьютер и кучу «бродилок», «стрелялок» и «стратегий». Вика и Даша до сих пор дружат с мальчишками, и те часто гостят в огромном особняке Соловьевых. Леля и Юрасик теперь ругаются редко. С одной стороны, Юрке не к кому бегать ночевать, и с другой — почти все выходные их близнецы проводят у Соловьевых и не мешают родителям вести личную жизнь.

Слава спокойно женился на Кире. Альбина, узнав обо всем, не пожелала даже переговорить с Рыбаковым, просто забрала Дашу. А любовник не протестовал — девочка ему не нужна.

Лену осудили на девять лет, ее отправили куда-то под Рязань, но куда именно, не знаю и, честно говоря, знать не хочу. На суде она не дрогнувшим голосом заявила:

— Мой сын здесь ни при чем, все придумала и осуществила я сама, лично, без чьей-либо помощи.

Впрочем, Рыбаков на заседание не явился и никакой моральной и материальной поддержки любящей матери не оказал.

Машка растет и безобразничает со страшной силой. Аня с криком: «Спасите, умирает!» — по-прежнему бегает к соседям, но уже, слава богу, не к нам. Впрочем, до нас она тоже добирается без труда, правда, для этого ей все же приходится надевать теперь пальто и ботинки, потому что наша новая квартира расположена в одной троллейбусной остановке от родной «хрущобы».

Наташа вышла замуж за Ленинида. Рукастый папенька соединил две квартиры — нашу старую, на четвертом этаже, и Наташкину на третьем. Представляете себе двухэтажные апартаменты в блочной пятиэтажке? Просто архитектурная конвульсия, но и папуля, и его молодая жена страшно довольны. Ленинид работает теперь в мастерской по обивке мебели, Наталья «брачует» женихов с невестами, Темка по-прежнему таскает домой тройки в дневнике.

Настя окончательно перестала бояться Элеонору Михайловну, и зловредная бабушка теперь вынуждена считаться с внучкой.

Куприн приходит к нам в гости почти каждый день, мы даже завели для него личную чашку — большую, синюю, примерно на пол-литра кофе. Олег по душе Тамаре, Семену и Кристе. Честно говоря, больше всего он нравится мне, и я жду, когда наш следователь наконец догадается сделать мне предложение.

Впрочем, если он не решится до Нового года, я сама отведу его во Дворец к Наташке, и подруга распишет нас без особых церемоний.

Антон... Меньше всего мне хотелось бы вспоминать о нем, но приходится. Брат Альбины попал в цепкие объятия Фемиды. Куприн решил наказать мужика по полной программе и долго не сообщал, что Вера жива. До тех пор, пока не поймал Константина и не устроил им очную ставку. Увидев, как Верочка входит в кабинет, Тоша потерял сознание и на суде все время плакал, повторяя:

— Не хотел, не хотел...

Наверное, поэтому ему дали всего шесть лет, на мой взгляд, отвратительно мало, но у судьи оказалось жалостливое сердце.

Ксюша не бросила любовника. Более того, она расписалась с ним, на этот раз по-настоящему, а я наконец узнала ответ на последний мучивший меня вопрос: как сведения о «фальшивом» браке оказались в компьютере?

Все обстояло просто. Любительница балетных спектаклей Соня шлепнула печати в паспорта и собиралась отдать их своей подруге, но тут вошла заведующая, и пришлось регистраторше, чтобы не попасться, вносить сведения о несуществующих «молодоженах» в компьютер. Впрочем, начальница, ничего не заподозрив, ушла, и Соня собралась стереть информацию, но отвлеклась и забыла.

Однако, во всей этой истории все же осталась одна невыясненная вещь. Что же происходило с кнопкой от нашего звонка? Почему она то появлялась, то исчезала? Нет ответа на этот вопрос, и я сломала голову, пытаясь понять, как это можно объяснить. Впрочем, ни Тамара, ни Семен, ни Олег, ни Наташка, ни даже Ленинид, не смогли дать толковое объяснение данного загадочного факта.

— В конце концов, в жизни должны существовать тайны, — резюмировал Олег.

Я кивнула в знак согласия. Впрочем, я теперь всегда с ними соглашаюсь.

Три мешка хитростей

_____
_____ главы из нового романа
_____

ИРОНИЧЕСКИЙ ДЕТЕКТИВ

Каким должен быть идеальный муж? Ответ известен: слепоглухонемой капитан дальнего плавания. И хотя мой муж Олег великолепно слышит, прекрасно видит и вполне, когда захочет, бодро разговаривает, у него очень много общего с идеалом. Дома он практически не бывает, а если все же иногда заглядывает на огонек, то, быстро-быстро съев за один присест завтрак, обед и ужин, сонно моргает глазами и вяло бормочет:

— Ну, Вилка, теперь рассказывай, как у тебя дела?

После этих слов он, словно сомнамбула, бредет, пошатываясь, в спальню, рушится на кровать и проваливается в объятия Морфея. Далее его следует аккуратно раздеть и утащить куда подальше сотовый телефон и пейджер, потому что противный писк данных благ цивилизации моментально будит измученного супруга. Заслышав ноющий звук, муж разом садится и совершенно бодро сообщает невидимому собеседнику:

— Куприн. Да, да, да...

Как правило, после этого он мгновенно одевается, хватает ключи от машины и, заглотив на пороге чашечку кофе, мигом испаряется. Иногда в нем все же просыпается совесть, и муженек, уже стоя у лифта, сообщает:

— Вилка — ты лучшая из жен, в воскресенье обязательно сходим в зоопарк.

Я киваю и смотрю с балкона, как его весьма потрепанная красная «девятка» рывком стартует с места. При этом великолепно знаю, что ни в какой зоопарк, кино или ресторан в очередные выходные дни мы не пойдем, потому что в воскресенье или субботу у него на работе опять что-нибудь приключится...

Мой муж, Олег Михайлович Куприн, работает в милиции, сидит в известном здании на Петровке, 38, в кабинетике размером со спичечный коробок. В комнатенке с трудом помещаются письменный стол, два стула и ужасающий, допотопный сейф, выкрашенный бордовой краской. Этот железный ящик стоит очень неудобно, и, чтобы пролезть на рабочее место, Олегу приходится протискиваться в узенькое пространство, что с его объемистым брюшком не так-то просто. Мой супруг любит пиво, а из крепких напитков предпочитает коньяк, впрочем, принимает он горячительное в гомеопатических дозах, и это обстоятельство сыграло не последнюю роль в том, что я, будучи в весьма зрелом возрасте, согласилась выйти за него замуж. Дело в том, что мой отец и мачеха были самозабвенными запойными алкоголиками, и связывать свою жизнь с человеком, который прикладывается к бутылке, я категорически не желала.

Долгие годы я, Виола, жила вместе со своей подругой Томочкой Поповой в крохотной двухкомнатной «хрущобе». Судьба сложилась так, что никакого образования у меня нет. Хотя это не совсем так. То есть диплома о высшем образовании у меня нет, но немецкую спецшколу, как их называли в семидесятых годах, я окончила с золотой медалью. За десять лет обучения у меня просто не было ни одной четверки. После десятого класса я поступила в институт, но успела поучиться только на первом курсе. В автомобильной катастрофе погибли родители Томочки, воспитывавшие меня после смерти мачехи, пришлось идти на работу, и причем, не имея профессии, основную часть времени я проводила с тряпкой и шваброй. Потом одна из наших соседок, мать-одиночка Наташа, крайне необеспеченная женщина, зная, что я отлично владею немецким, предложила мне стать репетитором своего сына, отпетого двоечника Темы. Я отказывалась, как могла. Своих детей нет и, честно говоря, не слишком люблю подростков. Но Наташка так долго и упорно упрашивала, предложила сто рублей за урок, а заниматься было необходимо два раза в неделю. Быстренько умножив сто на два, а потом двести на четыре, я получила восемьсот рублей и тут же согласилась, правда, сказав ей при этом:

— Извини, попробую в первый раз. Не обессудь.

Наташа радостно ответила:

— Ничего, ничего, не боги горшки обжигают.

Неожиданно дело пошло, да еще как пошло. Ученики теперь записываются в очередь. Трое, дети из более чем обеспеченных семей, платят по десять долларов за урок, остальные дают по сто рублей за час. Мне даже пришлось кое-кому отказать, потому что физически не могла охватить всех желающих. До сих пор удивляюсь, почему после моих занятий ребята начинают получать пятерки. Никаким методикам я не обучена. Но факт налицо: двоечник, попавший в мои руки, через год выходит на твердую четверку и лихо расправляется с любыми грамматическими упражнениями.

Мы с Томусей с трудом вылезли из нищеты и даже съездили отдохнуть на Азовское море. Но потом в нашей тихой и размеренной жизни двух старых дев случился фейерверк невероятных событий. Не буду их здесь пересказывать, скажу только, что Томочка вышла замуж за весьма преуспевающего бизнесмена Семена Андреевича Попова. Ей даже не пришлось менять девичью фамилию. В придачу к супругу она получила и дочку, тринадцатилетнюю Кристину. Есть у нас теперь собачка неизвестной породы по кличке Дюшка и кошка Клеопатра. Обеих мы нашли в мусорном бачке возле своей «хрущобы». Киска оказалась не из стеснительных и через пару деньков родила сыночка — маленького, рыженького котенка, который превратился сейчас в громадного, толстого, ленивого котяру. Мы пытались подобрать ему кличку, но ни одна как-то не приживалась, пока в один прекрасный момент Кристина не воскликнула:

— Чего мучиться? Его же все зовут Сыночек.

На том и порешили.

Я не зря употребляю все время местоимение «мы». Дело в том, что Семен купил для своей семьи, а ее членами он считает всех вышеперечисленных, в том числе и меня, две квартиры на одной лестничной клетке: четырехкомнатную и двушку. Теоретически между ними существует дверь, но практически я заперла ее только один раз, когда заболела гриппом.

Через некоторое время я вышла замуж за Олега, и он переехал к нам. Получилась большая коммунальная квартира, но всем это нравится. Впрочем, Семена и Олега практически не бывает дома, а мы с Томочкой, прожив всю жизнь вместе, не представляем, как можно существовать раздельно. Впрочем, я тоже редко проводила время в кресле у телевизора. Но сейчас на дворе лето, дети разъехались кто куда, и я со спокойной совестью проводила время в праздности, занимаясь своим любимым делом — чтением детективов. В нашей новой квартире одна из стен целиком занята стеллажами с книгами Агаты Кристи, Нейо Марш, Джоржетт Хейер и, конечно, российских авторов, вернее авторш, потому что криминальные романы, выходящие из-под пера мужчин, мне не слишком нравятся, очень уж они кровавые да к тому же изобилуют сексуальными сценами, читая которые, я невольно краснею и оглядываюсь. Что поделаешь, моя юность прошла в пуританском Советском Союзе, и газету «СПИД-Инфо» могу листать только в гордом одиночестве, и, если кто-нибудь входит в комнату, я тут же бросаю ее за кровать, тогда как пристрастия к детективам совершенно не скрываю.

Моей любви к криминальной литературе в доме не разделяют. Олега раздражают неточности, которые невольно допускают авторши, плохо знакомые с милицейскими буднями.

— Нет, — морщит он нос при виде яркого томика, — извини, это сказки.

Семен тоже весьма равнодушно пробегает мимо полок. Попову принадлежат несколько газет, пара журналов и радиостанций, поэтому, оказавшись дома, он сразу орет:

— Нет, только ничего напечатанного на бумаге, дайте отдохнуть! Сжальтесь, уберите книги, скомкайте газеты и разрубите топором все говорящие приборы в доме!

Томочка берет в руки только любовные романы. Еще одна стена в нашей квартире забита этими «розовыми слюнями». Меня тошнит от них уже на второй странице, но подруга, затаив дыхание, следит за приключениями любовников. Однажды я не утерпела и, глядя, как она, уставившись в книгу, тащит ко рту вместо чашки с чаем бутылочку клея, сказала:

— Неужели так интересно?

Томуся подняла на меня отсутствующий взгляд, секунду непонимающе глядела в мою сторону, потом с жаром воскликнула:

— Очень.

— И чего глаза портить, — фыркнула я, — сразу понятно, что Он на Ней женится. Как только тебе подобная дрянь может нравиться?!

Томочка вздохнула и, не отвечая ни слова, вновь уставилась в текст. Подруга на редкость интеллигентна и патологически незлобива, поругаться с ней просто невозможно. Я не помню, чтобы она сказала о ком-нибудь злое слово. Знакомые зовут ее «Бюро неотложных добрых дел», а их у нас наберется сотни три. Кстати, именно благодаря Томочкиной привычке лететь сломя голову всем на помощь я и осталась сегодня дома одна-одине-шенька. Позавчера Кристина отправилась на дачу к своей ближайшей подруге Леночке Рыклиной, Семен с головой погружен в издательские пробле-мы, Олег, как всегда, искореняет преступность. Тамара же унеслась в соседнюю квартиру, этажом ниже, к Маше Родионовой. Она родила девочку и рыдала в телефон:

— Томочка, умоляю, приди! Она такая малень-кая, я боюсь ее даже в руки взять!

Почему потерявшая всякий ум от стресса Ро-дионова обратилась к Тамаре, у которой никогда не было грудничков, понять трудно. Но Тома мо-ментально подхватилась и полетела.

— Чем ты ей поможешь? — попробовала я ос-тудить пыл подруги.

— Ерунда, — отмахнулась та, — сейчас куплю в магазине пособие по уходу за новорожденными.

Клюнув меня в щеки, она выскочила к лифту, крикнув по дороге:

— Скажи Сене, что чистые рубашки в шкафу.

Я только вздохнула. Наши мужья еще те кадры: если не обнаружат на привычном месте нужной одежды, им в голову могут прийти нестандартные решения. Однажды Семен на моих глазах принял-ся распаковывать пакет.

— Новую рубашку купил? Красивая, — одоб-рила я, — только зачем тебе опять белая? Их в шкафу итак штук тридцать!

— Понимаешь, Вилка, — вздохнул Сеня, — они куда-то пропали.

— Как это? — удивилась я. — Вчера Тома гла-дила их весь вечер.

— Нету, — разводил руками приятель, — исчезли.

В полном недоумении я распахнула шкаф. Ру-башек там действительно не было.

— Ой, — вскрикнула Тамара, — случайно пове-сила в свое отделение! Сеня, ну почему ты сосед-нюю дверку не открыл?

— Зачем? — удивился Семен.

— Ну поискал бы там свои рубашки...

— Да? — протянул Сеня. — Наверное, ты права, а я подумал, что их выкинули, и купил новую.

У Олега свои особенности. Не далее как позавчера Томуся обнаружила его на кухне, где он самозабвенно поедал отвратительный китайский суп из пластиковой упаковки.

— Дай сюда, — возмутилась Томочка, — зачем всякую дрянь в желудок засовываешь!

— Так больше ничего нет! — преспокойненько ответил Олег.

— Как это? — удивилась Тома. — Вот смотри, в холодильнике печенка со сметаной, картошка, грибной суп...

— Да? Но ведь это все греть надо, — протянул наш майор, — а лапшу залил кипятком, и готово!

— Ясно одно, — говорила мне вечером Томуся, — мужья погибнут без нас, как цветы в пустыне. Один будет все время покупать новую одежду, пока не разорится, а другой скончается в голодных муках возле набитого едой холодильника: дверцу-то еще открыть нужно!..

При этом и Сеня, и Олег весьма удачно занимаются своим делом, впрочем, по большому счету, их ничего, кроме работы, не интересует. Таких ненормальных называют трудоголиками.

Оставшись одна, я пошаталась бесцельно по квартире. Следовало убрать комнаты, но было лень. И вообще, зачем гонять пыль с места на место? Какое-то крайне непродуктивное занятие: завтра она опять осядет на телевизоре и на полках... Ну зачем зря тратить силы? Тем более что Сеня и Олег все равно ничего не замечают, а тяга к порядку совершенно не является отличительной чертой моего характера. Лучше съезжу-ка я на Каретный Ряд. Там находится фирменный магазин одного из московских издательств, где меня, постоянного покупателя, встречают с распростертыми объятиями.

Лето в этом году выдалось дождливое. Натянув джинсы и футболочку, я прихватила зонтик и поехала в центр. Любимая торговая точка на этот раз порадовала сразу девятью новинками. Набив сумку доверху, я вышла из магазина и бездумно двинулась по улице по направлению к метро «Тверская». Вдруг из огромной темно-серой тучи, нависшей над городом, блеснула молния, раздался раскат грома, и на асфальт сначала упали тяжелые редкие капли, а затем обвалился тропический ливень. Взвизгнув, я влетела в небольшой продуктовый магазинчик и встала у витрины.

Внутри оказалось полно народа. Теперь, когда продуктами не торгует только ленивый, редко в каком месте встретишь такое количество жаждущих сыра. Впрочем, было в этой толпе покупателей что-то странное. Все она состояла сплошь из потных женщин с огромными красно-белыми баулами в руках. Две продавщицы, стараясь быстро и ловко обслужить клиентов, крутились словно игрушечные зайчики, снабженные батарейкой «Энерджайзер». Я невольно вслушалась в их разговор с покупательницами и удивилась, очень уж странно они объяснялись.

— Теперь кофе, — пробормотала стоявшая у прилавка баба.

— Только двести пятьдесят грамм в пластиковой коробочке.

— Хорошо, сахар.

— Один килограмм, только песок, рафинад не положен.

— Еще карамель.

— Два кило, обертки разверните и бросьте в урну, кстати, бульонные кубики тоже разденьте!

Я разинула рот. Но баба послушно отошла к окну и принялась освобождать «Гусиные лапки» от одежды. Во мне проснулся интерес. Зачем она производит эти дурацкие действия? Но следующая покупательница выполнила еще лучший номер. Получив блок «Золотой Явы», дама принялась потрошить красивые, аккуратные пачки. Сигареты она укладывала в простой полиэтиленовый пакетик. Третья тетка самозабвенно вытряхивала спички из коробок, потом отодрала от крышек «чиркалки» и сунула их к деревянным палочкам с разноцветными головками. Тут уж я не утерпела и поинтересовалась у продавщицы, тоскующей в винно-водочном отделе:

— Это что, клиенты из психиатрической лечебницы, осуществившие массовый побег?

Но женщина даже не улыбнулась. Она поглядела на меня неумело подмазанными выпуклыми глазами и ответила:

— Не надо смеяться: от сумы и от тюрьмы не зарекаются. Видите вон тот желтый дом?

Я кивнула.

— Это Петровка, 38, а за железными воротами их следственный изолятор, его с улицы не видно. Посадят человека, а родственники, в основном матери и жены, бегут к следователю и узнают, что им можно из продуктов передать. Ну и к нам... Мы уже все их правила изучили: ничего в железе и стекле нельзя, сигареты без пачек, россыпью, чай без упаковки, шоколад и конфеты без оберток... Так весь день и консультируем, даже ассортимент специфический подобрали.

Я растерянно глянула в окно. Пару раз заходила к Олегу на работу. Собственно говоря, мы и познакомились с ним в его кабинете на Петровке. Но проходила я всегда через центральные ворота, на боковую улочку не заглядывала. Так вот оно что — там следственный изолятор. Конечно, должны же арестованные где-то находиться, и у многих из них есть родственники, переживающие за судьбу непутевых сыновей, мужей и внуков. Впрочем, небось там и женщин полно.

— Вот уж горе так горе, — не успокаивалась продавщица, — заведующая даже аптечку завела: кое-кому плохо бывает, сердце прихватит или давление подскочит. У нас в магазине люди пару раз в обморок падали. Вон, посмотрите на ту, второй час стоит, уж гляжу на нее, гляжу, боюсь, сейчас рухнет.

Я проследила взглядом за ее рукой и увидела в самом углу кафетерия у высокого круглого стола девушку с лихорадочными красными пятнами на лице. Глаза незнакомки тоже покраснели, нос распух, время от времени она вытаскивала бумажный платок, промокала слезы, но они опять цепочкой бежали по щекам.

Острый укол жалости пронзил мне сердце. Кто у нее там? Муж? Брат? Отец?

— Ой, бедолага, — вздыхала продавщица, — небось денег совсем нет, пустой кофе выпила, а сахар не в стаканчик положила, а так сгрызла. Есть, наверное, хочет, а купить не на что. Может, из провинции приехала...

Внезапно я приняла решение и подошла к девушке:

— Простите, могу я вам чем-то помочь?

Молодая женщина опять вытерла лицо и ответила:

— Нет, спасибо.

— А все-таки, — настаивала я.

— Нет-нет, не беспокойтесь.

— Ничего себе, вы плачете здесь уже второй час. Может быть, нужны деньги? Возьмите, тут пятьсот рублей. Немного, конечно, но, может, хоть на что-то хватит!

Внезапно девушка печально улыбнулась:

— Вы рискуете, протягивая деньги незнакомому человеку. Вдруг возьму? А потом не верну...

Я спокойно ответила:

— Даю вам эту не слишком крупную сумму просто так, без отдачи. По своему опыту знаю, как плохо без денег.

Собеседница вздохнула:

— Спасибо, но у меня с финансами полный порядок, вот только...

Она замолчала.

— Только что? — тихо спросила я.

— Смелости не хватает, — вздохнула девушка. — Надо бы перейти через дорогу и войти вон в то милое заведение, но, увы, никак не соберусь с духом.

— Очень надо на Петровку? — осторожно поинтересовалась я.

— Похоже, да, — пробормотала собеседница, — мне даже бумажку дали.

Она постучала по столику картонным прямоугольничком, похожим на визитную карточку.

— Что за бумажка? — полюбопытствовала я.

— Да ведь милиционеры теперь известно какие, — вздохнула девушка, — взяточники и негодяи. Вот приятели и посоветовали одного — Куприн Олег Михайлович. Говорят, денег не берет, дурак, наверное.

— Никакой он не дурак! — возмутилась я. — Если есть проблемы, идите смело, обязательно разберется.

— Вы его знаете?

— Да. Ступайте, не бойтесь.

— У меня дело очень щекотливое, непростое.

— Разберется.

Девушка глянула на меня:

— Спасибо, пожалуй, и впрямь пойду, прощайте. Кстати, меня зовут Полина.

— Очень приятно, Виола. Да, когда заглянете в кабинет к Куприну, передайте привет от Виолы, тогда он будет с вами еще более любезен.

— Спасибо, — повторила Полина, — и пора, наверное, а то у меня дома сестра сидит одна, инвалид она. Обычно так надолго не оставляю, а тут вот пришлось. Ну, я пошла.

Она помахала мне рукой, выскользнула из магазина, приблизилась к припаркованной у тротуара небольшой машине, кажется «пятерке», цвета спелого помидора, села на место водителя, захлопнула дверцу, и в ту же секунду раздался невероятной силы взрыв.

ГЛАВА 2

Сначала в небо абсолютно тихо взметнулся столб огня и дыма, потом послышалось оглушительное «бум». За моей спиной зазвенели бутылки, покупательницы и продавщицы испуганно заорали, на улице завыли сигнализациями машины. Большие стекла витрин магазинчика задрожали и абсолютно беззвучно обвалились. Дождь мелких осколков обсыпал меня с головы до ног. В нос сразу ударил запах гари, бензина и чего-то отвратительного, больше всего похожего на «аромат» пережаренного мяса.

На противоположной стороне Петровки остановился троллейбус, водитель выскочил и принялся поливать бушующий кошмар пенной струей из огнетушителя. К нему присоединились еще несколько шоферов. Оказывается, многие москвичи послушно следуют правилам и возят в багажниках средства противопожарной безопасности.

Но огонь полыхал вовсю. Наконец, истошно воя, примчалась красная машина, и пришли четыре милиционера. Им даже не понадобился автомобиль. Инцидент случился прямо под окнами их конторы.

Поднялась суета. Сначала стражи порядка принялись разгонять зевак. Тетки-покупательницы и продавщицы в магазине, охая, собирали продукты. Повсюду слышался характерный хруст крошащегося стекла. Я отряхнулась, как мокрая собака, осколки дождем брызнули в разные стороны. Хорошо еще, что волосы у меня пострижены короче некуда и в них ничего не запуталось. Зато под футболкой что-то нещадно кололось и царапалось. Пришлось идти в местный санузел и стягивать ее. Зрелище впечатляло. Вся верхняя часть тела была в порезах, а из футболки, которую я трясла над унитазом, сыпались мельчайшие крошки стекла, только что бывшего частью большой витрины, возле которой я стояла в момент взрыва.

Кое-как приведя себя в порядок, я выпала в торговый зал. В нем остались теперь одни продавщицы, бурно обсуждавшие происшествие. Увидав меня, одна, самая толстая, всплеснула руками:

— Ну и ну, вас словно кошки драли, давайте йодом помажем, у нас есть, а не то идите в «Скорую помощь».

Я глянула в зияющий проем огромного окна. Пожар уже потушили, груда искореженного, почерневшего металла, все, что осталось от симпатичных «Жигулей» цвета «помидор», высилась на проезжей части. Место происшествия уже оцепили и за красно-белой лентой бродили какие-то люди, руками в резиновых перчатках аккуратно складывающие что-то в полиэтиленовые пакеты. Чуть поодаль стоял фургон «Скорой помощи», а на тротуаре сиротливо валялась полуобгоревшая туфелька, сморщенная и черная.

При взгляде на нее мне стало совсем нехорошо. Сглотнув подступивший к горлу ком, я просипела:

— Не надо врача, ерунда, легкие царапины.

Другая продавщица, та самая, что стояла возле бутылок с водкой, предложила:

— Выпейте кофе.

Я кивнула. Женщина схватила пакетик и моментально развела серо-розовую бурду, мало похожую на благородный напиток. Я поблагодарила, отнесла стаканчик на высокий одноногий стол и увидела там картонный прямоугольничек, тот самый, что вертела в руках так страшно погибшая Полина.

Это действительно была визитная карточка. «Агентство М. и К°», улица Коровина, дом 7, с девяти до двадцати». Внизу шариковой ручкой был написан телефон моего мужа, его имя, отчество, фамилия и стояли слова: «От Леона». Сунув визитку в карман и оставив на столе отвратительный кофе, я вышла на улицу и обратилась к одному из мужиков, стоящих у останков «Жигулей»:

— Простите, женщина погибла?

— Нет, — рявкнул тот, — жива, здорова и собирается пробежаться по магазинам.

— Ой, вот отлично, — обрадовалась я, — слава богу! Честно говоря, так расстроилась...

— Ты с крыши упала? — незлобно поинтересовался парень в черной классной куртке. — Головушкой об асфальт, да?

— Нет, — недоуменно ответила я, — если вы о царапинах, так это осколками порезало, у витрины как раз стояла, когда бабахнуло.

Мужики уставились на меня во все глаза. Поежившись под их взглядами, я невольно провела рукой по лицу. Неужели так ужасающе выгляжу, что они онемели?

Наконец один из ментов, полный, чем-то похожий на Олега, сказал:

— Кончай базар, ребята. А вы, гражданочка, подумайте, как можно выжить в таком!

И он ткнул коротким толстым пальцем в груду искореженного металлолома.

— Нет, — удрученно ответила я, — значит, несчастная Полина погибла!

— Вы ее знали? — мигом оживился парень в куртке. — Поможете установить личность?

— Нет, просто вместе стояли в магазине, она нервничала и назвала свое имя, а потом вышла, села в машину...

— Понятно, — разом потерял ко мне интерес мент, — ступайте себе домой, ничего интересного тут нет.

— Понимаете, очень волнует...

— Идите, идите...

— Она еще сказала, что дома ее ждет сестра, беспомощный инвалид, вот и...

— Идите по месту прописки, — не дрогнул парень, — без вас разберутся.

— Но...

— Никаких «но»!

— Между прочим, — вконец рассердилась я, —

у меня муж тут работает, на Петровке, майор Куприн Олег Михайлович, слышали про такого?

— Здесь столько народа бегает, — возразил полный мужик, — жизни не хватит всех узнать, ступайте и не мешайте работать.

— Но инвалид, одинокая, беспомощная дама, которая ждет сестрицу...

— Ступайте, выяснят без вас.

— Однако...

— Слышь, Вадим, — не утерпел парень, — давай я ее задержу для установления личности.

— Не надо, — поморщилось начальство, — щас сама уйдет. Слышь, гражданочка, топай отсюда, надоела хуже горькой редьки, инвалид... Ну чего привязалась? Дома небось дети голодные сидят, а ты по улицам шляешься, иди обед готовь, делом займись, а в чужие заботы не лезь. Ну, брысь!

Сказав последнюю фразу, он топнул ногой. Вне себя от негодования я перешла через дорогу и подошла к телефонной будке.

У Олега в кабинете никто не отвечал. Я набрала другой номер и услышала бодрое:

— Петров.

— Юрасик, здравствуй, это Виола.

— О, — обрадовался приятель, — привет, Вилка.

Юру Петрова я знаю с детства, мы росли в одном дворе, а потом долгие годы, до того, как Томочка вышла замуж за Семена, жили в соседних квартирах. У Юрки есть весьма крикливая жена Лелька и двое близнецов Митька и Петька, приятели нашей Кристины, отчаянные разбойники. Кстати, именно благодаря Юре я познакомилась с Олегом, они работают в одном отделе и сидят в соседних кабинетах.

— Юрасик, подскажи, где Олег?

— По бабам пошел, — заржал приятель.

— Маловероятно, — вздохнула я.

— Почему? — продолжал дурачиться Петров.

— Видишь ли, Олега интересуют только две категории дам. Одна, это те, кто вступил в игры с

Уголовным кодексом, а с подследственными он шашни не заводит.

— А вторая? — хихикнул Юрка. — Вторая-то, кто?

— Это я, а поскольку его со мной нет, значит, он на работе.

— Не ревнивая ты, Вилка, — завистливо пробормотал Юрка, — прикинь, что бы со мной Лелька сделала, пошути с ней Олежка таким образом.

Да уж, фантастическая ревность и сварливость Лели хорошо известна всем приятелям. В голову ей приходят такие мысли, что Отелло отдыхает. Бедный мавр просто ребенок по сравнению с Лелей. Не далее как неделю тому назад в совершенно случайно выпавший свободный вечер Олег позвал Юрку в баню. Они любят иногда посидеть в парной с веником, а потом оттянуться пивом с воблой. На мой взгляд, не слишком полезное для здоровья занятие. Сколько бы ни твердили медики о пользе пара, ледяного бассейна и массажа, мне все-таки кажется, что, пробыв десять минут в жаре, не следует с разбегу прыгать в холодную воду, запросто можно инфаркт заработать. Правда, Олег уверяет, что подобным образом он снимает лишний вес. Но, по-моему, все сброшенные в парилке килограммы мигом возвращаются к хозяину, когда тот, радостно крякая, принимается за обожаемую «Балтику». Но не лишать же мужика единственной радости в жизни? Тем более что подобные походы они с Юркой могут устроить не чаще, чем раз в полгода.

Пользуются друзья самой обычной банькой, районной и ничем не выделяющейся. Правда один раз Семен, который терпеть не может париться, сделал друзьям подарок — повел их в Сандуны, в высший разряд. Юрасик и Олег пришли в восторг. Роскошный интерьер, шикарная парная, комфортабельный бассейн, вежливая обслуга, неприятно поразила их только несусветно высокая цена на пиво, а сколько стоит входной билет, Сеня не сказал. Мотивируя свой отказ просто: «Это мой подарок, а с подарков всегда срезают цену».

Не успели парни расслабиться и прийти в блаженное состояние, как прямо в парную, в сапогах, шапочках-масках, камуфляжной форме, с автоматами наперевес ворвался ОМОН и уложил всех присутствующих на пол, лицом вниз.

— Ну, прикинь на минуту, — злился Юрка, рассказывая о произошедшем, — лежим мы голыми жопами вверх, а эти придурки еще не сразу разобрались, кто есть кто. Нет уж, больше в это место бандитского отдыха ни ногой, только в свою баньку, двести рублей сеанс, и пиво недорогое.

Так вот, в четверг они преспокойно попарились, и Юрасик поехал домой. На пороге его встретила Лелька, похожая на персонаж из глупого анекдота.

В руках супруга держала скалку.

— Где ты был? — грозно спросила она мужа.

— В бане, — преспокойно ответил Юрасик.

— В какой?

— В нашей.

— Ах так! — завопила женщина и взмахнула скалкой.

Юрка отнял у жены «оружие» и поинтересовался:

— Лель, ты чего?

— Того, — зарычала ревнивица, — того, что шла сегодня мимо вашей бани, а там объявление висит: «В четверг женский день». С голыми бабами мылись, сволочи, негодяи, сексуальные маньяки...

Юрка побежал назад и на двери увидел записку «В четверг, 27 июня, в связи с ремонтом, будет только женский день». Сорвав бумажку, Юрасик прилетел домой и сунул супруге под нос сорванный с двери тетрадный листок.

— На, гляди, 27 июня! А сегодня только 29 мая!

Лелька нахмурилась, повертела в руках бумажку и осведомилась:

— Ну и кто из твоих приятелей написал данную цидульку?

Успокоилась она только утром, переговорив с заведующей помывочного комплекса.

— Так где Олег? — переспросила я.

— В командировку укатил.

— Юрка, заканчивай идиотничать!

— Не, честное благородное, во Львов, на поезде «Верховина», с Киевского вокзала.

— Ни фига себе, почему мне не сказал?

— Он тебе звонил, звонил, а дома никого, — пояснил Юрка.

— Зачем ему на Украину?

— Тайна следствия не подлежит разглашению, — радостно сообщил приятель.

Я хмыкнула. Если кто из работников соответствующих структур будет говорить вам, что их супруги совершенно ничего не знают о служебных делах мужей, не верьте. Рано или поздно секреты перестают быть тайной. Мне, во всяком случае, удается вытрясти из Олега необходимую информацию без особого труда.

— Да он сам ничего еще с утра не знал, — тарахтел Юрка, — а потом — бац, собрался и уехал.

— Давно?

— Часа три прошло.

Я вздохнула, значит, по мобильному его не достать.

— Юрка, позвони в бюро пропусков и узнай, не ждал ли он сегодня женщину по имени Полина.

— Если ждал, то что?

— Мне нужны ее отчество, фамилия и адрес.

— Зачем?

— Надо!!!

— А говоришь, что не ревнивая, — заржал Юрка, — ну погоди секундочку.

Я услышала, как он разговаривает по внутреннему телефону. Наконец приятель ответил:

— Никакой Полины, и вообще на сегодня он ни одного пропуска не заказывал.

— Ладно, — буркнула я, — вечером созвонимся.

И что теперь делать? Где-то в огромном городе

беспомощная женщина осталась одна-одинешень-
ка. Может, она прикована к кровати, хочет есть,
пить или ей пора принимать лекарства? Вдруг
около несчастной нет телефона, вдруг ей вообще
некому позвонить и неоткуда ждать помощи?
Впрочем, если бедняга сидит в инвалидной коляс-
ке, дело обстоит еще хуже. Сама она не сможет
лечь в кровать, правда, от голода не умрет, проедет
на кухню, поставит чайник. Ага, это при условии,
что ее коляска пройдет в дверной проем. В нашей
«хрущобе» на первом этаже жила обезноженная
Алена Груздева, так вот, она не могла выехать из
комнаты, пока ее брат не снес в квартире почти
все перегородки. А на улицу она смогла выбраться, когда в подъезде был установлен специальный
настил. Только после этого Алена получила возможность подышать свежим воздухом во дворе
дома. И то возникала куча проблем. Вниз она ска-
тывалась без особых трудов, а вот вверх... Приходилось звать на помощь соседей, потому что брат
день-деньской сидел на работе. Кстати, Алена и
умерла-то потому, что дома никого не было. Она
схватилась мокрой рукой за выключатель, ее уда-
рило током, коляска перевернулась, и несчастная
Алена оказалась под ней. Если бы в квартире находились люди, ее бы моментально подняли и вызвали врача, но она была одна и, бедняжка, умерла,
оставшись лежать под инвалидной коляской.

Я вздрогнула, ужасно! Нет, надо немедленно
отыскать сестру погибшей Полины, но как?

Да очень просто, поехать в это агентство с ду-
рацким названием «М. и K°», найти Леона и порасспрашивать его. Вряд ли мужчина дал телефон
Олега совсем незнакомой тетке. Хотя...

Всунув снова в прорезь автомата карточку, я
спросила:

— Юрасик, в вашем отделе есть человек по
имени Леон?

— Нет, — довольно сердито рявкнул приятель, — отвяжись, дел по горло.

— Знаешь какого-нибудь Леона? — не успокаивалась я.

— Только Фейхтвангера, — сообщил Юра.

— Кого?

— Великого немецкого писателя Леона Фейхтвангера, кучу романов написал. Ну ты даешь, Вилка, а еще детям язык преподаешь! Надо бы хоть чуть-чуть германскую литературу знать!

— Фейхтвангер тут ни при чем, — обозлилась я, — и потом, он давным-давно покойник!

— Про другого Леона не слышал, — хмыкнул Юрка и отсоединился.

Я пошла к метро. Ну и где эта улица Коровина?

ГЛАВА 3

Оказалось, что в самом центре, возле метро «Кропоткинская». Впрочем, на самом деле данная магистраль была не улицей, а переулком. Он оказался совершенно крошечным, состоял всего из двух домов, причем на первом красовалась цифра «семь». Оставалось лишь недоумевать, куда подевались все предыдущие номера, впрочем, восьмой, девятый и десятый, тоже исчезли: на следующем здании, желтом с белыми колоннами, явно возведенном в начале века, гордо белела табличка: «Коровина, 11».

Недоуменно пожав плечами, я вошла внутрь жилого дома и увидела целую кучу вывесок. Нотариус, риелторская контора «Кедр», врач-протезист, оптово-розничный склад... Агентство оказалось на третьем этаже. Лифта в старинном здании, естественно, не было, и я полезла вверх по необъятным лестницам. Предки не экономили на строительстве, высота потолков тут явно зашкаливала за пять метров. Впрочем, коридоры тоже были безразмерными, они изгибались под самыми невероятными углами и извивались, словно змеи. На-

конец ноги донесли меня до двери, на которой красовалась вывеска «Агентство М. и К°».

За дверью обнаружилась маленькая комната, в которой размещался небольшой, но элегантно отделанный офис. Красивая серая мебель — два кресла и журнальный столик, а у окна письменный стол с компьютером. Когда я вошла, под потолком что-то звякнуло. Сидевшая у монитора женщина лет шестидесяти, больше всего похожая на бабушку Красной Шапочки, немедленно расплылась в счастливой улыбке.

— Входите, входите, очень рада.

Я вдвинулась в комнату.

— Садитесь, садитесь, — пела бабуля.

Было в ней что-то невероятно располагающее, уютное, домашнее. Наверное, у каждого в детстве была такая бабушка — ласковая, добрая, надежная защита. Так и представляешь ее на кухне с руками, по локоть перепачканными в муке. Мне вот только не повезло, никаких старушек с песнями на мою долю не выпало, воспитанием занималась мачеха Раиса, не всегда бывавшая трезвой.

Меньше всего я рассчитывала увидеть в конторе подобную женщину.

— Не теряйтесь, голубушка, — убаюкивала бабушка, — устраивайтесь поуютней. Чайку? Кофейку?

— Спасибо, не надо, — пробормотала я.

— Надеюсь, вы меня не стесняетесь, — улыбнулась старушка. — Мария Ивановна, а вас как звать, душенька?

— Виола, — ответила я, не называя фамилии.

Дело в том, что от папеньки мне досталась весьма неблагозвучная фамилия — Тараканова. Согласитесь, что не слишком приятно быть Виолой Таракановой. Интересно, какая муха укусила моих родителей в тот момент, когда они регистрировали младенца? Хотя, если учесть, что матушка бросила нас с папенькой, не дождавшись, пока любимой дочурке стукнет три месяца, а папуська не появлялся после моего семилетия не один десяток лет, то удивляться нечему. Впрочем, торжественным именем Виола никто из знакомых меня никогда не называет, обходятся попроще — Вилка!

— Ну, мой ангел, — пела бабуся, — в чем проблема, не сомневайтесь, Мефистофель поймет, и потом, знаете основное условие? В случае, если дьявол не справится, хотя, ей-богу, подобное случается крайне редко, денежки вам вернут, никакого риска: либо исполнение желаний, либо вся сумма опять в кармане.

— Но, — проблеяла я, плохо понимая происходящее.

— Боитесь рассказать о сокровенном желании? — источала мед Мария Ивановна. — Абсолютно зря, я могила чужих секретов, мы работаем на рынке уже пять лет и имеем великолепную репутацию, кстати, кто вас к нам отправил?

Я не успела ответить, потому что дверь распахнулась, и в комнатенку с огромной коробкой конфет под мышкой влетела растрепанная баба в смешном коротком и узком платье.

— Мария Ивановна! — закричала она, кидаясь старушке на шею. — Спасибо, большое спасибо, огромное спасибо, а я еще не верила! Все, абсолютно все получилось — дали квартиру, в Крылатском! Комнаты! Кухня! Прихожая! Паркет, санузел раздельный, мечта...

— Вот видите, — ласково запричитала бабуся, — очень хорошо, только, простите, у меня клиент!

Бабища повернулась ко мне:

— Невероятно, поверить невозможно! Столько лет ждали жилплощадь, и ничего, а стоило душу заложить, пожалуйста, месяца не прошло — и готово. Крылатское! Кухня! Комнаты! Санузел раздельный!

— Ангел мой, — нежно проговорила Мария Ивановна, — если хотите, подождите в коридорчике, там стулья стоят...

— Конечно, конечно, — засуетилась баба. — Это вам к чаю.

— Не надо, заберите.

— От чистого сердца, примите.

— Хорошо, — вздохнула Мария Ивановна и положила коробку, на крышке которой пламенел букета тюльпанов, на подоконник.

Посетительница унеслась. Старушка горестно вздохнула:

— Каждый день по три-четыре шоколадных набора приносят, просто ужас! Представляете, что случится с моей печенью, если буду съедать все дары. Но не хочется обижать людей, они искренне выражают благодарность, вот и приходится складировать сладости. Ну да ладно, это ерунда. Так в чем ваша проблема?

Но мне уже стало невероятно любопытно, что это за агентство такое, «М. и К°».

— Извините, но сначала хотелось бы услышать ваши условия.

— Конечно, конечно, голубушка, только скажите, кто из агентов вас к нам направил?

— Леон.

— Кто? — удивилась бабуся. — Но такого нет.

Она уставилась на меня серо-голубыми, холодными глазами, на секунду мне стало не по себе, и я быстро ляпнула:

— Полина.

— Ах, Полечка! Это наш лучший работник, — оживилась Мария Ивановна, — сначала-то не поняла вас, вернее, уж простите старуху, недослышала, вы хотели ведь сказать Леонова? Полина Леонова, да?

— Да, — кивнула я.

— Великолепно, она, наверное, и карточку дала?

Чувствуя, что все время вляпываюсь в какие-то дурацкие ситуации, я настороженно покачала головой:

— Нет.

— Как же так? — изумилась Мария Ивановна. — Но она должна была выдать такую штучку...

Старушка повернулась к письменному столу и вытащила из коробочки прямоугольную визитку.

— Есть, есть! — обрадовалась я, вынимая из сумочки кусочек картона. — Только, извините, записала на ней телефон, бумаги под рукой не оказалось.

— Ничего, ничего, — улыбнулась Мария Ивановна, — мне нужен только ее номер, в уголке стоит.

— Девяносто шестой, — ответила я.

— Ага, — удовлетворенно кивнула старушка, — значит, вы с ней виделись сегодня утром.

— Откуда знаете? — поразилась я.

— Полечка взяла три карточки, хотела прислать трех клиентов, — мило пояснила бабуся, — номера девяносто пять, девяносто шесть, девяносто семь. Значит, увидела вас второй и отдала. Она, конечно, все объяснила?

— Нет, сказала, что вы введете в курс дела.

— Ой, — погрозила старушка пальцем, — ну и хитрюга. Поля всегда досконально растолковывает суть, просто хотите услышать от меня все еще раз. Так ведь?

— Вас невозможно обмануть, — закатила я глаза.

— Значит, душенька...

Изо рта милой старушки полились фразы. Чем больше информации влетало мне в уши, тем ниже отвисала челюсть. Нет, наши люди гениальны, до такого ни один американец не додумается. Нет, им слабо.

Агентство на самом деле называется «Мефистофель и компания», обращаются в него люди, у которых возникают серьезные проблемы в жизни. В агентстве составляют контракт, который звучит как цитата из какой-нибудь средневековой книги. «Я, имярек, сдаю Мефистофелю свою бессмертную душу в аренду сроком на полгода и при этом плачу заранее оговоренную сумму за исполнение мосго желания. В случае, если Мефистофель не сумеет помочь, все деньги, целиком и полностью, без каких-либо удержаний, возвращаются. Если желание исполнилось, деньги не возвращаются. Если клиент пожелает, срок аренды души может быть продлен еще на полгода...» Подписывать сей документ предлагалось собственной кровью, для чего клиенту предоставляли одноразовый шприц в запечатанной упаковке. Несмотря на тесное общение с нечистой силой, сотрудники агентства явно побаивались СПИДа, гепатита и других малоприятных инфекций.

— Что-то я не слишком поняла, — протянула я, — деньги-то зачем? Насколько понимаю, Сатана забирает душу — и с концами!

— Ну кто же говорит о Сатане, — всплеснула руками Мария Ивановна. — Никто никогда не станет связываться с дьяволом, это слишком опасно. Мы имеем дело с Мефистофелем.

— Разве это не одно и то же?

— Нет, конечно. Мефистофель всего лишь маленький, симпатичный и чрезвычайно алчный чертик. К сожалению, он еще очень молод и не обладает достаточной силой, поэтому не все ему подвластно. Кое-какие желания Мефисто не способен выполнить, и мы, как честные коммерсанты, возвращаем деньги, конечно, терпим убытки, но надо же помогать людям! А вот если Мефистофель сделал нужное дело, тогда денежки идут на выкуп души. Повторяю, Мефисто жаден, с Сатаной так не договориться, тот заграбастает душеньку навеки.

— Как же вы установили связь с адом?

Мария Ивановна улыбнулась:

— Извините, но это наше «ноу-хау», разглашать методику не имею права, хозяин просто выкинет меня на улицу. Однако поверьте, в агентстве работают лучшие медиумы и экстрасенсы.

Я секунду обалдело глядела на нее. Интересно, находятся ли люди, верящие этой старушонке?

— Итак, душенька, какая у вас проблема? Оплата зависит от характера желания.

— Хочу получить высокооплачиваемую работу.

— Это, думаю, Мефисто по силам, — пропела Мария Ивановна, — и всего-то триста долларов. Если через полгода не устроитесь, денежки сразу к вам вернутся.

Ловко, однако, придумано. За столь длительный срок мне, скорей всего, удастся без всякой помощи со стороны нечистой силы получить место, и три сотни «зеленых» останутся в кармане у хозяев агентства, причем обретут они их без всяких усилий. Впрочем, если служба не отыщется, владельцы конторы тоже ничем не рискуют. Скорей всего у них существует долларовый счет, где деньги полгода будут приносить проценты. С меня попросили триста долларов, но с кого-то небось берут большие суммы. А эта Мария Ивановна, бабуська с ласковой улыбкой и цепким взглядом, хороший психолог. Мигом вычислила мою кредитоспособность и назвала вполне подъемную сумму...

— Как-то боязно, — прошептала я, — грех-то какой!

— Все продумано! — с жаром воскликнула Мария Ивановна. — Через полгода отправитесь в храм к батюшке Серафиму, он вас исповедует и отпустит грех. Наши клиенты все так делают. Видели, только что женщина приходила, ну та, что с коробкой конфет? Тоже сначала мучилась, а теперь вон как отлично все устроилось! Решайтесь.

Я уставилась в окно, не зная, как подобраться к нужной цели. Не так давно Олег рассказывал мне о группе вузовских преподавателей, прокручивавших похожий трюк. Профессора брались устроить вчерашних школьников в институты, клялись, что во всех приемных комиссиях у них сидят свои люди, требовали деньги за услуги, но... Но вся сумма возвращалась моментально родителям, если их детки оказывались за бортом. Суть гениального мошенничества была проста: никто из учителей

ничего не делал, и никаких знакомств они не имели. Просто какой-то процент выпускников совершенно спокойно попадал на первый курс благодаря крепким знаниям и хорошей голове. Радостные
родители, естественно, считали, что любимая
детка проникла в цитадель науки по протекции.
Вот такой необременительный способ заработать
на бутерброд с икрой.

Видя, что клиент колеблется, Мария Ивановна
предложила:

— Давайте испытаем Мефисто!

— Как? — изумилась я.

— Ну очень просто, — продолжала лучиться
счастьем Мария Ивановна. — Сейчас задумаете маленькое, очень легкое, прямо-таки крошечное же-
ланьице, рублей этак на триста. Вы готовы риск-
нуть такой суммой?

— Думаю, да.

— Вот и отличненько. Итак, давайте, ну?

Я секунду подумала. На триста рублей? Маленькое желание?

— Пожалуй, пусть кто-нибудь из моих домашних уберет квартиру.

— Прекрасно, составляем контракт, а как только вы уйдете, вызовем Мефисто. Надеюсь, что он
не заартачится.

На столе появился бланк и шприц. Пришлось,
ощущая себя полнейшей идиоткой, колоть средний палец и расписываться гусиным пером, макая
его в каплю крови. Потом Мария Ивановна торжественно сожгла кусок гусиной «шубы» и велела:

— Ну, езжайте теперь домой, а завтра или после-
завтра, как только желание исполнится, возвра-
щайтесь.

— Дайте мне адрес Полины, — потребовала я.

— Зачем? — напряглась «служанка черта».

— Хочу иметь дело только с ней.

— Но вам все равно придется заключать контракт в конторе...

— Хочу только в присутствии Полины, дайте адрес.

— Невозможно, координаты агентов не разглашаются.

— Тогда телефон!

Мария Ивановна вздохнула:

— Извините, я его не знаю.

— А кто знает?

— По-моему, Полина проживает где-то ужасно далеко, у неё дом не телефонизирован, — принялась врать милая старушка.

Она нравилась мне все меньше и меньше, наверное, поэтому я излишне поинтересовалась:

— Как же вы связываетесь с сотрудниками в случае необходимости?

— Ну... у всех, кроме Полиночки, есть телефоны, — брыкалась Мария Ивановна, — впрочем, она имеет пейджер, сбросьте ей информацию, и дело с концом.

Я уходила от приторно вежливой Марии Ивановны, сжимая в руке бумажку с номером пейджера. Ох, зря бабуля думает, что пейджер может сохранить анонимность хозяина. Насколько знаю, все владельцы черненьких коробочек зарегистрированы в пейджинговой компании. Осталась чистая ерунда: узнать, какую из многочисленных «станций» выбрала Полина. Впрочем, получить такую информацию оказалось легче легкого.

Добежав до метро, я схватила телефонную трубку и услышала бодрое:

— Семьдесят пятая слушает, здравствуйте.

— Девушка, хочу подключиться к вашей сети, куда обратиться?

— Будьте любезны, — ответила безукоризненно вежливая служащая, — подъезжайте в центральный офис, Планетная улица, с девяти утра до девяти вечера.

— Спасибо.

— Не за что, — вновь крайне любезно ответила женщина, — благодарим за ваш выбор.

Я глянула на часы — три двадцать. Времени еще полно, дома никого нет. Катюша сейчас пеленает младенца Машки Родионовой, Кристя купается небось в приятной теплой воде. Отец ее подруги Леночки Рыклиной очень богатый человек, и у них на даче есть бассейн. Олег укатил во Львов, Семен горит на работе...

Ноги сами понесли к эскалатору. Насколько помню, Планетная улица тянется параллельно Ленинградскому проспекту. Память не подвела, идти далеко не пришлось, второй от угла дом украшала гигантская вывеска «Мобил бом. Связь без брака».

Я хмыкнула, слоган звучал двусмысленно: «Связь без брака». Можно подумать, что сотрудники «Мобил бом» призывают всех жить только в греховном союзе, без оформления отношений... Но скорей всего человек, придумавший фразу, ничего плохого не имел в виду, просто иногда у людей заклинивает мозги. Недавно Олег рассказывал, как он слышал такой диалог. Шофер, привезший группу на место происшествия, принялся разгадывать кроссворд. Головоломка попалась заковыристая, водитель никак не мог сообразить, что к чему. Когда усталый криминалист влез в «рафик», шофер страшно обрадовался и спросил:

— Слышь, Петрович, ночной наряд...

— Дозор, — ответил мужик.

— Не, не подходит.

— Ну тогда патруль.

— И это не то, думай давай.

— Может, десант?

— Нет, — вздохнул водитель.

— А ты в ответ погляди, — посоветовал Петрович.

— Так нечестно.

— Да ладно, смотри, мне самому интересно стало.

Водитель пошуршал страницами и потрясенно сказал:

— Слышь, Петрович, ночной наряд — это, оказывается, пижама.

По-моему, лучшей иллюстрации узости человеческого мышления трудно подобрать.

Я подошла к одному из окошечек и сказала:

— Девушка, вот номер моего пейджера, хочу переоформить его на дочь, возможна такая услуга?

Служащая не стала задавать ненужных вопросов. Она просто включила компьютер и поинтересовалась:

— Леонова Полина Викторовна?

— Да.

— Пожалуйста, ваш паспорт.

Я сделала вид, будто не слышу.

— Сделайте любезность, прочтите и адрес, а то у меня фамилия распространенная, часто путают.

Сотрудница «Мобил бом» не насторожилась, услыхав подобную просьбу. Может, сочла, что ничего страшного в ней нет, а, может, их начальство велит ублажать клиентов по полной программе. Мило улыбнувшись, она прощебетала:

— Полина Викторовна Леонова, Волков переулок, дом 29, квартира 45, соответствует?

— Нет ли там, случайно, моего телефона? — осмелела я.

— Нет, — засмеялась женщина, — но ваш пейджер оплачен по декабрь включительно. Будем переоформлять?

— Еще подумаю немного.

— Пожалуйста, — охотно разрешила служащая и занялась следующим клиентом.

Я вышла на улицу, раскрыла зонтик и, разбрызгивая в разные стороны лужи, пошагала к метро. По счастливой случайности, великолепно знаю, где находится Волков переулок — там расположена квартира моего мужа Олега. После свадьбы он переехал к нам, а однокомнатную, расположенную как раз в двадцать девятом доме, мы сдаем вполне приличной молодой паре без детей. Это молодожены, которые не ладят со своими стариками и предпочитают не скандалить на кухне, а снимать себе отдельную жилплощадь.

Добравшись до метро «Краснопресненская», я углубилась в квартал светлых кирпичных домов. Все хорошо в данном районе. Двадцать девятый дом стоит вроде бы крайне удачно, в десяти минутах ходьбы от подземки. К тому же совсем недалеко расположен рынок и парочка вполне приличных и не слишком дорогих магазинов. Но не все так хорошо, как кажется.

Однажды, еще до свадьбы, я осталась у Олега на ночь. Стоял душный май, и окно комнаты было распахнуто настежь. Ровно в шесть утра до моего слуха донесся дикий воющий звук, словно во дворе кого-то убивали.

— Что это? — в ужасе поинтересовалась я, пиная Олега. — Что?

— Спи давай, — пробормотал жених, не раскрывая глаз, — слон есть просит.

— Слон?! — изумилась я.

Но Олег уже мирно сопел. Я тоже попыталась смежить веки, однако не тут-то было. Минут через пять по комнате пронесся вой, утробный, низкий, хватающий за душу.

— Олег, — похолодела я, — проснись, слышишь?

— Угу, — бормотал майор, — гиены жрать собрались.

Тут уже я перепугалась окончательно и принялась трясти будущего супруга что есть мочи.

— Немедленно вставай.

— О господи, — взмолился бедолага, — в кои-то веки собрался похрапеть до десяти. Ну что еще?

— Ты к психиатру не ходил?

— Зачем?

— Что за чушь несешь! Слон, гиена, слава богу, не в Кении живем, а в Москве, тут из бродячих животных только кошки да собаки.

В это мгновение со двора долетел крик, полный предсмертной муки.

— Однако, полседьмого, — пробормотал жених, — делать нечего, придется вставать.

— Ты можешь определить время без часов? — удивилась я.

Жуткий крик пролетел еще раз, и у меня быстро-быстро забилось сердце.

— Тут будильника не надо, — спокойно пояснил Олег, нашаривая тапки, — ровно в шесть трубит слон, он получает сено, через пятнадцать минут жрачку дают гиенам, затем приходит черед гиббонов, это они так противно орут, а уж в семь начинают рычать львы.

Режим, понимаешь, святое дело. Звери не люди, им есть следует давать вовремя.

На всякий случай я отодвинулась в самый угол дивана, натянула на себя одеяло и прихватила толстый том Марининой в твердом переплете. Ужас, но будущий муж, очевидно, в одночасье сошел с ума. Если нападет на меня, стану отбиваться при помощи Каменской.

Олег поглядел на меня и захохотал:

— В окно посмотри. Наш дом стоит возле зоопарка. Я-то привык к этим звукам, но, когда в первый раз услышишь, жуть берет.

Я осторожно глянула вниз. Там простиралась огромная территория, уставленная клетками.

— Но вчера они молчали!

— Так мы пришли около десяти вечера, звери спят в эту пору, они вообще рано укладываются, впрочем, и встают спозаранку. Одна сова только дрыхнуть не желает, иногда слышно, как она кричит «ух, ух, ух».

Я отложила Маринину и расслабилась. Сколько раз убеждалась: всякое мистическое событие имеет вполне реальное объяснение.

Литературно-художественное издание

Донцова Дарья Аркадьевна
ЧЕРТ ИЗ ТАБАКЕРКИ

Ответственный редактор *О. Рубис*
Редактор *В. Юкалова*
Художественный редактор *В. Щербаков*
Художник *В. Остапенко*
Технический редактор *Н. Носова*
Компьютерная верстка *Т. Жарикова*
Корректор *В. Назарова*

Налоговая льгота — общероссийский классификатор
продукции ОК-005-93, том 2; 953000 — книги, брошюры.

Подписано в печать с оригинал-макета 10.08.2001.
Формат 84×108 $^1/_{32}$. Гарнитура «Таймс».
Печать офсетная. Усл. печ. л. 21,84.
Тираж 150 000 экз. Заказ № 0110680.

ЗАО «Издательство «ЭКСМО-Пресс». Изд. лиц. № 065377 от 22.08.97.
125190, Москва, Ленинградский проспект, д. 80, корп. 16, подъезд 3.
Интернет/Home page — www.eksmo.ru
Электронная почта (E-mail) — info@ eksmo.ru

Книга — почтой: Книжный клуб «ЭКСМО»
101000, Москва, а/я 333. E-mail: bookclub@ eksmo.ru

Оптовая торговля:
109472, Москва, ул. Академика Скрябина, д. 21, этаж 2
Тел./факс: (095) 378-84-74, 378-82-61, 745-89-16
E-mail: reception@eksmo-sale.ru

Мелкооптовая торговля:
117192, Москва, Мичуринский пр-т, д. 12/1
Тел./факс: (095) 932-74-71

ООО «Медиа группа «ЛОГОС». 103051, Москва, Цветной бульвар, 30, стр. 2
Единая справочная служба: (095) 974-21-31. E-mail: mgl@logosgroup.ru
contact@logosgroup.ru

ООО «КИФ «ДАКС». Губернская книжная ярмарка.
М. о. г. Люберцы, ул. Волковская, 67.
т. 554-51-51 доб. 126, 554-30-02 доб. 126.

Книжный магазин издательства «ЭКСМО»
Москва, ул. Маршала Бирюзова, 17 (рядом с м. «Октябрьское Поле»)

Сеть магазинов «Книжный Клуб СНАРК» представляет
самый широкий ассортимент книг издательства «ЭКСМО».
Информация в Санкт-Петербурге по тел. 050.

Всегда в ассортименте новинки издательства «ЭКСМО-Пресс»:
ТД «Библио-Глобус», ТД «Москва», ТД «Молодая гвардия»,
«Московский дом книги», «Дом книги на ВДНХ»

ТОО «Дом книги в Медведково». Тел.: 476-16-90
Москва, Заревый пр-д, д. 12 (рядом с м. «Медведково»)

ООО «Фирма «Книинком». Тел.: 177-19-86
Москва, Волгоградский пр-т, д. 78/1 (рядом с м. «Кузьминки»)

ООО «ПРЕСБУРГ», «Магазин на Ладожской». Тел.: 267-03-01(02)
Москва, ул. Ладожская, д. 8 (рядом с м. «Бауманская»)

Отпечатано на MBS в полном соответствии
с качеством предоставленного оригинал-макета
в ОАО «Ярославский полиграфкомбинат»
150049, Ярославль, ул. Свободы, 97.

СОДЕРЖАНИЕ